Arena-Taschenbuch

Band 2242

Ein lebendiger und spannender Roman über das Mittelalter,
der eine Sogwirkung entwickelt.
KJL-online

Rainer M. Schröder,
Jahrgang 1951, lebt nach vielseitigen Studien und Tätigkeiten in mehreren Berufen seit 1977 als freischaffender Schriftsteller in Deutschland und Amerika. Seine großen Reisen haben ihn in viele Teile der Welt geführt. Dank seiner mitreißenden Abenteuerromane ist er einer der erfolgreichsten deutschsprachigen Autoren historischer Romane.
www.rainermschroeder.com

Von Rainer M. Schröder sind als Arena-Taschenbuch erschienen:
Die wundersame Weltreise des Jonathan Blum (Band 1934)
Die wahrhaftigen Abenteuer des Felix Faber (Band 2120)
Felix Faber – Übers Meer und durch die Wildnis (Band 2121)
Das Vermächtnis des alten Pilgers (Band 2140)
Der Schatz der Santa Maravilla (Band 2138)
Das Geheimnis der weißen Mönche (Band 2150)
Mein Feuer brennt im Land der fallenden Wasser (Band 2130)
Das geheime Wissen des Alchimisten (Band 2160)
Das verschwundene Testament der Alice Shadwell (Band 2341)

Rainer M. Schröder

Das Geheimnis des Kartenmachers

Roman

Ausgezeichnet mit dem ersten Preis
der Moerser Jugendbuch-Jury 2003

Von der Jubu-Crew, Arbeitsgemeinschaft Jugendbuch
Göttingen zum Buch des Jahres 2003 gewählt

Arena

In Liebe für Helga,
meine treue Gefährtin
in den Stürmen und Flauten
des größten Abenteuers
namens Leben.

In neuer Rechtschreibung

5. Auflage als Arena-Taschenbuch 2008

Umschlagillustration: Klaus Steffens
Umschlagtypografie: knaus. büro für konzeptionelle
und visuelle identitäten, Würzburg
Gesamtherstellung: Westermann Druck Zwickau GmbH
ISSN 0518-4002
ISBN 978-3-401-02242-0

www.arena-verlag.de

»Wann legst du deine Flügel an,
Um sie prächtig auszubreiten?
Keiner legt dir Zügel an,
Deine Füße können schreiten.
Wenn du Angst hast,
Dann verwirf sie jetzt,
Warum sollst du scheitern?
Du wurdest darauf angesetzt,
Den Himmel um die Erde zu erweitern.«

Aus: *Zion,* Söhne Mannheims

Erstes Kapitel

Aus der Öffnung in der Kerkerwand, hoch über seinem Kopf, schoss das Wasser in einem armdicken Strahl und stürzte in das enge Verlies, in das man Caspar Sebald eingeschlossen hatte. Die stinkenden Fluten, die aus einem der Lechkanäle kamen, bedeckten schon gut die Hälfte der Steinstufen, die hinauf zur eisenbeschlagenen Bohlentür mit der vergitterten Luke führten, und schwappten ihm gegen die Kehle.

Nicht ein Funken Tageslicht fiel in das Verlies. Nur von der unruhig flackernden Pechfackel, die dort oben im Gang jenseits der Bohlentür brannte, drang ein schwacher gelblicher Lichtschein durch die Gitterluke in die kalte, stinkende Dunkelheit des Augsburger Wasserkerkers.

Caspar Sebald rann der Schweiß in Strömen über das Gesicht, ebenso vor Anstrengung wie vor Angst. Längst hatte er das Gefühl für die Zeit verloren. Er wusste nicht, ob er erst seit einem oder schon seit zwei Tagen dieser grausamen Tortur der Wasserstrafe ausgesetzt war. Und auch nicht, ob draußen die Herbstsonne schien oder der Nachtmond über der Stadt stand. Er wusste nur, dass er nun schon zum fünften Mal an diesem entsetzlichen Ort um sein Leben kämpfte und dass es sinnlos war, nach Hilfe zu schreien und um Erbarmen zu betteln. Er würde vom Gefängniswärter nur wieder Hohn und Spott ernten. Und sich vor dem steigenden Wasser auf den obersten Treppenabsatz zu flüchten, unterhalb dessen die Öffnung der Abflussrinne wie ein versteinerter aufgerissener Schlund klaffte, ließen die kurzen Fußketten nicht zu. Ihre Länge war so bemessen, dass er gerade mal auf die Pedale der Pumpe steigen und sich an der Eisenstange aufrecht halten konnte, die in Hüfthöhe aus der Kerkerwand ragte.

Für das, was er im Atelier seines Meisters, des ehrbaren Malers Thoman Burgkmair, verbrochen hatte, sollte er drei Tage und Nächte in diesem Wasserkerker büßen, eine Ewigkeit an Qual und Todesangst. Auf Barmherzigkeit brauchte er nicht zu hoffen. Der Domherr hatte auf harter Bestrafung bestanden.

Mit wachsender Verzweiflung und Todesangst trat Caspar in die Pedale. Ihm war, als rannte er die Stufen einer Turmtreppe empor, die sich höher und höher wand und sich in der Endlosigkeit verlor. Die Eisenbänder der Ketten hatten seine Fußgelenke schon bei der ersten Tortur blutig gerieben. Die Wunden brannten wie Feuer, und die Muskeln in seinen Beinen hätten kaum mehr schmerzen können, wenn ihm jemand bei jeder Bewegung Salz in die Wunden gerieben hätte. Glühende Stiche jagten auch durch seine Seite und seinen Brustkorb. Aber er gab nicht auf. Er wusste, dass sie ihn wie einen räudigen Hund ersaufen lassen würden, wenn er nicht bis zum Letzten um sein Leben kämpfte. Und so quälte er sich weiter, um die Pumpe in Gang zu halten und bloß nicht langsamer zu werden.

Aber so sehr er sich auch abmühte und die immer stärker werdenden Schmerzen zu ignorieren versuchte, der Wasserspiegel fiel nicht, sondern stieg weiter an. Die Fluten krochen, wenn auch heimtückisch langsam, seiner Kinnspitze entgegen. Noch immer schoss mehr Wasser aus der Wandöffnung, als er aus dem Kerker zu pumpen vermochte!

Panik griff wie eine schwarze, würgende Hand nach ihm. Mit der Besessenheit eines von Todesangst Getriebenen trat Caspar in die Pedale. Gleichzeitig legte er den Kopf in den Nacken, wodurch er eine knappe Handbreit Luft über dem Wasser gewann. Er starrte mit verdrehten Augen zur Wandöffnung hoch, in der verzweifelten Hoffnung, dass der schwere Eisenschieber sich im nächsten Moment gnädig herabsenkte und den armdicken Strahl abschnitt.

Aber der Schieber rührte sich nicht und das Lechwasser stürzte weiter ins Verlies. Als ihm der erste Schwall in den Mund drang, vergaß er, wie sinnlos alles Schreien und Flehen war. Er schrie seine Qual und Todesangst hinaus und rief alle um Hilfe an, den Gefängniswärter, den Allmächtigen, Maria, alle Heiligen und seine Mutter.

Augenblicke später verschlossen ihm die steigenden Fluten den Mund und erstickten seine Schreie. Gerade nur seine Nase ragte jetzt noch aus dem Wasser und bewahrte ihn vor dem Ertrinken. Zum fünften Mal stand ihm der Tod zum Greifen nah vor Augen.

»Gib auf, Caspar!«, flüsterte ihm eine innere Stimme zu. »Warum willst du dich noch weiter quälen? Hör auf zu treten und ergib dich deinem Schicksal! Es wird schnell vorbei sein, dann hat die Tortur ein Ende. Wie oft willst du dieses grausame Spiel denn noch mit dir treiben lassen? Was ist, wenn dies noch immer der erste Tag ist und du noch viele weitere Male um dein Leben strampeln musst? Ist das Leben solch eine Quälerei wert? Bereite der Angst und den Schmerzen ein Ende, Caspar! Du hast getan, was du tun konntest. Verfluche den eitlen Domherrn und stirb wie ein Mann!«

Die Verlockung war groß und für einen kurzen Moment blieb Caspar auch auf den Eichenpedalen stehen. Es erschien so einfach und so vernünftig, zu kapitulieren und sich dem Tod auszuliefern.

Doch schon in der nächsten Sekunde bäumte sich alles in ihm gegen den Tod durch Ertrinken auf. Er wollte nicht sterben, er wollte leben! Was hatte er denn in den knapp sechzehn Jahren seines Daseins vom Leben gehabt? Er war noch nicht einmal aus den Mauern der Reichsstadt Augsburg herausgekommen! Und er hatte auch Gerlinde, die hübsche Tochter des Bäckers Jakob Pfister, die ihm schöne Augen gemacht und letzte Woche auf dem Hinterhof mit ihm geschäkert hatte, noch nicht geküsst. Er hatte in seinem Leben überhaupt noch kein einziges Mädchen geküsst!

»Nein, ich will nicht in diesem elenden Kerker wie eine Ratte ersaufen! Ich will leben! Leben! Ich denke nicht daran, aufzugeben!«, schrie in ihm eine zweite Stimme gegen die Verlockung an, sich seinem Schicksal zu ergeben.

Verzweifelt durch die Nase nach Luft schnaufend, stieg er wieder in die Pedale. Verflucht sollte der Domherr sein, der ihn wegen einer fetten Warze und einiger abstoßender Haarbüschel in den Wasserkerker hatte werfen lassen! Er würde ihm nicht den Gefallen tun und hier krepieren! Jedenfalls würde er bis zum letzten Atemzug die verfluchte Pumpe in Gang halten!

Caspar kämpfte mit jeder schmerzenden Faser seines Körpers und aller Willenskraft – und das Wasser stieg nicht weiter an! Dann begann es sogar ganz langsam zu sinken. Als er den Mund wieder frei hatte und atmen konnte, ohne den Kopf in den Nacken legen zu müssen, verharrte der Wasserspiegel eine entsetzlich lange Zeit auf demselben bedrohlichen Stand.

In dieser Zeit bemerkte Caspar mehrfach, wie sich die Gitterluke in der Tür oben am Ende der steilen Steintreppe kurz verdunkelte. Kein Zweifel, der Kerkermeister, sein einstiger Meister oder vielleicht sogar der Domherr selbst spähte zu ihm hinunter. Die Pest und Krätze für sie!

Endlich vernahm er das erlösende Geräusch, als sich die dicke Eisenplatte zwischen den schweren Steinblöcken der Kerkerwand senkte. Der armdicke Wasserstrahl fiel augenblicklich in sich zusammen, wurde zu einem kärglichen Rinnsal, das an der Wand herabsickerte, um schließlich ganz zu versiegen.

Caspar hätte am liebsten sofort zu treten aufgehört. Sein Körper schien nur noch aus Schmerzen zu bestehen und schrie danach, zur Ruhe zu kommen. Aber er war klug genug, dieser Versuchung zu widerstehen und gleichmäßig weiterzutreten, um das Verlies zunächst leer zu pumpen, bevor er sich Ruhe gönnte. Nur beim ersten Mal hatte er sich beim Versiegen des Wasserstrahls eine Atempause gegönnt – mit der Folge, dass der Kerkermeister ihn sofort dafür bestraft hatte, indem er wieder den Schieber hochgezogen und ihn erneut zu besessenem Treten gezwungen hatte.

Jetzt, wo die Todesangst von ihm wich, nahm er wieder die typischen Gerüche war, die dem Wasser entstiegen. Von den beiden Flüssen Wertach und Lech, die Augsburg umflossen und sich im Norden der Stadt vereinigten, führte das abgezweigte Wasser der Lechkanäle durch die Handwerkerviertel im Osten der Stadt. Es stank nach den Farbstoffen der Färber, nach Galläpfeln, Eichenrinde, Kupferwasser und Schliff, insbesondere aber nach Rausch, der Bärentraube aus Tirol, die für die Schwarzfärbung Verwendung fand. Dazu kamen andere übel riechende Abwässer, die von Weißgerbern, Lederern, Laugern und Bleichern Tag für Tag in die Kanäle gekippt wurden. Und von dieser ekelhaften Brühe hatte er nicht wenig geschluckt!

Erst als nur noch einige wenige Wasserlachen den Steinboden der Zelle bedeckten, wagte Caspar, von den Pedalen der Pumpe zu steigen. Doch sowie sich seine Hände von der eisernen Haltestange lösten, wich jegliche Kraft von ihm. Seine Beine versagten ihm den Dienst und er stürzte zu Boden. Im nächsten Moment übermannte ihn die Übelkeit und er erbrach sich am Fuß der Steintreppe. Er hatte nichts Festes mehr im Magen, das er hätte herauswürgen können. Es war nur ein gallig bitterer Wasserschwall nach dem anderen, von dem sich sein gequälter Körper erleichterte.

Caspar hatte nicht einmal mehr die Kraft, zur Pritsche zu kriechen und sich auf das dicke Eichenbrett hinaufzuziehen, das an der Wand befestigt war und als Schlafplatz diente. Im Wasserkerker gab es weder Decken noch einen Strohsack. Das ärmellose, löchrige Gewand, in das man ihn bei seiner Einlieferung in den Kerker gesteckt hatte und das aus dem groben, kratzigen Stoff auseinander geschnittener Säcke zusammengeflickt war, klebte ihm triefnass am Leib.

Er blieb liegen, wo er sich übergeben hatte, und drehte sich nur auf die Seite, sodass er die Zellentür im Blick hatte. Von dort, wo sich vor dem flackernden Schein der Pechfackel das Gitter abzeichnete, würde die Erlösung kommen. Und die einzige Frage, die immer wieder alle anderen flüchtigen Gedanken verdrängte und die Angst in ihm wach hielt, war, wann sich wohl wieder der rostige Eisenschieber vor dem Zufluss hob, das Wasser aus der Wand schoss und er erneut um sein Leben strampeln musste, um nicht zu ertrinken. Wie lange mochte er diese Tortur wohl aushalten? Würde er seine Strafe überleben?

Zweites Kapitel

Ein metallisch kratzendes Geräusch riss Caspar jäh aus dem Schlaf der Erschöpfung, in den er am Fuß der Steintreppe gefallen war. Entsetzt und mit einem Aufschrei, als hätte ihn ein Peitschenhieb getroffen, setzte er sich auf. Schon glaubte er zu hören, wie das Wasser mit Macht aus der Wand herausschoss, unter lautem Klatschen auf dem Steinboden aufschlug und nach allen Seiten wegspritzte. Doch das Geräusch, das ihm schon fünfmal eine lange Reihe von Qualen angekündigt hatte, blieb diesmal aus.

Stattdessen vernahm er das Knarren von Scharnieren, die unter der Last der eisenbeschlagenen Bohlentür ächzten wie Ochsen unter einem zu schweren Joch. Er fuhr herum und sein Blick flog hinauf zur Zellentür, die sich öffnete. Nicht die rostige Wassersperre hatte ihn aus dem Schlaf gerissen, sondern es war das kratzende Geräusch gewesen, das beim Zurückziehen des groben Eisenriegels seiner Zellentür entstand! Und als er Geffken, den vierschrötigen Kerkermeister, die Steintreppe heruntersteigen sah, in der Rechten einen derben Knüppel und in der Linken den Eisenring mit seinen Schlüsseln, fuhr ihm ein freudiger Schreck durch die Glieder. Ihm stiegen Tränen der Erlösung in die Augen. Der Mann kam, um die Fußketten aufzuschließen und ihn aus dem Kerker zu holen! Nichts anderes konnte sein Kommen bedeuten! Es war vorbei! Er hatte seine Strafe verbüßt!

»Platz da! Aus dem Weg, Bursche!«, fuhr der Kerkermeister ihn an und versetzte ihm mit seinem Knüppel einen kräftigen Schlag zwischen die Schulterblätter. »Na los, auf den Rücken mit dir, und streck die Beine aus!«

Caspar tat wie geheißen. Ihm war kalt und er zitterte. Das zerschlissene sackförmige Gewand aus grobem Stoff lag noch immer feucht an seinem Körper. Wie lange mochte er geschlafen haben? Waren es Stunden oder nur Minuten gewesen?

Geffken kniete sich zu ihm und schloss die Eisenklammern der Fußketten auf. Obwohl er sah, wie blutig Caspars Fußgelenke waren, machte er nicht den geringsten Versuch, ihm dabei unnötige Schmerzen zu ersparen. Ganz im Gegenteil, und während er an den Fußketten hantierte, sagte er mit grimmiger Stimme: »Wenn es nach mir gegangen wäre, hätte ich dich auch noch den dritten Tag deiner Strafe verbüßen lassen. Gesindel, das weder Respekt vor seinem Meister noch heilige Gottesfurcht kennt, kann man gar nicht hart genug bestrafen! Dich hätte man auf Backe oder Stirn mit dem Brandeisen zeichnen und dann aus der Stadt peitschen sollen!«

Caspar biss sich auf die Lippen, um nicht vor Schmerz aufzuschreien, als der Kerkermeister die Kanten der Eisenbänder rücksichtslos durch die offenen Wunden an seinen Fußgelenken zerrte. Bloß jetzt kein Zeichen von Schwäche zeigen! Gleich war er frei!

Er irrte.

»Dass du nun um den dritten Tag bei mir herumkommst und dich für den Rest deiner Strafe auf dem Marktplatz im Stock des Prangers erholen kannst, verdankst du der falschen Milde deines Meisters!«, brummte Geffken.

»Pranger?«, stieß Caspar bestürzt hervor.

»Ja, da wird deine Schande zur Schau gestellt«, sagte der Kerkermeister. »Und nun hoch mit dir! Ich will dich auf dem Rathausplatz im Holz haben, bevor das Gedränge beginnt! Heute ist Wochenmarkt am Perlach.« Er rammte ihm seinen Knüppel in die Seite.

Verstört und mit schmerzenden Gliedern stolperte Caspar die Stufen der Steintreppe hoch, angetrieben von Geffken, der ihn mit Knüppelschlägen rechts und links auf die Beine traktierte.

In der Wachstube warteten die beiden Gehilfen des Kerkermeisters. Sie grinsten schadenfroh und machten sich über ihn lustig, als Caspar auf Geffkens Befehl hin das nasse Kerkergewand über den Kopf streifte und splitternackt und zitternd vor ihnen stand. Sie ließen sich viel Zeit damit, sich zu erinnern, wohin sie seine Kleider getan hatten, um sie schließlich aus einem alten Weidenkorb zu ziehen.

»Macht voran, Männer! Hoch mit dem Joch!«, drängte Geffken.

Die Gehilfen legten Caspar den schweren Holzbalken, auch »Geige« genannt, auf die Schulter. Die halbkreisförmige Aussparung für den Nacken wurde vorn durch eine zwei Finger breite, bewegliche Eisenklammer ergänzt. Gemeinsam umschlossen Holz und Eisen den Hals. Ähnliche Öffnungen waren rechts und links an den Enden des Jochs angebracht und schlossen sich nun um Caspars Handgelenke.

»Abmarsch!«, befahl der Kerkermeister.

Die zahlreichen Türme der Stadt leuchteten schon wie polierte Monstranzen im Licht der aufgehenden Sonne, während die herbstklamme Dunkelheit in den Straßen und Gassen der Reichsstadt erst zögerlich zu weichen und sich in ein dämmriges Zwielicht zu verwandeln begann.

Obwohl sie nur wenige Minuten bis zum Rathausplatz am Perlach brauchten, kam Caspar dieser Gang mit dem Joch auf den Schultern endlos vor. Die halbe Stadt schien schon auf den Beinen zu sein und ihm war, als folgte ihm jedes Augenpaar voller Abscheu und Verachtung. Auch glaubte er von Fuhrknechten, Dienstmädchen und frommen Bürgern, die zur Frühmesse in eine der vielen Kirchen Augsburgs eilten, im Vorübergehen Getuschel sowie gehässige Bemerkungen und Verwünschungen hören zu können. Er richtete den Blick starr auf den Boden vor sich, um nicht in die Gesichter von Menschen sehen zu müssen, die ihn möglicherweise kannten.

Die Gassen, durch die der Kerkermeister und seine Gehilfen ihn führten, stiegen bald spürbar an, ging es doch zum Perlach hoch. So hieß der Hügel, der sich inmitten der Bürgerstadt vom alten Judenberg im Süden bis zum Perlachberg im Norden erstreckte. Hier stand das Rathaus, für dessen Erweiterung 1449 angeblich Grabsteine des aufgelassenen jüdischen Friedhofs verwendet worden waren. Die Augsburger Juden hatten gegen diesen Frevel nichts unternehmen können, weil man sie wenige Jahre zuvor per Edikt aus der Stadt vertrieben hatte.

Vom Ziegelbau der Ratskirche St. Peter am Perlach leuchtete der obere Teil im Licht der ersten Sonnenstrahlen so kräftig, als glühten die Backsteine wie frisch aus dem Ziegelofen gezogen. Auf ihrer Westseite warf die dreischiffige Hallenkirche jedoch noch lange Schatten über das weitläufige Gelände vor dem Rathaus.

Trotz der frühen Morgenstunde herrschte auf dem Marktplatz schon ein geschäftiges Treiben von Händlern, Handwerkern, Bauern, Krämern und frühen Kunden, bei denen es sich fast ausnahmslos um Mägde und Knechte handelte. Auch die ersten Bettler und Schausteller fanden sich ein. Schwer beladene Fuhrwerke, Eselskarren und Handwagen aller Art machten sich gegenseitig den Weg streitig und überall wurden Stände, Buden und Tische aufgebaut und mit Waren aller Art ausgelegt und behängt.

Der Pranger, im Volksmund auch Schandpfahl genannt, war ein klobiges, mit Eisenbeschlägen versehenes und von Wind und Wetter gezeichnetes Holzgerüst und stand in der Nähe des Brunnens.

Als nun die Handlanger des Kerkermeisters Caspar die Geige abnahmen, ihn mit Kopf und beiden Händen in den Pranger einschlossen und er sich in dieser gebückten, demütigenden Haltung den Blicken der Menschen auf dem Markt ausgesetzt sah, da wünschte er plötzlich wider alle Vernunft, er hätte auch diesen dritten und letzten Tag seiner Strafe im Wasserkerker verbüßen können.

»Na, dann bis zum Sonnenuntergang, Caspar Sebald«, sagte Geffken und verpasste ihm zum Abschied noch einen Schlag mit dem Knüppel auf die Hüfte. »Ich hoffe, dir wird viel Aufmerksamkeit zuteil und der Tag so lang wie tausend Meilen Höllenpflaster!«

Seine Gehilfen lachten hämisch.

Caspar verkniff sich eine Erwiderung. Ja, Meister Burgkmair hatte ihm mit seiner Fürsprache, die ihn vorzeitig aus dem Verlies und für einen Tag hier an den Schandpfahl geführt hatte, keinen Gefallen getan. Alles erschien ihm jetzt erträglicher und auch gnädiger, als einen Tag lang am Pranger schutzlos dem Hohn und Spott, der Neugier und der Verachtung ausgesetzt zu sein. Im Verlies wäre er mit seiner Angst und Qual allein gewesen und außer dem Kerkermeister und seinen Gehilfen wäre dort niemand Zeuge seiner Schande geworden. So aber war er einen entsetzlich langen Markttag dazu verdammt, in aller Öffentlichkeit seine Schande zur Schau zu stellen, und er konnte noch nicht einmal beschämt den Kopf abwenden!

Caspar machte sich bittere Vorwürfe. Hätte er sich doch bloß nicht von Hans, dem ein Jahr älteren Sohn seines Meisters aus der Zunft der Augsburger Maler, dazu verleiten lassen, immer noch einen weiteren Schluck aus der Kanne Branntwein zu nehmen! Dann wäre er auch nie auf die tollkühne Idee gekommen, nach der Palette zu greifen und sich an dem halb fertig gestellten Porträt des ebenso eitlen wie mächtigen Domkanonikers Servatius von Pirkheim zu schaffen zu machen. Aber er hatte Hans, der nach Lehrjahren bei seinem Vater nun in Colmar bei dem namhaften Künstler Martin Schongauer seine Ausbildung fortsetzte, mit seinem Können beeindrucken wollen. Ihn hatte der Neid getrieben, dass der Sohn seines Meisters etwas von der Welt zu sehen bekam, während ihn die Mauern von Augsburg festhielten und wohl auch für den Rest seines Leben nicht freigeben würden. Denn mittlerweile wusste er, dass aus ihm vielleicht einmal ein guter Kopist, aber nie ein wirklicher Künstler werden würde. Dazu fehlte es ihm nämlich nicht nur an Hingabe und Besessenheit, sondern auch an der nötigen künstlerischen Vorstellungskraft, wie er tief in seinem Innersten erkannt hatte. Und so hatte er sich dann in seiner einfältigen Geltungssucht und von Branntwein berauscht mit dem Pinsel in den Wasserkerker gemalt – und an den Schandpfahl!

Der Tag am Pranger wurde zu einer seelischen Folter, die kein Ende nehmen wollte. Was die Marktbesucher ihm an Schmähungen zuriefen, war schlimm genug. Kinder hänselten ihn, zogen an Nase und Ohren, warfen Dreck nach ihm und manch einer spuckte ihn an. Ein altes Marktweib stellte sich sogar mit ihrem breiten Hinterteil ganz nah vor ihn hin, hob ihre Röcke und erleichterte sich am Pranger, was einige Fuhrmänner und Bleichknechte mit Gejohle begleiteten.

Zu diesen entwürdigenden Geschehnissen kam noch hinzu, dass er immer wieder an die Schande denken musste, die er seinen Eltern durch sein unverantwortliches Tun bereitet hatte. Sein Vater Friedrich, der in der Jakobervorstadt die Schänke *Zum Schwarzen Hahn* betrieb, würde außer sich vor Zorn sein. Sein jüngster Sohn erst in den Wasserkerker gesperrt und dann am Rathausplatz in den Pranger geschlossen, was für eine Schmach!

Caspar wollte lieber nicht darüber nachdenken, was ihm von seinem Vater blühte, wenn er bei Sonnenuntergang aus dem Pranger freikam und in sein elterliches Haus zurückkehren musste. Denn bei Meister Burgkmair durfte er sich nicht wieder blicken lassen, auch wenn dem der Vater erst vor zweieinhalb Jahren einen dicken Beutel voll Gulden dafür bezahlt hatte, dass er Caspar in seine Obhut nahm, ihn in seinem Haus mit Kost und Logis versorgte und in der Kunst der Malerei ausbildete. Und die Lehrzeit betrug gewöhnlich ein Dutzend Jahre. Nein, das viele Geld, das der Vater für ihn gezahlt hatte, damit er einst in die ehrbare Zunft der Maler Aufnahme fand, war unwiderruflich verloren. Und er wusste sonst keinen anderen Ort, wo er sich hätte verkriechen können.

Ja, Schläge waren ihm gewiss und er würde ihnen auch nicht auszuweichen versuchen, hatte er sie doch verdient. Und von seinem fünf Jahre älteren Bruder drohte ihm ähnliches Ungemach. Ulrich hatte noch nie viel von ihm gehalten und schon so manches Mal hatte er der Mutter vorgeworfen, dass sie zu nachsichtig mit ihm umging, und wegen des teuren Lehrgeldes ein großes Aufheben gemacht, als hätte *er* selbst sich das Geld aus den Rippen schneiden müssen. Aber genau so hatte er es als künftiger Erbe der väterlichen Schänke wohl auch gesehen. Er würde es Caspar nun bestimmt handgreiflich spüren lassen, dass er das Lehrgeld verloren und den Namen der Familie so schändlich in den Dreck gezogen hatte. Seinen Zorn musste er fast noch mehr fürchten als den des Vaters, weil Ulrich eine sehr unversöhnliche und nachtragende Ader besaß.

Aber noch bedrückender und schmerzlicher war der Gedanke an den stillen Kummer seiner Mutter Mechthild. Schlagen würde sie ihn nicht, das würde ihr nie in den Sinn kommen. Doch ihre Tränen und die Enttäuschung über ihn, die sicherlich in ihren Augen zu lesen stand, würden ihm mehr zu schaffen machen als jede Tracht Prügel von Vater oder Bruder. Denn ihr allein hatte er es zu verdanken gehabt, dass der Vater trotz der hohen Kosten letztlich nachgegeben und ihn zu Meister Burgkmair in die Lehre geschickt hatte.

Seine Eltern und sein Bruder zeigten sich nicht in der Nähe des Prangers. Das war ihnen untersagt, wie er wusste, und sie taten gut daran, sich an die Anordnung zu halten. Er hoffte jedoch, dass Hans Burgkmair sich zeigte, ihm ein wenig Trost spendete und vielleicht sogar Wasser vom Brunnen holte. Immerhin trug der Sohn seines Meisters eine gewisse Mitschuld an dem, was passiert war. Aber Hans, der ihn zum Zechen verleitet und mit seinen spöttischen Bemerkungen förmlich zu seiner Torheit herausgefordert hatte, ließ sich nicht blicken. Als Sohn eines Schankwirts hätte Caspar ja wissen müssen, was von Zechbrüdern zu halten war. Allerdings konnte es auch gut sein, dass der Meister seinen Sohn umgehend zu seinem Lehrherrn nach Colmar geschickt hatte, um ihn aus dem Gerede herauszuhalten.

Wer jedoch kam, war Gerlinde, die Tochter des Bäckers Jakob Pfister und das Mädchen, von dem Caspar bei Nacht und bei Tag sehnsüchtig träumte. Sie tauchte gegen Mittag schräg vor ihm im Durchgang zwischen zwei Verkaufsbuden auf. Gerlinde trug ein hübsches dunkelblaues Wollkleid, und auf dem flachsblonden Haar, das er gleich nach den engelhaften Gesichtszügen und dem vollen Busen so sehr an ihr bewunderte, saß eine mehlweiße, gefältelte Haube. Mit blassem Gesicht stand sie einen Augenblick zwischen den Verkaufsständen und starrte zu ihm herüber, offenbar unschlüssig, was sie tun sollte. Dann gab sie sich einen Ruck und kam auf ihn zu.

Caspar fühlte sich zwischen Scham und Freude hin- und hergerissen. Er versuchte ein Lächeln, was jedoch misslang, denn er fühlte sich elend, körperlich wie seelisch, und ihn quälte starker Durst.

»Dich schickt der Himmel, Gerlinde!«, stieß er leise mit rauer Stimme hervor. »Bitte, hol mir vom Brunnen Wasser! Und dann erzähle ich dir, wie ...«

Weiter kam er nicht, denn in diesem Moment spuckte sie ihm ins Gesicht. »Wage es ja nicht, noch einmal in meine Nähe zu kommen oder mich gar anzusprechen!«, zischte sie voller Abscheu, wandte sich abrupt um und hastete davon.

Caspar spürte, wie ihm ihr Speichel über das Gesicht lief, und er hatte Mühe, die Tränen zurückzuhalten. Ein Dolch mitten ins Herz gestoßen hätte ihn kaum tiefer verletzen können, darauf hätte er in diesem Moment einen heiligen Eid geschworen.

Am Nachmittag verebbten das Gedränge und der Lärm auf dem Platz spürbar, und als die Sonnenscheibe bei ihrem Abstieg vom Zenit auf den glasierten Turmziegeln des Gögginger Stadttores im Westen der Stadt hinabzugleiten schien, begann sich der Wochenmarkt allmählich aufzulösen. Diejenigen unter den Bauern, die noch einen längeren Weg zu ihrem Dorf im Augsburger Umland vor sich wussten, bauten ihre Stände ab, beluden ihre Pferdewagen oder Ochsenkarren und machten sich auf den Heimweg, um spätestens bei Einbruch der Dunkelheit auf ihrem Gehöft zu sein.

In dieser Atmosphäre des allgemeinen Aufbruchs, als Caspar schon glaubte, die Demütigungen und Schmähungen endlich überstanden zu haben, setzten ihm zwei halbwüchsige Burschen noch einmal ganz übel zu. Sie machten sich einen Spaß daraus, Pferdeäpfel aufzulesen, sie zu einem Ball zusammenzupressen und seinen Kopf als Zielscheibe zu benützen. Dabei feuerten sie sich gegenseitig an und jeden Volltreffer begleiteten sie mit schadenfrohem Gelächter.

Hilflos war Caspar ihren ekelhaften Wurfgeschossen ausgesetzt. Das Einzige, was er tun konnte, war, nur noch durch den Mund zu atmen und sofort Mund und Augen fest zusammenzupressen, sowie sie mit dem Pferdemist nach ihm warfen.

»Los, stopfen wir ihm zum Abschluss noch das Maul!«, schlug einer von ihnen vor, als sie ihn mehrmals mit ihren stinkenden Geschossen getroffen hatten und allmählich die Lust daran verloren.

Caspar schickte ihnen einen lästerlichen Fluch entgegen, als sie zu ihm traten, und biss dann die Zähne fest aufeinander. Doch darüber lachten sie nur.

»Ich halte ihm die Nase zu, dann wird er das Maul schon aufmachen, wenn er nicht ersticken will!«

Im nächsten Moment hörte Caspar einen seiner Quälgeister einen Schrei ausstoßen, in dem ebenso Schmerz wie Überraschung lag, und er riss die von Pferdemist verklebten Augen wieder auf. Er sah den Burschen, der ihm die Nase hatte zuhalten wollen, der Länge nach am Boden liegen. Und bevor er wusste, was geschehen war, fiel der Schatten eines Mannes in einem tannengrünen Wollumhang über ihn. Gleichzeitig schoss ein schwerer Stiefel unter diesem Umhang hervor. Kurz blinkte in der Sonne etwas am Stiefel auf, das wie eine silbrig metallische Verzierung aussah, aber auch nur der Lichtschein auf einem besonders gut polierten Stück Leder sein konnte. Zudem tränten ihm die Augen, sodass er alles nur sehr verschwommen wahrnahm. Recht deutlich bekam er jedoch mit, wie der Stiefel seinen zweiten jugendlichen Peiniger mit solcher Wucht ins Gesäß traf, dass der Bursche zu seinem Freund in den Dreck stürzte.

»Macht bloß, dass ihr wegkommt und euch wieder in eure Drecklöcher verkriecht, elendes Gewürm!«, rief der Fremde den beiden zu und schwang drohend einen Stock. »Oder ich sorge dafür, dass euch Flügel wachsen!«

Erschrocken rappelten sich die beiden Jungen auf und rannten davon, so schnell ihre Beine sie tragen konnten.

Der Fremde, von dem Caspar nur noch die breite Krempe eines schwarzen Filzhutes erkennen konnte, verschwand sofort wieder aus seinem verschwommenen Blickfeld. »Ich danke Euch!«, rief er ihm nach. »Gott vergelte es Euch!«

Eine Antwort erhielt er nicht. Doch schon im nächsten Moment hörte er wieder die Stimme des Fremden, etwas entfernt, aber deutlich genug, um jedes Wort zu verstehen. »Gebt mir den Eimer, Frau!«

Er war zum Brunnen gegangen!

Augenblicke später richtete sich die Stimme des Mannes wieder an ihn. »Mach die Augen zu!« Und dann traf ihn auch schon ein kräftiger Schwall kaltes Wasser, der einen Großteil des Pferdemists von seinem Gesicht spülte.

»Gott vergelt's!«, stieß Caspar noch einmal dankbar hervor. Als er die Augen wieder aufschlug, erhaschte er nur noch einen flüchtigen Blick auf den Rücken des Fremden, der ohne eine Erwiderung zum Brunnen zurückkehrte, dort wohl den Eimer abstellte und dann seiner Wege ging.

Es dauerte noch fast zwei Stunden, bis der Kerkermeister endlich auf dem Platz erschien und ihn aus dem Pranger freiließ. »Du bist viel zu gnädig davongekommen, Caspar Sebald!«, sagte Geffken drohend. »Hätte ich über deinen Frevel zu Gericht gesessen, ich hätte schon gewusst, wie man Übeltätern wie dir für den Rest des Lebens wahre Gottesfurcht einbläut! Bei Eiterbeulen helfen keine zaghaften Eingriffe, sondern sie gehören beherzt herausgeschnitten, wenn das gesunde Fleisch nicht davon befallen werden soll!«

Caspar nahm den letzten Schlag mit dem Prügel wortlos hin und taumelte zum Brunnen, um sich von den Resten Pferdemist und Speichel zu säubern.

Als er sich umdrehte, stand seine Mutter vor ihm. Als er ihr blasses, von stillem Schmerz und Mitgefühl gezeichnetes Gesicht sah, war es um seine Selbstbeherrschung geschehen. Seine Lippen begannen zu zittern. Dann kamen die Tränen.

Sie nahm seine Hand, drückte sie und sagte nur leise: »Es ist vorbei, Kind. Komm nach Hause.«

Drittes Kapitel

Es war am Tag nach Epiphanias, als Caspar bei Einbruch der Abenddämmerung auf das steile Giebeldach seines Elternhauses kletterte. Damit ließ er sich auf ein höchst waghalsiges Unterfangen ein, denn nach dem heftigen Schneefall in den frühen Morgenstunden dieses Januartages hatte wieder Frost eingesetzt. Ein einziger falscher Schritt, und er würde in die Tiefe stürzen und mit zerschmetterten Knochen auf dem mit Lechkieseln gepflasterten Hinterhof vom *Schwarzen Hahn* enden.

Caspar schreckte die Gefahr von Schnee und Eis auf den Dachziegeln nicht. Er schenkte ihr kaum einen Gedanken. Was hatte er schon groß zu verlieren, nachdem sogar die wenigen Freunde aus dem Viertel nichts mehr mit ihm zu tun haben wollten, seitdem er am Pranger gestanden hatte? Doch wohl nur ein äußerst freudloses Leben unter der harten Hand seines Vaters. Und wenn nach dessen Tod erst einmal sein Bruder Ulrich im *Schwarzen Hahn* das Sagen hatte, würde der ihn seine Abhängigkeit Tag für Tag mit tyrannischer Härte und Unversöhnlichkeit spüren lassen, so viel stand fest! Die vier Monate, die Caspar seit den Tagen im Wasserkerker und am Pranger wieder im Elternhaus lebte, waren schon ein bitterer Vorgeschmack auf das gewesen, was ihn dann erwartete. Und so stieg er völlig gleichgültig gegenüber der tödlichen Gefahr aus der Dachluke seiner Kammer und kroch auf allen vieren zum First hoch.

Dieser luftige, Schwindel erregende Ort war schon als kleiner Junge sein Lieblingsplatz gewesen. Hier lag ihm die Welt zu Füßen. Direkt unter ihm hatte er die Gassen und Plätze der Jakobervorstadt, das von den Lechkanälen durchzogene Wohnviertel meist einfacher Weber und Handwerker mit der Kirche St. Jakob in seiner Mitte. Und wenn er nach Westen schaute, bot sich seinen Augen auf dem lang gestreckten Hügelrücken des Perlach der eindrucksvolle Anblick der dicht bebauten Oberstadt mit ihren vielen Klöstern und Kirchen, vom Dom im Norden bis hin nach St. Afra und St. Ulrich im Süden. Dort lagen die herrschaftlichen Patrizierhäuser der Fugger und der Welser und wie all die reichen Augsburger Händler hießen, die mit Fürsten und Königen so selbstbewusst verkehrten wie sein Vater mit den Webern und kleinen Handwerkern ihres Viertels.

Staunen riefen in ihm auch immer wieder die mächtigen Stadttore, Wälle und Gräben hervor sowie das Wunderwerk der trutzigen Mauergürtel mit ihren dicht gereihten Türmen und Bastionen rund um die einstige Römerstadt! Diese Befestigungen stellten das weithin sichtbare Wahrzeichen reichsstädtischer Würde dar, so wie ein Ritter beim Turnier seinen Rang und seine Macht durch eine möglichst glanzvolle Rüstung zum Ausdruck brachte. Und was diese in Stein gefasste Würde der Befestigungsbauten anging, stellte Augsburg alle anderen Reichsstädte in den Schatten, wie es hieß. Die reiche Handelsstadt nahe der Mündung von Wertach und Lech sollte allein mehr als hundert Mauertürme mit unterschiedlichsten Bekrönungen ihr Eigen nennen!

Bei Sonnenaufgang oder bei Einbruch der Nacht rittlings auf dem Dachfirst zu sitzen erfüllte Caspar jedes Mal mit einem berauschenden Gefühl der Freiheit. Denn von hier aus konnte er nicht nur weite Teile seiner Heimatstadt überblicken, sondern sich auch jenseits aller Begrenzungen seinen Tagträumen überlassen. Wie oft hatte er hier in luftiger Höhe von den langen und gefahrvollen Handelsfahrten der mutigen Augsburger Fernhändler geträumt, die nach Antwerpen und Venedig, Brügge und Köln, Wien und Krakau, Riga und Genua reisten, nach Tirol, Burgund und Flandern und Waren und Kostbarkeiten aller Art in die Stadt brachten, die aus Indien, Persien, Ägypten und anderen unglaublich fernen Ländern kamen.

Hier oben träumte er seit Jahren von all diesen Städten und Ländern, deren fremdländische Namen für ihn einen unvergleichlich verlockenden Klang besaßen. Hier fühlte er sich losgelöst von allen Fesseln und jeglicher Kummer fiel von ihm ab. Nichts hatte je mit dem einzigartigen Gefühl, das ihn an diesem einsamen Ort durchströmte, mithalten können. Bis dann plötzlich eine ebenso aufregende wie verstörend neue Welt der Gefühle und Sehnsüchte in ihm aufgebrochen war und er von Mädchen wie Gerlinde zu träumen begonnen hatte.

Und ausgerechnet sie hatte ihm am Pranger voller Abscheu ins Gesicht gespuckt!

Die besondere Magie, mit der ihn der Platz auf dem Dachfirst für gewöhnlich auf Anhieb umfing und ihn der Trübsal des Alltags entrückte, stellte sich an diesem Abend nicht ein. Es überraschte ihn nicht. Seit er letzten September in Schimpf und Schande ins Elternhaus zurückgekehrt war, blieben seine Gefühle hier oben so kalt wie der eisige Wind, der jetzt über die Dächer fegte und den Rauch aus zahllosen Kaminen mit sich riss.

Caspars Blick irrte kurz hinaus vor die Stadt zum Jakoberspital, das wie alle Spitale und Siechhäuser wegen der Angst der Bürger vor sich ausbreitenden Krankheiten außerhalb der Stadtmauern lag, kehrte dann wieder in die Jakobervorstadt zurück, glitt über einige nahe Färbertürme mit ihren vorstehenden Galerien, deren schon in den Mauern sitzenden Gestank ihm der böige Wind zutrug, und senkte sich dann in die Tiefe, als läge da die Lösung all seines Kummers.

Er dachte an den Tag zurück, als er mit Schande beladen in sein Elternhaus heimgekehrt war. Die Mutter hatte einen großen Umweg gemacht und ihn wortlos durch stille, abgelegene Gassen geführt, wo sie sicher sein konnten, dass ihnen auf dem Weg in die Jakobervorstadt nur wenige Leute begegneten.

Vom Vater hatte er keine Milde erwartet und auch keine erhalten. Der hatte ihn seinen maßlosen Zorn mit dem Lederriemen seines Gürtels spüren lassen, kaum dass er ihm im Hinterhof gegenüberstand. »Und das sage ich dir!«, brüllte er nach Atem ringend, als die Mutter ihm endlich in den Arm fiel und er seine blinde Wut zügelte. »Du wirst in der Schänke deine Arbeit tun, ganz egal, was die Leute dir sagen oder nachrufen! Glaube ja nicht, dass du dich verkriechen und irgendwo im Verborgenen deine Wunden lecken kannst! Du wirst genauso mit Schimpf und Schande leben müssen wie ich, deine Mutter und dein Bruder!«

»Ja, Vater«, sagte Caspar gehorsam mit gesenktem Blick und brennendem Rücken.

»Mein eigen Fleisch und Blut zu Kerker und Pranger verurteilt! Dass ich das erleben muss!« Der Vater wandte sich mit verkniffener Miene an die Mutter: »Und dafür hast du dich bei den Pfaffen von St. Moritz wochenlang kniefällig ins Zeug gelegt, damit sie ihn in ihre Lateinschule lassen, Weib? Von dem vielen Geld, das ich Meister Burgkmair als Lehrgeld gezahlt habe, ganz zu schweigen!«

»Lass es gut sein, Friedrich«, sagte die Mutter bittend und legte ihre Hand auf seinen Arm. »Caspar hat seine Strafe erhalten und verbüßt.«

»Ach was!«, schnaubte der Vater und schüttelte unwillig ihre Hand ab. »Den Makel wird er nie verlieren – und wir auch nicht! Und jetzt geht mir alle aus den Augen!«

Caspar stürzte ins Haus – und seinem Bruder geradewegs in die Arme. Ulrich, der dem Vater wie aus dem Gesicht geschnitten war und auch dessen außergewöhnlich kräftige Statur geerbt hatte, versetzte ihm zwei schallende Ohrfeigen und spuckte ihm vor die Füße. »Dass du es noch wagst, uns unter die Augen zu treten! Nach der Schande, die du über die Familie gebracht hast! Weißt du überhaupt, was du uns angetan hast?«, fauchte er ihn an und ohrfeigte ihn erneut.

Caspar wich im Gang vor ihm zurück, doch Ulrich folgte ihm. »Im Mai sollte Hochzeit sein, doch jetzt wollen Sybilla und ihre Familie nichts mehr davon wissen! Wie willst du das je wieder gutmachen?« Und wieder setzte es eine schmerzhafte Ohrfeige.

»Sei doch froh, wenn diese dumme Gans dich nicht mehr zum Mann will!«, antwortete Caspar aufbegehrend. »Die ist doch hässlich wie die Nacht! Und auf ihre fette Mitgift, um die es dir ja nur gegangen ist, bist du doch gar nicht angewiesen! Wo du doch Haus und Schänke erbst und so geizig wie kein anderer bist!«

»Du Schandfleck auf unserem guten Namen, dir werde ich es zeigen!«, schrie Ulrich und stürzte sich auf ihn. Er prügelte auf Caspar ein, bis dieser schließlich mit blutender Unterlippe am Boden lag und sich vor Schmerzen krümmte. »Das ist dir hoffentlich eine Lehre! Du musst wirklich aus der Art geschlagen sein. Du taugst dein Gewicht noch nicht mal in verrottetem Stroh! Mich würde es nicht wundern, wenn dein Name eines Tages im Achtbuch steht und du aus der Stadt gejagt wirst!«

Caspar starrte vom Dachfirst in die einbrechende Dunkelheit hinaus, in der nun immer mehr Lichter in Kirchen, Klöstern, Patrizierhäusern, Bürgerstuben, Werkstätten, Schänken und Armenbehausungen entflammten und die kalte Winternacht draußen zu halten versuchten. Ja, am Tag seiner Rückkehr hatte er viel einstecken müssen und seitdem war das Leben nicht wesentlich leichter für ihn geworden. Der Vater trieb ihn von einer Arbeit zur anderen und wechselte darüber hinaus kaum noch ein Wort mit ihm; und Ulrich ließ ihn bei jeder sich bietenden Gelegenheit seine Verachtung spüren. Einzig der Hohn von Nachbarn und Zechern, der die ersten Wochen für ihn zu einem endlosen Spießrutenlaufen gemacht hatte, hatte sich mittlerweile verflüchtigt. Hier und dort fiel noch mal eine bissige oder geringschätzige Bemerkung, aber seine Verfehlung beschäftigte in ihrem Viertel niemanden mehr. Die Leute hatten längst anderes, worüber sie sich den Mund zerreden konnten. Aber wenn man einen so quälfreudigen Bruder wie Ulrich hatte, brauchte man auch keine anderen mehr, die einem das Leben schwer machten und einen jeden Tag mit lustvoller Gehässigkeit daran erinnerten, welche Schande man auf sich geladen und wie man die eigene Familie in Verruf gebracht hatte.

Warum mache ich all dem nicht ein Ende und stürze mich in die Tiefe?, ging es Caspar plötzlich durch den Kopf, als ihn eine heftige Windböe überraschte und er fast das Gleichgewicht verlor. Er brauchte die Beine bloß achtlos über den First zu schwingen und sich fallen zu lassen, dann würde der Tod wenige Sekunden später alles auslöschen, was ihn tagtäglich quälte. Ein schnelles und gnädiges Ende . . .

»Caspar? . . . Caspar? . . . Bist du da oben? . . . Heilige Muttergottes, wie kannst du bloß bei diesem Wetter auf das Dach steigen!«

Die erschrockene Stimme seiner Mutter, die sich aus der Dachluke lehnte und sich den Kopf nach ihm verrenkte, riss ihn aus seinen morbiden Gedanken. »Das sieht gefährlicher aus, als es ist«, wiegelte er ab.

»Von wegen! Wie leicht kannst du auf den vereisten Dachziegeln in den Tod stürzen!«

»Und wenn schon!«, entfuhr es Caspar bitter. »Dann hättet ihr doch endlich eure Ruhe . . . und ich auch!«

»Allmächtiger, versündige dich nicht!«, rief sie bestürzt und schlug hastig das Kreuz. »Nicht einmal denken darfst du so etwas Entsetzliches! Willst du, dass ich dich nach allem, was geschehen ist, auch noch zu Grabe tragen muss und mein Lebtag nicht mehr froh werde?«

Er schwieg, zwischen Beschämung und Trotz hin- und hergerissen.

»Caspar, du hast eine große Dummheit begangen, aber deshalb darfst du dich doch nicht unterkriegen lassen! Und mit dem Tod spielt man nicht, dafür ist das Leben zu kostbar! Caspar, sei ein Mann und kein Feigling, der sich wie ein Dieb in der Nacht aus der Verantwortung für sein Tun davonstiehlt!«, beschwor sie ihn. »Unter großen Schmerzen, aber mit Glück im Herzen habe ich dich zur Welt gebracht. Und wenn du auch nie die körperliche Kraft deines Vaters und deines älteren Bruders besessen hast, so habe ich doch immer gewusst, dass du ihnen letztlich überlegen bist – auf deine eigene Art. Und nie habe ich dich für jemanden gehalten, der leicht aufgibt, ganz egal, was dir das Schicksal an Prüfungen in den Weg legt. Nicht auf die Kraft deiner Muskeln kommt es an, sondern auf deine Willensstärke, deine Selbstbeherrschung und deine Entschlossenheit, dich von nichts und niemandem unterkriegen zu lassen. Ich habe bisher geglaubt, dass du diese besonderen Eigenschaften besitzt.« Sie machte eine kurze Pause und fragte dann sanft: »Willst du mir jetzt unbedingt beweisen, dass ich mich getäuscht habe, mein Sohn?«

Er biss sich auf die Lippen und schüttelte beschämt den Kopf, weil er die feige Flucht in den Tod für einen Ausweg gehalten hatte. Statt irgendetwas zu lösen und ins Reine zu bringen, hätte er mit dem Sturz in die Tiefe nur noch für mehr Kummer gesorgt.

»Komm endlich vom Dach, Caspar«, sagte die Mutter mit leiser, aber fordernder Stimme und streckte die Hand nach ihm aus. »Oder willst du mich hier noch länger in der Luke frieren lassen? Mir wachsen schon die ersten Eiszapfen an der Nase. Noch eine Minute und ich bin zu Eis erstarrt. Kannst du das verantworten?«

»Ach, Mutter, du bist zäher als wir alle zusammen«, sagte Caspar und konnte sich eines Auflachens nicht erwehren, auch wenn er wusste, dass sie genau das damit bezweckt hatte. Vorsichtig und mit wild pochendem Herzen, weil ihm die Gefahr nun ganz und gar nicht mehr gleichgültig war, kletterte er zur Dachluke hinunter. Aufgerüttelt von den Worten der Mutter sah er Feigheit und Mut nun in anderem Licht. Nicht im Sprung in die Tiefe und in der Flucht vor Mühsal und Verantwortung, sondern im Annehmen und Aushalten dessen, was einem das Leben auch an Härten und Bedrückungen auferlegte, bestand wahrer Mut.

Aber musste es denn gleich so schwer sein, standhaft zu bleiben und seinen Mut nicht zu verlieren?

Viertes Kapitel

Gemeinsam gingen sie hinunter in die Schänke, wo sich die Tische und Bänke unter den rauchgeschwärzten Balken an diesem frostkalten Abend früher als gewöhnlich füllten. Der *Schwarze Hahn* genoss in der Jakobervorstadt und über das Viertel hinaus einen guten Ruf. Friedrich Sebald galt als ehrlicher Schankwirt, der seinen Gästen weder verwässertes Bier noch minderwertigen Branntwein auftischte und bei dem man eine gute Mahlzeit zu einem anständigen Preis vorgesetzt bekam. Deshalb fanden sich an seinen Tischen auch besser gestellte Handwerker und kleinere Kaufleute, die sonst einen Bogen um Tavernen machten, wo die Mehrzahl der Gäste aus einfachen Webern, Zimmerleuten und Flößern vom nahen Lech bestand. Wen man im *Schwarzen Hahn* dagegen nicht antraf, das waren Tagelöhner, Schwarzfärber, Gerber, Walker und Bleichknechte sowie die Bach- und Deichelkarrer aus dem Viertel, die sich ihren Lebensunterhalt verdienten, indem sie den aus Bächen und Kanälen geräumten Schlamm und Unrat aus der Stadt schafften. Diese Leute bevorzugten Schänken, wo es billigen Fusel gab und wo sich niemand daran störte, welch beißender Geruch ihrer Kleidung entströmte.

Kaum hatte Caspar den warmen Schankraum betreten, als Ulrich ihn auch schon wieder in die Kälte hinausschickte. »Geh vorn in der Gasse Asche streuen!«, trug er ihm barsch auf und der Vater nickte knapp dazu, ohne seinen Blick von dem Krug zu nehmen, den er gerade mit Bier füllte. »Wo hast du überhaupt gesteckt? Ich habe schon ein paar Mal nach dir gerufen!«

»Ich war Sterne zählen«, gab Caspar sarkastisch zur Antwort und beeilte sich, dass er schnell aus der Reichweite seines Bruders kam.

Die Ascheneimer standen im großen Hinterhof neben der Tür an der Hauswand aufgereiht. Der Hof wurde auch von den Bewohnern der beiden gegenüberliegenden Häuser, deren Vorderfront zu einer anderen Gasse hinausgingen, sowie vom Kistler Otto Löffelholz benutzt, der an der rechten Schmalseite seine Werkstatt hatte und dort preiswerte und doch solide Möbelstücke herstellte. Von jeder Gasse führte ein gewölbter Tordurchgang in den Hof.

Als Caspar ins Freie trat und sich schon nach den ersten beiden Eimern bücken wollte, bemerkte er auf der anderen Hofseite zwei Männer, die halb im tiefen Schlagschatten des dortigen Torbogens standen. Die kleinere der beiden Gestalten trug eine schlichte Mönchskutte mit einem geknoteten Strick um die Leibesmitte. Die hochgeschlagene Kapuze des Kuttenträgers ließ trotz des klaren Sternenhimmels und des aufgehenden Halbmondes nichts von seinem Gesicht erkennen. Der andere Mann überragte den Mönch um eine gute Haupteslänge, war von schlanker Gestalt und hielt seinen Hut in der linken Hand, sodass sein schlohweißes Haar im Mondlicht wie gesponnenes Silber schimmerte. Am Hut, der mit seiner ungewöhnlich breiten Krempe der Größe eines Wagenreifens nahe kam, steckten mehrere weiße Schmuckfedern. Auch ihnen verlieh das Mondlicht einen silbrigen Glanz.

Von dem, was die beiden Männer miteinander besprachen, konnte Caspar auf die Entfernung kein Wort verstehen. Aber ihrer ausdrucksstarken Gestik nach musste es sich wohl um ein sehr hitziges Gespräch handeln. Fast sah es nach einem Streit aus. Aber was sollte es ihn kümmern, wenn sich zwei Fremde in die Haare gerieten! Er hatte genug eigene Sorgen.

Die beiden Männer bemerkten plötzlich seine Gegenwart, drehten sich wie erschrocken um und starrten zu ihm herüber. Reglos standen sie auf der anderen Hofseite und beobachteten ihn. Er kümmerte sich jedoch nicht weiter um sie, sondern nahm die schweren Ascheneimer und verließ den Hinterhof durch den Tordurchgang auf seiner Hausseite. Als er die Asche vor dem Eingang zum *Schwarzen Hahn* und ein Stück die Gasse hoch verstreut hatte und mit den leeren Eimern in den Hof zurückkehrte, waren die beiden Männer verschwunden.

In der Schänke herrschte reger Betrieb und Ulrich überhäufte ihn mit weiteren Aufträgen. Caspar schleppte mit Bier gefüllte Steinkrüge und Zinnkannen mit Branntwein zu den Tischen, brachte das bestellte Essen auf schweren Holztellern, räumte ab, fegte ausgespuckte Knochen und Abfälle zusammen, lieh Spielkarten und Würfel aus, sorgte dafür, dass die Öllampen nicht ausgingen, und legte regelmäßig Holz in den beiden Kaminen nach, damit das Feuer auch kräftig brannte und für wohlige Wärme in der Schankstube sorgte.

Es gab viel zu tun. Aber als sich der erste Ansturm auf Bier, Branntwein und die gute Kost der Wirtsmutter gelegt hatte und sein Bruder zudem an der Theke von zwei Freunden in Beschlag genommen wurde, fand Caspar Zeit zum Durchatmen. Und auch zwischendurch setzte er sich immer mal wieder mit seiner alten Schiefertafel in eine

Ecke und rief sich Gemäldeskizzen von Meister Burgkmair ins Gedächtnis zurück, um sie mit dem Griffel nachzuzeichnen.

Als er wieder einmal seine Runde durch den verwinkelten Schankraum machte und Krüge mit frischem Bier zu den Gästen brachte, da kam er auch am Tisch von Jörg Helmschmied vorbei. Der alte Plattner von der Horbruck, dem der wild zerzauste und schon mit reichlich Grau durchsetzte Bart bis auf die Brust reichte, hatte sich in langen Jahren harter Arbeit den Ruf erworben, dass er für den turnierfähigen Adel der Region aus Stahlplatten den edelsten Helmschmuck und die prachtvollsten Harnische von ganz Schwaben fertigte. Mit ihrem aufwändigen Schmuckwerk, eingearbeitet in das Metall, stellten seine Arbeiten wahre Kunstwerke in Stahl dar. Er war an diesem Abend in Begleitung seines ältesten Sohnes Lorenz gekommen, dessen eigene Plattnerarbeiten schon fast ebenso gerühmt wurden wie die des Vaters. Sie saßen bei einem Becher Branntwein über eine Zeichnung gebeugt, die der alte Plattner aber sofort zusammenrollte, als er jemand in ihre Nähe kommen sah.

Caspar hatte nur einen sehr flüchtigen Blick auf die Zeichnung werfen können. Höchstens zwei, drei Sekunden hatte die Pergamentrolle der Plattner offen vor ihm gelegen. Aber länger brauchte er auch nicht, um sich etwas genau einzuprägen. Und als er wenig später wieder an seinem stillen Platz saß und zu seiner Schiefertafel griff, zeichnete er mit möglichst feinen Strichen aus dem Gedächtnis die verschlungenen Ornamente nach, die er auf der Pergamentrolle gesehen hatte.

Er hielt im Zeichnen nur einmal kurz inne, als eine fette Schabe von der Decke fiel und mitten auf seiner Schiefertafel landete. Blitzschnell huschte das Ungeziefer von der Platte, doch Caspar erwischte es trotzdem noch, bevor es sich in einen Spalt zwischen den Dielenbohlen flüchten konnte. Als er den Kopf hob und sich wieder auf seinen Schemel setzte, fiel sein Blick zufällig auf einen Mann, der links von ihm allein in einer Ecke saß. Er stutzte, denn der Gast, der nicht viel älter als sein Vater sein konnte, hatte dichtes, schlohweißes Haar – so wie der Fremde, den er vor Stunden mit dem gestikulierenden Mönch im Hinterhof gesehen hatte. Die silbrig weiße Haartracht trug er im Nacken zu einem Zopf zusammengebunden. Auch sein kurzer, aber buschiger und nach unten spitz zulaufender Kinnbart leuchtete schlohweiß. Ja, das musste er gewesen sein! Denn neben ihm auf der Bank lag auch dieser ungewöhnlich breitkrempige Hut, der keine bunten Fasanenfedern als Schmuck trug, wie es der herrschenden Mode entsprochen hätte, sondern drei schlichte weiße, schon etwas zerrupft aussehende Federn von auffälliger Länge. Der Fremde, der sein linkes Bein merkwürdig steif von sich gestreckt hielt, erwiderte seinen Blick für einen langen Moment, ohne dass sich dabei seine ausdruckslose Miene veränderte. Dann spuckte er ein Stück Knorpel auf den Boden und wandte sich wieder seiner dickflüssigen Fleischsuppe zu, die wohl die Mutter gebracht hatte, während Caspar damit beschäftigt gewesen war, Bierkrüge in den hinteren Teil der Schänke zu schleppen.

Caspar zerbrach sich nicht den Kopf darüber, wer dieser Gast mit dem auffallend weißen Haar sein mochte und was er wohl da draußen mit dem Mönch zu schaffen gehabt hatte. In einer Schänke wie dem *Schwarzen Hahn* tauchten alle möglichen Leute auf, manchmal stiegen sogar Reisende bei ihnen ab und nicht wenige von ihnen benahmen sich seltsam und hatten Marotten, über die man nur den Kopf schütteln konnte. Und so wandte er sich wieder seiner Zeichnung zu.

Plötzlich entriss ihm jemand die Schiefertafel und schlug ihm dabei den Griffel aus der Hand. Im ersten Moment nahm Caspar an, es mit seinem Vater oder seinem Bruder zu tun zu haben, und er machte sich schon auf eine scharfe Zurechtweisung gefasst. Doch es war der alte, bärtige Plattner Jörg Helmschmied, der vor ihm stand und auf die Kreidezeichnung starrte.

»Das ist doch nicht zu glauben! Und das auch noch unter unseren Augen! Dreister geht es wirklich nicht! Lorenz, komm her!«, schrie der Plattner wutschnaubend, packte Caspar mit der anderen schwieligen Hand am Kragen und zerrte ihn mit einem Ruck vom Schemel hoch. »Für wen spionierst du, Bursche?«

Caspar wusste nicht, wie ihm geschah. »Wovon redet Ihr?«, fragte er verstört.

»Von meinen neuen Entwürfen, die du hier so dreist kopierst! Wer bezahlt dich, dass du meine Arbeit ausspionierst?«, donnerte der Plattner und schüttelte ihn mit seinen Bärenkräften wie die Äste eines jungen Obstbaumes. »Wem sollst du meine Entwürfe bringen, damit er mit meinen Ideen hausieren gehen kann? Sprich, du ehrloser Geselle!«

»Niemand bezahlt mich!«, beteuerte Caspar, während die Leute in der Schänke zusammenliefen und sich um sie drängten. »Ich habe mir mit der Kritzelei nur die Zeit vertrieben!«

»Du lügst!«, herrschte Jörg Helmschmied ihn an. »Wer heimlich meine Entwürfe nachzeichnet, ist genauso ehrlos und verdorben wie ein Dieb, der meinen Geldbeutel stiehlt! Und ich dachte, du hättest dir damals bei Meister Burgkmair nur eine jugendliche Unbesonnenheit zu Schulden kommen lassen. Aber da habe ich mich wohl gehörig geirrt.«

»Hat sich der junge Sebald zur Abwechslung mal als Taschendieb versucht?«, rief jemand aus einer der hinteren Reihen, der offenbar nur das Wort »Dieb« aufgeschnappt hatte. »Kriegen wir ihn bald wieder am Pranger oder gar unter dem Brandeisen zu sehen?«

Es gab vereinzeltes Gelächter.

Lorenz Helmschmied warf einen Blick auf die Schiefertafel, die sein Vater ihm hinhielt, und rief entrüstet: »Sogar den bekreuzten Stechhelm, dein meisterliches Stempelzeichen, hat er liniengetreu kopiert!«

»Was geht hier vor?«, verlangte Caspars Vater zu wissen, der sich endlich einen Weg durch die Menge gebahnt hatte, gefolgt von der Mutter und dem finster dreinblickenden Bruder. In der Miene des Vaters lagen Bestürzung und die stumme Drohung, dass seine Geduld erschöpft sei und er ihn verstoßen werde, sollte er wieder etwas verbrochen haben, das den Namen der Familie in Verruf brachte.

Der Plattner wiederholte voller Empörung seine Bezichtigung und wies als Beweis auf die Schiefertafel. Caspars Beteuerung, nicht in den geheimen Diensten irgendeines auswärtigen Plattners zu stehen, sondern im Vorbeigehen nur einen kurzen Blick auf die Pergamentrolle geworfen und aus Zeitvertreib das Gesehene auf der Schiefertafel festgehalten zu haben, ließ Jörg Helmschmied nicht gelten.

»Das ist ja lächerlich! So viel Zeit hat er im Vorübergehen gar nicht gehabt! Um all die Einzelheiten behalten zu können, muss er schon vorher ausgiebig spioniert haben!«

Bevor der Vater oder Caspar dazu kamen, etwas zu erwidern, mischte sich die Mutter ein. »Entschuldigt, wenn ich Euch widersprechen muss, Meister Helmschmied. Aber ich bin sicher, dass mein Sohn die Wahrheit gesagt hat. Vermutlich wisst Ihr nicht, dass Caspar die besondere Gabe des blitzschnellen Gedächtnisses besitzt.«

»Von welcher Gabe sprecht Ihr, Wirtin?«, fragte der Plattner schroff und abweisend.

»Caspar braucht ein Bild, eine Zeichnung, eine Reihe von Zahlen, ja sogar die Seite eines Buches nur für wenige Sekunden vor Augen zu haben, um danach genau wiedergeben zu können, was er gesehen hat«, erklärte die Mutter. »Er kann es wie auf einer Druckplatte eingeschnitten in seinem Kopf festhalten.«

»Ja, das stimmt«, brummte der Vater widerstrebend.

Der Plattner machte eine unwirsche Handbewegung. »Unsinn! So etwas gibt es nicht!«, blaffte er. »Bei allem Respekt für Euch und Euren Mann, Wirtin, aber diesen Bären lasse ich mir auch von Euch nicht aufbinden!«

Die Mutter lächelte verbindlich. »Dann überzeugt Euch doch mit eigenen Augen.«

Der Plattner runzelte die Stirn. »Und wie soll das geschehen?"

»Habt Ihr irgendeine Zeichnung bei Euch, von der Ihr absolut sicher seid, dass mein Sohn sie noch nie zu Gesicht bekommen hat, und die Ihr ihm für einen kurzen Moment zeigen könnt?«, fragte die Mutter.

Der Plattner tauschte einen unschlüssigen Blick mit seinem Sohn, fuhr sich durch den Bart und sagte dann widerstrebend: »Nun ja, eine solche Zeichnung hätten wir schon zur Hand. Eine Skizze meines Sohnes, die er wie seinen Augapfel gehütet und die ich selbst erst kurz zu sehen bekommen habe. Aber . . .«

»Dann lasst Caspar seine Unschuld beweisen, Meister Helmschmied!«, verlangte die Mutter, bevor er seinen Einwand anbringen konnte. »Ihr habt ihn öffentlich beschuldigt. Jetzt müsst Ihr ihm auch die Möglichkeit geben, Eure Beschuldigung zu widerlegen!«

»Ja, gebt dem armen Hund eine Chance, seinen Hals zu retten!«, rief jemand aus dem Gedränge hinter den beiden Plattnern und viele der Umstehenden stimmten ihm zu.

»Also gut, gib mir die Skizze, die du für den Rossharnisch vorbereitet hast!«, forderte Jörg Helmschmied seinen Sohn auf. »Aber bis auf den Wirtssohn hier treten alle anderen ein gutes Stück zurück! Ich lasse mir nicht von jedem in die Karten schauen! Und diese Zeichnung hier wird erst mal nicht von der Schiefertafel gewischt! Das ist ein Beweisstück! Denn wer weiß, was bei diesem . . . Spektakel wirklich herauskommt.«

Caspars Vater drehte sich zu Ulrich um. »Hol von hinter der Theke die große Schiefertafel!«

Mit grimmiger Miene befolgte Ulrich die Anweisung des Vaters, während die Menge wie verlangt mehrere Schritte von den beiden Plattnern zurücktrat, wenn auch sehr widerstrebend. Keiner wollte sich entgehen lassen, was nun geschah.

»Gnade dir Gott, wenn du versagst!«, zischte Ulrich, als er Caspar die armlange und fast ebenso breite Schiefertafel grob vor die Brust stieß.

»Lass ihn in Ruhe!«, wies die Mutter ihn zurecht, schob ihn zur Seite und machte Caspar Mut. »Lass dich nicht verunsichern, mein Junge. Ich weiß, dass du deine Sache gut machen und den Plattner eines Besseren belehren wirst. Lass dich nicht ablenken und habe Vertrauen in dich selbst!« Damit zog sie sich von ihm zurück.

Jörg Helmschmied trat nun mit einem Blatt Papier zu ihm und musterte ihn nicht eben freundlich. »Bist du bereit?«

Caspar schluckte und nickte.

»Lorenz, wenn ich das Blatt aufgefaltet habe, zählst du laut bis drei! Mehr Zeit hat er ja auch vorhin nicht gehabt. Und wenn der Unsinn stimmt, der hier behauptet wurde, muss ihm das genügen!«, rief der Plattner seinem Sohn über die Schulter zu.

»Das werden wir ja gleich sehen«, sagte Lorenz. »Von mir aus können wir, Vater.«

Caspar spürte, wie ihm der Schweiß ausbrach. Noch nie hatte er von seiner merkwürdigen Gabe unter Druck Gebrauch machen müssen. Bisher hatte er sie nur gelegentlich eingesetzt, und meist eher unbewusst als mit Vorsatz. Noch nicht einmal mit Meister Burgkmair hatte er darüber gesprochen, einfach weil er sie als unnütz und unerheblich erachtet hatte. Nun hing sein Schicksal davon ab, dass er diese Fähigkeit öffentlich unter Beweis stellte. Und gerade mal drei Sekunden räumte ihm der Plattner für den Blick auf die Skizze ein!

»Aufgepasst!«, rief Jörg Helmschmied und augenblicklich verstummte auch noch das leiseste Gemurmel unter den sich im Halbkreis drängenden Tavernengästen. Mit einer jähen Bewegung faltete er das Blatt auf. »Jetzt!«

Im selben Moment begann sein Sohn laut zu zählen. »Eins . . . zwei . . .«

Zu schnell! Ihr zählt zu schnell!, wollte Caspar rufen, während er angestrengt auf die Zeichnung starrte, die den reich verzierten Brustharnisch für ein Turnierpferd zeigte. Dabei raste sein Herz in wildem Galopp. Es war ihm in die Kehle gerutscht, wo es ihn jeden Moment ersticken konnte.

»... drei!«

Augenblicklich schlug der Plattner das Blatt zusammen, faltete es noch einmal und steckte es weg. »So, jetzt kannst du zeigen, was es mit deiner besonderen Gabe auf sich hat, du Gedächtniskünstler!« Nicht im Traum glaubte er daran, dass Caspar sich in diesen flüchtigen drei Sekunden auch nur ein grobes Bild von der Skizze hatte einprägen können.

»Ein bisschen Zeit werdet Ihr unserem Sohn schon geben müssen!«, rief der Vater. »Niemand hat behauptet, dass er Eure Skizze auf die Schiefertafel *zaubern* kann!«

»Na gut, von mir aus!«, sagte der Plattner, um drohend hinzuzufügen: »Er soll aber nicht wagen, sich aus dem Staub zu machen. Wir werden ein scharfes Auge auf ihn halten!«

»Das ist nur gerecht. Nun denn, Männer, trinkt in der Zeit ein Bier auf meine Rechnung!«, rief der Vater mit schweißglänzender Stirn, ein Angebot, das bei den Männer gut ankam und sich sofort beruhigend auf die angespannte Atmosphäre auswirkte. »Ulrich, nimm zwei große Krüge und schenk unseren Gästen ein! Und sei großzügig, verstanden?«

Ulrich machte ein sauertöpfisches Gesicht, als hielte er diese Geste für eine ärgerliche Verschwendung, sagte jedoch nichts und begab sich hinter die Theke, um mehrere große Steinkrüge zu füllen.

Caspar zog sich mit der großen Schiefertafel auf seinen dreibeinigen Schemel zurück, schloss kurz die Augen und vergegenwärtigte sich das Bild, das sein Gedächtnis aufgenommen hatte wie ein blankes Blatt Papier die farbfeuchten Lettern und Linien eines Druckstocks.

Als er die Augen wieder öffnete und sich die Schiefertafel auf seinen Knien zurechtrückte, stutzte er kurz, denn sein Blick streifte den Mann mit dem schlohweißen Haar. Der Fremde, der die asketischen Gesichtszüge eines alttestamentarischen Propheten besaß, hockte noch immer an seinem Eckplatz vor seiner Suppenschüssel, als wäre nichts geschehen. Er war wohl der einzige Gast, der nicht voller Neugier aufgesprungen war und sich zur Menge der Schaulustigen gesellt hatte. Der Fremde blickte ihn an und tippte sich dabei mit seinem hölzernen Suppenlöffel gedankenverloren auf den geschürzten Mund, als überlegte er, welche Chancen Caspar wohl hätte, seinen Kopf aus der Schlinge zu ziehen.

Komischer Kauz!, dachte Caspar im Stillen, beugte sich über die Schiefertafel und begann zu zeichnen. Die anfängliche Angst, der Aufgabe nicht gewachsen zu sein, legte sich, sowie er den Rossharnisch in den Umrissen auf die Tafel gebannt hatte. Konzentriert machte er sich nun daran, die dekorativen Elemente einzufügen. Darunter befanden sich gekreuzte Streitäxte, Schilde und Helme, mit Früchten gefüllte Füllhörner, verschlungene Turnierbanner, eine Art Türkenschwert, Hellebarden sowie Köcher, aus denen gefiederte Pfeile herausragten. Und je gründlicher er sich mit dem Bild beschäftigte, das ihm sein Gedächtnis lieferte, und die Zeichnung vervollständigte, desto mehr vergaß er alles andere um sich herum.

Schließlich hatte er die Einzelheiten, die ihm in Erinnerung geblieben waren, auf die Schiefertafel gemalt. »Ich denke, das ist es!«, entfuhr es ihm.

Seine Worte lösten augenblicklich lautes Stühle- und Bänkerücken sowie aufgeregtes Stimmengewirr aus; die Männer liefen nun wieder eilig zusammen, um sich nicht entgehen zu lassen, wie das Urteil des Plattners ausfiel.

»Lass sehen!«, stieß Jörg Helmschmied, der mit seinem Sohn sofort zur Stelle war, barsch hervor.

»Mit dem Griffel lässt es sich nicht sonderlich genau zeichnen«, sagte Caspar hastig zu seiner Verteidigung, während der Plattner schon die Schiefertafel zu sich drehte. »Bei den feinen Linien . . .«

Weiter kam er nicht, denn der alte Plattner riss beim Anblick der Zeichnung ungläubig den Mund auf. »Bei den Gebeinen der heiligen Afra, das . . . das . . . das ist ja . . .!«, stammelte er fassungslos.

Auch auf dem Gesicht von Lorenz Helmschmied zeigte sich ungläubiges Staunen. »Das gibt es doch gar nicht! An der Zeichnung fehlt nichts! Sieh hier, sogar die Früchte mit den Blättern, die das Füllhorn umkränzen . . .« Kopfschüttelnd brach er ab, um mit sichtlicher Verstörung zu wiederholen: »Es ist alles da! . . . Und dabei hat er doch für seinen Blick auf meine Skizze nur läppische drei Sekunden Zeit gehabt!«

Ein Raunen ging durch die Menge und dann kamen die ersten wohlmeinenden Gäste und schlugen Caspar anerkennend auf die Schulter.

»Damit ist Euer böser Verdacht doch wohl zweifelsfrei ausgeräumt, nicht wahr, Meister Helmschmied?«, sagte Caspars Vater und bedachte den Plattner mit einem freundlichen Lächeln. Gute Kunden wie ihn und seinen Sohn wollte er nicht verlieren.

Der Plattner verzog das Gesicht zu einer verlegenen Grimasse, kratzte sich den wilden Bart und schüttelte den Kopf, als könnte er noch immer nicht glauben, was er mit eigenen Augen gesehen hatte. »Der Teufel soll mich holen, wenn ich das für möglich gehalten hätte! Was hätte aus Eurem Sohn bei Meister Burgkmair werden können, mit dieser seltenen Gabe!« Und zu Caspar gewandt sagte er: »Nichts für ungut, aber das habe ich nicht wissen können. Ich habe nun mal viele Neider in meiner Zunft und muss auf der Hut sein.«

Caspar war viel zu erleichtert, dass die Sache so gut für ihn ausgegangen war, um auch nur einen Gedanken daran zu verschwenden, dass der Plattner ihm eigentlich eine etwas eindeutigere Entschuldigung hätte anbieten können.

»Gib uns noch eine Kostprobe von deinem Können, Caspar!«, forderte ihn da auch schon der froschäugige Bader August Tenne auf, der einen Großteil des Geldes, das er mit seiner Badestube sowie mit Aderlassen, Schröpfen und Wundarznei verdiente, im *Schwarzen Hahn* mit Würfeln und Kartenspiel durchbrachte. »Ich habe heute Nachmittag einen Satz neuer Spielkarten erstanden. Sag, schaffst du es, sechs verschiedene Karten in drei Sekunden zu behalten und ihre Bilder nachzuzeichnen?«

»Möglich«, sagte Caspar und blickte unsicher zu seinem Vater hinüber.

»Nur zu!«, forderte der ihn auf.

Der Bader zog die Spielkarten hervor, und Caspar bewies ein zweites Mal, wie wunderbar sein Gedächtnis Bilder aufnahm, die er nur ganz kurz zu Gesicht bekam. Als er sich einmal nach dem weißhaarigen Fremden umblickte, fand er dessen Tisch verlassen vor. Auch der Federhut lag nicht mehr auf der Bank. Der Mann war fortgegangen, während alle anderen nicht genug von seinen Künsten bekommen konnten. Merkwürdiger Kauz!

Er vergaß es gleich wieder, denn ein anderer Gast, ein Gewandschneider, kam nun auf die Idee, ihn mit einer mehrreihigen Zahlenreihe auf die Probe zu stellen. Aber da schritt sein Vater ein. Doch statt dieser öffentlichen

Zurschaustellung ein Ende zu bereiten, sagte er mit erwartungsvollem Lächeln: »Ich habe nichts dagegen, dass Ihr einen vergnüglichen Zeitvertreib mit meinem Jüngsten habt, aber meint Ihr nicht auch, dass diese besondere Kunst ein kleines Entgelt in klingender Münze wert ist?«

»Für frommen Gotteslohn soll er es von mir aus nicht machen«, sagte der Tuchkaufmann bereitwillig und schnippte ihm eine Pfennigmünze zu.

Der Vater strahlte, rieb sich in die Hände und nahm ihm das Geldstück sofort ab. »An die Arbeit, Junge!«

Und so begann neben der gewöhnlichen Arbeit in der väterlichen Schänke sein nächtliches Leben als kurioser Gedächtniskünstler, als Wunderling, dem man wie einem Gaukler auf dem Markt ein, zwei Münzen im Wert von einem Becher Bier zuwarf, damit er den Zechern im *Schwarzen Hahn* seine kleinen lächerlichen Kunststücke vorführte – so, wie ein abgerichteter Hund auf Kommando Männchen machte und dafür mit einem Stück Brot oder Fleischresten belohnt wurde. Nur dass Caspar keinen einzigen Pfennig von dem Geld behalten durfte!

Fünftes Kapitel

Sieben lange Wochen später, als der Nordwind beißende Kälte über das Land blies und sich die Eisdecke auf Lech und Wertach endgültig schloss, hätte Caspar sich mit seiner Kunstfertigkeit um ein Haar eine aufgeschnittene Kehle eingehandelt und sein Leben ausgehaucht.

An diesem Abend drängte eine gut zehnköpfige Gruppe Flößer, die wohl schon in einer anderen Taverne kräftig gezecht hatten, lärmend in die Schänke. Es waren die Mannschaften von zwei verschiedenen Flößen, die mit ihrer Ladung aus Tuffstein, Holz und Kalk im Eis des Lech festsaßen. Zwischen den beiden Floßmeistern herrschte eine starke Rivalität und sie waren wegen einer Wette mit hohem Einsatz in den *Schwarzen Hahn* gekommen, wie sich wenig später herausstellte.

»Heute wirst du die Grenzen deiner Kunst kennen lernen, Kleiner!«, rief einer der beiden Floßmeister Caspar großspurig und mit schon alkoholschwerer Zunge zu. »Hier, deine zwei Pfennig Gauklerlohn!«

Caspar fing die Münzen auf, die der Mann ihm achtlos zuwarf. Soweit er sich erinnern konnte, hatte er den Floßmeister, einen für diese Stellung noch recht jungen, muskelbepackten Mann mit dem breiten Kreuz einer Reisetruhe, noch nie zuvor bei ihnen in der Schänke gesehen. Der andere Floßmeister, dessen wettergegerbtes und von tiefen Linien zerfurchtes Gesicht ein entschieden längeres

Flößerleben bezeugte, war dagegen in den letzten Tagen schon mehrfach bei ihnen eingekehrt.

»Aber er hat sieben volle Sekunden und nicht drei, um sich das Bild anzuschauen!«, rief der ältere Floßmeister. »So haben wir es ausgemacht, Wetzlaff.«

»Die kann er getrost haben, Sterflinger!«, tönte der junge Rivale namens Wetzlaff. »Aber auch wenn er zehnmal so lange darauf starren würde, kann er es nicht schaffen!«

»Warten wir es ab«, sagte Floßmeister Sterflinger.

Caspar verbarg seinen Verdruss, Betrunkenen mal wieder zur Belustigung dienen zu müssen, hinter einem erzwungenen Lächeln. »Worum geht es denn?«, fragte er und legte Schiefertafel und Griffel bereit.

»Um die hübsche Tätowierung auf meinem Rücken, Kleiner«, sagte der Flößer Wetzlaff mit breitem Grinsen, während er sich vor ihm aufbaute, seinen schweren wollenen Umhang einem seiner Männer zuwarf, eine dicke mit Rosshaar ausgestopfte Jacke ablegte und schließlich sein schmutziges Hemd hochzog. »Also mach gut die Augen auf, denn so ein Kunstwerk kriegst du nicht alle Tage zu sehen! Und du darfst sogar selbst zählen, Sterflinger! Aber wenn die Linien nicht genau stimmen und er den Weg in die Mitte nicht findet, hast du verloren!« Damit drehte er sich um und präsentierte Caspar seinen tätowierten Rücken.

Im ersten Moment glaubte Caspar seinen Augen nicht trauen zu dürfen. Was er da auf der Haut des Floßmeisters in blauschwarzen sowie schwarzroten und schwarzgrünen Linien eintätowiert fand, war nicht etwa die Zeichnung eines Labyrinthes, sondern eines *Irrgartens* von der Größe zweier zusammengelegter Hände! Und das war ein gewaltiger Unterschied!

Wer dem Weg eines Labyrinthes folgte, den führten die

gewöhnlich sieben Umläufe oder Umgänge, wie die Schleifen der vorgegebenen Gänge auch genannt wurden, zwangsläufig in die Mitte. Die Möglichkeit, eine falsche Richtung einzuschlagen und sich zu verirren, gab es in einem Labyrinth nicht, weil es nur einen Zugang und nur einen kreuzungsfreien, meist siebenfach gewundenen Gang gab. Sich solch ein schematisches Bild einzuprägen und es wiederzugeben, hätte Caspar nicht viel Schwierigkeiten bereitet. Aber er hatte es mit einem Irrgarten zu tun. Und ein Irrgarten, der über eine ganze Reihe von Zugängen verfügen konnte, bot demjenigen, der zur Mitte vordringen wollte, eine Vielzahl von Möglichkeiten, vom Weg abzukommen und sich immer wieder in Sackgassen zu verirren. An jeder Wegkreuzung die richtige Wahl unter mehreren zu treffen, war Voraussetzung, um die Mitte zu erreichen. Und solch einen komplizierten Irrgarten hatte sich Wetzlaff auf den Rücken tätowieren lassen!

Floßmeister Sterflinger begann mit ruhiger Stimme zu zählen, wobei er nach jeder Zahl eine kurze Pause einlegte, um ein wenig mehr Zeit herauszuschinden. »Eins . . . zwei . . . drei . . . vier . . . fünf . . . sechs . . . sieben!«

Das Hemd fiel über die Tätowierung und Floßmeister Wetzlaff drehte sich wieder zu Caspar um. »Na, alles eingeprägt?«, fragte er spöttisch. Allerdings wartete er keine Antwort ab, sondern nahm geräuschvoll auf der nächsten Bank Platz, schlug mit der flachen Hand herrisch auf den Tisch und rief lauthals zur Theke hinüber: »Branntwein für meine Männer, Wirt! Und zwar vom besten! Gleich gibt es was zu feiern und der Sterflinger wird die Zeche bezahlen und uns die Liegezeit in Augsburg versüßen!«

Caspar wusste, dass es diesmal schwer für ihn wurde, die Herausforderung zu bestehen. Sieben Sekunden waren eine höllisch kurze Zeit, um sich das verzwickte Gewirr eines Irrgartens einzuprägen.

Nur gut, dass diesmal nicht mein Hals auf dem Spiel steht, sondern nur zwei Pfennig, die ich wieder herausrücken muss, wenn ich es nicht schaffe!, fuhr es ihm durch den Kopf. Dann machte er sich an die Arbeit. Er versuchte nicht, richtige Wege von falschen Abzweigungen zu unterscheiden, sondern zeichnete, was als Bild vor seinem geistigen Auge stand. Mit schlafwandlerischer Sicherheit setzte er Strich an Strich.

»Hier ist es!«, verkündete er schließlich und händigte dem Floßmeister die Schiefertafel aus. »Ob ich den Irrgarten auf Eurem Rücken fehlerfrei wiedergegeben habe, müsst Ihr selbst überprüfen.«

»Um deine Fehler zu finden, reicht mir ein schneller Blick!«, sagte der Flößer siegessicher. »Rück schon mal die zehn Gulden heraus, um die du mit mir gewettet hast, Sterflinger!«

Caspar machte große Augen. Die beiden Floßmeister hatten um zehn Gulden gewettet? Das entsprach gut und gern dem halben Jahresverdienst eines gewöhnlichen Handwerkers!

»Wirklich einfältig von dir, zu glauben, dass dieser Tavernenjunge . . .« Wetzlaff brach mitten im Satz ab und starrte sprachlos auf die Zeichnung. Sein Blick irrte über die Schiefertafel und plötzlich erbleichte er. »Tod und Teufel!«

»Mir scheint, mein einfältiges Vertrauen in die Gedächtniskunst dieses Tavernensohns hat mir auf die Schnelle einen rechten Batzen Geld eingebracht«, stellte Floßmeister Sterflinger voller Genugtuung fest, als sein Rivale ihm keinen einzigen Fehler in der Zeichnung nennen konnte.

»Unmöglich! Niemand kann in sieben Sekunden so etwas

behalten! Das ist nicht mit rechten Dingen zugegangen!«, rief Wetzlaff mit schriller Stimme. »Da ist Betrug im Spiel gewesen!« Sein Blick fiel auf einen rothaarigen Mann, der mit schadenfrohem Grinsen hinter Sterflinger stand. »Jetzt weiß ich es! Du hast deine dreckigen Finger im Spiel, Kröger! Du bist ein Jahr mit mir gefahren und hast meine Tätowierung oft genug gesehen, um dem Tavernenschwengel vorab eine genaue Zeichnung zukommen zu lassen!« Er sprang in wilder Erregung auf, schleuderte die Schiefertafel gegen den nächsten Stützbalken, wo sie in Stücke brach, und zog sein Messer aus dem Gürtel, während er zu Caspar herumfuhr und ihn anbrüllte: »Das ist ein abgekartetes Spiel! Du Hundesohn steckst mit Sterflinger und Kröger unter einer Decke! Aber das regeln wir gleich hier! Dir gebe ich dein eigenes Blut zu schmecken! Die Kehle schneide ich dir durch, du miese kleine Ratte!« Angetrunken und von mörderischer Rage erfüllt, stürzte er auf ihn los, bevor ihn einer der anderen Flößer zurückhalten konnte.

Von Entsetzen gepackt, taumelte Caspar vor dem anstürmenden Floßmeister zurück. Doch keine drei Schritte hinter ihm war schon die Wand, und zur Seite auszuweichen vermochte er auch nicht, weil ihm zur Rechten ein Mauervorsprung, der in die Theke überging, die Flucht verwehrte, während zu seiner Linken gaffende Zecher sowie Bänke und Tische standen. Und er hatte nichts, womit er sich gegen diesen bulligen Mann zur Wehr setzen konnte, der sein Blut fließen sehen wollte.

Caspar prallte mit dem Rücken gegen die Wand, riss abwehrend die Arme hoch und schrie in Erwartung des Messerstichs, der ihn jeden Moment treffen musste, gellend auf, als plötzlich eine Sitzbank von links über den Dielenboden schoss und zwischen die Beine des angreifenden Floßmeisters geriet. Wetzlaff stolperte und stürzte der Länge nach hin. Dabei entglitt ihm das Messer.

Noch bevor er wieder danach greifen und aufspringen konnte, war der Mann zur Stelle, der ihn mit der Bank zu Fall gebracht hatte, und beförderte das Messer mit einem schnellen Stiefeltritt außer Reichweite des Floßmeisters.

Caspar hätte nicht überraschter sein können, als er sah, dass es der Fremde mit dem schlohweißen Haar und den asketischen Gesichtszügen war, der ihm mit solch erstaunlicher Geistesgegenwart zu Hilfe gekommen war! Dieser Mann hatte in den vergangenen Wochen mehrmals bei ihnen im *Schwarzen Hahn* zu Abend gegessen und sich dazu einige Becher Bier genehmigt. Er hatte dem Fremden den Namen Hinkebein gegeben, weil er eines Abends bemerkt hatte, dass der Mann sein linkes Bein wohl deshalb immer der Länge nach unter dem Tisch ausstreckte, weil es aus Holz war und offenbar auf der Höhe des halben Oberschenkels ansetzte. Denn manchmal rieb er sich dort das Bein, als plagten ihn Schmerzen am Stumpf. Ein Stück Leder umschloss das untere Ende des plumpen Holzstempels, der wie das spitz zulaufende Ende eines Rundholzes aus dem Hosenbein herausragte, und dämpfte den harten Auftritt. Was Caspar jedoch am meisten verwundert hatte, war, dass sich der Fremde trotz seines Holzbeines so flink bewegen konnte und so gar nicht den Eindruck eines Krüppels machte.

Dass Hinkebein sich auch an diesem Abend zu ihnen in den *Schwarzen Hahn* begeben hatte, war ihm überhaupt nicht aufgefallen. Auch hatte er nie versucht, den richtigen Namen von Hinkebein zu erfahren. Dabei hätte er bloß den Vater fragen zu brauchen, der mit Sicherheit den Namen und wohl auch so einiges über den Beruf und Wohnort des Mannes kannte. Denn wer öfter als zweimal im *Schwarzen Hahn* einkehrte, über den wollte der Vater stets mehr als nur den Namen wissen.

Wie ein aufs Blut gereizter Stier kam nun der Floßmeister wieder auf die Beine. »Das hättest du besser nicht getan, du grauhaariger Furz!«, stieß er hervor und hob die geballten Fäuste. »Dir werde ich . . .«

Wetzlaff führte den Satz nicht zu Ende, blieb ihm doch der Rest seiner Drohung im Hals stecken. Denn im selben Moment hatte die rechte Hand des weißhaarigen Fremden eine blitzschnelle, geschmeidige Bewegung vollführt und einen Dolch mit ungewöhnlich breiter, funkelnder Klinge unter dem weiten Umhang zum Vorschein gebracht. Und diese Klinge saß Wetzlaff nun an der Kehle und spannte mit ihrer Spitze die Haut genau über dem Adamsapfel.

»Ja, was wirst du mit mir tun, Flößer?«, fragte der Fremde mit aufreizend ruhiger Stimme, in der jedoch auch eine eisige Drohung mitschwang. »Nur zu, sprich dich aus!«

Der Floßmeister stand wie zur Salzsäule erstarrt und verdrehte die Augen, als gäbe es eine Möglichkeit, ohne Spiegel einen Blick auf seine eigene Kehle zu werfen. Ein erstickter Laut kam ihm über die Lippen.

»Was hast du gesagt? Du bist auf einmal so schlecht zu verstehen, Flößer? Dabei hat deine blökende Stimme doch eben noch die ganze Schänke erfüllt«, spottete der Fremde mit dem Holzbein, während sich die Unruhe unter den Männern der beiden Flöße in ein lautes, wütendes Stimmengewirr verwandelte.

»Ihr werdet es nicht wagen . . .«, begann Wetzlaff mit gepresster Stimme.

»Stell mich auf die Probe, Prahlhans!«, unterbrach ihn der Fremde und ritzte ihm zur Warnung die Haut auf.

Der Flößer zuckte mehr aus Entsetzen denn aus Schmerz zusammen und Caspar sah, wie ein roter Blutstropfen aus der winzigen Wunde quoll und die Klingenspitze benetzte.

»Du wirst mich jetzt zur Tür begleiten. Sag deinen Männern, sie sollen den Weg freimachen und nicht auf dumme Gedanken kommen. Denn du wirst der Erste sein, der dafür bezahlen wird!«, warnte ihn Hinkebein, ohne Anzeichen von Sorge um seine eigene Haut zu zeigen. »Und du, Caspar, bringst mir meinen Hut! Er liegt dort hinten auf der Eckbank!«

»Ja, Herr!« Caspar, dem alles wie ein wirrer Traum erschien, stürzte hinüber in die Ecke, um den federgeschmückten Hut zu holen.

Indessen wichen die Flößer nach rechts und links zurück, sodass sich eine breite Gasse für Wetzlaff und den weißhaarigen Mann bildete. Lästerliche Flüche und üble Drohungen trafen nicht nur den asketischen Fremden, der den Floßmeister mit der Klinge an der Kehle vor sich herführte, sondern sie flogen auch zwischen den rivalisierenden, sich gegenüberstehenden Mannschaften hin und her. Man bezichtigte sich gegenseitig des Betrugs und drohte sich Prügel an. Niemand von ihnen schenkte den Rufen des Wirtes Beachtung, der einen Knüppel hinter der Theke hervorgeholt hatte und mit hochrotem Kopf davor warnte, sich in seiner Schänke zu einer Schlägerei hinreißen zu lassen.

Caspar sah noch, dass auch Ulrich sich mit einem Prügel bewaffnet hatte, dann eilte er mit dem Hut seinem Retter und dem Floßmeister nach.

»Euer Hut, Herr!«, sagte er und dankte ihm hastig für seinen Beistand, während der Flößer ihn mit einem wuterfüllten Blick bedachte, der nichts Gutes verhieß. Und in der Aufregung entglitt ihm im nächsten Moment die gedankenlose Frage: »Sagt Ihr mir auch, wie Ihr heißt?«

»Ein rechter Tölpel, der dem Dieb auch noch die Tür aufschließt!«, gab Hinkebein trocken und mit einem Seitenblick auf Wetzlaff zur Antwort. »Und wir beide gehen noch ein Stück Weges zusammen, Flößer. Die kalte Luft wird deinem benebelten Hirn gut tun.« Damit stieß er Wetzlaff hinaus in das heftige Schneetreiben.

Im selben Augenblick flogen im *Schwarzen Hahn* die ersten Bierhumpen und die angestaute Wut der angetrunkenen Flößer explodierte unter wüstem Geschrei zu roher, schlagwütiger Gewalt.

Sechstes Kapitel

Am Morgen des nächsten Tages, der einen trüb-grauen Himmel über die Reichsstadt legte, hatte Caspar kaum seine morgendliche Schüssel Mus ausgelöffelt, eine mit verschiedenen Getreidesorten angereicherte Wassersuppe, als der Vater ihm auch schon voller Ingrimm die erste Arbeit zuwies. Er trug ihm auf, den Handkarren aus dem Schuppen im Hof zu holen und mit der Mutter zum Geschirrmarkt am Hafnerberg zu gehen. Sie sollten dort neues Steingut kaufen, war doch bei der nächtlichen Schlägerei eine ganze Menge irdener Becher und Krüge zu Bruch gegangen. Ein Schaden, der umgehend zu ersetzen war und dessen Kosten er von den Flößern eintreiben würde, so wahr er Friedrich Sebald hieß und der *Schwarze Hahn* eine Schänke mit ehrbarem Ruf und keine übel beleumundete Spelunke für Händel suchende Raufbrüder vom Lech war!

Der Vater war gereizt und übler Laune, aber immerhin erfuhr Caspar noch, wie der Fremde mit dem schlohweißen Haar hieß, der ihm womöglich das Leben gerettet hatte. »Sein Name ist Bartholomäus Marcellus Wolkenstein, von Beruf Formenschneider, Briefmaler und Heiligendrucker. Man kennt ihn wohl auch unter dem Namen ›Bartholo der Genueser‹ und er lebt vor den Toren der Stadt.«

»Aber nach dem Gebetläuten bei Einbruch der Nacht werden doch sämtliche Tore verschlossen und ein Passierschein ist nur sehr schwer zu erhalten. Wie ist er denn da aus der Stadt gekommen?«, wollte Caspar wissen. Auswärtige wie die Flößer harrten ja bekanntlich in den Spelunken aus und schliefen ihren Rausch auf Bänken und unter den Tischen aus, bis die Stadttore bei Tagesanbruch wieder geöffnet wurden. Aber zu dieser Sorte Zecher gehörte jener Bartholomäus Wolkenstein natürlich nicht. »Und wieso nennt man ihn den Genueser?«

»Was weiß ich! Wohl weil er längere Zeit in Genua gelebt hat. Und wenn er bei Nacht noch aus der Stadt kommt, wird er wohl einen Passierschein oder irgendein stilles Abkommen mit einem der Torwächter haben! Aber was hat dich das zu interessieren? Kümmere dich gefälligst um deine Angelegenheiten!«, blaffte der Vater ihn an. »Und jetzt sieh endlich zu, dass du den Karren aus dem Schuppen holst und dich mit deiner Mutter auf den Weg machst!«

Unterwegs zum Geschirrmarkt am Hafnerberg, der hinter der alten bischöflichen Residenz seinen angestammten Platz hatte, beklagte sich Caspar bei der Mutter, dass er Abend für Abend in der Schänke seine Kunststücke vorführen musste. »Lieber will ich hart arbeiten, als mich ständig begaffen und als Kuriosität bestaunen zu lassen! Es ödet mich an – und es ist auch gefährlich. Nicht nur wegen dem, was letzte Nacht passiert ist.« Der bloße Gedanke jagte ihm eine Gänsehaut über Rücken und Arme. Und mit gedämpfter Stimme fuhr er fort: »Was ist, wenn jemand meine Gabe mit Hexerei in Verbindung bringt? Genug Hexenjäger und Inquisitoren ziehen ja durch das Land, da könnte manch einer auf so eine Idee kommen!«

Erschrocken blieb sie stehen und bekreuzigte sich. »Da sei der Allmächtige und die Muttergottes vor! Doch du hast Recht, so kann es nicht weitergehen. Irgendetwas muss geschehen!«

Aber was genau, das wusste keiner von beiden zu sagen. Und schweigend setzten sie ihren Weg quer durch die winterliche Stadt fort. Frischer Wind kam auf und die mächtige Wetterfahne auf dem schlanken, hoch aufragenden Perlachturm drehte sich. Die Augsburger Wetterfahne hatte wenig mit jenen anderer Städte gemein, stellte sie doch eine sitzende Frauengestalt dar, bei der es sich auch noch um die heidnische Göttin Cisa handeln sollte, die ihre rechte Hand über die Stadt erhob, als wollte sie die Menschen in ihren Mauern segnen.

Als sie schon einen Blick auf den bemalten Turm vom Heilig-Kreuz-Tor erhaschen konnten, der erst vor sieben Jahren, also im Jahre 1483, eine Turmuhr und Glocke erhalten hatte, begegneten ihnen zwei »Schwestern von der willigen Armut«. Diese Schwestern waren Beghinen, die im Kloster St. Ursula in klosterähnlicher Lebensgemeinschaft mit anderen frommen Frauen nach der Augustinerregel lebten, ohne jedoch die Gelübde abzulegen. Die beiden Frauen, die sich der Armut und der Fürsorge Bedürftiger verpflichtet hatten, führten einen Esel durch die Straßen, der einen Karren mit mehreren Findelkindern und Waisen zog, in der Hoffnung, dass eine mildtätige Seele sich eines der Kinder erbarmte und es in sein Haus nahm. Die Gesichter der Kinder, die sich an den Seitenborden des Eselskarrens festhielten und für diese Kälte nicht hinreichend warm angezogen waren, spiegelten eine Mischung aus Hoffnungslosigkeit und verzweifeltem, stummem Flehen wider.

Als die Schwestern mit ihrem Eselskarren an ihm vorbeizogen, wandte Caspar den Kopf ab, weil er den Gesichtsausdruck der Kinder nicht ertragen konnte. Was für eine Erniedrigung, auf den Straßen und Plätzen der Stadt wie wertloser Plunder feilgeboten zu werden und doch nur auf Ablehnung zu stoßen – bis auf die wenigen glücklichen Tage, wo doch einer von ihnen mehr als nur das Herz eines Bürgers rührte und Aufnahme fand! Was für ein bitteres Schicksal für all diejenigen, die keiner wollte, und das war bekanntlich die Mehrzahl der Findelkinder und Waisen!

Plötzlich regte sich in Caspar ein überraschendes Gefühl der Dankbarkeit, dass er Eltern besaß und zu einer Familie gehörte. Zwar verband ihn mit dem Vater betrüblich wenig und sein großer Bruder stellte eine einzige Plage dar, aber das stand auf einem anderen Blatt.

Der Einkauf von Steingut auf dem Geschirrmarkt am Hafnerberg war rasch getätigt und nach einem kurzen Besuch der Heilig-Kreuz-Kirche, wo sie eine Weile in stillem Gebet vor dem Marienaltar verweilten und die Mutter Geld für zwei Kerzen opferte, machten sie sich auf den Rückweg.

Auf der steinernen Barfüßerbrücke, die über den Stadtgraben und hinüber in die Jakobervorstadt führte, kam ihnen Gerlinde entgegen. Caspar fand, dass sie liebreizender denn je aussah, und sein Herz schmerzte bei ihrem Anblick. Wie tief traf es ihn, dass sie mit eisigem Blick an ihm vorbeisah, als wäre er Luft für sie.

»Guten Tag, Gerlinde«, grüßte die Mutter freundlich.

Die Bäckerstochter ignorierte auch sie und schritt an ihnen vorbei, ohne sie auch nur eines Blickes zu würdigen, geschweige denn eines Kopfnickens oder Grußes.

Die Mutter seufzte leise, sagte jedoch nichts. Was hätte sie auch Tröstendes sagen können? Dass es noch andere unverheiratete Augsburger Mädchen gab, die alle nicht erwarten konnten, ihm, dem Burschen vom Pranger, schöne Augen zu machen?

In den Hinterhof vom *Schwarzen Hahn* zurückgekehrt, zog Caspar den Handkarren in den kleinen Schuppen. Schon wollte er damit beginnen, die in Stroh gepackten Steinkrüge und Becher in Weidenkörbe umzuladen und in die Schänke zu tragen, als sein Bruder erschien.

»Du sollst zum Vater kommen – und zwar sofort!«

Das breite Grinsen seines Bruders gefiel Caspar ganz und gar nicht. »Was gibt es denn so Eiliges?«, fragte er, um sich innerlich schon vorbereiten zu können.

»Das wird er dir schon selbst erzählen, Kleiner. Er ist mit der Mutter im Schankraum«, sagte Ulrich spöttisch, und als Caspar an ihm vorbei ins Haus ging, versetzte ihm sein Bruder einen leichten Fausthieb an die Schulter und sagte auflachend: »Heiligenbilder und Ablasszettel, das hätte nicht mal ich mir trefflicher für dich Taugenichts ausdenken können!«

Caspar versuchte sich einen Reim auf die rätselhafte Bemerkung zu machen, vermochte aber nichts damit anzufangen. Das Rätsel löste sich Augenblicke später, als er sich zu seinen Eltern in den Schankraum begab und der Vater sofort zur Sache kam.

»Bartholo der Genueser war hier«, teilte er ihm mit. »Er hat angeboten, dich zu sich zu nehmen.«

Im ersten Moment wusste Caspar nicht, was er dazu sagen sollte.

»Ich weiß nicht, ob wir darauf eingehen sollen«, sagte die Mutter skeptisch.

»Hast du mir nicht gerade damit in den Ohren gelegen, dass es mit seinen abendlichen Gedächtnisspielereien ein

Ende haben müsse und dass es wegen des Floßmeisters überhaupt besser wäre, der Junge würde eine Weile nicht bei uns in der Schänke anzutreffen sein?«, hielt der Vater ihr vor.

»Schon, aber dass wir ihn ausgerechnet zu diesem Pfahlbürger Bartholomäus Wolkenstein geben sollen ...«

»Was hast du gegen Pfahlbürger einzuwenden? Ein Pfahlbürger ist nicht besser und nicht schlechter als jeder andere Bürger, nur dass er eben nicht innerhalb, sondern außerhalb der Stadtmauern lebt«, erwiderte der Vater. »Bartholomäus Wolkenstein ist kein mittelloser Handwerker, der nur die geringe Habnit-Steuer der Habenichtse entrichtet! Der Mann hat ein Vermögen von mindestens hundert Gulden sowie zwei ehrbare Bürger als Fürsprecher und Bürgen vorweisen müssen, als er vor einigen Jahren die vollen Augsburger Bürgerrechte beantragt und auch erhalten hat. Und ihm gehört der Otmarer Mühlhof oben an der Wertach. Der ist zwar viele Jahre lang unbewohnt gewesen und nicht in bestem Zustand, aber doch immer noch einen hübschen Batzen Geld wert. Also was spricht gegen den Mann? Als Formenschneider, Briefmaler und Heiligendrucker geht Meister Wolkenstein einem achtbaren Beruf nach!«

»Aber wie du selbst zugegeben hast, ist bei eurem Gespräch nicht die Rede von einer ordentlichen Lehre gewesen«, wandte die Mutter ein.

»Ich habe auch nicht die Absicht, noch einmal Lehrgeld zu zahlen!«, erklärte der Vater ärgerlich. »Der Mann ist ein unbescholtener Bürger und hat angeboten, Caspar als Gehilfen bei sich aufzunehmen, das erste halbe Jahr für freie Kost und Logis! Ist er mit ihm zufrieden, zahlt er danach den üblichen Gehilfenlohn, der mir auszuhändigen ist, bis ich es anders bestimme! Und in Anbetracht der äußerst unrühmlichen Vergangenheit unseres Sohnes ist das ein Angebot, das ich nicht auszuschlagen gedenke. Was er bei ihm lernt und später daraus macht, liegt ganz bei ihm! Oder haben vielleicht bei dir irgendwelche Handwerksmeister vorgesprochen und dir angetragen, Caspar in ihr Haus zu nehmen?«

Die Mutter senkte betreten den Kopf und schwieg.

»Dann ist die Sache also entschieden!«, sagte der Vater grimmig. Und ohne Caspar zu fragen, ob er mit der Entscheidung auch einverstanden war, denn dieses Recht stand ihm nicht zu, forderte er ihn auf: »Also pack deine Sachen und sieh zu, dass du zu deinem neuen Meister auf dem Mühlhof an der Wertach kommst!«

Siebtes Kapitel

Viel zu packen gab es nicht. Was er sein Eigen nennen durfte, passte in einen kleinen Leinensack. Sein Bündel war also schnell geschnürt und noch in derselben Stunde machte sich Caspar auf den Weg zu Bartholomäus Wolkenstein, seinem neuen Herrn und Meister, der im Nordwesten von Augsburg den alten Otmarer Mühlhof an der Wertach bewohnte. Der Wegbeschreibung seines Vaters nach musste der Mühlhof leicht zu finden sein.

Groß war seine Erleichterung, das bedrückende Leben im *Schwarzen Hahn* hinter sich lassen zu dürfen, die tagtäglichen Erniedrigungen und Gehässigkeiten seines Bruders nicht länger ertragen zu müssen und dem Vater aus den Augen zu kommen, der ihm auch ohne viele Worte deutlich zu verstehen gab, wie wenig er von ihm hielt. Aber als er die Stadt durch das Wertachbrucker Tor verließ, regte sich in ihm auch Beklommenheit vor dem ungewissen Neuen, das ihn bei Meister Wolkenstein erwartete.

Die Kälte hatte die grünen Fluten der Wertach zu Eis erstarren lassen. Aus dieser von unberührtem Neuschnee bedeckten Eisdecke ragten die in das Flussbett gerammten Pfahljochen, auf denen die einfache, aber solide gebaute Wertachbrücke ruhte. Der Belag bestand aus einfachen Rundhölzern, die sich stückweise erneuern ließen. An dieser Stelle hatte schon zur Cäsarenzeit die berühmte Römerstraße Via Claudia über die Wertach geführt und damals waren schwere Steintransporte aus dem Jura, die für die öffentlichen Gebäude Augsburgs gedacht gewesen waren, über die Wertachbrücke gerollt.

Auf der anderen Seite des Flusses lag eines der Augsburger Siechhäuser, jedoch nicht unmittelbar an der Landstraße, sondern aus Rücksicht auf die furchtsamen Bauern und Reisenden aller Art mehrere dutzend Schritte zurückgesetzt. Für barmherzige Spenden in Form von Naturalien, Talglichtern, abgelegter Kleidung, Decken, Verbandstuch und anderem hatten die Barmherzigen Schwestern, die das Siechhaus an der Wertach betrieben, einen kleinen überdachten Kasten an der Landstraße errichten lassen.

Raschen Schrittes passierte Caspar diesen bedrückenden Ort, der ihm schon beim Anblick die Kehle zuschnürte, und stieß Augenblicke später auf die Abbiegung, von der sein Vater gesprochen hatte. Zumindest nahm er es an. Ein schmaler Weg zweigte zu seiner Rechten von der Landstraße ab. Von den beschriebenen beiden Spurrillen, die schwere Fuhrwerke in die Erde gegraben hatten, war nach dem Schneefall der letzten Tage natürlich nicht viel zu sehen.

Caspar folgte dem Weg, der durch ein Waldstück führte, einem Hügel mit dichtem Strauchwerk in einem Halbbogen auswich und dahinter dem Ufer der Wertach flussabwärts folgte. Und dann, nach einem Erlenhain und zwei mächtigen mit Schnee überzogenen Weiden, stand er unverhofft vor dem Otmarer Mühlhof, den der Formenschneider, Briefmaler und Heiligendrucker Bartholomäus Marcellus Wolkenstein bewohnte.

Hof und Gebäude der einstigen Sägemühle umschloss eine mehr als mannshohe Mauer aus dunkel gebrannten Backsteinen. An mehreren Stellen wies die wehrhafte Ummauerung schwere Beschädigungen auf, die von einem gewaltsamen Eindringen sprachen und nur notdürftig ausgebessert worden waren. Einige große Lücken hatte man sogar nur nachlässig mit Bauschutt aufgefüllt.

Jenseits der Mauern ragte das Obergeschoss des Mühlhauses auf, ein plumper, lang gestreckter Ziegelbau dicht am abfallenden Ufer der Wertach. Der hintere, mit dem Fluss nach Norden weisende Teil des Gebäudes war eingestürzt und mehrere Dachbalken ragten dort wie die Stümpfe eines Mannes, dem eine Explosion alle Glieder zerfetzt hatte, mit geborstenen Enden und unterschiedlicher Länge ins Leere. Von dem einst mächtigen Mühlrad existierten nur noch Trümmerreste, die schräg aus dem Mauerwerk hingen und den Eindruck machten, als könnten sie jeden Moment aus der Hausfront brechen.

Des Weiteren vermochte Caspar noch das windschiefe, halb abgedeckte Bretterdach eines Lagerschuppens sowie das Giebeldach eines alten, sichtlich heruntergekommenen Fachwerkhauses auszumachen.

Der alte Otmarer Mühlhof wirkte auf Caspar wahrlich nicht einladend. Über diesem Anwesen wehte das unsichtbare Siegesbanner des Verfalls, der keinen Widerstand mehr fürchten musste. Aber was hatte er denn erwartet? Ein herrschaftliches Patrizierhaus?

Er schüttelte über sich selbst den Kopf, nahm seinen Leinensack auf die linke Schulter und trat an das doppelflügelige Tor, an dem die Zerstörung und der unaufhaltsame Verfall der restlichen Anlage fast spurlos vorbeigegangen war. Breite Eisenbänder zogen sich horizontal und vertikal über die dunklen Balken. Kein Wunder, dass, wer immer in den Mühlhof hatte eindringen wollen, es vorgezogen hatte, die Backsteinmauer mit einem Rammbock zum Einsturz zu bringen, als gegen das Tor anzustürmen.

Caspar vermutete, dass dieser einst doch sehr stattliche Mühlhof im Reichskrieg von 1462 bis 1466 gegen Ludwig von Bayern von den gegnerischen Truppen gestürmt und gebrandschatzt worden war und sich nie wieder davon erholt hatte. Wie man ihnen in der Lateinschule von St. Moritz beigebracht hatte, waren die Kriegsschäden und Zerstörungen außerhalb der Stadtmauern erheblich gewesen.

Im rechten Flügel des wuchtigen Tors war eine schmale Pforte eingelassen. Caspar fand sie unverschlossen vor und stand im nächsten Moment auf dem Mühlhof.

»Meister Wolkenstein?«, rief er und blickte sich um, während er darauf wartete, dass sich der weißhaarige Formenschneider zeigte. Zu seiner Linken lag das alte, schmalbrüstige und sehr heruntergekommene Fachwerkhaus. Überall zwischen dem schwarzen Gebälk waren große Brocken Lehm und Ziegelwerk herausgebrochen. Mehrere Fenster waren mit Brettern zugenagelt und die tiefen Dellen im Dach ließen darauf schließen, dass in wenigen Jahren mit einem zumindest teilweisen Einsturz gerechnet werden musste. Da sich auf dieser Seite der Hofanlage Stallungen, ein armseliger Hühnerverschlag und so etwas wie eine Remise unmittelbar an das Fachwerkhaus anschlossen, nahm er an, dass es sich dabei um das einstige Gesindehaus handelte. Zu seiner Rechten entdeckte er einen verfallenen, niedrigen Bretterbau, der wohl nur deshalb nicht einstürzte, weil er sich gegen die Mauer lehnen konnte. Daneben stand der große, offene Lagerschuppen mit seinem löchrigen Dach, in dem einst wohl die Knechte des Mühlenbesitzers die auf Maß gesägten Bretter und Balken aufgestapelt hatten.

Caspars Blick richtete sich nun auf den klobigen Ziegelbau des Mühlhauses, der sich schräg gegenüber von ihm am Ufer der Wertach erstreckte, zu einem guten Drittel als Ruine und an seiner Fassade deutlich von Brandspuren gezeichnet.

»Meister Wolkenstein?«, rief er noch einmal, während er auf das Haus zuging. Aus dem Kamin am Südende des Daches stieg Rauch auf. Er oder zumindest einer seiner Bediensteten musste also im Haus sein. »Ich bin es, Caspar Sebald vom *Schwarzen Hahn!«*

Er klopfte mehrmals laut und vernehmlich an die Haustür. Als er noch immer keine Antwort erhielt und weil er nicht daran dachte, noch länger in der Kälte zu stehen, trat er einfach ein.

»Meister Wolkenstein?«, rief er wieder und bemerkte verwundert, dass in der Ecke neben der Tür eine Hellebarde lehnte. Auch hing dort an einem Haken ein breiter Ledergurt mit einem Degen.

Caspar stellte seinen Leinensack neben das Schaftende der Hellebarde in die Ecke und ging den dunklen Flur hinunter. Ein intensiver, nicht unangenehmer Geruch schlug ihm entgegen, der ihn an den Geruch der Ölfarben im Atelier und Haus von Meister Burgkmair erinnerte. Unwillkürlich musste er an Krapplack, Beinweiß und Ocker, vor allem aber an die wertvolle Farbe Rot denken, die der Meister in einer Schweineblase aufbewahrte. Diese war mit einem kleinen Loch versehen, durch das er das kostbare Karmesinrot auf seine Palette quetschte und das er nach Gebrauch sofort wieder mit einem Nagel verschloss. Was hier bei dem Formenschneider und Heiligendrucker Bartholomäus Wolkenstein das Haus so intensiv erfüllte, musste wohl der Geruch von Druckerfarbe sein.

Caspar kam zu einem Vorraum, von dem aus eine Treppe ins Obergeschoss führte. Unschlüssig, wohin er sich wenden sollte, stand er da. Dann fiel sein Blick auf den Durchgang zu seiner Rechten, der in einen großen, lichten Raum führte, dessen Fenster zum Fluss hinausgingen.

Gerade hatte er zwei Schritte in diese Richtung getan, als er in seinem Rücken ein knirschendes Geräusch vernahm. Doch noch bevor er sich umdrehen konnte, traf ihn von hinten ein Tritt in die Kniekehle, dem sofort ein zweiter heftiger Stoß folgte, sodass er zu Boden stürzte. Gleichzeitig hörte er seinen Angreifer etwas in einer ihm fremden Sprache hervorstoßen, das wie ein Fluch oder eine Warnung klang. Und dann schlug er auch schon mit einem ebenso erschrockenen wie schmerzerfüllten Aufschrei der Länge nach hin.

»Umdrehen! Zeig dein Gesicht!«

Caspar rollte sich mit einem unterdrückten Stöhnen auf den Rücken. Sofort senkte sich ein Lederstiefel wie ein schwerer Mühlstein auf seine Brust und die Klinge eines Dolches zielte auf ihn. Es war Bartholomäus Wolkenstein, der ihn hinterrücks zu Fall gebracht hatte und nun über ihm stand!

»Ich bin es, Caspar Sebald . . . Euer neuer Gehilfe!«, stammelte er verstört.

»Ach, du bist es! . . . Na, deine eigene Schuld, dass ich dich so unsanft zu Fall gebracht habe! Du hättest dich bemerkbar machen und gefälligst den Glockenzug am Tor betätigen sollen«, sagte Bartholomäus Wolkenstein ungerührt, nahm den Fuß von seiner Brust und steckte den Dolch weg.

Den Glockenzug hatte Caspar übersehen. »Ich habe laut gerufen und geklopft, aber es hat sich niemand gemeldet«, verteidigte er sich und bemerkte in dem Moment die kleinen, silbernen Verzierungen am Stiefel seines neuen Herrn. Sofort erinnerte er sich an den Fremden, der ihn am Pranger vor weiteren Bösartigkeiten der beiden halbwüchsigen Burschen gerettet und ihm mit einem Eimer Wasser den gröbsten Dreck vom Gesicht gespült hatte.

»Ich habe nicht so schnell mit dir gerechnet. Als ich aus dem Keller hinter der Treppe kam, habe ich nur einen Schatten gesehen, der hier durchgeschlichen ist. Und hier draußen so ganz allein muss ich auf der Hut sein. Es hätte ja auch der Raufbold von Floßmeister oder sonst jemand sein können. Aber wie bist du überhaupt in den Hof gekommen? Ich halte das Tor doch stets verschlossen!«

»Ihr müsst vergessen haben, die kleine Tür im Tor zu verriegeln«, sagte Caspar und rappelte sich auf.

»Was für eine Nachlässigkeit!«, schalt Bartholomäus Wolkenstein sich selbst. »Das darf mir nicht wieder passieren!«

»Meister Wolkenstein . . .«, begann Caspar.

»Meister Bartholo, das genügt!«

»Ihr seid es gewesen, der die beiden Jungen vertrieben und mich mit einem Eimer Wasser abgespült hat, als ich im September einen Tag lang am Pranger stand, nicht wahr?«

Meister Bartholo zuckte die Achseln. »Auf dem Markt lernt man die Leute besser kennen als in der Kirche. Und ich habe das lebendige Wort der Tat schon immer hundert toten Worten vorgezogen«, antwortete er rätselhaft und wechselte sofort das Thema. »Nun denn, wenn du so gut zu arbeiten weißt, wie du dich auf das Reden und deine Gedächtniskunst verstehst, werden wir gut miteinander auskommen.«

»Aber ich verstehe von Eurer Arbeit nichts«, sagte Caspar, um zu hohen Erwartungen seines neuen Herrn vorzubauen. Er wusste nur, dass ein Formenschneider Holzschnitte herstellte für Druckherren, die eine Offizin betrieben, also eine Buchdruckerei. Diese Holzschnitte konnten Texte, Bilder, beides oder auch nur Ornamente zeigen. Und dass ein Briefmaler seinen Namen dem lateinischen Wort *breve* verdankte und jemand war, der kürzere Schriftstücke anfertigte, hatte er schon in der Lateinschule gelernt. Aber wie all diese Arbeiten vor sich gingen, davon wusste er so gut wie nichts.

»Ich werd's dir schon beibringen«, sagte Bartholo so trocken und knapp, dass es in Caspars Ohren beinahe wie eine versteckte Drohung klang. »Zuerst aber richte dir drüben im alten Gesindehaus eine Schlafkammer ein. Such dir irgendein Zimmer aus. Da stehen auch noch einige Bettgestelle, Tische, Stühle, Schemel und zwei, drei Kleidertruhen herum. Alter Kram, aber er wird seinen Zweck erfüllen. Du bist ja bloß zum Schlafen drüben. Nimm dir, was dir passt. Decken bekommst du von mir. Und wenn du damit fertig bist, spannst du Dante, meinen Apfelschimmel, vor den Wagen, fährst nach Kriegshaber und holst beim Bauer Ohlmütz einen Klafter gut abgelagertes Brennholz ab. Sein Gehöft liegt gleich rechts auf einer Anhöhe, bevor die Landstraße hinunter ins Dorf führt. Er weiß Bescheid. Du kannst doch wohl mit Pferd und Fuhrwerk umgehen, oder?«

»Gewiss. Aber was meine Schlafkammer angeht, habt Ihr nicht vielleicht hier im Obergeschoss . . .«

Bartholo fiel ihm sofort und mit schroffer Stimme ins Wort. »Nein, in diesem Haus will ich nachts niemanden haben! Du hast dich gefälligst drüben einzurichten!«

Und so begab er sich in das leer stehende Wirtschafts-

und Gesindehaus, wo er nur die Wahl zwischen üblen und unerträglich üblen Kammern hatte. Nach langem Hin und Her entschied er sich für das Eckzimmer im Obergeschoss an der Westseite. Neben dem Kamin, so baufällig dieser auch war, hatte jenes Zimmer den großen Vorzug, über zwei Fenster zu verfügen. Das eine ging nach Süden zum Hof hinaus, aus dem anderen blickte man über die Mauer und auf den nahen Wald.

Caspar schleppte ein wackliges Bettgestell, einen kleinen Tisch sowie eine Truhe und einen Stuhl in sein Zimmer. Der Deckel der Truhe war gesplittert und von der Rücklehne des Stuhls fehlte die Hälfte. Aber das war das Beste, was er in dem Gerümpel hatte finden können. Im Pferdestall, in dem er auch eine Milchkuh und vier Schweine vorfand, füllte er seinen Schlafsack mit Stroh. Anschließend holte er Dante, den vierjährigen Apfelschimmel, aus dem Stall, spannte ihn vor das Fuhrwerk und machte sich auf den Weg zum Bauern Ohlmütz in Kriegshaber.

Und während Dante frohen Mutes dahintrottete, dachte Caspar darüber nach, was es wohl mit dem merkwürdigen Empfang im Mühlhaus auf sich gehabt haben mochte – und warum sein Meister Hellebarde und Degen gleich neben der Tür bereithielt und zudem offenbar stets einen Dolch bei sich trug. War Bartholomäus Wolkenstein nur ungewöhnlich furchtsam, wogegen jedoch sein geistesgegenwärtiges und mutiges Eingreifen im *Schwarzen Hahn* und der sichtlich geübte Umgang mit der Klinge sprach, oder hatte er vielleicht etwas zu verbergen und deshalb eine Gefahr zu fürchten, die unentwegte Wachsamkeit und Verteidigungsbereitschaft von ihm verlangte?

Achtes Kapitel

Die Dämmerung trübte den Himmel schon ein, als Caspar mit der Fuhre Brennholz auf den einsamen Mühlhof zurückkehrte und durchgefroren vom Kutschbock kletterte. Er hatte die Scheite selbst aufladen und festdrücken müssen, weil der Bauer Ohlmütz eine kalbende Kuh im Stall hatte und aus Sorge um das Leben von Muttertier und Kalb nicht von der Seite des Tieres weichen wollte.

Es war schon dunkel, als Caspar das Holz abgeladen, im Lagerschuppen aufgestapelt und Dante versorgt hatte. Hungrig und gespannt auf die Kost, die ihn bei seinem Meister erwartete, setzte er sich zu Bartholo an den Tisch, als dieser ihn zum Essen in die Küche rief, wo ein herrlich wärmendes Feuer brannte. Es gab körniges, stark gesäuertes Brot mit Schmalz und die kalten Reste von gebratenen Kalbsfüßen. Dazu kam ein Krug Milch auf den Tisch.

»Morgen werden sich wieder Frauenhände um die Mahlzeiten kümmern. Dann ist Klara Kollberg zurück, die mir seit Jahren treu den Haushalt führt, sich um das Vieh kümmert und alle gewöhnlichen Einkäufe erledigt«, sagte Bartholo, als ahnte er, dass Caspar sich Gedanken darüber machte, ob außer ihnen beiden wohl noch jemand auf dem Mühlhof lebte. »Sie hat heute in Göggingen ihre schwindsüchtige Tante zu Grabe getragen. Aber wohnen tut sie hier nicht. Sie kehrt abends auf ihren Hof drüben hinter dem Wald zurück.«

Viel mehr redete Bartholo an diesem ersten Abend nicht mit ihm und nach dem Essen holte er mehrere Decken und eine Hand voll Talglichter und schickte ihn früh zu Bett. Er selbst habe noch zu arbeiten und wolle ungestört sein.

Caspar verbrachte eine unruhige Nacht. Obwohl er nicht von ängstlicher Natur war, weckte doch der Gedanke, ganz allein in diesem heruntergekommenen Gesindehaus zu sein, recht mulmige Gefühle in ihm. Zweimal vergewisserte er sich, dass seine Tür auch wirklich fest verschlossen war und keine der Ratten in seine Kammer eindringen konnte, die das Haus bisher für sich gehabt hatten und deren Schaben und Trappeln über den Dachboden er deutlich hörte. Schließlich aber übermannte ihn der Schlaf.

Am nächsten Morgen begegnete er Klara Kollberg auf dem Hof, als er aus dem Gesindehaus kam. Er war überrascht, ein Mädchen in seinem Alter anzutreffen, hatte er doch angenommen, dass Bartholo sich den Haushalt von einer schon älteren Landfrau führen ließ. Zumal der Meister davon gesprochen hatte, dass sie ihm schon einige Jahre treue Dienste leistete.

Das Mädchen kam gerade vom Melken aus dem Stall, wie der Dampf verriet, der aus ihrem Kübel in die kalte Morgenluft aufstieg. Sie steckte in einem nicht sehr ansehnlichen Kleid aus grober, erdbrauner Wolle mit vorgebundener, fleckiger Schürze. Sie hatte sich ein schweres, schwarzes Schultertuch übergeworfen und sich einen schwarzen Wollschal mehrfach um den Hals gewickelt. Ihr Gesicht mit den geröteten Wangen und den großen Augen war rundlich voll und kam ihm ausgesprochen bäuerlich vor. Einige Strähnen dunkelblonden, gelockten Haars lugten unter ihrer verschlissenen Haube hervor und wehten wie ihr Atem, während sie mit eiligen Schritten den Hof zurück zum Mühlhaus überquerte. Als sie Caspar bemerkte, stockte sie kurz, blieb jedoch nicht stehen, damit er sie einholen und begrüßen konnte. Es schien ihm, als verschlösse sich ihr Gesicht, und sie nickte ihm auch nur knapp zu, wandte sofort wieder den Kopf und verschwand Augenblicke später im Haus. Caspar schloss aus ihrem Verhalten, dass sie von seiner Schande wusste und ihn womöglich auf dem Marktplatz am Pranger gesehen hatte. Ein Gedanke, der ihn bedrückte.

In der Küche begegneten sie sich kurz wieder und Bartholo, der einen gut gelaunten und aufgeräumten Eindruck machte, stellte sie einander vor. »Caspar, das ist Klara Krollberg, von der ich dir gestern schon berichtet habe . . . Klara, das ist mein Gehilfe Caspar Sebald aus der Jakobervorstadt. Sein Vater betreibt dort den *Schwarzen Hahn*, eine Schänke, die auch Bürger unbesorgt aufsuchen können, die auf ihren guten Ruf bedacht sind.«

Caspar murmelte einen verlegenen Gruß, während Klara sich nur mit einem knappen Nicken begnügte. Und ihre hellblauen Augen würdigten ihn kaum eines Blickes. Was er bedauerte, denn aus der Nähe betrachtet und ohne das plumpe Schultertuch und die dicke Wurst des Schals bot sie einen überaus ansprechenden Anblick, auch wenn sie nichts von jener körperlichen Zierlichkeit und den madonnenhaften Gesichtszügen hatte, die Gerlindes Erscheinung auszeichneten.

»Das mit dem Gehilfen wurde aber auch höchste Zeit, Don Bartholo«, sagte sie und kehrte wieder zur Kochstelle zurück, wo in einer schweren, gusseisernen Pfanne mehrere dicke Scheiben fetten Specks brutzelten.

Caspar stutzte. *Don* Bartholo?

Bevor er noch fragen konnte, was es mit dieser südländischen Anrede auf sich hatte, richtete Bartholo mehrere schnelle, ungehalten klingende Sätze in einer fremden Sprache an sie – und sie antwortete zu seiner Verblüffung in derselben Sprache, jedoch stockend und mit einem deutlich verdrossenen Unterton in der Stimme. Einige Worte klangen in Caspars Ohren recht vertraut, besaßen sie doch große Ähnlichkeit mit dem Latein, das er auf der Klosterschule gelernt hatte.

»Spricht man so in Italien?«, fragte er irritiert.

»Nein, das ist Spanisch«, sagte Bartholo, während Klara die Pfanne recht unsanft auf den Tisch stellte, als wollte sie ihrem Ärger wortlos Ausdruck geben. »Genauer gesagt ist es Kastilisch, die Sprache, in der man sich auf der gesamten Iberischen Halbinsel in gebildeten Kreisen unterhält, sogar in Portugal. Es gilt sogar als unfein, anders als Kastilisch zu sprechen.«

»Kastilisch?«, wiederholte Caspar verblüfft. »Aber nennt man Euch denn nicht auch Bartholo den Genueser, weil Ihr Eure Heimat einmal südlich der Alpen hattet?«

Bartholo schmunzelte. »Das tut man in der Tat, denn in Italien bin ich aufgewachsen. Aber ich habe auch Jahre in Portugal und Spanien verbracht und es ist mir wichtig, dass mein Kastilisch nicht einrostet. Deshalb habe ich Klara in der Sprache unterrichtet, als ich sie in meine Dienste nahm, und bestehe darauf, dass sie mit mir möglichst nur Kastilisch spricht, sofern es die Umstände erlauben.«

»Das erlauben sie aber nicht immer, Don Bartholo«, sagte Klara gereizt. »Außerdem komme ich mir lächerlich vor, Euch und Eurem Gehilfen Speck und Brot und Eierkuchen vorzusetzen und dabei so fremdländische Worte von mir zu geben, die, wie Ihr sagt, in gebildeten Kreisen gesprochen werden! Bei allem Respekt, Meister Bartholo, aber der heruntergekommene Otmarer Mühlhof scheint mir dafür nicht gerade der rechte Ort zu sein. Und jetzt entschuldigt mich, Dante wartet auf frisches Wasser und Futter und der Schweinestall muss ausgemistet werden. Da stinkt es schon unerträglich.« Damit eilte sie aus der Küche.

Bartholo seufzte und stieß seine Gabel in ein dickes Stück Speck. »Ich fürchte, ich bin gezwungen, nun auch dir noch Kastilisch beizubringen, damit Klara sich in deiner Gegenwart nicht ziert und töricht vorkommt. Na, mit deiner besonderen Auffassungsgabe wirst du es wohl schneller lernen als jeder andere.«

»Ganz, wie Ihr es für richtig haltet«, sagte Caspar nur, während er sich im Stillen schon darauf freute, in einer neuen Sprache unterrichtet zu werden. Vielleicht half ihm eines Tages die Kenntnis des Kastilischen, bei einem Fernhändler eine Anstellung zu erlangen und damit seinen Traum wahrzumachen, der Enge der heimatlichen Mauern zu entkommen und ferne Länder kennen zu lernen. Nun, der Anfang war gemacht, hatte er die Augsburger Stadtmauern doch schon ein kleines Stück hinter sich gelassen, wenn auch nur um weniger als eine viertel Meile!

Wenig später führte Bartholo ihn in seine Werkstatt, einen lichten, lang gestreckten Raum mit weiß gekalkter Balkendecke und drei großen Fenstern, die auf die Wertach hinausblickten. Dort standen, über die Fläche des Raumes verteilt, mehrere solide Werktische, auf denen sich Tiegel, Kessel, Metallplatten, Holzrahmen, kleine Gestelle, Gefäße, Lappen, Stöße von Papier und Werkzeuge aller Art befanden. Drei breite, mehr als mannshohe Stellagen zogen sich gleich zu seiner Rechten an der Wand entlang, wo auch eine schmale, steile Stiege mit blank gewischtem Geländer zu beiden Seiten ins Obergeschoss führte. Zwei weitere Gestelle, die bis in Augenhöhe ausschließlich der Lagerung von unterschiedlich hohen Papierstapeln dienten, rahmten den schweren Kamin ein, in dem ein anständiges Feuer brannte. In den Blick fielen auch die beiden Stehpulte, die so vor den Fenstern postiert standen, dass möglichst viel Tageslicht auf ihre schrägen Schreibflächen fallen konnte. Zur weiteren Einrichtung gehörten mehrere Kisten und Truhen sowie ein Schmelzofen aus faustdickem Ton. Den Hauptblickfang stellte jedoch die Druckpresse dar, eine kantig schwere Holzkonstruktion mit einer mächtigen, vierspeichigen Kurbel an einer Seite. Die Presse thronte fast mittig im Raum und beherrschte die Werkstatt, aus welchem Blickwinkel man sich dort auch umschaute.

All das machte großen Eindruck auf Caspar, der nach dem sonstigen Zustand des Mühlhofs eine bedeutend schlichtere Werkstatt erwartet hatte. Was ihn jedoch ganz besonders in Erstaunen versetzte und sofort unwiderstehlich anzog, war der hintere Teil der Werkstatt. Dort stand rechts neben einer Bohlentür, die mit einem eisenbeschlagenen Schloss versehen war, ein langer Faktoreitisch mit dutzenden von Büchern und Folianten. Auf zwei langen Wandborden, die sich in der Ecke trafen, reihten sich weitere Druckwerke aneinander. Er hatte noch nie so viele kostbare Bücher auf einmal gesehen, die Klosterbibliothek von St. Moritz ausgenommen. Sogar Meister Burgkmair, der als ein Mann von Bildung galt, nannte neben einer Gutenberg-Bibel nur einige wenige andere Druckwerke sein Eigen.

»Allmächtiger, was Ihr nicht alles besitzt!«, stieß Caspar überwältigt hervor, nahm mit Erlaubnis seines Meisters einige Bücher zur Hand und las andächtig Titel und Autorennamen. »Euklids *Geometrie* ... *Griseldis* von Petrarca ... Vincenz von Beauvais' *Speculum historiale* ... *Confessiones* von Augustinus ...«

In Bartholos Bibliothek waren alle großen Autoren aus Dichtung, Wissenschaft und Theologie vertreten. Von Homer, Sophokles, Euripides und Theokrit über Vergil, Ovid, Horaz, Lukrez, Perikles, Demosthenes und Cicero bis hin zu Athanasios, Origines, Theodoretos und Augustinus. Dazu kamen zahlreiche neuere Werke in deutscher Sprache, religiöse Literatur, volkstümliche Geschichten, Heiligenlegenden, Reiseberichte, Chroniken und anderes.

Dass Caspar seinem Bücherschatz derart staunende Bewunderung zollte, freute Bartholo sichtlich. »Ich halte es mit Cicero, der einmal gesagt hat: *Ein Raum ohne Bücher ist wie ein Körper ohne Seele.* Und mit Kaiser Marcus Aurelius, der von sich selbst geschrieben hat: *Die einen lieben Pferde, die anderen Vögel, wieder andere wilde Tiere, mir aber ist von Kindheit an die unbesiegliche Sehnsucht nach dem Besitz von Büchern angeboren.«* Er machte eine kurze Pause und fügte mit leisem Auflachen, das offenbar ihm selbst galt, hinzu: »Zumindest ist das *eine* meiner angeborenen Sehnsüchte.«

»Man muss sie sich aber auch leisten können«, sagte Caspar trocken, der noch nie genug Geld besessen hatte, um sich auch nur eine jener dünnen Schriften kaufen zu können, die Augsburger Druckherren und Buchführer in ihren Läden anboten, von richtigen Büchern ganz zu schweigen.

»Das galt zweifellos für die Vergangenheit, als Bücher noch von Mönchen auf teures Pergament geschrieben und aufwändig in Leder gebunden wurden«, räumte Bartholo ein. »Aber seit Gutenberg im Jahre unseres Herrn 1455 den Buchdruck mit beweglichen und immer wieder verwendbaren Lettern erfunden hat, müssen Bücher nicht länger mühsam von Hand in klösterlichen Schreibstuben oder anderswo kopiert werden, sondern können nun in großen Auflagen erscheinen und damit zu erschwinglichen Preisen verkauft werden. Obwohl es natürlich immer Menschen geben wird, die mit der grenzenlosen und den Geist erweiternden Welt der Bücher nichts zu schaffen haben wollen, wie billig sie auch sein mögen.« Er verzog das Gesicht und fuhr bissig fort: »Aber wie Adler die Freiheit der hohen Lüfte und den weiten Blick über Täler und Berge lieben, so sind Maulwürfe, Regenwürmer und anderes Getier mit ihrer dunklen, engen Welt zufrieden. Ähnlich verhält es sich mit den Menschen. Denn auch bei ihnen ist die Zahl der Maulwürfe, Regenwürmer und Kriechtiere größer als die Zahl der Adler.«

Caspar dachte an seinen Vater, der den Kauf von Büchern jeder Art für unnütz, ja für üble Verschwendung hielt und Lesen und Schreiben nur zur Bewältigung kaufmännischer Belange für wichtig erachtete. Nicht einmal für eine Bibel hatte er Geld ausgeben wollen. Dem Allmächtigen könne man auch ohne Schriftwerk die schuldige Ehre und Anbetung erweisen, hatte er schroff erklärt, als die Mutter im vergangenen Jahr den Wunsch nach einer Hausbibel geäußert hatte. Die Geschichten der Evangelisten kenne man doch. Zudem gebe es überall Bilder in den Gotteshäusern sowie den Kreuzweg, der Christi Leidensweg ja wohl klar genug schildere. Und was ein Gläubiger sonst noch wissen und befolgen müsse, erfahre er in der Kirche. Außerdem gehe schon genug Geld für den Peter-Ablass drauf, den von den Pfaffen feilgebotenen Erlass von Bußwerken, mit dem man sich gelegentlich mit klingender Münze von seinen Sünden freikaufen müsse.

»Ich möchte kein Maulwurf, sondern ein Adler sein«, murmelte Caspar mit sehnsüchtigem Blick auf die Fülle der Bücher.

»Nur zu, nach der Arbeit darfst du nach Belieben in der Lektüre schwelgen, die meine Bibliothek dir zu bieten hat«, sagte Bartholo. »Und wenn du bei Tag tüchtig bist, werde ich auch nicht knausrig sein, wenn du des Öfteren mal nach Talglichtern fragst.«

»Da nehme ich Euch beim Wort, Meister!«, rief Caspar mit leuchtenden Augen. So viel lesen zu dürfen, wie es ihm beliebte! Was für Geschenk!

Bartholo griff nach einer Mappe, löste die Schnüre und zog aus dem Stapel der handbeschriebenen Blätter eines hervor. »Das hier ist die Abschrift eines Briefes, den Kardinal Johannes Bessarion 1468, wenige Jahre vor seinem Tod, an den Dogen und Rat von Venedig über die Schenkung seiner Bibliothek an die Stadt geschrieben hat. Ich lese dir ein paar Zeilen daraus vor und überspringe dabei hier und da etwas. Also, da schreibt er: *Ich habe als Knabe und Jüngling jeden Pfennig, den mir eine sparsame Lebensführung beiseite zu legen erlaubte, für den Ankauf von Büchern ausgegeben. Denn ich war überzeugt, ich könnte mir kein würdigeres und besseres Handwerkszeug, keinen nützlicheren und wertvolleren Schatz anschaffen. Sind Bücher doch voll von Worten der Weisen, voll von Vorbildern der Antike, von moralischen, politischen und religiösen Lehren. Sie leben, leisten uns Gesellschaft, reden mit uns, belehren, unterweisen, trösten uns, bringen uns ganz vergessene Dinge wie gegenwärtig nahe und stellen sie uns vor Augen. So groß ist ihre Macht und Würde, ihre geradezu göttliche Ausstrahlung, dass wir, gäbe es keine Bü-*

cher, alle roh und ungebildet wären, fast nichts von der Vergangenheit wüssten, keinerlei Vorbild für unser Handeln und keine Kenntnis von den menschlichen und göttlichen Dingen hätten . . .« Er blickte vom Pergament auf. »Wie wahr diese Worte doch sind!«

Caspar nickte nur stumm, noch immer überwältigt von diesem gewaltigen Berg Wissen, der nach der Arbeit zu seiner Verfügung stand und nur darauf wartete, ihm die Flügel wachsen zu lassen, von denen er schon seit langem träumte.

»Aber wo viel Sonne ist, da mangelt es meist auch nicht an viel Schatten«, sagte Bartholo, während er die Abschrift des Briefes wieder in die Mappe zurücklegte. »So segensreich der Buchdruck auch ist, so besteht jedoch auch kein Zweifel daran, dass uns die Menge der nichtigen und schlechten Bücher und Pamphlete schier erdrückt. Während an wirklich gelehrten Geistern ein unvorstellbarer Mangel herrscht, wimmelt es landauf, landab nur so von unwissenden und unverschämten Scharlatanen!« Er schimpfte jetzt regelrecht. »Als Bücher noch mit der Hand auf Pergament geschrieben wurden oder mühsam für jede Seite ein Holzschnitt anzufertigen war, trennte sich sehr schnell die Spreu vom Weizen. Für Banales und Geistloses fehlten Zeit und Geld. Nun aber, wo Gutenberg alles so einfach gemacht hat, ist die Mehrzahl der Druckherren nicht mehr auf gute Literatur aus, die den Geist bereichert und erweitert, sondern nur auf möglichst schnellen und leichten Gewinn. Und da wird nun jeder Unsinn und jede Sittenlosigkeit frech auf Papier gebannt, und von Eitelkeit getrieben will jede kleine Leuchte ihren Namen gedruckt sehen, auch wenn sie nichts zu sagen hat, was auch nur einen Fingerhut voll Druckerschwärze wert wäre!«

»Von diesen Dingen verstehe ich nichts, Meister Bartholo. Für mich war jedes Buch, das ich in die Hand nehmen und lesen durfte, ein wunderbares Geschenk«, gestand Caspar freimütig. »Aber ich bin bereit zu lernen, um eines Tages so wie Ihr unter den Druckwerken die Spreu vom Weizen trennen zu können.«

»Das ist ein Wort! Aber nun genug von diesen Dingen. Die Arbeit ruft! Ich muss eine Reihe Kupferplatten für den Druckherrn Johann Schönsperger fertig stellen. Bald steht auch der Wanderbuchhändler Cornelius Quentel mit seinem Gespann hier auf dem Hof, und wenn ich bis dahin nicht meine Bilder gestochen und genügend Blätter gedruckt habe, die er mitnehmen kann, geht mir ein schöner Batzen Geld durch die Lappen.«

Schon wollte er seiner Bibliothek den Rücken kehren, als ihm noch etwas einfiel. »Oh, das hätte ich fast vergessen. Siehst du die Tür hier?« Er deutete auf die Tür mit dem schweren, eisenbeschlagenen Schloss.

Caspar nickte.

»Das ist mein Sanctum, meine ganz private Klausur, zu der außer mir niemand Zutritt hat!«, erklärte Bartholo mit Nachdruck und fixierte ihn mit einem unangenehm scharfen Blick. »Niemand hat hinter dieser Tür etwas zu suchen, hörst du? Niemand! Und du bist sehr gut beraten, dich allzeit daran zu erinnern! Habe ich mich klar ausgedrückt, Caspar Sebald?«

Ihr fast freundschaftliches Gespräch über die faszinierende Welt der Bücher hatte Caspar für eine Weile vergessen lassen, wie viel für ihn davon abhing, dass er die Erwartungen seines neuen Herrn zu dessen voller Zufriedenheit erfüllte. Bartholos durchdringender Blick und scharfer Ton erinnerten ihn nun wieder daran, was ihm blühte, wenn er sich noch einmal etwas zu Schulden kommen ließ.

»Gewiss, Herr!«, beteuerte er hastig.

»Gut«, sagte Bartholo knapp, trat an einen der Werktische und hob eine Kupferplatte aus ihren schützenden weichen Tüchern.

»Ihr stecht Eure Bilder in Kupfer?«, stellte Caspar erstaunt fest. »Ich dachte, Ihr seid ein Briefmaler, Heiligendrucker und Formenschneider, der seine Druckstöcke aus Holz schneidet!«

»Was für ein dummes Geschwätz die Leute doch in die Welt setzen! Ich verrichte meine Arbeit seit Jahren ausschließlich mit dem Grabstichel«, sagte Bartholo, um mit einem vergnügten Schmunzeln hinzuzufügen: »Aber manchmal kann dummes Geschwätz ganz nützlich sein.«

Caspar sah ihn verständnislos an. »Wie meint Ihr das?«

»Ach, das war nur so dahergesagt«, antwortete Bartholo und wechselte augenblicklich das Thema, indem er ihn mit fast herrischem Ton aufforderte: »Und jetzt mach die Augen auf, damit du möglichst rasch lernst, wie man mit Druckplatten und der Presse umgeht!« Er legte die Kupferplatte auf den Drucktisch der Presse und begann, ihm die Funktion von Stempel, Büchse und Spindel zu erklären. Er sprach auch über das Nadeln des Papiers, das vor dem Druck gefeuchtet sein musste, damit die aus Ruß und Leinölfirnis angerührte Farbe besser aufgesaugt wurde, und erklärte noch viele andere Handgriffe und Vorgänge. Es waren zu viele, als dass Caspar sie alle gleich beim ersten Mal hätte behalten können. Denn seine besondere Geistesgabe half ihm da nicht viel, funktionierte blitzschnelles Gedächtnis doch nur, wenn er ein Bild, eine Zahlenreihe oder etwas Geschriebenes vor Augen hatte, nicht jedoch bei einer langen Kette handwerklicher Abläufe. Ganz davon abgesehen, dass sein wundersames Gedächtnis diese Sekundenbilder rasch wieder vergaß, es sei denn, er rief sie sich mehrfach vor Augen und verankerte sie so in seiner Erinnerung. Aber zu seiner großen Erleichterung erwartete sein Meister auch gar nicht, dass er alles, was er ihm zeigte, auf Anhieb behielt.

Bartholo beauftragte ihn, mehrere Leinen im Raum zu spannen, an denen er später die druckfeuchten Blätter zum Trocknen aufhängen sollte. Und während er die Leinen spannte und an die entsprechenden Wandhaken knotete, ging ihm noch einmal die Frage durch den Sinn, wie Geschwätz, das nicht der Wahrheit entsprach, einem Mann wie Bartholomäus Wolkenstein von Nutzen sein konnte. Denn irgendwie hatte er nicht den Eindruck gehabt, als hätte sein Meister das nur gedankenlos und ohne tiefere Bedeutung vor sich hin gesagt. Aber er zerbrach sich nicht lange den Kopf darüber, ging es ihn doch nichts an. Außerdem hatte er an diesem Morgen, und auch an den folgenden Tagen, vollauf damit zu tun, sich auf das zu konzentrieren, was Bartholo ihm erklärte, wollte er sich doch so anstellig wie nur möglich zeigen.

Als Bartholo jedoch wenige Monate später sein Messer nach ihm warf, sollte er sich wieder an die merkwürdige Bemerkung vom »nützlichen Geschwätz« erinnern.

Neuntes Kapitel

Caspar unternahm nicht nur große Anstrengungen, Fleiß und Tüchtigkeit unter Beweis zu stellen und möglichst schnell ein nützlicher Gehilfe für seinen Meister zu werden, sondern er bemühte sich auch redlich, sich Klara von seiner besten Seite zu zeigen, mit ihr ins Gespräch zu kommen und ein freundschaftliches Verhältnis aufzubauen. Immerhin arbeiteten sie beide für denselben Meister und es gab niemanden sonst auf dem Mühlhof, mit dem sie hätten reden können. Da musste man doch zusammenhalten. Und auch wenn sie von seiner Schande wusste und ihn sogar am Pranger gesehen hatte, änderte das doch nichts daran, dass sie hier draußen auf dem einsamen Mühlhof miteinander auskommen mussten und keine andere Gesellschaft hatten.

Aber Klara zeigte sich nicht daran interessiert, mehr als nur einen zurückhaltenden Gruß am Morgen und am Abend mit ihm zu wechseln. Das hatte sie ihm schon am ersten Tag deutlich zu verstehen gegeben. Er war vom Abort auf dem Hof gekommen und hatte gesehen, wie sie sich mit einer hoch beladenen Mistkarre abmühte. Sofort lief er zu ihr. »Soll ich dir helfen?«

»In den drei Jahren, die ich schon in Meister Bartholos Diensten stehe, habe ich meine Arbeit sehr gut allein geschafft und ich bin in der Zwischenzeit auch nicht schwächer geworden!«, entgegnete sie spitzzüngig, hob dabei noch nicht einmal den Kopf und schob die Karre weiter. »Sieh du lieber zu, dass deine Hände sauber bleiben!«

Caspar ließ sich von ihrer brüsken Ablehnung nicht davon abhalten, weiterhin freundlich zu ihr zu sein. Irgendwann würde das Eis zwischen ihnen schon brechen, so hoffte er. Aber wann immer er ihr zur Hand gehen wollte, legte sie ein kratzbürstiges Verhalten an den Tag und wollte von seiner Hilfe nichts wissen. Und wenn er ein freundliches Wort für sie fand, erhielt er jedes Mal irgendeine bissige Erwiderung. Manchmal wäre er am liebsten aus der Haut gefahren und hätte seinem Ärger lauthals Luft gemacht. Aber er behielt Groll und Enttäuschung für sich, weil er das Gefühl hatte, dass sie genau das wollte und nur auf einen Ausbruch von ihm wartete. Er wusste allerdings nicht, warum sie es darauf anlegte. Vielleicht irrte er sich ja auch. Und so hielt er es für klüger, sich mit Klaras brüsker Art abzufinden.

Von Bartholo erfuhr er auf seine beiläufigen Fragen hin, dass Klara die älteste Tochter des Bauern Josef Kollberg war. Der Hof, zu dem in besseren Zeiten die doppelte Fläche an Weiden, Feld- und Ackerboden gehört hatte, vermochte die vielköpfige Familie seit Jahren nicht mehr zu ernähren. Und so arbeiteten Vater, Mutter und mehrere Kinder als Staudenweber, wie jene notleidenden Weber unter der Landbevölkerung genannt wurden, die Tuche webten und nebenbei ihre armselige Landwirtschaft betrieben. Mehr wusste auch sein Meister nicht über Klara und ihre Familie zu berichten.

Caspar hatte sich damit abgefunden, dass Klara nichts mit ihm zu schaffen haben wollte. Umso mehr verwunderte es ihn, als er merkte, dass sie regelmäßig seine Kammer fegte. Und als er sich an einer scharfe Metallkante einen

Winkel in seine Jacke riss, da forderte sie ihn auf, sie auszuziehen, damit sie den Riss nähen konnte.

»Mit Nadel und Faden weiß ich nun mal besser umzugehen!«, erklärte sie barsch, als er sich verblüfft erkundigte, warum sie ihm auf einmal solch einen Gefallen tun wollte. »Und das hat rein gar nichts mit einem Gefallen zu tun, sondern es gehört zur Arbeit, für die mich Meister Bartholo bezahlt. Und nun gib endlich die Jacke her!«

Ähnlich überrascht war Caspar, als der lange Winter schließlich dem Frühling wich und Klara, kaum dass sich das Land mit frischem Grün schmückte, als Erstes seine Kammer frisch kalkte und dabei gleich auch das Stroh im Sack seiner Bettstelle erneuerte.

Als er sich bei ihr bedankte, erwiderte sie nur trocken: »Ich habe noch eine Menge mehr Räume zu kalken. Und irgendwo muss ich ja anfangen. Deine Kammer hat die wenigste Arbeit gemacht.«

»Na, ich habe nicht den Eindruck, dass du dich vor der Arbeit drückst«, antwortete er und hielt es für ratsamer, den neu aufgefüllten Strohsack besser nicht zu erwähnen. »Du nimmst dir jeden Tag viel vor und machst alles sehr gewissenhaft.«

»Das bin ich Meister Bartholo auch dafür schuldig, dass er mich vom Hof mit den ständig klappernden Webstühlen geholt und in seine Dienste genommen hat«, entfuhr es Klara und im nächsten Moment biss sie sich auf die Lippen, als hätte sie mehr als beabsichtigt von sich preisgegeben.

Caspar hätte gern noch länger mit ihr geredet, aber sie ließ es nicht zu, sondern eilte davon, um ihre nächste Arbeit in Angriff zu nehmen.

Allmählich fand er sich damit ab, dass Klara für sich sein wollte und es nicht ausstehen konnte, wenn man ihr zu nahe trat und ihr mit persönlichen Fragen und hilfreichen Angeboten kam. Gleichzeitig wunderte er sich über die Gefälligkeiten, zu denen sie sich gelegentlich hinreißen ließ. Und damit blieb Klara jemand, der ihm Rätsel aufgab.

Mit seinem Meister war das Auskommen glücklicherweise ein gutes Stück leichter. Er verlangte Aufmerksamkeit und Tüchtigkeit in der Werkstatt, und da Caspar ihn darin nicht enttäuschte, keine Anstrengung scheute und auch die Lektionen in Kastilisch mit großem Lerneifer begleitete, was Klara oft zu sarkastischen Bemerkungen veranlasste, errang er rasch Bartholos Wohlwollen und erhielt freien Zugang zu der vielseitigen Bibliothek. Und Caspar stürzte sich mit einem geradezu unersättlichen Wissensdurst und Lesehunger in die Lektüre. Dabei wählte er unter den Werken auch immer wieder Schriften aus, die in Latein verfasst waren, was zur Folge hatte, dass er in wenigen Wochen diese Sprache wieder so ausgezeichnet beherrschte wie in seinem letzten Jahr auf der Lateinschule von St. Moritz.

In manchen Nächten, wenn ihn die Lektüre ganz besonders in ihren Bann schlug, etwa bei den atemberaubenden Reisebeschreibungen des Marco Polo oder des Ibn Battuta, kostete es ihn größte Willensanstrengung, das Buch aus der Hand zu legen, das Kerzenlicht zu löschen und sich noch einige Stunden Schlaf zu gönnen, um am Morgen nicht todmüde in der Werkstatt zu stehen und für nichts zu gebrauchen zu sein. Denn das, so hatte Bartholo ihn gewarnt, würde er ihm nicht durchgehen lassen.

Caspar glaubte ihm aufs Wort. Er fand nämlich schnell heraus, dass sein Meister auch Seiten besaß, die einem das Fürchten lehren konnten. Dazu gehörte, dass Bartholo gelegentlich ein überraschend hitziges Temperament offenbarte, das man bei ihm so gar nicht vermutet hätte. Auch war sein Gemüt zeitweise recht starken Stimmungsschwankungen unterworfen. Besonders wenn die Kälte ihm zusetzte und das Ziehen in seinem Beinstumpf zu einem feurigen Schmerz wurde, hieß es für Caspar, in der Werkstatt auf der Hut zu sein und sich auf die Arbeit zu konzentrieren, um ja keinen falschen Handgriff zu tun oder ihn mit irgendetwas warten zu lassen. Auch gebot dann die Vorsicht, kein unnützes Gerede von sich zu geben oder ihn mit Fragen zu behelligen, sondern die Arbeit stumm zu verrichten und mit allem zu warten, bis die Verhärtung aus den Zügen seines Meisters gewichen war.

Manchmal, wenn der Schmerz gar zu arg wütete, zerrte Bartholo fluchend die Lederriemen auf, riss sich das Holzbein, das oben gut handtief ausgehöhlt und mit Ösen für die Riemen versehen war, vom Stumpf und schleuderte es mit einem Schrei durch den Raum. Dann hüpfte er erstaunlich behände auf seinem gesunden rechten Bein zum Kamin, warf sich dort in den Lehnstuhl und rieb sich in der Hitze des nahen Feuers den vernarbten Stumpf. In ganz seltenen Fällen taumelte er die steile Stiege in sein Schlafgemach hinauf, und wenn Caspar dann das Klirren von Glasbehältern hörte, wusste er, dass Bartholo sich einen betäubenden Trank einflößte. Ging es ihm wieder besser, humpelte er die steile Treppe jedoch nicht Stufe um Stufe hinunter, sondern stützte sich auf das glatte, beidseitige Geländer und rutschte daran mit bewundernswerter Geschicklichkeit hinunter in die Werkstatt. Aber meist wartete er doch unten vor dem Feuer darauf, dass der Schmerz abebbte.

In diesen Momenten, wenn Caspar sah, wie sein Meister den Kopf mit verzerrter Miene und geschlossenen Augen in den Nacken legte, während seine Hände den Schmerz im Beinstumpf wegzukneten versuchten, empfand er großes Mitgefühl und eine bedrückende Hilflosigkeit. Dann stand er nur stumm im Raum und wartete, bis Bartholo wieder das Wort an ihn richtete und ihn in ein Gespräch über seine derzeitige Lektüre verwickelte, wohl weil das Gespräch ihm half, sich von seinen Schmerzen abzulenken. Wie gern hätte er ihn dann gefragt, wo und wie er das Bein verloren hatte, doch er wagte es nicht. Solch vertrauliche Fragen standen einem Gehilfen einfach nicht zu.

Gerne hätte Caspar auch nach der eifrigen und vor allem kostspieligen Korrespondenz gefragt, die sein Meister mit Briefpartnern in fernen Ländern unterhielt. Wer diese Männer waren, mit denen er in Kontakt stand, und welche Bewandtnis ihre nicht selten umfangreichen Schriftstücke hatte, die von berittenen Boten überbracht wurden, darüber hüllte Bartholo sich in Schweigen. Dass ein gewöhnlicher Kupferstecher Sendungen sowohl aus südlichen Ländern wie Italien, Spanien, Portugal und Frankreich als auch aus nordischen Breiten erhielt, erschien ihm schon recht seltsam. Zumal er sich nie über den Inhalt dieser Korrespondenz ausließ.

Dafür hatte Bartholo gar nicht genug lobende Worte für den Kurierdienst, den er für seine Korrespondenz in Anspruch nahm. »Früher habe ich meine Briefe reisenden Mönchen, Pilgern oder Händlern mitgegeben und damit rechnen müssen, dass Monate vergehen, bis mein Brief seinen Empfänger in Genua oder Lissabon erreicht. Und bis zum Eintreffen einer Antwort konnte je nach Wetterbedingungen und politischer Lage ein ganzes Jahr vergehen. Doch seit es diesen Kurierdienst von Franz von Taxis gibt, ist die Welt näher gerückt – zumindest was den Austausch von Briefen und anderen Dingen leichten Gewichtes betrifft!«

»Und diese Kuriere kann jeder in Anspruch nehmen?«, fragte Caspar, der Kuriere bisher immer nur mit Fürsten, Königen und päpstlichen Gesandten in Verbindung gebracht hatte.

Bartholo nickte. »Franz von Taxis, der zu einem alten lombardischen Geschlecht gehört und dessen Angehörige schon viel Erfahrung im päpstlichen Kurierdienst gesammelt haben, unterhält neuerdings feste Routen, auf denen seine Kuriere Korrespondenz befördern. Er hat erkannt, dass Kaufleute wie die Fugger und Welser, die geschäftliche Beziehungen zu Händlern in anderen Ländern unterhalten, auf schnellen Austausch von Nachrichten angewiesen sind und dass Schnelligkeit Geld wert ist. Ein Augsburger Kaufmann, der seinem Geschäftspartner in Antwerpen eine Nachricht oder Order schicken wollte, musste für diese Strecke bisher gute zwei bis drei Wochen veranschlagen. Schickt er jetzt jedoch einen Kurier, so trifft sein Brief schon in spätestens sechs Tagen in Antwerpen ein. Und wo man auf dem Landweg gewöhnlich bisher viele Monate brauchte, um einen Brief nach Spanien zu befördern, bewältigen das die Kurierreiter der von Taxis jetzt in gerade mal fünfzehn Tagen! Wenn das kein gewaltiger Fortschritt ist!«

»Aber wie machen diese Kuriere das?«, wollte Caspar wissen. »Reiten sie ihre Pferde so schnell und hart, bis sie zusammenbrechen, und beschaffen sich dann neue?«

»Oh nein! Das Geheimnis ihrer Schnelligkeit liegt im regelmäßigen Wechsel von Boten und Pferden. Die einzelnen Stationen, die *posta* genannt werden und auch Übernachtungsmöglichkeiten bieten, liegen gewöhnlich nicht mehr als fünf deutsche Meilen auseinander. Zudem reiten die Kuriere auch bei Nacht. Dieses ... nun, nennen wir es nach den Wechselstationen einfach Postasystem ... dieses Postasystem ist ein wahrer Segen.«

»Aber bestimmt ist es nicht gerade billig, einen Brief nach Lissabon zu schicken«, sagte Caspar in Anspielung auf die Sendung, die Bartholo erst heute einem Kurier übergeben hatte und deren Empfänger in dieser portugiesischen Hafenstadt lebte.

Bartholo lachte. »Oh nein, das ist es wahrlich nicht! Aber mein Geld ist gut angelegt, und das versöhnt mit den hohen Gebühren. Zudem ist manches im Leben mit Geld nicht aufzuwiegen.«

Und da war er wieder, dieser Schleier des Geheimnisvollen, mit dem sein Meister sich umgab und eine Seite seines Leben vor ihm verhüllte. *Dass* Bartholo etwas Gewichtiges vor dem Licht der Öffentlichkeit verbarg, stand für ihn außer Frage. Ein Kupferstecher, der die Dienste von Kurierreitern in Anspruch nehmen konnte, um Briefe sowohl in den tiefen Süden als auch in den hohen Norden zu senden, der hatte nicht viel mit einem gewöhnlichen Handwerker und Kupferstecher gemein. Dieser schlohweiße Mann mit dem Holzbein und den griffbereiten Waffen musste ein vermögender Mann sein, der aus irgendeinem ihm noch unerfindlichen Grund Kupfer stach und doch auf irgendetwas ganz anderes aus war.

Caspar musste feststellen, dass sein Meister nicht nur ein Mann vieler Rätsel war, sondern dass bei ihm gelegentlich auch eine sehr streitbare Ader durchbrach. Nur richtete sich diese Streitlust nicht ziellos gegen die Menschen seiner Umgebung, wie das bei gewöhnlichen Streithähnen und Tyrannen der Fall war, sondern sie entzündete sich an

Vorstellungen, Ideen und Denkmodellen, über die sich überhaupt nur wenige jemals ernstliche Gedanken machten. Manchmal gingen die Pferde ganz ordentlich mit ihm durch. Dann konnte man meist sicher sein, dass im Zentrum der Diskussion Kirchendogmen und bestimmte Kleriker standen, die das Evangelium seiner Meinung nach auf das Schändlichste zur persönlichen Machtbereicherung missbrauchten.

Den ersten Ausbruch dieser Art erlebte Caspar wenige Tage vor Ostern. Da erschien ein Ordenspater namens Erasmus, Prior seines Klosters, in Begleitung eines jüngeren, blassgesichtigen Bruders auf dem Mühlhof, um für den Druck einer Klosterschrift mehrere bestellte Kupferplatten mit Heiligenbildern abzuholen. Caspar hatte die Werkstatt kurz verlassen, um aus der Kammer einen Stoß frische Leinentücher zum Einwickeln der Druckplatten zu holen. Als er zu Bartholo und seinen geistlichen Besuchern zurückkehrte, hörte er, wie sein Meister plötzlich lospolterte: »Das hat uns in Augsburg gerade noch gefehlt! Ausgerechnet dieser von geistiger Tollwut befallene Wicht! Wie kann man so einen Mann noch einmal in die Stadt lassen?«

»Er kommt allein in seiner Eigenschaft als Prediger!«, versicherte der Prior. »So habt Ihr es doch auch verstanden, nicht wahr, Bruder Donatus?«

Der Klosterbruder nickte und begann bedächtig: »In der Tat, unser ehrwürdiger . . .« Weiter kam er nicht.

»Und wenn schon!«, fiel Bartholo ihm ins Wort. »Männer wie er, die erst spät zu ihrem ärmlichen Verstand gekommen sind, brüsten sich in eitler Selbstdarstellung, klatschen sich selber Beifall und prahlen, als hätten sie den Stein der Weisen gefunden oder wären ganz besonders vom Heiligen Geist erfüllt!«

Der Pater hob Einhalt gebietend die Hände, und während der junge Bruder an seiner Seite noch um einige Töne blasser im Gesicht wurde, rief er fast erschrocken: »Meister Bartholo! Wir hatten schon viele anregende Diskussionen und ich weiß, Ihr liebt die Kunst der Übertreibung wie auch den reichen Gebrauch deftiger Bilder, aber überlegt, was Ihr da sagt!« Und dabei deutete er, so schien es Caspar zumindest, mit einer kaum merklichen Neigung des Kopfes auf seinen Klosterbruder.

»Aber so ist es doch, Pater!«, fuhr Bartholo unbeirrt fort. »Leute wie er sind noch nicht einmal in der Lage, die klare und unmissverständliche Sprache der Heiligen Schrift zu verstehen, die von Nächstenliebe und Erbarmen spricht. Sie nehmen für sich in Anspruch, Gottes Werk zu verrichten, während sie in Wirklichkeit mit dem Leben Unschuldiger ein grausames, ja satanisches Spiel treiben! Wenn sie nicht so erschreckend gefährlich wären, könnte man über diese Scharlatane im Ordenskleid nur lachen. Aber das fällt schwer, wenn die Scheiterhaufen brennen!«

Der Pater hatte es auf einmal sehr eilig, mit den Kupferplatten und seinem jungen Begleiter, der einen reichlich verstörten Eindruck machte, vom Hof zu kommen.

Caspar hatte seinen Meister noch nie so außer sich gesehen, und kaum waren sie allein in der Werkstatt, da wagte er die Frage: »Was hat Euch denn so in Rage gebracht?«

»Heinrich Institoris kommt demnächst nach Augsburg!«, stieß Bartholo hervor. »Angeblich geht es ihm nur darum, die Verehrung der wundertätigen Bluthostie von Heilig Kreuz und die Rechtmäßigkeit der Wallfahrten dorthin zu untersuchen. Aber der Mann ist ein Bluthund im Ordenskleid. Wo er auftaucht, da haben Folterer und Henker alle Hände voll zu tun!«

»Wer ist dieser Heinrich Institoris?«

»Ein verblendeter Dominikaner, der sich zum Hexenjäger berufen fühlt und zusammen mit seinem Ordensbruder Jakob Sprenger den *Malleus Maleficarum* geschrieben hat, diese so genannte ›Bibel der Hexenrichter‹, im Volksmund meist ›Hexenhammer‹ genannt!«, erklärte Bartholo. »Eine abscheuliche und groteske Sammlung von angeblichen Beweisen und unfehlbaren Methoden, meist Foltermethoden, mit welchen man Hexen, Druiden und andere überführen kann, Satan untertänig zu sein und Teufelszauber auszuüben. Und mit dieser Sammlung wahnwitziger Behauptungen, die nur einem von tiefem Aberglauben befallenen Hirn entsprungen sein können, hat er sich den Kirchenmächtigen als Inquisitor empfohlen.«

Caspar bekam eine Gänsehaut, als er an die grauenhaften Geschichten dachte, die ihm über die Folter der Inquisitoren und das »reinigende Feuer der Scheiterhaufen« zu Ohren gekommen waren. »Dieser Institoris ist zum Hexenjäger bestellt worden?«

Bartholo nickte mit düsterer Miene. »Ja, schon seit 1479 treibt er sein blutrünstiges Unwesen im Namen Gottes! Und rate mal, in welcher Stadt er seinen ersten Prozess geführt hat!«

»Sagt bloß, in Augsburg!«

»So ist es! Dieser Schlächter im Ordenskleid, der Gottes Wort und Jesu Opfertod mit jedem Atemzug schändet und durch sein Morden im Namen der Kirche genau die dämonischen Kräfte erst entfesselt, die er zu jagen und auszumerzen vorgibt, dieser tollwütige Hund mit dem Kreuz auf der Brust hat 1480 versucht, dem Pfarrer von St. Moritz, Johannes Molitoris, den Prozess zu machen. Dieser führte es nämlich ein, dass seine Gemeinde jeden Tag die heilige

Kommunion empfing, und das brachte ihn in den Verdacht, ein Ketzer zu sein.«

»Endete dieser Molitoris auf dem Scheiterhaufen?«

»Nein, er hatte das Glück, das nur wenigen Opfern der Inquisition vergönnt ist, und konnte sich dem Prozess noch rechtzeitig entziehen. Er floh nach Rom, wo es ihm gelang, die Kurie von der Rechtmäßigkeit seines Handelns zu überzeugen, worauf seine Kirchenoberen ihren Bluthund Institoris zurückrufen mussten. Molitoris kehrte in Ehren nach Augsburg zurück und wurde wieder in Amt und Würden eingesetzt«, berichtete Meister Bartholo. »Aber ein so gutes Ende, das fast schon wundersam zu nennen ist, nehmen die Prozesse dieses unbarmherzigen Hexenjägers in den allerseltensten Fällen. Und jetzt beehren sich die feinen Herren unseres Domkapitels, ihn als ihren Gast in Augsburg willkommen zu heißen!«

Caspar wünschte, er hätte seine Neugier bezähmt und seinen Meister nicht danach gefragt, über was er sich im Gespräch mit Pater Erasmus so erregt hatte. Von Hexenjägern, Tortur und Scheiterhaufen wollte er nichts wissen. Von solchen Dingen bekam man nur Alpträume. Aber dafür war es jetzt zu spät. »Und nun kommt er also wieder nach Augsburg«, sagte er und rieb sich über die Arme, weil ihn der Gedanke frösteln ließ, auch wenn er diesen Mann vermutlich nicht einmal aus der Ferne zu Gesicht bekommen würde. »Wisst Ihr schon, wann?«

Meister Bartholo schüttelte den Kopf. »Darüber wusste der gute Pater Erasmus noch nichts Genaues zu sagen. Das hängt wohl auch vom Ausgang der Streitigkeiten zwischen dem Rat der Stadt und unserem Bischof ab. Aber wann immer der Inquisitor auch eintrifft, es wird ein dunkler Tag für Augsburg sein. Denn dann werden wir das Fleisch gewordene Böse in den Mauern der Stadt haben!«

Bei diesen Worten fror Caspar bis ins Mark und schnell legte er Holz im Kamin nach. Aber den eisigen Schauer in seinem Innern vermochten selbst die hoch auflodernden Flammen nicht zu verdrängen. Im Gegenteil, sie ließen das entsetzliche Bild eines brennenden Scheiterhaufens vor seinem geistigen Auge entstehen.

Zehntes Kapitel

Caspar wusste, dass er es als Gehilfe von Meister Bartholo gut angetroffen hatte. Die gewöhnliche Arbeitszeit eines Lehrlings betrug zwölf Stunden an sechs Tagen der Woche. Und wenn er wochentags auch kaum weniger als zwölf Stunden beschäftigt war, so handelte es sich doch zumeist um Arbeiten, die ihm Freude bereiteten und ihm daher gut von der Hand gingen. Zudem konnte sein wissbegieriger Geist sich in die umfangreiche Bibliothek vertiefen und dabei auf immer neue faszinierende Entdeckungsreisen gehen und buchstäblich nebenbei lernte er auch noch eine fremde Sprache.

Dass er nur noch selten in die Stadt kam, empfand er nicht als Mangel. Er vermisste nichts von dem, was er hinter den Mauern zurückgelassen hatte – seine Mutter ausgenommen. Sie besuchte er regelmäßig sonntags nach der Messe in St. Ulrich, zu der er seinen Meister begleitete. Dieser bestand stets darauf, die Strecke in die Stadt zu Fuß zurückzulegen, weil er überzeugt war, nur durch eiserne Übung seine Beweglichkeit trotz des Holzbeins beibehalten zu können. Zwar sah Caspar bei seinen Besuchen im *Schwarzen Hahn* auch den Vater und Ulrich wieder, aber keiner von ihnen hatte Zeit oder zeigte Interesse an dem, was er zu erzählen hatte, und letztlich war es ihm auch ganz recht so. Er hatte erkannt – und sich damit abgefunden –, dass man auch dann, wenn man vom selben Fleisch und Blut war, einander unüberbrückbar fremd sein konnte. Und mit Freude nahm er montags wieder die Arbeit in der Werkstatt auf, wo ihn der vertraute Geruch von Farbruß, Nussöl, Decklack und Tusche wie ein stummer Freund begrüßte.

Für Meister Bartholo gab es kurz vor Ostern ein Wiedersehen mit einem alten Geschäftsfreund, und zwar mit dem Wanderbuchhändler Cornelius Quentel. Sein schwerer Kastenwagen, gezogen von einem Gespann kräftiger Rotfüchse, rumpelte zwei Tage vor Aschermittwoch in den Hof.

Als Bartholo sah, wem Klara da auf das Läuten der Torglocke hin Einlass in den Mühlhof gewährt hatte, erfasste ihn eine freudige Erregung, wie Caspar sie noch nicht bei ihm erlebt hatte. »Quentel! . . . Quentel ist zurück! Gebe Gott, dass es geklappt hat!«, rief er, ließ alles stehen und liegen, was so gar nicht seiner Art entsprach, und stürzte aus der Werkstatt.

Caspar hob den Grabstichel auf, den sein Meister mit seinem Ärmel beim Aufspringen vom Werktisch gefegt hatte, und folgte ihm dann. Der Wanderbuchhändler hatte sein schweres Fuhrwerk, einen geschlossenen Kastenwagen mit bunter Beschriftung, die sein Gewerbe verkündete, vor dem Stall zum Stehen gebracht. Und während Klara sich schon um die prächtigen Rotfüchse kümmerte, redete Bartholo aufgeregt auf ihn ein.

»Ich sehe, Ihr seid noch immer das hilflose Opfer Eurer Sucht!«, rief Cornelius Quentel und sprang lachend vom Kutschbock. »Ein Jammer, dass Ihr nichts Besseres mit Eurem Geld anzufangen wisst! Aber ich will mich nicht beklagen, ist es doch mein Schaden nicht.«

Caspar hatte sich den Wanderbuchhändler, von dem Bartholo schon mehrfach gesprochen hatte, ganz anders vorgestellt. Jedenfalls nicht als einen breitschultrigen Hünen mit kupferfarbenem Haar und Bart, an dessen Seite beim Abspringen vom Kutschbock ein Säbel klirrte, obwohl er den zahlreichen Gefahren der Landstraße gewiss schon allein mit seinen Bärenkräften zu begegnen wusste. Auffällig auch die tiefe Sonnenbräune auf Gesicht und Armen des Wanderbuchhändlers. Von den wenigen sonnigen Tagen in ihrer Region konnte diese Bräune nicht kommen. Der Mann musste demnach die letzten Wochen oder gar Monate im Süden verbracht haben.

»Nun sagt schon, habt Ihr António Lobo getroffen und hat er Euch irgendwelche Aufzeichnungen übergeben?«, hörte Caspar seinen Meister mit Ungeduld fragen.

Was Cornelius Quentel antwortete, ging zum größten Teil im lauten Wiehern des Rotfuches unter, den Klara gerade in den Stall führte. ». . . Abschriften . . . Küste hinunter . . .« Das waren die einzigen Worte, die er aufschnappte, sowie ein Name, der wie »Cabo Blanco« klang.

Jetzt sah Bartholo ihn um den Wagen herumkommen, er fuhr zusammen und legte dem Geschäftsfreund eine Hand auf den Arm, was den hünenhaften Wanderbuchhändler augenblicklich zum Verstummen brachte. Und im nächsten Moment schickte ihn der Meister mit einem Auftrag ins Haus zurück, mit dem es nun wahrlich keine Eile hatte. Es lag klar auf der Hand, dass Bartholo ihn nicht als Zuhörer in der Nähe haben wollte, während er mit Cornelius Quentel sprach.

Wenig später erschien Bartholo eiligen Schrittes und mit leuchtenden Augen bei ihm in der Werkstatt. Unter dem linken Arm, und es noch mit der rechten Hand obenauf beschützend, trug er ein kleines Paket, eingewickelt in dunkelblaues Tuch und mit Kordel verschnürt, wie einen

Schatz. An einer Stelle war der nachtblaue Stoff jedoch eingerissen und enthüllte einen zwei Finger hohen Packen Papiere. Mit diesem Bündel, das er zweifellos von Cornelius Quentel erhalten hatte und das wohl von jenem António Lobo stammte, dessen Namen Bartholo auf dem Hof so voller Erwartung genannt hatte, verschwand sein Meister in dem angrenzenden Raum, den er sein Sanctum nannte und zu dem er niemandem Zutritt gewährte. Dabei achtete er wie stets peinlichst darauf, dass die Tür nicht weit aufschwang, sondern sich nur einen Spalt öffnete und somit nichts von dem preisgab, was sich dahinter verbarg.

Nicht zum ersten Mal rätselte Caspar, was in dem Raum hinter der Werkstatt sein mochte und was Bartholo in jenen langen Nachtstunden bloß tat, die er dort regelmäßig verbrachte. Einmal hatte er dem Drang seiner Neugier nachgegeben und sich um das Haus geschlichen, als Bartholo sich wieder mal am Abend nach getaner Arbeit in der Werkstatt in seinen geheimen Raum eingeschlossen hatte. Doch seine Hoffnung, von außen einen Blick in Bartholos Sanctum werfen zu können, wenn dort Lampen brannten, hatte sich nicht erfüllt. Denn zwischen den schweren Tüchern, mit denen sein Meister die Fenster von innen verhängt hatte, fanden sich weder kleine Lücken noch Ritzen oder Löcher, durch die er hätte spähen können. Bartholo schützte sein Geheimnis, worin auch immer es bestehen mochte, sehr gewissenhaft.

»Hör auf, dir darüber den Kopf zu zerbrechen! Es geht dich nichts an, was in dem Raum ist und was er dort nachts tut und treibt! Kümmere du dich um deine eigenen Angelegenheiten!«, rief er sich selbst zur Ordnung. Er hatte sich damit abzufinden, wie er sich ja auch auf die anderen Marotten und Anwandlungen seines Meisters einzustellen hatte. Er durfte froh sein, überhaupt in seinen Diensten zu stehen, und wollte auch nichts tun, was Bartholo gegen ihn aufbringen und seine Anstellung gefährden konnte.

Jene Begebenheit mit Cornelius Quentel und dem Bündel geheimnisvoller Papiere verschwand dann auch schnell aus Caspars Gedanken. Denn Bartholo war ein unermüdlicher Arbeiter, der neben dem rotbärtigen Hünen, der nun zu einer Reise in den Norden aufbrach, noch andere Wanderbuchhändler mit Kalendern, Sammlungen von Heiligenbildern, Schmuckblättern mit biblischen Darstellungen, Liebesszenen, Alphabeten und Wappen sowie mit kleinen bildreichen Schriften versorgte, deren kurze Texte er selbst mit den beweglichen Lettern der schwarzen Kunst setzte. Auch führte er regelmäßig Auftragsarbeiten für Augsburger Druckherren aus, die bei ihm die Kupferplatten für einige ihrer illustrierten Bücher stechen ließen.

Diese Fülle an Arbeit sowie die Tatsache, dass Bartholo ihn drei Wochen nach Ostern zum ersten Mal selbst Kupfer stechen ließ, sorgten dafür, dass er mit anderen Dingen viel zu sehr beschäftigt war, um sich den Kopf über das verschlossene Zimmer, die Kurierreiter und die überall im Haus griffbereit liegenden Waffen zu zerbrechen.

In den Monaten zuvor hatte Caspar aufmerksam alle Handgriffe seines Meisters verfolgt und bewundert, wie in Bartholos Hand der Grabstichel geschmeidig wie eine Zeichenfeder allen feinen Biegungen der Formenumrisse folgte. Vor allem aber hatte er gelernt, welch vielfältige Arbeiten auszuführen waren, bevor man zum Grabstichel greifen und mit dem Stechen beginnen konnte.

Die einzelnen Arbeitsgänge kannte er mittlerweile auswendig. Zuerst polierte man die Platte, die so dick wie ein Gulden war, mit Wasser und einem Schleifstein. Dann griff man zum Bimsstein. Anschließend bearbeitete man die Platte aus fein gehämmertem Kupfer noch einmal mit einem sehr feinen, glatten Stein und Wasser. Als Nächstes nahm man Holzkohle, rieb damit über das Kupfer und entfernte mit einem Polierstahl sämtliche sich abzeichnenden kleinen Unebenheiten und Kratzer, um eine völlig eben geschliffene und glatt polierte Oberfläche zu erhalten. War das geschehen, säuberte man diese sorgfältig mit altem Brot oder Kreide und wischte mit einem sauberen, weichen Tuch nach. Dann legte man die Platte auf ein kleines, mit feinem Sand gefülltes Lederkissen – und grub die erste Furche, wobei man nicht vergessen durfte, die Zeichnung spiegelbildlich ins Kupfer zu graben.

Auch nach dem Stechen gab es noch einiges zu tun, bevor man zum Druck schreiten konnte. Denn beim Gravieren entstanden leichte Erhebungen an den Rändern der Furchen, die der Stichel oder die so genannte kalte Nadel, die für die Zeichnung ganz feiner Linien eingesetzt wurde, gerissen hatte. Das nach beiden Seiten aus der Vertiefung herausgedrückte Metall, der so genannte Grat, musste mit dem Schaber entfernt werden, einem spitzen Stahl mit drei scharfen Kanten. Nur in den wenigen Fällen, wenn man den Grat für einen bestimmten Effekt beim Druck verwenden wollte, ließ man ihn stehen. Und hatte man Fehlstiche gemacht oder waren Stellen der Platte durch Auskratzen rau geworden, musste man zum Polierstahl greifen, einem runden, länglichen Eisen, und damit das Kupfer wieder glätten.

»Gut so! Vergewissere dich vor jedem Stechen, dass der Gravierstichel auch ja keine stumpfen Kanten aufweist«, sagte Bartholo an jenem Maimorgen, als Caspar den Stichel an einem geölten Wetzstein schärfte, ohne dazu vorher aufgefordert worden zu sein. Der Grabstichel war ein vierkantiges Eisen, das schräg angeschliffen war, sodass es über eine scharfe Spitze verfügte. Dieses Eisen steckte in einem festen Holz, dessen pilzförmige Handhabe, Knoten oder Kopf genannt, im Handteller ruhte.

»Der Kopf muss in der hohlen Hand liegen. Ja, das sieht schon nicht schlecht aus«, sagte Bartholo und korrigierte Caspars Griff noch ein wenig. »Wenn man den Zeigefinger so zur Spitze des Stichels ausstreckt, dass er gegenüber der Schneide liegt, mit der das Kupfer bearbeitet wird, legt man die anderen Finger um den Griff und den Daumen so auf die andere Seite des Stichels, dass man ihn flach und parallel zur Platte führen kann.«

Vor Caspar lag eine Kupferplatte seines Meisters mit einer halb fertigen Zeichnung für eine Sammlung von Bauernschwänken. Und nun sollte er das Gewand einer reichen Großbäuerin fortzeichnen und die Schattenbereiche bearbeiten. Tönungen und Schattierungen erreichte man bei einem Kupferstich durch Schraffur oder indem man Punkte oder winzige Rautezeichnungen stach. Dabei galt es, die feinen, geraden Striche so ins Kupfer zu graben, dass sie sich in den Schattenbereichen schräg zueinander schnitten. Und dies durfte nicht planlos geschehen, wollte man kein unruhiges Gewirr von Linien erzeugen.

»Gravieren ist Zeichnen auf Kupfer und weiter nichts«, erklärte Bartholo. »Und auf das Nachzeichnen verstehst du dich, wie du mir mit deinen Tuschzeichnungen bewiesen hast. Also nur zu! Konzentriere dich auf die eine Linie, die du vor Augen hast. Klarheit und Schärfe aller Linien, regelmäßige Konturen, unauffällige Schattengebung, Beachtung des Details sowie Glanz und Gleichmäßigkeit der Töne machen einen guten Kupferstich aus.«

»Na, wenn das alles ist, kann mir ja nichts passieren«, murmelte Caspar.

Wenig später lachte Bartholo erheitert auf, als Caspar sich dazu verleiten ließ, zu schnell zu werden, sodass er prompt böse Fehlstiche machte. »Ein scharfes Auge, Umsicht und Übung zusammen machen einen guten Kupferstecher aus! Sein größtes Vermögen jedoch ist seine Geduld, und was die betrifft, bist du noch ein bettelarmer Stecher! Aber das kommt! Du musst nur mit der inneren Ruhe an die Arbeit gehen. Graviergerät ist heiliges Gerät, Caspar! Diese hohe Kunst war schon den Hebräern und ihren chaldäischen Vorfahren bekannt. Und vielleicht hilft dir bei der Arbeit das Wissen, als Kupferstecher in der einzigen künstlerischen Tradition zu stehen, die sich direkt auf Gott berufen kann.«

Caspar machte ein verblüfftes Gesicht. »Was hat denn Gott mit dem Kupferstechen zu tun?«

»Schrieb er denn nicht für Moses die Gebote auf steinerne Tafeln?«, antwortete Bartholo. »Und schon im Buch Hiob findet sich die Klage dieses von Plagen heimgesuchten Mannes, der sich von Gott verlassen wähnt: *Ach, dass meine Reden aufgeschrieben würden! Mit einem eisernen Griffel in Blei geschrieben, zu ewigem Gedächtnis in einen Fels gehauen!* In dieser ehrwürdigen, ja göttlichen Tradition stehen wir Kupferstecher!«

Caspar begnügte sich mit einem Seufzen als Antwort, entbehrten seine ersten Gravierversuche doch jeglichen Hinweises auf göttliche Kunst. Dass Kupfer nicht mit der Leinwand und der Grabstichel nicht mit dem Pinsel gleichzusetzen war, wie er irrtümlich angenommen und sich daher viel mehr zugetraut hatte, wurde ihm an diesem Morgen sehr schnell und sehr nachdrücklich bewusst.

Aber seine Kenntnisse auf dem Gebiet des Zeichnens und der Malerei, die er in den Lehrjahren bei Meister Burgkmair erworben hatte, stellten dennoch eine große Hilfe dar. Denn sie ermöglichten es ihm, schneller aus seinen Fehlern zu lernen, als es wohl sonst der Fall gewesen wäre, und schon bald war er seinem Meister eine echte Hilfe. Denn auch wenn er noch weit davon entfernt war, einen Kupferstich vom ersten bis zum letzten Stich ganz allein anzufertigen, so konnte er doch schon im Juni für Bartholo zeitraubende Teilarbeiten am Kupfer übernehmen. Etwa bei der Ausschraffierung von Schattenflächen und der Zeichnung von angedeuteten Hügeln im Hintergrund und Gebäuden, deren Umrisse wenig künstlerisches Geschick erforderten.

Wie Caspar mit einiger Verwunderung feststellte, hegte Bartholo überhaupt keinen künstlerischen Ehrgeiz. Anders als etwa Meister Burgkmair, kam es ihm nicht darauf an, etwas Besonderes zu schaffen, das allein mit seinem Namen verbunden blieb. Er versah seine Stiche auch nicht mit einem besonderen persönlichen Zeichen. Es interessierte ihn nicht, ob jemand wusste, wer die Bilder gestochen hatte.

»Die Kupferstiche aus meiner Werkstatt müssen handwerklich ohne Fehl und Tadel sein und vor allem dem entsprechen, was die Leute zu kaufen wünschen«, sagte er einmal nüchtern und geschäftsmäßig. Er scheute sich auch nicht, besonders gelungene Bilder anderer Kupferstecher nachzustechen, und zeigte sich überhaupt nicht wählerisch, was die Auftragsarbeiten der Augsburger Druckherren anging. Sogar Druckvorlagen für Spielkarten fertigte er für sie an.

Manchmal fragte sich Caspar, was seinen Meister bloß

antrieb. Auf den ersten Blick schien es das Geld zu sein, das er einnahm. Andererseits machte Bartholo nicht den Eindruck eines Mannes, der vom Mammon besessen war und nicht genug davon bekommen konnte. Er hatte keine Familie, für die er sorgen musste, zeigte weder Geiz noch Verschwendungssucht und verwandte das Geld auch nicht darauf, den heruntergekommenen Mühlhof wieder in einen achtbaren Zustand zu bringen. Wo also blieb das viele Geld? Hatte seine Arbeitswut vielleicht mit dem prallen Geldbeutel zu tun, den Bartholo dem Wanderbuchhändler Quentel am Tag von dessen Abreise zugesteckt hatte, als er sich unbeobachtet wähnte?

Das war ihm doch sehr wunderlich vorgekommen. Eigentlich hätte es doch umgekehrt sein und vielmehr Quentel seinem Meister Geld auszahlen müssen, nämlich den Erlös, den er auf seiner Winterreise durch den Verkauf der vielen Schmuckblätter und illustrierten Schriften erzielt hatte.

Caspar erinnerte sich auch wieder an die merkwürdigen Worte, die Quentel noch vom Kutschbock aus seinem Meister zur Begrüßung zugerufen hatte. *Ich sehe, Ihr seid noch immer das hilflose Opfer Eurer Sucht! Ein Jammer, dass Ihr nichts Besseres mit Eurem Geld anzufangen wisst! Aber ich will mich nicht beklagen, ist es doch mein Schaden nicht.* Das waren seine Worte gewesen. Nur, was hatte es mit dieser Sucht auf sich, die seinen Meister allem Anschein nach eine solche Unmenge Geld kostete, dass er dem Wanderbuchhändler nicht nur den vollen Verkaufserlös überlassen, sondern auch noch eine fette Geldbörse zustecken musste? Gab es da womöglich eine Verbindung zu dem kostspieligen Kurierdienst, den er in Anspruch nahm?

Caspar fand darauf keine Antwort, nicht einmal eine Ahnung stellte sich ein. Das Einzige, was er mit Sicherheit wusste, war, dass Bartholo für irgendwelche dunklen Geschäfte große Summen ausgab und dass er die Auswahl seiner Bildmotive einzig und allein von ihrer Verkäuflichkeit und die Annahme der Auftragsarbeiten von der Höhe des Lohns abhängig machte. Irgendwie enttäuschte ihn diese Erkenntnis.

Deshalb überraschte es Caspar, als er an einem Sonntagmorgen Ende Juni Zeuge davon wurde, dass sein Meister doch nicht immer allein auf das Geld sah.

Nach der Messe standen sie noch eine Weile im Schatten der Kirche, und Bartholo wechselte mit Conrad Preutiger, einem bekannten Augsburger Gelehrten und zwei anderen Herren einige freundliche Worte, als Pater Erasmus zu ihnen trat.

»Diesmal entgeht Ihr mir nicht wieder, mein werter Bartholomäus Wolkenstein!«, sagte der Ordensmann munter. »Wir müssen unbedingt über einen Auftrag reden, den ich gern in Eure Hände legen möchte. Er wird Euch gefallen, ist es doch ein recht einträglicher Auftrag. Aber es eilt. Wir brauchen dringend neue Ablasszettel, und ich bin sicher, dass Ihr unsere Vorlage . . .«

»Mit Euren Ablassblättern will ich nichts zu schaffen haben!«, fiel Bartholo ihm augenblicklich ins Wort.

»Ja, aber Ihr könnt sogar den Druck selbst ausführen, da wir unsere eigene . . .«, begann Pater Erasmus mit einem verwirrten Lächeln.

Auch diesmal kam der Ordensmann nicht weiter, weil Bartholo ihm sofort wieder das Wort abschnitt. »Und wenn Ihr mir jedes Blatt mit Gold aufwiegen würdet, ich denke nicht daran, mich an dem unseligen Ablasshandel zu bereichern und zu besudeln.«

Der Pater erblasste. »Der Ablass der heiligen Mutter Kirche ist ein segensreicher Gnadenakt zur Errettung sündiger Seelen vor dem ewigen Feuer der Verdammnis!«

»Unsinn! Der Ablass ist ein schändliches Mittel der Kirchenoberen, um sich die Taschen noch mehr zu füllen!«, erwiderte Bartholo erbost. »Was für eine groteske Vorstellung für einen Christen, man könnte sich mit Geld von Sünden loskaufen und sogar Tote aus dem Fegefeuer erlösen, wenn man nur genug Goldstücke in den Ablasskasten wirft!«

»Wolkenstein, mäßigt Eure Worte hier vor aller Ohren und Augen!«, raunte Conrad Preutiger ihm leise und besorgt zu. »Man wird schon auf Euch aufmerksam!«

Caspar entdeckte in der Menge der Umstehenden auch den blassgesichtigen Ordensbruder Donatus. Dessen verkniffene Miene ließ darauf schließen, dass er Bartholos Ausfälle gegen die Ablasspraktiken der Kirche mitbekommen hatte.

»Und wenn schon! Sollen sie doch Augen und Ohren aufsperren und die Wahrheit hören! Als ob Gott ein Krämer wäre, den man mit einer Hand voll Gulden gnädig stimmen kann. Wie kann man den Allmächtigen bloß auf ein solch niedriges Niveau hinunterziehen. Das ist ja der reinste Aberglaube!«, erregte sich Bartholo. »Fehlt ja nur noch, dass Kirchenfürsten und Papst auf die Idee verfallen, wieder die Opferung von Jungfrauen oder ähnliche heidnische Sitten einzuführen!«

Der Ordensmann zog scharf die Luft ein. »Bei aller Freundschaft, das geht zu weit, Wolkenstein!«, rief er entrüstet. »Weniger großmütige Zeitgenossen könnten Euch das als Ketzerei auslegen!«

Caspar wurde mulmig zu Mute, als er die teils bestürzten, teils feindseligen Blicke der Umstehenden bemerkte, von denen einige Ordenshabit trugen.

»Um Himmels willen, lasst uns gehen!«, zischte Conrad Preutiger, den offensichtlich auch die große Sorge umtrieb, dass Bartholo noch etwas sagte, was ihn in ernste Schwierigkeiten mit den Klerikern bringen konnte. Preutiger zog ihn weg und Bartholo ließ es widerstrebend mit sich geschehen.

An diesem Sonntag ließ Caspar seinen Besuch im Elternhaus ausfallen und kehrte mit seinem Meister auf den Mühlhof zurück.

Bartholo ließ sich auf dem Heimweg noch lang und breit über die Ablasspraxis der Kirche aus. Dem einfachen Volk predigten die Geistlichen stets die drei evangelischen Räte, also Demut, Gehorsam und Armut, aber für sich selbst wollten sie nichts davon wissen und häuften Reichtümer an, vor allem die Kirchenfürsten. »Ein Glaube, der Fesseln anlegt, die Seele quält und die Menschen mit Angst erfüllt, ist ein Glaube, der nichts mit Jesu Botschaft zu tun hat! Wahrer christlicher Glaube befreit zum Lieben, Hoffen und Handeln!«

Auf dem Mühlhof angekommen, bestand er darauf, Caspar mal wieder aus seiner Mappe von Briefabschriften eine besondere Textstelle vorzulesen. »Das hier stammt aus der Feder von Johannes Alexander Brassicanus, einem Wiener Gelehrten. Wie er mir doch aus der Seele spricht, wenn er wie folgt schreibt: *Heute, wo innerhalb des gesamten Gelehrtenstandes niemand reicher ist als die Theologen, sollten sie sich den bleibenden Ruhmestitel erwerben und, anstatt mit ihren aufgehäuften Schätzen die Beutegier anzulocken und den Neid auf ihr Haupt zu ziehen, lieber überall ruhmreiche Bibliotheken gründen, in denen man einerseits alle guten Schriftstel-*

ler aufbewahren würde und in denen andererseits die riesige Schar derer, die dauernd mit der Armut zu kämpfen haben, unter der Anleitung wertvoller Bücher den Grundstein zu einer ehrenhaften Laufbahn legen könnten. Aber da wir keine solchen Bibliotheken einrichten, sehen wir selbst Reichbegabte den Wissenschaften gleichgültig gegenüberstehen . . . Ich sage es ungern, aber es ist die reine Wahrheit, dass sogar in manchen der angesehensten Städte Deutschlands ein Deutscher zu sein bedeutet, die Wissenschaften zu hassen; ein hochweiser Ratsherr zu sein bedeutet, ein für alle Mal alle Studien zu verurteilen; ein wohlsituierter Bürger zu sein bedeutet, Schuster und Weber als vom Heiligen Geist begnadet zu verehren, Akademiker dagegen zu verachten.« Wütend knallte Bartholos Hand mit dem Schriftstück auf den Tisch. »Und genauso verhält es sich, Caspar. Das Volk wird dumm gehalten, von weltlichen wie kirchlichen Fürsten. Und statt in Demut, Gehorsam und Armut den Willen Gottes zu tun und die Kirche zum geheiligten Hort für die frohe, heilende Kraft des Evangeliums unseres Herrn zu machen, setzen Äbte, Bischöfe und andere mächtige Kanoniker ihren eigenen Willen an seine Stelle, und diesem Willen geht es einzig um die Vermehrung ihrer Macht und ihrer Reichtümer!«

Caspar empfand ähnlich, hätte dies aber nie so in Worte fassen können. Er war froh, dass Bartholo es getan hatte, wie es ihn auch mit Erleichterung erfüllte, dass sein Meister nichts mit dem Ablasshandel zu schaffen haben wollte und dem Ordensmann eine scharfe Abfuhr erteilt hatte.

»Warum lächelst du, Caspar?«

»Weil Ihr den Auftrag so mutig und ohne jedes Zögern abgelehnt habt, obwohl Euch das bestimmt eine ordentliche Geldbörse eingebracht hätte.«

»Und darüber freust du dich?«, fragte Bartholo verwundert.

Caspar nickte.

Ein spöttisches Lächeln legte sich über das asketische Gesicht seines Meisters. »Weil ich vielleicht doch nicht so berechnend und geldgierig bin, wie du bislang angenommen hast?«

Das Blut schoss Caspar, der sich durchschaut fühlte, heiß aufwallend ins Gesicht. »Ich . . . ich . . .« Vergeblich suchte er nach einer Antwort, die nicht nach einer offensichtlichen Lüge klang.

Bartholo lachte belustigt auf. »Schon gut, du musst darauf nicht antworten. Aber lass dir das für die Zukunft eine Warnung sein, nicht so schnell ein Urteil über andere zu fällen! Was man von einem anderen sieht und zur Grundlage seines Urteils über ihn macht, ist oft nur die Skizze, selten das vollständige Porträt dieses Menschen. Und eine flüchtige Skizze unterscheidet sich nun mal von einem sorgfältigen Porträt darin, dass es nicht nur aus ein paar Umrissen besteht, sondern mit einer Vielzahl von Details sowie mit lichten und dunklen Flächen angefüllt ist . . .«

Was die lichten Seiten seines Meister betraf, so hatte Caspar an diesem Sonntagmorgen ganz unerwartet eine neue entdeckt. Zum Ausgleich, als sollte er in seinem Urteil über ihn noch unsicherer werden, brachte ihm der nächste Tag in Erinnerung, dass sich in diesem seltsamen Mann auch erschreckend dunkle Seiten verbargen. Denn es war der Tag, an dem Bartholo sein Messer nach ihm warf.

Elftes Kapitel

Am Morgen bedruckten sie noch gemeinsam einen letzten Stoß Blätter mit einem gefälligen Schmuckbild, das Ritter bei einem Turnier zeigte.

Caspar fand an dieser Arbeit besonders großes Gefallen. Er liebte den Geruch der Druckerschwärze, die sie aus Ruß und Leinöl herstellten, und fand es höchst befriedigend, schon nach vergleichsweise wenigen Handgriffen etwas Fertiges vor Augen zu haben.

Aber auch das Drucken verlangte Aufmerksamkeit und Können. Wichtig war, dass die Furchen dicht mit Druckerschwärze gefüllt waren. Deshalb musste die Platte vorher über dem Feuer angewärmt werden, damit die Farbe besser in die feinen Vertiefungen eindringen konnte. Nach dem Auftragen der Farben galt es, die Oberfläche vollkommen rein und blank zu wischen, damit Farbreste nicht das Papier dort beschmutzten, wo auf dem Bild freie Flächen sein sollten.

Nun wurde die Platte auf das Laufbrett der Presse gelegt und mit dem zum Abdruck bestimmten, angefeuchteten Papier bedeckt. Darüber kam ein schützender Wollstoff. Das Ganze wurde nun mittels der Kurbel mit großer Kraft zwischen den gegeneinander pressenden Walzen hindurchgezogen. Der feuchte Druck kam dann zum Trocknen auf die im Raum gespannten Leinen und die Kupferplatte wurde erneut mit Druckerfarbe eingerieben und blank gewischt, auf dass der nächste Abzug gefertigt werden konnte.

Gegen Mittag hatten sie den letzten Stoß Blätter aufgebraucht und Bartholo schickte ihn mit dem Wagen zur Papiermühle.

»Fährst du wieder zur Papiermühle am Wolfsbach vor dem Roten Tor?«, fragte Klara, die ihm unaufgefordert beim Einspannen von Dante zur Hand ging.

Caspar schüttelte den Kopf. »Das Geschäft soll diesmal der Druckherr Anton Sorg machen, der an der Sinkel die Obere Papiermühle betreibt. Bartholo hat ihm doch letztens eine Reihe Kupferplatten gestochen. Na ja, und vielleicht bekommt er vom Anton Sorg ja einen besseren Preis als vom Schönsperger.«

»Ein guter Tag für eine Ausfahrt«, sagte Klara mit einem leisen Seufzen. »Es ist schön warm und sonnig, aber doch noch nicht so heiß, dass man auf dem Kutschbock vor Hitze zerfließt.«

»Komm doch mit!«, forderte er sie auf und freute sich schon darauf, sie für die Dauer der Fahrt zur Papiermühle und zurück an seiner Seite zu haben. Frühestens in zwei Stunden würden sie wieder auf dem Mühlhof sein, und das war viel Zeit, um miteinander zu reden und sich endlich etwas näher zu kommen.

Einen Augenblick lang sah es so aus, als wollte Klara wirklich zu ihm auf den Kutschbock klettern. Sie griff schon nach der eisernen Haltestange, besann sich dann jedoch eines anderen und trat vom Fuhrwerk zurück. »Nein, das geht nicht. Bartholo bezahlt mich nicht dafür, dass ich ihm die Zeit stehle und eine Spazierfahrt zur Sinkel mache.«

»Ach was, Bartholo hat bestimmt nichts dagegen!«, versuchte Caspar sie umzustimmen. »Er weiß doch, was er an dir hat, und lässt dir völlig freie Hand. Steig schon auf, Klara!«

Ihr Gesicht verschloss sich. »Erzähl mir nicht, was ich zu tun oder zu lassen habe! Ich rede dir nicht in deine Arbeit rein, also misch du dich auch nicht in meine Angelegenheiten ein! Und damit genug! Fahr endlich los, damit ich das Tor hinter dir schließen kann. Ich muss noch in den Gemüsegarten!«

Groll und Enttäuschung hielten sich bei ihm die Waage. »Entschuldige, dass ich versucht habe, freundlich zu sein. Ich werde es mir abgewöhnen, du Kratzbürste!«

Sie würdigte ihn keiner Antwort.

»Na warte!«, murmelte Caspar grimmig, trieb Dante schon im Hof zu einem schnellen Tempo an und zog den Wagen vor dem Tor so scharf herum, dass eine Staubwolke aufstieg und Klara einhüllte, als er mit dem Gespann aus dem Mühlhof fuhr. Er ärgerte sich noch eine ganze Weile, dass er immer wieder denselben Fehler beging. Warum konnte er sich nicht damit abfinden, dass Klara an seiner Gesellschaft nicht interessiert war? Wie töricht von ihm, ihre kurzen Anwandlungen von Freundlichkeit für eine Sinnesänderung zu halten und zu glauben, nun endlich Zugang zu ihr finden!

Das lärmende Rattern und Stampfen der Mühlen an der Sinkel konnte Caspar schon hören, lange bevor er die Betriebe am erst wenige Jahrzehnte alten Mühlkanal zu Gesicht bekam. Anton Sorgs Papiermühle stand zwischen zwei Getreidemühlen. Die Papiermühle seines Konkurrenten Hans Widemann lag nur ein kleines Stück flussabwärts am Pfannenstiel.

Caspar war heilfroh, nicht in solch einer Papiermühle arbeiten zu müssen und Tag für Tag dem Lärm und Gestank ausgesetzt zu sein. Im Hof waren Arbeiter damit beschäftigt, zwei Fuhrwerke abzuladen. Mit Mistgabeln schaufelten sie die Berge aus alten, stinkenden Lumpen von den Wagen, die wenig später vom wasserradgetriebenen Stampfwerk zusammen mit Hanf und Baumrinde zu einem Faserbrei zerstampft werden sollten.

Nur durch die Nase atmend, sprang Caspar vom Kutschbock und suchte nach dem Papiermeister, um ihm Bartholos Order zu übergeben. In der Mühle ging es sehr geschäftig zu. Sein Blick fiel kurz auf die großen Schöpfbütten, an denen jeweils zwei Papierer mit den Schöpfformen hantierten. Die Siebbespannung dieser Schöpfformen bestand aus Metalldrähten. Und dort, wo auf der Form eine Drahtfigur angebracht war, lagerten sich während der Blattbildung weniger Fasern ab. Hielt man das Blatt ins Gegenlicht, zeichnete sich diese dünnere Stelle heller als das übrige Blatt ab. Auf diese Weise gewann man Wasserzeichen im Papier. Die Augsburger Papierer verwendeten meist ein A oder die Umrisse eines Pinienzapfens, da sich dieser im Stadtwappen fand.

Überall stapelte sich Papier auf. Der noch feuchte und empfindliche Papierbogen, der frisch aus der Schöpfbütte kam, wurde vorsichtig auf einen Wollfilz abgelegt oder »gegautscht«, wie die Papierknechte dazu sagten. Sobald der Stapel mit den zwischen den Filzen liegenden Bögen die gewünschte Höhe erreicht hatte, wurde dieser Bausch unter der Nasspresse entwässert und verdichtet. Anschließend trennte der so genannte Leger Papierbögen und Filze voneinander, auf dass die Bögen an Schnüren hängend getrocknet werden konnten. Danach war das Papier aber noch nicht beschreibbar, die Faser hätte in diesem Zustand Tinte und Druckerschwärze viel zu gierig aufgesogen. Um das Papier tintenfest zu machen, mussten die Bögen erst noch durch ein Leimbad, dessen Sud man aus Lederresten oder Schaffüßen herstellte, und dann ein zweites Mal zum Trocknen.

Dass eine Papiermühle wie die des Anton Sorg oder des Hans Widemann pro Arbeitstag und pro Schöpfbütte über zweitausend Bogen Papier herstellen konnte, fand Caspar mehr als erstaunlich. Wie das die Männer, die an den Bütten standen und vom Morgen bis in den Abend harte Knochenarbeit verrichten mussten, Tag für Tag durchhielten, war ihm ein Rätsel.

Caspar fand den Papiermeister am Stampfwerk, händigte ihm Bartholos Bestellung aus und befand sich mit der sorgfältig verpackten und verschnürten Papierladung keine halbe Stunde später schon wieder auf der Landstraße.

Klara arbeitete noch im Gemüsegarten, der mit seinen vielen langen Furchen mehr die Bezeichnung Feld verdiente und gleich neben dem Hain der Obstbäume lag. Als sie ihn über den Hügel kommen sah, legte sie die Harke aus der Hand und lief zum Tor, um es ihm zu öffnen, sodass er nicht vom Kutschbock zu steigen brauchte. Ihr Gesicht bekam er nicht zu sehen, als er in den Hof fuhr, weil sie im Schatten hinter dem Tor wartete, es sofort wieder schloss und durch den schmalen Einlass im rechten Flügel nach draußen und zurück aufs Feld entschwand, kaum dass der Wagen durch die Einfahrt gerollt war.

Nun tat es Caspar Leid, dass er sich in seiner Verstimmung dazu hatte hinreißen lassen, sie bei der Ausfahrt Staub schlucken zu lassen. Das war schäbig gewesen. Und er beschloss, sich irgendetwas einfallen zu lassen, womit er das wieder gutmachen konnte, ohne darüber viele Worte zu verlieren. Bei der vielen Arbeit, die sie sich aufgehalst hatte, fand sich bestimmt etwas, was er noch in den Abendstunden tun konnte, nachdem sie nach Hause gegangen war. Er konnte den Stall ausmisten, ihr beim Herrichten des verwilderten Obstgartens zur Hand gehen, den aus Zweigen geflochtenen Zaun der Kuhweide ausbessern oder ihr die Arbeit mit dem Hühnerstall abnehmen. Sie hatte es sich nämlich in den Kopf gesetzt, den halb eingefallenen Verschlag mit den morschen, wurmzerfressenen Brettern eigenhändig durch einen neuen, soliden zu ersetzen. Die Bretter lagen schon bereit.

Diese Gedanken gingen ihm noch durch den Kopf, als er Dante ausgespannt, in den Stall geführt und mit Futter und Wasser versorgt hatte und nun den ersten Packen Papier in die Werkstatt schleppte, um mit dem Auffüllen der gähnend leeren Papierkisten und Stellagen zu beginnen.

Doch kaum hatte er den Raum betreten, als er stutzte und merkte, dass irgendetwas nicht so war wie sonst. Die Werkstatt war ihm so vertraut geworden war, dass er sich in der Lage wähnte, seinen Weg sogar ohne den geringsten Lichtschimmer in pechschwarzer Nacht zwischen den Stehpulten, Werktischen sowie den Regalen und der Druckpresse zu finden, ohne irgendwo anzustoßen. Und er wusste auch mit geschlossenen Augen zu sagen, wo die einzelnen Gerätschaften standen und wo man den Kopf einziehen musste, um nicht gegen Trockenleinen zu laufen.

In diesem Bild, das sich ihm eingeprägt hatte wie in Kupfer gestochen, gab es nun eine Veränderung, die er im ersten Moment mehr unbewusst wahrnahm, als dass er sie sofort hätte benennen können.

Und dann fiel es Caspar klar ins Auge, was ihn beim Eintreten hatte stutzen lassen: Am hinteren Ende des Raums stand die Tür zu Bartholos geheimnisvollem Zimmer gut schulterbreit offen! Und vom Meister war nichts zu hören und nichts zu sehen!

Einen Augenblick stand er reglos im Raum, die schwere Paketlast auf der linken Schulter, und starrte auf die Tür, die seinen Blick magisch anzog. Aber aus der Entfernung ließen sich von dem, was sich in dem abgedunkelten Sanctum seines Meisters verbarg, keine Einzelheiten ausmachen.

Vorsichtig setzte er den verschnürten Papierpacken ab und ging so lautlos wie möglich auf die Tür zu. Sein Herz schien mit jedem Schritt, den er der Tür näher kam, schneller und lauter zu schlagen, und sein Mund fühlte sich mit einem Mal wie ausgetrocknet an.

Ich sollte es nicht tun und lieber laut nach meinem Meister rufen!, sagte er sich in Gedanken, vermochte jedoch der Versuchung nicht zu widerstehen, wenigstens einen schnellen verstohlenen Blick in das Zimmer zu werfen und dadurch vielleicht ein klein wenig von dem Geheimnis zu lüften.

Er erreichte die Tür, legte seine linke Hand auf die Bohlen und spähte angestrengt durch den Spalt in das abgedunkelte Zimmer. Er sah die Umrisse eines langen Faktoreitisches, auf dem nahe der Tür ein merkwürdiges Gestell aus sich kreuzenden Stäben stand. Zwischen diesen Stäben steckten Rollen. Aber noch seltsamer und verwirrender war das metallene Gebilde, das Caspar dicht daneben entdeckte. Es hing an der Wand und bestand aus eigenartigen kreisförmigen Scheiben mit Dornen und einer Art von Uhrzeiger.

Caspar kam nicht dazu, einen zweiten, genaueren Blick auf das Gerät zu werfen. Denn in diesem Moment bemerkte er hinter sich ein leises scharfes Sirren in der Luft – und fast gleichzeitig bohrte sich die breite Klinge von Bartholos Messer in das Holz der Tür. Genau in Augenhöhe und kaum mehr als eine Handbreit von seinem Gesicht entfernt blieb sie mit einem leichten Nachzittern stecken. Der blanke Stahl füllte sein Blickfeld aus.

»Wage es nicht!«, donnerte zugleich die Stimme seines Meisters durch die Werkstatt. »Zurück!«

Zu Tode erschrocken sprang Caspar von der Tür weg und fuhr herum. Bartholo stand jenseits der Druckpresse am Fuß der steilen Stiege. Das linke Hosenbein baumelte schlaff und leer unter dem Stumpf herab.

Caspar wusste augenblicklich, was vorgefallen war. Bartholo hatte seine Abwesenheit genutzt, um Zeit in seiner geheimen Kammer zu verbringen. Dann mussten ihn wieder einmal heftige Schmerzen im Stumpf befallen haben. Daraufhin hatte er das Holzbein abgeschnallt und sich so schnell wie möglich nach oben in seine Schlafkammer begeben, um sich seinen Linderungstrunk einzuflößen. Unter dem Ansturm großer Schmerzen hatte er vergessen, die Tür zu seinem Sanctum hinter sich zu schließen. Und als er dann Caspar unten kommen gehört hatte, war er lautlos am Geländer hinuntergeglitten – und hatte mit seinem Messer nach ihm geworfen! Quer durch die Werkstatt! Aus einer Entfernung von mindestens zehn, vielleicht sogar zwölf Schritten!

Caspar wurde ganz schlecht, als ihm zu Bewusstsein kam, dass die beidseitig geschliffene Klinge ihn nur um eine Handbreit verfehlt hatte.

»Was hast du da zu suchen?«, herrschte Bartholo ihn an und aus seinen Augen schienen Funken zu sprühen. »Habe ich dir nicht schon am ersten Tag eingeschärft, dieses Zimmer niemals zu betreten?«

»Ich hätte Euer Sanctum nicht betreten!«, beteuerte Caspar hastig und geriet dann ins Stottern. »Ich war nur ... ich wusste nicht ... Ich dachte, Euch ... Euch wäre vielleicht etwas zugestoßen!«

»So? Warum hast du dann nicht erst nach mir gerufen?«, herrschte Bartholo ihn an und hüpfte auf seinem gesunden Bein zu ihm.

»Das wollte ich ja auch gerade tun, aber da kam schon Euer Messer angeflogen. Allmächtiger, es hätte nicht viel gefehlt und Ihr hättet mich tatsächlich getroffen!«, stieß Caspar hervor.

»Du glaubst, ich hätte auf dich gezielt und dich verfehlt?« Bartholo gab ein trockenes Lachen von sich. »Oh nein, dass du diesmal ungeschoren davongekommen bist, verdankst du keinem glücklichen Zufall, das lass dir gesagt sein! Wenn ich dich hätte treffen wollen, wärst du meinem Messer nicht entkommen! Vielleicht hätte ich dir wirklich eine Lehre erteilen sollen, die du nicht vergisst, und dein Ohr an die Tür nageln sollen! Und jetzt geh an deine Arbeit!« Damit warf er die Tür seines geheimen Zimmers hinter sich zu.

Wie kühn und selbstbewusst Bartholo sich seiner Treffsicherheit mit dem Messer gerühmt hatte, jagte Caspar noch draußen auf dem sonnigen Hof einen Schauer durch den Körper. Ein Kupferstecher und Heiligendrucker, der mit dem Wurfmesser so geschickt umzugehen verstand wie sonst nur geübte Gaukler oder Straßenräuber, der seinen Wanderbuchhändler bezahlte, anstatt von ihm den Verkaufserlös ausgehändigt zu bekommen, und der erhebliche Summen für Kurierreiter ausgab, wie passte all das zusammen? Was verbarg sich hinter dieser Maske des gewöhnlichen kleinen Handwerkers und Kupferstechers? Wer war Bartholomäus Marcellus Wolkenstein *wirklich?*

Zwölftes Kapitel

Keine zwei Wochen später zog Augsburg in den Krieg – gegen den eigenen Bischof. Schon seit Monaten gärte es zwischen dem Domkapitel und dem Rat der Stadt, die als freie Reichs- und Königsstadt ihre hart erkämpfte Unabhängigkeit von ihrem alten Stadtherrn, dem Bischof, um jeden Preis gewahrt wissen wollte. Mit Argusaugen wachten Bürgermeister und Rat darüber, dass das Augsburger Domkapitel keine ihrer Freiheiten und verbürgten Privilegien antastete – und umgekehrt. Das Misstrauen und die Abneigung waren gegenseitig. Die Tatsache, dass der Augsburger Bischof es schon seit vielen Jahren vorzog, fern der Stadt auf der Burg Dillingen zu residieren, warf ein bezeichnendes Licht auf das gespannte Verhältnis zwischen den beiden streitbaren Parteien.

»Worum geht es bei diesem Streit überhaupt?«, wollte Caspar wissen, als die gegenseitigen Bezichtigungen schärfer wurden und in der Stadt ganz offen von einem drohenden Waffengang geredet wurde. Sonntags nach der Kirche und bei seinen Besuchen im *Schwarzen Hahn* hatte er beunruhigende Bemerkungen aufgeschnappt.

»Natürlich um Macht und Geld, wie immer«, sagte Bartholo grimmig. »Als Graf Friedrich von Zollern vor vier Jahren zum Augsburger Bischof gewählt wurde, soll man diesem feinen Herrn angeraten haben, seiner adligen Abstammung fortan weniger Bedeutung beizumessen und sich dafür mehr seiner christlichen Berufung verpflichtet zu fühlen. Ein frommer Wunsch, der sich nicht erfüllt hat. Bischof Friedrich hat sich vielmehr in die endlose Kette jener Kirchenfürsten eingereiht, denen es nicht um die Verkündigung der frohen Botschaft unseres Heilands und die segensreiche Kraft des Glaubens geht, sondern um Macht und fette Pfründe. Und so streitet er sich jetzt mit der Stadt, zu wessen Landeshoheit die Straßenvogtei mit den Dörfern Schwabmenchingen, Wehringen, Bobingen, Göggingen und anderen Siedlungen gehört.«

»Also wer dort Steuern und Frondienste eintreiben darf?«

»So ist es! Irgendwer muss das feine Leben, den Pomp und das viele Gold, das Fürsten mit und ohne Prunkkreuz auf der Brust zur Schau stellen, ja bezahlen – und wie immer wird der Löwenanteil den kleinen Leuten abgepresst, die auch so schon kaum etwas zu beißen haben!«, wetterte Bartholo. »Es heißt immer, Augsburg sei eine reiche Stadt! Das ist wahr und falsch zugleich! Der große Reichtum dieser Stadt ist auf einige dutzend reiche Händlerfamilien verteilt, die kraft ihres zusammengerafften Vermögens in allem den Ton angeben. Aber dieser kleinen reichen Oberschicht stehen vier Fünftel der Bevölkerung gegenüber, die am Rande der Armut leben und jedes Jahr aufs Neue darum bangen, ob sie wohl auch ihr Auskommen haben werden. Und das ist das wahre Gesicht – nicht nur von Augsburg, sondern von jeder so genannten ›reichen‹ Stadt!«

Während sich der Rat der Stadt Augsburg noch zu Verhandlungen bereit erklärte und den Kaiser um einen Schiedsspruch in diesem Streit anrief, zeigte sich Bischof Friedrich kompromisslos und ließ im Lechtal in der Gegend um Füssen neunhundert Bewaffnete rekrutieren. Diese Truppen zogen auf seinen Befehl hin nach Schwabmenchingen und schlugen ihr Heerlager vor dem Dorf auf, dessen Bauern die Landeshoheit des Bischofs nicht anerkennen wollten und sich offen zu Augsburg bekannt hatten. Die Bewohner von Schwabmenchingen flüchteten in den befestigten Kirchhof und verschanzten sich dort.

Die Empörung über diesen bischöflichen Handstreich hätte in Augsburg nicht größer sein können. »Der Bischof hat uns den Fehdehandschuh hingeworfen! Wenn er Krieg will, kann er Krieg haben! Aber uns herausgefordert zu haben, das wird der Pfaffe noch bitter bereuen!«, hörte man die Männer auf den Straßen und Marktplätzen, insbesondere aber in den Schänken tönen. Auch herrschte Übereinstimmung im Rat und in der Bürgerschaft, dass Augsburg den Bauern von Schwabmenchingen zu Hilfe kommen musste!

»Lächerlich!«, lautete Bartholos Kommentar hierzu. »Wer soll denn gegen die gut gerüsteten Truppen des Bischofs ins Feld ziehen? An gewieften Kaufleuten und guten Handwerkern besteht in der Stadt ja kein Mangel. Aber in ihren Mauern werden sich so wenige kampferprobte Männer finden lassen, die mit Klinge, Armbrust oder gar mit der Muskete umzugehen verstehen, wie es barmherzige und wahre Nachfolger Christi unter den Kirchenfürsten gibt!«

Da Augsburg nicht einmal über eine eigene kleine Söldnertruppe verfügte, blieb dem Rat nichts anderes übrig, als die Bürgerschaft und das Stadtvolk aufzurufen, sich zu bewaffnen und zum Kampf gegen die bischöflichen Soldaten zu melden. Das dämpfte die Begeisterung für den Feldzug gegen die bischöflichen Soldaten beträchtlich, ging doch den Allgäuern der Ruf voraus, sich bestens auf ihr blutiges Kriegshandwerk zu verstehen. Fast jeder sprach sich für den Waffengang aus, aber selbst daran teilnehmen wollte keiner.

Schließlich beschloss der Rat, dass das Los entscheiden sollte. Jeder Zweite aus Stadtvolk und Bürgerschaft, egal ob arm oder reich, ob jung oder alt, hatte sich zu bewaffnen und gen Schwabmenchingen zu ziehen. Auf diese Weise kamen fast sechstausend Mann zusammen, für deren Abmarsch der St.-Margareten-Tag, der 12. Juli, festgelegt wurde.

Caspar wollte sich dieses Ereignis nicht entgehen lassen. Deshalb lief er mit Erlaubnis seines Meisters schon im Morgengrauen los, um in der Nähe des Gögginger Stadttores noch einen guten Platz zu ergattern, von dem aus er den Auszug der Augsburger Bürgertruppe verfolgen konnte. Es versprach, ein besonders heißer Tag zu werden, denn die Sonne brannte schon in den frühen Morgenstunden wie sonst nur gegen Mittag.

Auf beiden Seiten des Stadttors herrschte großes Gedränge. Jeder schien Zeuge sein zu wollen, wie die Streitmacht, die es mit den Soldaten des Bischofs aufnehmen sollte, zum Tor hinausmarschierte.

Caspar hatte sich vorgestellt, eine stolze Reitertruppe bestens ausgerüsteter Schwertkämpfer zu sehen, gefolgt von einem diszipliniert marschierenden Heer aus schwer bewaffnetem Fußvolk. Auch hatte er fest damit gerechnet, unter bunten Bannern ein Meer von blitzenden Helmen und Brustharnischen zu sehen, dichte Reihen von Lanzenträgern, Soldaten mit Streitäxten und Armbrüsten, ja vielleicht sogar ein oder zwei Fähnlein mit Musketenschützen. Aber nichts von alledem erfüllte sich. Was da an alten und jungen, fettleibigen und dünnen Männern ohne jede militärische Disziplin durch das Gögginger Tor hinauszog, bot einen erbarmungswürdigen Anblick. Die Männer, die jetzt schon lauthals über die Hitze lamentierten, waren nicht nur kläglich mit Waffen ausgerüstet, sondern zu einem großen Teil so nachlässig gekleidet, als wollten sie sich am Lech in die Sonne legen. Nur ganz selten sah man in der Menge einmal einen Harnisch, einen Lederschutz oder gar ein schweres Kettenhemd. Und was Musketen anging, so konnte er keine einzige ausmachen, allenfalls einige Armbrüste.

Dass mit diesem jämmerlichen Heerhaufen bestimmt kein Gefecht gegen kampferprobte Soldaten zu gewinnen war, sah Caspar schon nach den ersten Minuten. Tief enttäuscht, dass die Wirklichkeit so ernüchternd war und gar nichts mit seinen Erwartungen gemein hatte, gab er seinen guten Aussichtsplatz auf und kehrte zum Mühlhof zurück.

Er traute seinen Augen nicht, als er seinen Meister auf dem Hof mit einem Degen in der Hand antraf. »Um Gottes willen, Ihr wollt Euch doch wohl nicht diesem armseligen Haufen anschließen, der sich Augsburger Streitmacht nennt!«, rief er bestürzt. »Nicht mal mit zwei gesunden Beinen würde ich Euch das empfehlen!« Hastig berichtete er, was für eine erbarmungswürdige Truppe Augsburg gegen die bischöflichen Söldner ins Feld schickte.

Bartholo lachte kurz auf. »Sei unbesorgt, ich glaube nicht daran, dass es ehrenwert und ruhmreich ist, auf dem Schlachtfeld sein Leben zu lassen. Kämpfen kann nötig und unvermeidlich sein, und manches ist es wert, dass man sein Leben dafür gibt. Aber ich ziehe nicht für die Machtgelüste anderer in den Krieg. Bisher habe ich immer noch selbst entschieden, für was und für wen ich zur Klinge greife«, sagte er und hieb mit zwei schnellen Handbewegungen nach einem unsichtbaren Gegner.

»Und was hat das dann zu bedeuten?«, fragte Caspar und deutete auf den Degen, den sein Meister durch die Luft tänzeln ließ.

»Dieses kriegerische Abenteuer unserer tapferen Ratsherren hat mich daran erinnert, dass es ganz ratsam ist, im Umgang mit der Klinge nicht einzurosten und jederzeit vorbereitet zu sein.«

Caspar runzelte die Stirn. »Worauf müsst *Ihr* denn vorbereitet sein, Meister?«

Bartholo warf ihm einem schwer zu deutenden Blick zu, dann kräuselten sich seine Lippen unter dem spitzen, eisgrauen Kinnbart zu einem leicht spöttischen Lächeln. »Das finden wir heraus, wenn es so weit ist«, sagte er und stach mit der Waffe wieder auf seinen Phantomgegner ein. Dann rief er Klara zu: »Das ist gut so! Das reicht mir!«

Caspar wandte den Kopf und blickte zu Klara hinüber. Sie machte sich am verfallenen Ende des Mühlhauses an einem senkrecht aufragenden Stützbalken zu schaffen, der einige Handbreit über Kopfhöhe geborsten war. Sie hatte mit Hanfstricken dicke Strohbündel rund um den Balken gebunden.

Bartholo ging nun auf diesen gepolsterten Stützbalken zu. Dabei ließ er seine Degenklinge rechts und links durch die Luft schwirren, als wollte er die Biegsamkeit des Stahls prüfen. Als er sich in Reichweite befand, machte er einen Ausfallschritt, der ihm trotz Holzbein erstaunlich gut gelang, und setzte die Klinge mitten in den dicken Wust aus Strohbündeln und Hanfstricken. Nur das Zurückspringen aus der weit vorgestreckten Position des Ausfallschritts bereitete ihm sichtlich Schwierigkeiten.

Er fluchte unterdrückt und versuchte es sogleich noch einmal.

»Hast du eine Ahnung, was das zu bedeuten hat?«, fragte Caspar, der sich zu Klara auf die andere Seite des Hofes begeben hatte.

Klara zuckte die Achseln. »Vorhin kam einer dieser berittenen Kuriere und überbrachte wieder mal einen Brief. Fast hätte er ihn mir am Tor ausgehändigt. Er hat sich dann aber doch noch anders besonnen und gesagt, dass er einen Brief, der einen so langen Weg hinter sich habe wie dieses Schreiben aus Portugal, auf den letzten Pferdelängen nicht aus den Händen geben, sondern lieber dem Empfänger persönlich überreichen wolle. Was er dann auch getan hat. Tja, und eine gute halbe Stunde später ist Meister Bartholo mit dem Degen im Hof erschienen und hat mich beauftragt, diesen Balken da mit Stroh und Hanf zu umwickeln, um daran üben zu können.«

»Das Schreiben kam aus Portugal, sagst du?«

»Ja, so hat es der berittene Bote gesagt.«

»Hast du einen Blick auf das Siegel werfen können?«

»Nein, es hat mich nicht interessiert. Und dich sollte es auch nicht interessieren. Wieso bist du überhaupt schon so schnell wieder zurück?«

Caspar schilderte ihr kurz, welch erbärmlichen Anblick die Augsburger Truppen bei ihrem Auszug aus der Stadt geboten hatten. »Und ein Durcheinander in ihren Reihen, als wenn Gänse über Land fliegen!«

»Das sieht ihnen ähnlich, diesen aufgeblasenen Maulhelden«, sagte Klara bissig. »Aber so verhält es sich eben mit den meisten Männern. Da, wo sie selbst nichts zu befürchten haben, nehmen sie den Mund voll, spielen den starken Mann und brüsten sich mit ihren Kräften und angeblichen

Heldentaten. Aber wenn es mal darauf ankommt, wirklich Charakter zu zeigen und ihren Mut unter Beweis zu stellen, dann versagen sie jämmerlich!«

»Also nun mal langsam!«, protestierte Caspar. »So allgemein kann man das doch nicht sagen. Es gibt immer solche und solche. Und nur weil Augsburg keine eigene Söldnertruppe mehr hat und deshalb gewöhnliches Stadtvolk und Bürger bewaffnet und gegen den Bischof . . .«

»Warum regst du dich denn so auf? Ich weiß doch, dass *du* natürlich zu den rühmlichen Ausnahmen gehörst!«, fiel sie ihm mit beißendem Spott ins Wort und ließ ihn stehen.

Kopfschüttelnd sah er ihr nach. Manchmal war sie ihm ein noch größeres Rätsel als Bartholo. Kaum glaubte er, sich endlich besser mit ihr zu verstehen, da versetzte sie ihm mit ihrem scharfen Mundwerk auch schon wieder deftige Ohrfeigen!

Niedergeschlagen ging er in die Werkstatt und machte sich wieder an die Arbeit. Die Druckpresse musste gereinigt werden und danach warteten auf ihn lange Stunden feinster Schraffurstiche mit der kalten Nadel.

Während er an der Schraffur arbeitete, wanderten seine Gedanken mal hierhin, mal dorthin. Er sah das Augsburger Heer schon blutig geschlagen und von den Allgäuer Söldnern in alle Winde zerstreut. Tags darauf sollte er erfahren, dass er sich keine Sorgen um die kampfunerfahrenen Bürger, Handwerker, Knechte und Tagelöhner hätte machen müssen. Denn zu einem Aufeinandertreffen der beiden Streitmächte und zu einem Blutvergießen war es gar nicht gekommen.

Die Augsburger Truppen stöhnten schon kurz nach dem Auszug aus der Stadt dermaßen über die unerträgliche Hitze, dass die Ratsherren eiligst einige Fass Wein zum

Durstlöschen hinterherschickten, kaum dass die Spitze ihres Heerzuges die Dorfschaft Inningen erreicht hatte, während die trödelnde Nachhut noch immer durch das Gögginger Tor marschierte. Zu einer weiteren großen Tat, die über dieses kräftige Durstlöschen hinausging, wurden die Augsburger Truppen gottlob nicht herausgefordert. Denn mittlerweile hatten einflussreiche Herren von adligem Stand als Vermittler in die Auseinandersetzung zwischen dem Bischof und der Stadt eingegriffen, sodass die Augsburger Zwangsrekrutierten schon am Nachmittag desselben Tages und mit einem großen Seufzer der Erleichterung wieder nach Augsburg zurückkehrten, ohne dass es zu tatsächlichen »Kampfhandlungen« überhaupt gekommen war. Um die Heimkehr etwas abwechslungsreicher zu gestalten, zog man nicht wieder durch das Gögginger, sondern durch das Rote Tor in die Stadt ein. Einen Toten forderte dieser »Feldzug« allerdings trotzdem. Ein den Beschreibungen nach unmäßig feister Bürger, der sich einen Eisenharnisch umgeschnallt und bei der langen Rast in Inningen dem Wein über jegliche Vernunft hinaus zugesprochen hatte, erlitt wenige Schritte vor dem schattigen Torbogen einen Hitzschlag und starb wenige Stunden später.

Von der insgesamt doch glücklichen Wendung, die zweifellos ein fürchterliches Gemetzel bei Schwabmenchingen verhinderte, wusste Caspar noch nichts, als er an diesem Vormittag mit der kalten Nadel feine Schraffur ins Kupfer stach. Aber seine Gedanken kreisten auch nicht ausschließlich um das Schicksal des jämmerlichen Augsburger Heerhaufens, sondern beschäftigten sich mehr mit der Sendung aus Portugal und mit Bartholos seltsamem Benehmen. Was mochte bloß in dem Brief gestanden haben, dass sein Meister es auf einmal für nötig erachtete, sich wieder im Umgang mit dem Degen zu üben? Was oder *wen* hatte er zu fürchten?

Gelegentlich drang vom Hof eine Art Aufschrei, manchmal aber auch ein Fluch auf Kastilisch zu Caspar in die Werkstatt. Das ging so eine gute halbe Stunde. Dann wurde es für eine Weile still.

Plötzlich stand Bartholo im Durchgang zur Werkstatt. »Leg die Nadel weg und komm nach draußen!«, forderte er ihn auf. »Ich brauche dich!«

Caspar sah, dass sein Meister jetzt in jeder Hand einen Degen hielt. Und obwohl er die Antwort zu wissen glaubte, fragte er im Aufstehen: »Und wofür braucht Ihr mich da?«

»Zum Üben mit der Klinge! Hier, nimm!«

Doch statt ihm die Waffe zu reichen, die er in der linken Hand hielt, warf Bartholo sie ihm zu. Caspar hatte Glück, dass er den Degen auffing, ohne sich an der Klinge zu verletzen. »Das könnt Ihr nicht machen!«, rief er erschrocken. »Ich habe noch nie in meinem Leben solch eine Waffe in der Hand gehalten! Ich verstehe nichts vom Fechten!«

»Keine Sorge, ich habe nicht vor, dir auch nur ein Haar zu krümmen«, versicherte Bartholo mit einem fast vergnügten Lächeln auf dem asketischen Gesicht. »Du sollst mir nur so heftig zusetzen, wie du kannst. Immerhin bist du jung, sehnig und schnell auf den Beinen. Das wird mir helfen, wieder in Form zu kommen.«

»Ja, aber . . .«

»Spar dir deine Einwände und komm endlich!«, rief Bartholo ungehalten. »Ich bin es leid, sinnlos auf Strohbündel und Hanfstricke einzuschlagen, die sich nicht von der Stelle rühren. Du bist mein Gehilfe, also wirst du mir jetzt gefälligst auch bei dieser Aufgabe zur Hand gehen!«

Auf dem Hof zeigte Bartholo ihm, wie er den Degen zu halten hatte. »So, und jetzt schlägst und stichst du nach Herzenslust auf mich ein. Tu dir keinen Zwang an. Ich werde nur parieren, dich aber natürlich nicht angreifen. Und jetzt los und angegriffen!« Mit einer kurzen Drehung seines Handgelenkes ließ er seine Klinge gegen die von Caspar springen.

Caspar fasste den Griff seines Degens fester und stach dann zögerlich nach seinem Meister, der den Stich augenblicklich abwehrte. Dabei rührte er sich nicht von der Stelle und vollführte mit seiner Waffe kaum mehr als eine scheinbar nachlässige Drehung, die Caspars Klinge zur Seite lenkte.

»Nicht so müde!«, rügte Bartholo. »Ich habe nicht von versuchtem Antippen gesprochen, sondern von Angriff! Nennst du das vielleicht einen Angriff? Nimm dir endlich ein Herz und setz mir zu!«

»Also gut, wie Ihr wollt!«, murmelte Caspar und stieß zu. Doch bevor er wusste, wie ihm geschah, hatte Bartholo seinen Stoß nicht nur pariert, sondern ihm auf wundersame Weise auch noch den Degen aus der Hand . . . ja, was? Gedreht oder geschlagen? Er wusste es nicht zu sagen, so schnell war es gegangen.

Er hörte Klara hinten bei den Stallungen laut auflachen.

»Ein Degen ist keine Stopfnadel, die man mit zwei Fingern hält!«, ermahnte ihn Bartholo. »Sei gefälligst mehr bei der Sache und leg endlich Kraft in deine Angriffe! Ein altes Marktweib hat ja noch mehr Feuer in sich als du!«

Wütend bückte sich Caspar nach der Waffe, packte sie mit festem Griff und versuchte nun ohne jegliche Hemmungen auf seinen Meister einzuschlagen und einzustechen. Aber was er auch anstellte, seine Klingenspitze gelangte noch nicht einmal in die Nähe von Bartholos Körper. Die Paraden kamen wie Blitze aus heiterem Himmel, ohne dass Bartholo den Eindruck von Anstrengung machte. Die linke Hand lässig auf die Hüfte gestützt und ohne auch nur einen Schritt vor oder zurück zu machen, wehrte er die wütenden und mit Kraft geführten Angriffe ab. Stahl klirrte gegen Stahl, ohne dass Caspar etwas auszurichten vermochte, und schon nach wenigen Minuten taten ihm die Muskeln in Hand und Arm weh.

»Nein, das taugt nichts!«, stieß Bartholo ungehalten hervor, nachdem er ihm zum dritten Mal den Degen aus der Hand geschlagen hatte. »So bist du mir keine Hilfe. Da kann ich mir ja auch Klara oder Dante zum Üben auf den Hof holen!«

»Ich habe Euch gleich gesagt, dass ich davon nichts verstehe!«, verteidigte sich Caspar mit hochrotem Kopf, den er nicht allein der Hitze und Anstrengung verdankte.

»Das wirst du aber, wenn ich mit dir fertig bin!«, erwiderte Bartholo. »Ich werde dir Unterricht erteilen! Gottlob bist du jung, flink und von rascher Auffassungsgabe! Wenn ich dir das Fechten beibringe, habe ich gewiss mehr davon, als wenn ich mich weiter deiner ungeschickten Angriffe erwehre!«

Caspar schluckte seinen Unmut über Bartholos vernichtendes Urteil hinunter, hatte er doch gegen Unterricht im Fechten gar nichts einzuwenden. Im Gegenteil, diese ein bis zwei Stunden, die sie fortan jeden Morgen auf dem Hof verbrachten, wurden für ihn zu den schönsten des Tages, auch wenn Bartholo ihn hart herannahm und ordentlich scheuchte, bis ihm alle Muskeln in Armen und Beinen schmerzten. Sie übten mit alten Degen, die Bartholo besorgte und deren Spitzen er mit kleinen Holzklötzen ungefährlich machte.

»Körperparade und sofort Schritt zurück! . . . Ja, und hoch die Klinge! . . . In die Quart! . . . Gut so!«, brüllte er zwei Monate später, als sich das Laub schon zu färben begann. »Finte! . . . Ausfallschritt! . . . Ha, damit hast du nicht gerechnet, nicht wahr? . . . Weiter! . . . Nimm das Handgelenk zurück! . . . Doppelfinte und Angriff! . . . Nicht schlecht, mich zu einer doppelten Primparade zu zwingen! . . . Ehrgeiz hast du ja von Anfang an gehabt, aber jetzt muss ich allmählich vor dir auf der Hut sein! . . . In die Terz! . . . Gut, gut! . . . Wie wäre es mit einer Einladung? . . . So ist es richtig, kurz eine Blöße geben, sodass der Gegner zu einem Quartstoß verleitet wird! . . . Dann ripostieren, worauf von mir die Terzparade kommt.«

Das Klirren der immer schneller aufeinander treffenden Klingen erfüllte den Hof. Mit der frischen morgendlichen Septemberluft kam schon die Ahnung vom nahenden Winter. Caspar bemerkte den glänzenden Schweiß auf dem Gesicht seines Meisters, der trotz Holzbein sehr behände hin und her sprang, um seine Angriffe zu parieren und dann seinerseits zu einem Stoß anzusetzen.

Und dann, im Bruchteil eines Augenblicks, bemerkte Caspar die Blöße, die Bartholo sich bei einem Angriff gab. Er parierte den Stoß, ging blitzschnell zum Gegenangriff über – und setzte ihm die Degenspitze mit dem platten Holzklötzchen mitten auf die Brust!

Am liebsten hätte er laut jubiliert. Er hatte seinen ersten richtigen Treffer angebracht!

Überraschung zeigte sich auf Bartholos Gesicht und er ließ seinen Degen sinken. »Allmächtiger, woher kam denn dieser Stoß? Damit wäre ich erledigt gewesen!«, räumte er freimütig ein. »Wie hast du das bloß fertig gebracht?«

Caspar strahlte vor Stolz. »Ich muss wohl einen guten Fechtmeister haben!«

»Ausgezeichnet!«, lobte Bartholo und wischte sich mit dem Handrücken den Schweiß von der Stirn. »Du lernst noch schneller als erwartet. Jetzt beginnt also der Ernst für mich! Gut, so soll es ja auch sein!«

Als Caspar den Kopf nach links wandte, bemerkte er Klara im langen, morgendlichen Schatten, den das Fachwerkhaus über die sich dahinter anschließenden, etwas zurückversetzten Stallungen warf. Halb zu ihnen gewandt stand sie mit dem Melkeimer vor der Stalltür. Nun, da er zu ihr hinüberschaute, klemmte sie sich den Eimer zwischen die Beine, und mit einem Lächeln, das ausnahmsweise einmal völlig frei von Spott war, klatschte sie dreimal lautlos in die Hände. Dann verschwand sie im Stall.

Erfüllt von einem warmen Gefühl der Freude und des Stolzes, lächelte er still in sich hinein. Und dann schoss es ihm plötzlich durch den Kopf, dass er vor genau einem Jahr im Wasserkerker auf den Pedalen der Pumpe um sein Leben gestrampelt und einen Tag lang am Pranger gestanden hatte. Wie sich doch sein Leben in den vergangenen zwölf Monaten verändert hatte!

Keine vier Wochen später traf der Inquisitor Heinrich Institoris in Augsburg ein, und noch bevor der erste Schnee fiel, floss auf dem Mühlhof Blut.

Dreizehntes Kapitel

Ein dunkles, gedämpftes Raunen, in dem sich Bewunderung mit Furcht mischte, ging durch die Menge, als der Hexenjäger Heinrich Institoris auf der Domkanzel erschien. An diesem Tag, so hatte er verlauten lassen, würde er nicht über die wundertätige Augsburger Bluthostie und die Wallfahrt zu ihr predigen, sondern in seiner Rolle als Inquisitor von Oberdeutschland seine Zuhörer über ketzerische Irrlehren und die Macht der Dämonen belehren. Insbesondere über den Teufelspakt, den Beweis des Hexenflugs und die Art des Ausfahrens der Hexen wolle er das Volk aufklären.

Im Dom drängten sich die Menschen wie sonst nur zu Volksbelustigungen auf dem Markt. Und obwohl Caspar mit seinem Meister schon recht früh eingetroffen war, hatten sie nur noch weit hinten im südlichen Seitenschiff einen Stehplatz ergattert. Es zog sie auch gar nicht weiter nach vorn. Außerdem hatten sie auch von hier aus einen recht guten Blick auf die Kanzel.

Nichts an dem sechzigjährigen Mönch des Predigerordens wirkte in irgendeiner Weise außergewöhnlich. Er trug das schlichte Habit der Dominikaner mit Skapulier, einem stolaartigen Überwurf, und auch was seine Statur, sein schütteres Haar und seine Gesichtszüge betraf, fand sich an ihm nichts, was ihn von unzähligen anderen Ordensleuten merklich unterschieden hätte. Und doch lag in seinen Händen eine fürchterliche Macht, die nicht nur einfachem Stadtvolk Furcht einflößte.

Kaum hatte Heinrich Institoris über den nächtlichen Pakt der Novizinnen mit dem Teufel zu predigen begonnen, als offensichtlich wurde, dass dieser äußerlich unscheinbare Mann über die Gabe der suggestiven Rede verfügte. Er verstand es, sein Publikum in Bann zu schlagen.

Bartholo hatte Caspar in langen Gesprächen davon überzeugt, dass der Glaube an Hexen, Hexenflug und die vernichtende Kraft ihres bösen Blicks reiner Aberglaube war. Aber dennoch schnürte es ihm nun die Kehle zu, als er den Ordensmann über die Macht Satans und den Beweis des Hexenfluges, des »Ausfahrens« reden hörte.

». . . und so geschieht die Art ihres Ausfahrens: Wie sich nämlich aus dem Vorhergehenden ergeben hat, haben sie sich eine Salbe aus den gekochten Gliedern von Kindern, besonders solcher, die vor der Taufe von ihnen getötet worden sind, zubereitet . . .«

Ein scharfer Laut fiel in die dramatische Pause, die der Inquisitor mit dem Geschick des gewandten Predigers an dieser Stelle einlegte. Es war der nur mühsam unterdrückte Aufschrei der Menge, die wie aus einem Mund ihr schauderndes Entsetzen kundtat.

Auch Caspar war Teil dieser Menge geworden und spürte im nächsten Moment die Hand seines Meisters, die sich mit kräftigem Druck auf seine Schulter legte.

». . . und nach der Anleitung des Teufels bestreichen sie mit dieser Salbe irgendeinen Sitz oder ein Stück Holz«, fuhr der Inquisitor fort, »worauf sie sich sofort in die Luft erheben, und zwar am Tage und in der Nacht, sichtbar wie auch unsichtbar, wenn sie es wollen. Aber wie bewiesen ist, dass die Teufelsanhänger meist durch die Salbe, deren

Gewinnung ungetauften Kindern den Tod bringt und sie der Erlösung beraubt, das Ausfahren bewerkstelligen, so ist auch bekannt, dass diese Dämonen in Menschengestalt bisweilen auch auf Tieren ausfahren, die jedoch keine wahren Tiere sind, sondern ihrerseits Dämonen in deren Gestalt!«*

Die Hand auf Caspars Schulter drückte fest zu. Und dann spürte er Bartholos Atem an seinem Ohr und hörte ihn leise sagen: »Genug von diesem Unsinn! Komm, wir gehen!«

Widerstreben und Erleichterung hielten sich bei Caspar die Waage, als er sich mit seinem Meister mühsam einen Weg durch die Menge in Richtung Ausgang bahnte. Nicht wenige Augenpaare warfen ihnen ungehaltene Blicke zu.

»Die Ketzerei der Hexen ist des Hasses aller Gläubigen Christi würdig!«, rief der Inquisitor und schleuderte die Worte wie eine lodernde Pechfackel, die einen Scheiterhaufen entzünden sollte, in die Menge. Caspar hatte das beklemmende Gefühl, den Blick des Predigers förmlich auf seinem Rücken spüren. »Weil sie mit der Hölle im Bund sind, mit dem Tod einen Vertrag gemacht haben und daher zu den schändlichsten Dienstbarkeiten bereit sind, um ihre unreinen Begierden zu erfüllen, muss diese pestilenzische Ketzerei vertilgt werden!«

Das rhetorische Feuer des Inquisitors zündete. Frenetisches Geschrei brach plötzlich im Dom aus, als könnten die Menschen es nicht erwarten, in ihrer Stadt Hexen im so genannten »Feuer der Läuterung« sterben zu sehen.

Sie hatten das Portal schon fast erreicht, als ihnen der Ordensbruder Donatus unverhofft den Weg verstellte. »Was treibt Euch schon so früh aus dem Dom, Meister

* Diese Äußerungen des Inquisitors sind fast wörtlich dem von Heinrich Institoris und Jacob Sprenger verfassten *Hexenhammer* entnommen.

Wolkenstein? Wollt Ihr nicht wenigstens das Ende der Predigt abwarten und Eurem Gehilfen Gelegenheit geben, in seiner Wachsamkeit gegenüber ketzerischen Irrlehren und den Kräften des Teufels unterwiesen zu werden? Oder habt Ihr an den Ausführungen unseres Inquisitors vielleicht Ähnliches auszusetzen wie am Ablass?«

»Und wenn es so wäre, es ginge Euch einen feuchten Kehricht an!«, antwortete Bartholo gereizt. *»Richtet nicht, auf dass ihr nicht gerichtet werdet!* So steht es in der Heiligen Schrift und ich gedenke mich an das Wort unseres Heilands zu halten!«

»Wollt Ihr damit behaupten, dass Pater Institoris nicht rechtgläubig ist und sich an Gottes Wort versündigt?«, stieß Bruder Donatus hervor.

»Ich will gar nichts behaupten, ich will an die frische Luft!«, herrschte Bartholo ihn an. »Und jetzt gebt den Weg frei, sonst lernt Ihr mich kennen, Kuttenträger!«

Mit grimmiger Miene trat der Klosterbruder zur Seite. »Gebt bloß Acht, Kupferstecher!«, zischte er drohend.

»Abergläubischer Wicht!«, schimpfte Bartholo, als sie über den Domplatz schritten. »Da weiht er als Mönch sein Leben dem Herrn und gehört in Wirklichkeit doch zu denen, die wie Institoris der Hölle auf Erden den Weg bereiten!«

»Damit mögt Ihr Recht haben. Aber haltet Ihr es wirklich für klug, Männer wie Pater Erasmus und Bruder Donatus gegen Euch aufzubringen?«, wagte Caspar zu fragen.

»Warum obsiegt in der Welt so oft das Böse über das Gute?«, antwortete sein Meister mit einer Gegenfrage.

»Ich weiß es nicht.«

»Dann will ich es dir sagen: Nicht weil das Böse so viel mächtiger als das Gute wäre, sondern weil die guten Menschen so lange gleichgültig wegsehen, weghören, schweigen und untätig bleiben. Erst dadurch wird das Böse, das sich anfangs meist wie ein harmloser Funke rasch austreten ließe, zu einem verheerenden Brand! Unsere Gleichgültigkeit und Tatenlosigkeit sind es, die dem Bösen erst seine erschreckende Macht verleihen!«

Das leuchtete Caspar ein. Aber im Stillen fragte er sich, ob die unbedacht heftige Empörung seines Meisters wohl die richtige Methode war, um dem Bösen Einhalt zu gebieten.

Angestachelt von den feurigen Predigten des Dominikaners, der auch zu demütiger und tätiger Buße aufrief, um mit reiner Seele den Kampf gegen die dämonischen Mächte aufnehmen zu können, zogen in der folgenden Woche einige dutzend Büßer in einer Prozession durch die Stadt, am Rathaus vorbei, dann über den Hohlen Weg hinab und durch das Königstor zum Dom.

Diese so genannten »Geißler« gingen in Zweierreihen, trugen lange Gewänder von ungebleichtem Leinen und schwangen Peitschen, deren Lederriemen mit spitzen, scharfen Nägeln besetzt waren. Sie schlugen sich während der stundenlangen feierlichen Prozession den entblößten Rücken blutig. Dabei sangen sie eine Litanei nach der anderen. An der Spitze gingen Männer mit brennenden Wachskerzen und einer Fahne, auf deren Tuch man den Erlöser sah, wie er von den Knechten des Pontius Pilatus gegeißelt wurde. Und wenn zwischendurch der Gesang kurzzeitig verstummte, war nur das hässliche Klatschen der Peitschen auf den blutigen Rücken zu hören.

Zufällig wurden Caspar und sein Meister, die gemeinsam mit dem Fuhrwerk in die Stadt gefahren waren, Zeuge dieser entsetzlichen Selbstgeißelung.

»So beginnt Gottesvergiftung in den Köpfen der Menschen!«, sagte Bartholo auf dem Rückweg, noch immer aufgewühlt von den entsetzlichen Bildern, die sich ihren Augen in der Stadt dargeboten hatten. »Der Mensch überträgt mit diesem Tun seine Schlechtigkeit auf Gott! Als ob Gott von uns Qualen und das Fließen von Blut erwartet, um uns gewogen zu sein!«

»Ihr haltet nichts von dieser Art der Buße?«, fragte Caspar verwundert. Zwar hatte er derlei blutige Selbstgeißelungen bisher nur zweimal mit eigenen Augen gesehen und dabei jedes Mal mehr Abscheu als Bewunderung empfunden, allerdings hatte er dies bisher als eine besondere Form der Reue und Reinigung akzeptiert, so wie es die Kirche nun mal lehrte.

»Nicht nur halte ich nichts davon, sondern ich verurteile sie als heidnisch und als Vermessenheit!«, bekräftigte Bartholo. »Sich selbst zu geißeln, um Christus nahe zu sein und seine entsetzlichen Leiden körperlich nachzuahmen, hat nichts mit Buße und Hingabe zu tun, sondern es verhöhnt all jene, die unter Not und Schmerz zu leiden haben! Ein Christ soll das Leid nicht suchen und auch nicht nachahmen, sondern er soll es ertragen, wenn es ihn trifft, und anderen dabei helfen, ihr Leid zu ertragen, wenn er es nicht lindern kann. Schmerz ist keine süße und fromme Lust – Schmerz ist das Kreuz, das wir in Demut zu tragen haben, wenn es uns auferlegt wird!«

»So, wie Ihr das erklärt, leuchtet es mir ein«, sagte Caspar überrascht. »Doch wie kommt es dann, dass die Kirche etwas völlig anderes lehrt?«

»Es liegt nun mal in der angeborenen Schwäche des Menschen, sich zu irren, sogar ganz schrecklich zu irren, wie diese blutrünstigen Hexenjäger und andere grausame Verirrungen unserer heiligen Mutter Kirche beweisen. Denn die höchsten kirchlichen Ämter liegen nur selten in den Händen heiligmäßiger Diener Gottes. Meist muss Gottes Volk die Tyrannei machtsüchtiger Kleriker ertragen. Und Macht sowie das Verlangen danach haben zu allen Zeiten zu verbrecherischer Vermessenheit geführt«, sagte Bartholo mit düsterer Miene. »Und wann immer sich Menschen angeblich von Gott selbst zu besonders großen Taten berufen fühlen und für sich in Anspruch nehmen, sich im alleinigen Besitz der Wahrheit zu befinden, sind menschenverachtende Unterdrückung und mannigfacher Tod nicht weit!« Und dann schimpfte Bartholo noch eine ganze Weile auf den Inquisitor, der nur aus Berechnung so kurz vor Einbruch des Winters in das reiche Augsburg gekommen war, um sich hier nämlich auf das Angenehmste vom vermögenden Domkapitel über die kalten Monate bringen zu lassen.

In dieser Nacht quälten Caspar Alpträume, in denen sich die Bilder der Geißler mit der feurigen Predigt des Inquisitors zu einem Reigen Furcht erregender Szenen verbanden. Aber nicht einmal in seinen beklemmendsten Träumen sah er sich selbst in der Gewalt des gefürchteten Hexenjägers. Da sollte die Wirklichkeit noch all seine Angstträume übertreffen.

Vierzehntes Kapitel

Wenige Tage nach der Begegnung mit den Geißlern wollte Caspar in seiner Kammer vor dem Einschlafen wie üblich noch ein, zwei Stunden in dem spanischen Buch lesen, das Bartholo ihm als Lektüre ans Herz gelegt hatte. Seine Kenntnisse im Kastilischen seien mittlerweile schon so weit gediehen, dass er sich nun auch an ein Buch in dieser Sprache heranwagen könne, hatte sein Meister gesagt. Und wenn er auch nicht jedes Wort verstehe, so sollte ihn das nicht bekümmern. Wichtig sei allein, dass er den Zusammenhang begreife und sich in der fremden Sprache übe.

In dieser Novembernacht vermochte sich Caspar jedoch nicht auf die Zeilen zu konzentrieren, sosehr er sich auch anstrengte. Die Müdigkeit saß ihm einfach zu schwer in den Knochen. Hinter ihm lag ein langer, arbeitsreicher Tag und nach dem Abendessen hatte Bartholo dann auch noch auf einer Fechtlektion auf dem Hof bestanden. Seinen Einwand, dass er nach dem anstrengenden Tag und dem reichhaltigen Essen viel zu müde dafür sei, hatte sein Meister nicht gelten lassen.

»Der Gegner fragt nicht danach, ob man frisch und munter ist oder benebelt und todmüde von einer Zechtour kommt!«, hatte Bartholo spöttisch gesagt. »Und deshalb wollen wir jetzt mal sehen, wie es um deine Aufmerksamkeit und Schnelligkeit bestellt steht, wenn du müde bist und mit einem vollen Magen zu kämpfen hast!«

»Deshalb habt Ihr also kaum etwas gegessen und auch auf den Wein verzichtet, den Ihr gewöhnlich am Abend trinkt! Das ist nicht gerecht!«

»Im Leben ist vieles nicht gerecht, Caspar«, erwiderte Bartholo trocken. »Je eher du dich darauf einstellst, desto weniger machst du dir und deinen Mitmenschen das Leben mit nutzlosem Grübeln und Lamentieren schwer! Und jetzt beweg dich und hol deinen Degen!«

Und so hatte Bartholo ihn im Lichtschein von vier Pechfackeln mit rasantem Klingenschlag über den Hof gejagt. Trotz der kalten Abendluft war ihm schnell der Schweiß ausgebrochen. Aber auch sein Meister war bald ins Schwitzen gekommen. Denn nachdem Bartholo ihm in den ersten Minuten zweimal kurz hintereinander mit der flachen Seite der Klinge einen schmerzhaften Schlag auf den rechten Oberarm und auf den Hals gegeben hatte, war er aus seiner Trägheit erwacht. Von da an hatte er ihm nicht nur ernsthaft Widerstand geleistet, sondern ihm sogar hart zugesetzt und ihn dabei mehrmals vor sich hergetrieben. Aber es hatte ihn eine Menge Kraft gekostet, sodass an langes Lesen jetzt nicht mehr zu denken war.

Caspar gab es auf, klappte das Buch zu und legte es auf den Schemel neben seiner Bettstelle, auf der auch die Kerze in einem Halter aus einfachem Steingut stand. Schon wollte er die Flamme ausblasen und sich unter die warmen Decken verkriechen, als sein Blick auf den Kamin fiel. Das Feuer war heruntergebrannt. Ein zusammengefallenes, glutrotes Gerippe kündete von dem letzten Holzscheit, den das Feuer verzehrt hatte.

Jetzt ärgerte er sich, den Holzkorb nicht schon vor dem

Zubettgehen aufgefüllt zu haben. Die Nacht versprach sehr kalt zu werden und da war es ratsamer, einen Vorrat an Holzscheiten in der Kammer zu haben und also nachzuholen, was er vorhin versäumt hatte.

Mit einem Stoßseufzer kroch Caspar aus der wohligen Wärme seiner Decken. Er warf sich seinen wollenen Umhang um, nahm den leeren Weidenkorb und schob den schweren Stein vor der Tür zur Seite.

Nicht ein einziger Stern ließ sich am Nachthimmel ausmachen, als er vor das Haus trat. Ein kalter Wind trieb eine graue Wolkendecke vor sich her, die jeglichen Sternenglanz erstickte. Nur die Position des Mondes hob sich als heller Fleck vom Rest des dunkelgrauen Tuches ab.

Caspar hatte in den vergangenen Wochen mehrere Klafter Feuerholz zum Mühlhof befördert. Nicht alles hatte er drüben im großen Schuppen und im Mühlhaus in der Holzkammer neben der Küche aufgestapelt. Einen Teil hatte er für seinen eigenen Bedarf an der hinteren Westwand des Fachwerkhauses aufgeschichtet, im regengeschützten Winkel, den das Haus mit dem angrenzenden Stall bildete.

Gerade hatte Caspar den Korb abgestellt und wollte nach den ersten Holzscheiten greifen, als aus dem Stall ein Laut zu ihm drang, der ihn zusammenfahren ließ. Denn es war kein Geräusch, das von Dante oder den Mastschweinen kommen konnte, sondern die leise Stimme eines Menschen.

Im Stall war jemand!

Im ersten Moment glaubte Caspar, sein Meister hätte sich womöglich in den Stall begeben, um aus irgendeinem Grund einen Blick auf Dante zu werfen. Aber das war natürlich unsinnig. Denn Bartholo hatte sich nach ihrer abendlichen Fechtstunde mal wieder in sein geheimes

Zimmer hinter der Werkstatt eingeschlossen. Und wenn er sich dorthin zurückzog, kam er erst viele Stunden später wieder heraus.

Als Nächstes schoss ihm der Gedanke durch den Kopf, dass sich womöglich Pferdediebe auf den Mühlhof geschlichen hatten und nun Dante stehlen wollten. Sofort bereute er, keine Waffe am Leib zu tragen, nicht einmal ein gewöhnliches Messer. Und sein Degen hing in einer Lederschlaufe in der Werkstatt gleich links vom Durchgang.

Mit wildem Herzschlag presste Caspar sein Ohr an eine der breiten Ritzen in der Bretterwand und lauschte in die Dunkelheit.

Ja, da war das Gemurmel wieder! Und kam aus der Dunkelheit hinter den Brettern nicht auch ein schwacher Lichtschimmer?

Doch schon im nächsten Augenblick verwandelte sich seine Anspannung in ungläubiges Staunen. Denn diese Stimme, die er da aus dem Dunkel der Stallung hörte, war . . . ja, sie war ganz zweifellos die von Klara!

Aber was hatte Klara zu dieser Nachtstunde im Stall zu suchen? Sie kehrte abends doch stets auf den elterlichen Hof zurück. Und er hatte genau gesehen, wie sie durch die Pforte im Tor geschlüpft war, während Bartholo gerade damit beschäftigt gewesen war, die brennenden Fackeln im Hof aufzustellen. Wieso war sie heimlich wieder zurückgekommen? Was machte sie dort im Stall? Und mit wem redete sie da in der Dunkelheit? Steckte sie vielleicht mit irgendwelchen Schurken unter einer Decke?

Kaum war ihm dieser böse Verdacht durch den Kopf geschossen, als er sich auch schon heftig dagegen wehrte. Er wollte nicht glauben, sich so in ihr getäuscht zu haben. Nein, unmöglich!

Aber mit welchen handfesten Argumenten konnte er sie eigentlich gegen einen solchen Verdacht in Schutz nehmen? Was wusste er denn von Klara? Hatte sie je ein vernünftiges Gespräch zwischen ihnen zugelassen, das länger als zwei Minuten gedauert hätte? Nein! Sie war doch genauso ein Buch mit sieben Siegeln wie Meister Bartholo!

Caspar überlegte, was er jetzt tun sollte, und kam rasch zu dem Schluss, dass er dieser merkwürdigen Sache besser allein auf den Grund ging. Bartholo aus seinem Sanctum zu holen erschien ihm nicht ratsam. Erst wollte er selbst sehen, was Klara zu dieser Nachtstunde im Stall trieb – und wem ihr Gemurmel galt, von dem er leider kein einziges Wort deutlich genug verstehen konnte.

Eine der beiden altersschwachen Türen, die in die Stallungen führten, hing so schräg in ihren Angeln, dass sie nicht mehr richtig schloss. Der Spalt war breit genug, dass Caspar mühelos hindurchschlüpfen konnte. In geduckter Haltung schlich er den Gang hinunter, Klaras Stimme entgegen. Ganz langsam und mit größter Vorsicht setzte er einen Fuß vor den anderen, um in der Dunkelheit nicht irgendwo anzustoßen oder gar über einen Holzeimer oder sonst etwas zu stolpern. Dass Dante schnaubte und mit den Hufen im Stroh scharrte, half ihm, sich unbemerkt anzuschleichen.

Als Caspar schwachen Lichtschein sah, wusste er, dass Klara sich bei Dante in dem freien Einstellplatz befand, wo Stroh gelagert wurde und auch die Futterkiste stand. Die bauchige Wassertonne unmittelbar davor bot ihm eine gute Deckung.

Mit angehaltenem Atem kroch er hinter die Tonne, schob den Kopf ganz langsam vor und spähte an dem Wasserfass vorbei in den leeren Einstellplatz, der als Versorgungskammer diente.

Klara war allein!

Erleichterung überkam ihn, als er niemand sonst in dem Bretterverschlag entdecken konnte. Es gab keinen Schurken, keinen Komplizen, mit dem sie irgendetwas Verbotenes ausheckte. Es gab nur eine alte Sturmlaterne, die auf dem Deckel der Futterkiste stand und deren Glas Klara offenbar fast völlig mit Ruß geschwärzt hatte. Sie kniete mit gekrümmtem Oberkörper vor der Kiste im Stroh, die gefalteten Hände gegen die Stirn gepresst, und – *betete!*

So leise, stockend und tränenerstickt ihre Stimme auch war, so hörte er doch deutlich die Verzweiflung aus ihr heraus. Und mit wachsender Verstörung lauschte er ihrer Zwiesprache mit dem Allmächtigen.

»... Mein Gott, hörst du mich? ... Ich habe mich hier versteckt! ... Schau zu mir herab! ... Ich bin verloren, wirst du mir nachgehen und mich schützen? ... Ich kauere im Finstern, hast du ein Licht der Hoffnung für mich? ... Mir ist kalt, hast du einen warmen Mantel und Decken für mich? ... In meinem Herzen rührt sich nichts mehr ... Was habe ich getan, dass es so gekommen ist? ... Weißt du noch, wie es freudig schlug ... früher einmal ... vor langer Zeit? ... Wirst du der Funke sein, der meine Augen wieder leuchten lässt? ...« Ihr Gebet klang wie ein Gedicht, an dessen Zeilen sie sich jedoch nicht mehr ganz genau zu erinnern vermochte.

Caspar fühlte sich peinlich berührt, weil er sie beim Beten belauschte. Das Wenige, das er gehört hatte, ergab für ihn zwar keinen Sinn, ließ ihn jedoch spüren, dass sie sich in großer seelischer Not befand. Aber was immer sie auch bedrückte und bewogen hatte, heimlich zu ihnen in den

Stall zu flüchten, es gehörte sich nicht, sie beim Beten zu belauschen.

Caspar zog sich von der Tonne zurück und verließ den Stall so lautlos, wie er gekommen war. Ohne seinen Holzkorb gefüllt zu haben, begab er sich nach oben in seine Kammer und grübelte noch eine ganze Weile darüber nach, vor wem oder vor was Klara bloß geflüchtet war. Schließlich beruhigte er sich mit der Vermutung, dass Klara wahrscheinlich nur mit ihren Eltern über Kreuz lag. Was hätte es denn auch sonst sein können? Hatte er selbst nicht oft genug das brennende Verlangen verspürt, von zu Hause wegzulaufen und sich irgendwo zu verkriechen, wo er vor der Lieblosigkeit seines Vaters und den Bösartigkeiten seines Bruders sicher war?

Am nächsten Morgen richtete er es so ein, dass er ihr in aller Herrgottsfrühe am Hühnerstall scheinbar zufällig über den Weg lief. Mit beiläufigen Fragen versuchte er aus ihr herauszulocken, ob sie sich nicht wohl fühle und irgendetwas nicht in Ordnung sei.

Aber seine vorsichtigen Fragen hatten nicht die erhoffte Wirkung. Im Gegenteil, Klara verhielt sich argwöhnisch und abwehrend. »Warum sollte denn mit mir was nicht in Ordnung sein?«, fragte sie schnippisch zurück.

Er zuckte die Achseln. »Ich weiß auch nicht, aber die letzten Tage bist du noch wortkarger als sonst und machst zudem einen so . . . na ja, irgendwie bedrückten Eindruck.«

»So? Dann weißt du ja eine Menge mehr als ich! Mir geht es nämlich gut! Mit deiner Menschenkenntnis ist es also nicht weit her!«, erwiderte sie. »Außerdem werde ich nicht dafür bezahlt, dass ich mit einem fröhlichen Trällern auf den Lippen meine Arbeit verrichte!«

Hätte er Klara in der Nacht zuvor nicht dabei beobachtet,

wie sie mit tränenerstickter Stimme Gott um Hilfe und Beistand angefleht hatte, ihre Antwort hätte ihn zweifellos sehr geärgert. Aber an diesem Morgen blieb der Groll auf sie aus, ahnte er doch, dass Klaras Schroffheit nur den Zweck hatte, ihn von weiteren Fragen abzuhalten. Und so gab er sich scheinbar gleichmütig.

»Dann bin ich ja beruhigt«, sagte er und ging ins Haus.

Er war jedoch alles andere als beruhigt, wollte der Sache vielmehr auf den Grund gehen. In dieser Nacht verzichtete er auf seine Bettlektüre und zündete auch kein Licht an, sondern lag in seiner dunklen Kammer am Fenster auf der Lauer, die Sanduhr aus der Küche an seiner Seite. Er musste nur etwas mehr als eine Stunde warten, dann sah er, wie sich die Pforte im rechten Torflügel vorsichtig öffnete, und Klara sich wieder zu ihnen in den Mühlhof schlich. Und so geschah es auch in den folgenden beiden Nächten.

Nun fand Caspar, dass er genug Geduld gezeigt hatte und die Zeit zum Handeln gekommen war. Unter dem Vorwand, in seiner Kammer nachts nicht warm genug zu liegen, beschaffte er sich von Bartholo am Abend zwei Decken. Als Klara den Hof verließ, um sich angeblich auf den Heimweg zu machen, zog er sich mit den Decken in den Stall zurück und wartete dort in der Dunkelheit auf Klaras Rückkehr.

In dieser Nacht kehrte sie sogar noch früher zurück als in den Nächten davor, hatte es doch schon bei ihrem Aufbruch zu regnen begonnen. Dabei war es so kalt, dass Caspar sich nicht gewundert hätte, wenn der Regen in Schneefall übergegangen wäre.

Als er ihren schattenhaften Umriss vor sich zwischen den Stützbalken sah, erhob er sich aus dem Stroh. »Erschrick nicht! Ich bin es nur, Caspar.«

Natürlich erschrak Klara dennoch. Mit einem erstickten Schrei wich sie zurück. »Was machst du hier? . . . Was willst du von mir?«

»Ich habe auf dich gewartet und dir zwei warme Decken gebracht.«

Klara fasste sich überraschend schnell. »Was heißt das, du hast hier auf mich gewartet? Und was soll ich mit Decken?«

»Du weißt schon, was du damit sollst«, erwiderte er ruhig.

»Was soll das Geschwätz? Ich weiß überhaupt nicht, wovon du redest!«, antwortete sie gereizt.

»Und was machst du dann hier? Solltest du jetzt nicht schon längst bei deiner Familie sein?«

»Ich bin nur noch mal zurückgekommen, weil . . .«

»Ja?«

». . . .weil ich meinen guten Hornkamm hier wohl irgendwo im Stroh verloren habe!«

»Was du nicht sagst! Dann hast du deinen Kamm wohl schon gestern Nacht hier gesucht . . . und in den beiden Nächten davor?«, fragte er und wünschte, er könnte ihr Gesicht sehen.

Klara schwieg für einen langen Moment, dann flüchtete sie sich in hilfloses Leugnen und wütende Beschuldigungen. »Das ist ja lächerlich! . . . Nicht zu glauben, was für ein wirres Zeug du von dir gibst! . . . Aber wenn du glaubst, mir was anhängen zu können, dann hast du dich geschnitten! Mich machst du bei unserem Meister nicht schlecht! Und wage es bloß nicht, mich anzufassen! Mit Burschen wie dir . . .«

Jetzt reichte es Caspar. Er hatte ihr etwas Gutes tun wollen und was tat sie? Statt ihm dankbar zu sein, stritt sie alles ab und ging wie eine Furie auf ihn los – zumindest mit Worten. Es fehlte jetzt bloß noch, dass sie versuchte, ihm die Augen auszukratzen!

»Hör auf, dich so aufzublasen!«, fuhr er ihr ins Wort. »Wir beide wissen doch, dass du lügst! Ich habe dich die letzten Nächte dabei beobachtet, wie du zurück in den Hof und hier in den Stall geschlichen bist. Und das Einzige, was du hier suchst, ist Schutz! Vor wem oder vor was, das weiß der Teufel. Aber danach habe ich dich auch gar nicht gefragt. Und ich habe auch Bartholo nichts davon gesagt, weil ich dich nicht in Schwierigkeiten bringen wollte. Ich habe dir Decken gebracht, damit du in der Nacht nicht frierst, das ist alles.« In seiner Verärgerung vergaß er jede Zurückhaltung und sagte ihr ganz unverblümt seine Meinung. »Aber dir etwas Gutes tun zu wollen scheint dir ja genauso wenig zu gefallen wie meine Versuche, freundlich zu dir zu sein und vernünftig mit dir zu reden. Offensichtlich fühlst du dich am wohlsten dabei, barsch und kratzbürstig zu sein! Wenn dich das glücklich macht, dann bleib von mir aus bei diesem unausstehlichen Benehmen. Nur glaube nicht, mir mit solch lächerlichen Lügen kommen und mich für dumm verkaufen zu können. Du magst ja nicht viel von mir halten, weil ich mal am Pranger gestanden habe, aber auf den Kopf gefallen bin ich deshalb nicht! Gute Nacht!«

Wütend ging er aus dem Stall und hinauf in seine Kammer, wo er seinen Zorn loszuwerden versuchte, indem er eine ganze Reihe von Holzscheiten ins Feuer schleuderte, dass die Funken nur so flogen. Er fühlte sich zutiefst verletzt, weil sie ihm seine Verschwiegenheit und Hilfsbereitschaft so übel vergolten hatte. Was für ein Trottel er doch gewesen war zu glauben, sie würde dankbar sein und ihm endlich Vertrauen schenken. Geheule und Gebete hin oder her, er wäre besser sofort zu Bartholo gegangen und hätte es ihm überlassen, von Klara eine Erklärung für ihr seltsames Verhalten zu bekommen.

»Caspar?«

Verblüfft fuhr er herum. Klara stand in der Tür, seine beiden Decken um die Schultern gelegt. Nass klebte ihr das Haar am Kopf.

»Es . . . tut mir Leid, was ich da gerade zu dir gesagt habe«, stammelte sie und senkte beschämt den Blick. »Nichts von dem, was du gesagt hast, ist dummes Zeug gewesen. Es stimmt, das ist die vierte Nacht, die ich heimlich im Stall verbringe . . . Und ich . . . ich danke dir für die Decken und dass du Bartholo nichts davon gesagt hast . . . Es tut mir wirklich Leid, dass ich so törichte Sachen gesagt habe . . . Ich war so erschrocken und hatte einfach Angst.«

Caspar empfand keine Genugtuung, sondern Erleichterung, ja fast Freude. Und diese vertrieb den Zorn augenblicklich aus seinem Herzen. »Schon gut, und jetzt bleib da nicht in der Tür stehen, sondern komm herein und hock dich vors Feuer! Du siehst ja völlig durchnässt und durchfroren aus!«

Klara setzte sich auf den Schemel, den er ihr vor das Feuer schob, streckte die Hände den Flammen entgegen und rieb sie in der Wärme, die ihr entgegenströmte.

Auch Caspar schob seinen Stuhl an den Kamin heran, achtete jedoch darauf, ihr dabei nicht zu nahe zu kommen. Er wollte jetzt nichts Falsches tun und auch nichts, was sie falsch hätte auslegen können. Er war froh, dass sie gekommen war und den Mut aufgebracht hatte, sich zu entschuldigen. Aus eigener Erfahrung wusste er nur zu gut, wie viel Überwindung so etwas kostete.

Eine ganze Weile saßen sie schweigend vor dem Feuer, ohne dass einer von ihnen das Schweigen als unangenehm empfunden hätte.

Schließlich sagte Klara leise: »Du wirst wissen wollen, warum ich heimlich im Stall übernachtet habe.«

»Sicher«, gab er ehrlich zu. »Aber wenn du nicht darüber reden willst, ist das in Ordnung. Du wirst dann bestimmt gute Gründe dafür haben.«

Sie nickte und Caspar glaubte schon, damit würde sie bestätigen, dass sie es vorzog, nicht darüber zu sprechen. Doch stattdessen sagte sie unvermittelt und ohne ihn anzublicken: »Es ist wegen Burkhardt, dass ich nicht mehr nach Hause kann.«

»Wer ist Burkhardt?«, fragte er überrascht.

»Mein Bruder. Er ist jetzt zwanzig.« Sie stockte, und er sah, wie sie die Hände ballte und in ihren Schoß presste. Dann fügte sie mit gequälter Stimme hinzu: »Er war einige Jahre bei den Flößern, ist aber jetzt wieder auf dem Hof und . . . lässt mir keine Ruhe!«

Im ersten Moment verstand Caspar nicht, was sie damit meinte. »Wie, er lässt dir keine Ruhe?«

Sie schluckte und sagte dann abgehackt, als kostete sie jedes Wort große Überwindung: »Er . . . er kommt nachts in meine Kammer, legt sich zu mir und will, dass . . . dass ich ihm zu Willen bin!«

»Oh mein Gott!«, entfuhr es Caspar.

Den Blick unverwandt in die Flammen gerichtet, fuhr Klara stockend fort: »Burkhardt hat das schon gemacht, als ich noch keine zwölf war . . . Wir waren ja so viele Kinder im Haus und hatten so wenig Platz. Aber damals hat er mich schon gegen meinen Willen heimlich . . . berührt. Und auch wenn . . . wenn ich mich ihm standhaft verweigert habe, was das … das eine angeht, so hat er doch damals schon … Dinge getan, die … die ein Bruder mit seiner Schwester nicht tun darf.« Tränen liefen ihr nun über das Gesicht. »Und seitdem er wieder auf dem Hof ist … und gleich neben meiner Kammer schläft … ist alles noch viel schlimmer geworden.«

»Und was ist mit deinen Eltern?«, fragte Caspar schockiert und verstört. »Warum sagst du ihnen nicht, dass dein Bruder nachts in deine Kammer kommt und … und dich bedrängt?«

Klara lachte bitter auf. »Weil es zwecklos wäre. Sie würden mir nicht glauben. Schon damals, als es anfing, habe ich versucht, es ihnen zu sagen. Aber da habe ich mir gleich nach den ersten zaghaften Worten reichlich Schläge mit dem Lederriemen eingehandelt, weil ich angeblich einen verdorbenen Geist hätte und hässliche Lügen über Burkhardt in die Welt setzte. Du musst wissen, dass Burkhardt in ihren Augen nie etwas Falsches machen kann. All die Jahre hat er fast seinen ganzen Lohn meinen Eltern ausgehändigt.«

»Aber das ist doch nur üblich und du tust es bestimmt auch, oder?«

Sie nickte. »Mein Lohn macht natürlich nicht so viel her. Außerdem ist Burkhardt für meine Eltern so was wie die Erhörung ihrer langjährigen Gebete. Die ersten beiden Söhne, die meine Mutter zur Welt gebracht hat, haben sie als Strafe Gottes gesehen. Joseph, mein ältester Bruder, ist nämlich an den Gliedern verkrüppelt und im Kopf so durcheinander, dass man immer ein Auge auf ihn haben muss. Und Andreas hat eine grässliche Hasenscharte und ist nur für die einfachsten Arbeiten auf dem Hof zu gebrauchen.«

»Auch Tiere in der freien Natur bringen missgestalteten

Nachwuchs zur Welt«, sagte Caspar. »Ich glaube nicht, dass Gott bei jeder Missgeburt seine Finger im Spiel hat und hier eine Katze und dort ein Wildschwein strafen will. Ich denke, so etwas passiert einfach.«

Klara nickte. »Ich glaube das auch, aber meine Eltern sind fest davon überzeugt, dass Gott sie mit Joseph und Andreas gestraft hat und sie diese Strafe auch verdient haben, aber frag mich nicht, warum. Vermutlich hat es damit zu tun, dass mein Vater kurz nach Übernahme des Hofes einige wertvolle Äcker und Felder an unseren Nachbarn verkaufen musste. Das war wenige Wochen, bevor meine Eltern geheiratet haben. Und Joseph kam auch reichlich früh zur Welt, wenn man mal genauer nachrechnet. Aber das tut ja nichts zur Sache. Als dann jedenfalls Burkhardt gesund zur Welt kam, war das für meine Eltern der Beweis, dass Gott ihre Gebete endlich erhört und ihre Buße angenommen hatte. Zwar ist Burkhardt nur der Drittgeborene, aber natürlich gilt er als der wahre Stammhalter, der eines Tages den Hof übernehmen wird. Und so ein leibhaftiges Zeichen Gottes kann nun mal nichts Schändliches tun. Das Böse kann nur von mir kommen, angeblich aus Missgunst und krankhaftem Neid auf meinen Bruder!« Nun liefen ihr wieder die Tränen über das Gesicht. »Auf jeden Fall verbringe ich keine Nacht mehr auf dem Hof, solange Burkhardt im Haus ist, egal, was geschieht!«

»Hast du nicht noch jüngere Schwestern?«

Sie nickte. »Agnes und Veronika, die eine sieben, die andere zehn. Aber die schlafen mit meiner Mutter in einem Bett. Sie lässt er wohl in Ruhe. Ich bin es, auf die er es abgesehen hat. Aber ich kann das nicht mehr ertragen! Ich habe auch Angst, dass er . . . dass er sich eines Nachts einfach erzwingt, was ich ihm all die Jahre verweigert habe.«

Caspar war fassungslos über das, was Klara ihm da anvertraut hatte. Was sagte man zu solch einer Ungeheuerlichkeit? Wie verhielt man sich? Sollte man reden, oder schwieg man besser mitfühlend, weil Worte viel zu billig waren? Er wollte Klara trösten und ihr Beistand leisten, wusste jedoch nicht, wie. Gern hätte er einen Arm um sie gelegt, aber er tat es nicht, fürchtete er doch, sie könnte jegliche Berührung von ihm missverstehen.

Schließlich kam er zu dem Schluss, dass ihr am besten damit gedient war, wenn sie abends nicht mehr auf den elterlichen Bauernhof zurückkehren musste. »Ich werde morgen mit Bartholo sprechen, damit du fortan bei uns bleiben kannst und deine eigene Kammer bekommst«, sagte er. »Ich werde ihm nicht die ganze Geschichte erzählen, aber doch genug, damit er den Ernst der Lage erkennt. Er wird bestimmt nichts dagegen haben. Du kannst dann deinen Eltern guten Gewissens sagen, dass du nicht mehr abends von der Arbeit kommen kannst, weil Bartholo dich Tag und Nacht auf dem Mühlhof haben will, und dagegen werden sie wohl nichts einwenden. Und dein Bruder kommt dann nicht mehr an dich heran. Einverstanden?«

Sie nickte und ein zaghaftes hoffnungsvolles Lächeln glitt über ihr tränenfeuchtes Gesicht.

»Die Nacht verbringst du nicht wieder da unten im Stall, sondern hier in meiner Kammer! Ich überlass dir mein Bett und richtete mir nebenan ein Lager für die Nacht. Da steht noch ein altes Gestell herum! Nein, keine Widerworte!«, sagte er nachdrücklich, als Klara Einwände erheben wollte. »So nass, wie du bist, brauchst du es warm. Und diesmal wirst du zur Abwechslung einmal mir das letzte Wort überlassen!«

»Danke, Caspar«, murmelte sie verlegen. »Es tut mir

Leid ... nicht nur wegen der Sache vorhin im Stall, sondern auch dass ich das ganze Jahr über so abweisend zu dir gewesen bin. Eigentlich wollte ich es ja gar nicht und es war auch nicht persönlich gemeint. Das klingt jetzt reichlich einfältig, ich weiß, aber es stimmt. Hinterher habe ich mich oft geschämt und mir Vorwürfe gemacht, dass ich gemein zu dir war. Aber irgendwie hatte ich Angst, ich könnte dich mögen und dir vertrauen ... und dann würde vielleicht alles nur noch schlimmer ... wenn ich feststelle, dass du ... auch nur so einer wie mein Bruder Burkhardt bist ... Bitte entschuldige! ... Ich wollte dir nie wehtun, sondern nur ... mich vor Enttäuschung und weiteren bösen Erfahrungen bewahren.«

Nun wurde Caspar verlegen. »Schwamm drüber über die alten Geschichten! Und jetzt sieh zu, dass du Schlaf kriegst!«, sagte er und nahm seine Decke an sich. »Gute Nacht, Klara.«

»Gute Nacht, und danke für alles, auch dass du mir zugehört und mich danach nicht voller Abscheu vor die Tür gesetzt hast.«

»An dir ist nichts, was Abscheu hervorrufen könnte, im Gegenteil«, antwortete Caspar sanft.

Sie brachte ein schwaches Lächeln zu Stande. »Was den Pranger angeht, von dem du gesprochen hast: Ich wusste nicht, dass dir schon so etwas Schlimmes widerfahren ist. Es ist mir auch egal, warum man dich dazu verurteilt hat. In dir ist nichts Böses, das weiß ich jetzt.«

»Irgendwann werde ich dir die Geschichte erzählen, wenn du sie überhaupt hören willst, aber jetzt trockne deine Kleider und leg dich schlafen. Alles andere hat Zeit.«

Fünfzehntes Kapitel

Am Vormittag des nächsten Tages brachte Caspar in der Werkstatt das Gespräch auf Klaras bedrückende Situation. Er begnügte sich mit vorsichtigen Andeutungen, warum Klara sich nicht mehr nach Hause traute und sich nichts dringender wünschte, als bei ihnen auf dem Mühlhof eine eigene Kammer zu haben und nachts nicht mehr zurück auf den elterlichen Hof zu müssen.

Der Kupferstecher warf ihm einen prüfenden Blick zu, verzichtete jedoch taktvoll auf Nachfragen. »Wenn das ihr Wunsch, kann sie sich drüben bei dir im alten Gesindehaus eine Kammer herrichten«, sagte er milde, um dann mit überraschender Schärfe hinzuzufügen: »Ich dulde jedoch nichts, was gegen die Schicklichkeit verstoßen und mich in Verruf bringen könnte, damit wir uns da verstehen, Caspar Sebald!«

Caspar brannte auf einmal das Gesicht, als stünde es in Flammen. »Ihr habt mein Ehrenwort, dass Ihr nichts dergleichen zu befürchten braucht!«, beteuerte er.

Bartholo nickte. »Ich habe am Nachmittag eine Verabredung in der Stadt. Ich werde etwas früher aufbrechen und einen kleinen Umweg über den Bauernhof der Kollbergs machen, um die Eltern persönlich von der Veränderung in Kenntnis zu setzen. Ich bin sicher, dass sie bei dieser Gelegenheit versuchen werden, ein paar Pfennige mehr aus mir herauszupressen, aber daran soll es nicht scheitern.«

Die Erlösung war Klara deutlich anzusehen, als Bartholo ihr wenig später mitteilte, dass sie von nun an auf dem Mühlhof wohnen und er deswegen persönlich mit ihren Eltern sprechen werde.

»Dass du dich so für mich eingesetzt hast, werde ich dir nie vergessen,«, sagte sie hinterher zu Caspar.

»Ach, das war doch nicht der Rede wert!«, antwortete er verlegen und wechselte schnell das Thema. »Hast du dich im Gesindehaus schon nach einer Kammer umgesehen? Nein, dann wird es aber Zeit! Wenn ich nachher mit der Arbeit in der Werkstatt fertig bin, kann ich dir beim Herrichten zur Hand gehen.«

Keine anderthalb Stunden nachdem Bartholo sich auf den Weg gemacht hatte, schlug die Torglocke an. Caspar war gerade damit beschäftigt, Druckerfarbe anzurühren. Da er wusste, dass Klara sich draußen auf dem Hof aufhielt, beeilte er sich nicht sonderlich, aus der Werkstatt zu kommen und nachzusehen, wer da zu ihnen wollte. Das änderte sich jedoch augenblicklich, als er Klara aufschreien hörte.

»Burkhardt, bitte! In Gottes Namen, lass mich in Ruhe und geh nach Hause!«

»Kommt gar nicht in Frage, Schwesterchen! Hast du vergessen, wo du hingehörst?«, antwortete eine wütende Männerstimme.

Caspar sprang so abrupt auf, dass er sich dabei gehörig mit Ruß beschmutzte. Er stürzte aus dem Haus und sah sich Augenblicke später Klaras erschreckend kräftig gebautem Bruder gegenüber. Burkhardt hatte Klara am linken Handgelenk gepackt und zerrte sie zur Torpforte. Sie wehrte sich mit allen Kräften, vermochte gegen seine rohe Gewalt jedoch nichts auszurichten.

»Lass sie sofort los!«, schrie Caspar.

Burkhardt drehte sich zu ihm um. »Schau an, du bist also dieser Tavernenschwengel, den der alte Krüppel sich als Handlanger auf den Hof geholt hat!«, sagte er und musterte ihn abschätzig.

»Du sollst Klara loslassen, habe ich gesagt!«

»Und ich sage, dass du hier nichts zu melden hast!«, fuhr Burkhardt ihn grob an. »Meine Schwester macht, was ich sage! Und sie kommt jetzt mit mir zurück auf unseren Hof. Wäre ja noch schöner, wenn sie hier abends auf der faulen Haut liegt, während unsere Mutter auf dem Hof jede Hilfe gebrauchen kann!«

»Die Mutter ist bisher auch ohne meine Hilfe gut ausgekommen! Sie hat ja noch Agnes und Veronika!«, widersprach Klara mit schriller Stimme und versuchte vergeblich sich loszureißen. »Und bestimmt haben die Eltern Meister Bartholo ihre Zustimmung gegeben, dass ich hier auf dem Mühlhof bleiben darf!«

»Ja, dummerweise, weil ich da gerade beim Hufschmied war. Sonst wäre das nicht passiert. Aber sie werden es wieder zurücknehmen, dafür sorge ich schon!«, erklärte er. »Außerdem solltest du dich schämen, deine Mutter im Stich zu lassen!«

»Du brauchst gar nicht so zu tun!«, rief Klara mit verzerrtem Gesicht. »Caspar weiß über dich Bescheid! Ich habe ihm alles gesagt! Er weiß, dass es dir bloß darum geht, mich wieder zu begrabschen und . . .«

Burkhardt brachte sie zum Schweigen, indem er ihr mit dem Handrücken eine Ohrfeige versetzte. »Schluss mit deinen Lügengeschichten! Schluss auch mit allen Widerworten!«, fauchte er. »Du tust jetzt, was ich sage!«

»Du schlägst sie nicht noch einmal!«, stieß Caspar wutentbrannt hervor und verstellte ihm den Weg. »Ich fordere dich zum letzten Mal auf, Klara loszulassen und von Meister Bartholos Mühlhof zu verschwinden!«

Burkhardts Gesicht verzog sich zu einem abfälligen Grinsen. »Ach nein, soll das vielleicht eine Drohung sein, du Tintenkleckser? Was passiert denn, wenn ich gar nicht daran denke, auch nur so viel auf dein dummes Geschwätz zu geben, he?« Dabei schnippte er mit den Fingern.

»Dann . . . dann kriegst du es mit mir zu tun!«

Burkhardt lachte. »Mach dich nicht lächerlich, du mieser, kleiner Werkstattschwengel! Halbe Portionen wie dich schlage ich doch mit links zu Brei. Also troll dich, bevor ich ärgerlich werde und dich ungespitzt in den Boden ramme!«, erwiderte er und wollte Caspar aus dem Weg stoßen.

Der leistete jedoch trotzig und gegen jede Vernunft Widerstand.

»Du willst es also nicht anders!«, stieß Burkhardt grimmig hervor und schlug sofort mit der geballten Faust zu.

Der Faustschlag traf Caspar links über dem Kinn, riss ihm im Mundwinkel die Unterlippe auf und warf ihn zu Boden, als hätte ihn ein Pferdehuf getroffen.

»Ist das alles, was du zu bieten hast, du Schlappschwanz?«, höhnte Burkhardt und trat ihm in die Rippen.

Caspar schmeckte Blut und in seinem Schädel dröhnte es, als hätte ihn jemand mit einem Amboss verwechselt. Aber trotz der Schmerzen kam er sofort wieder auf die Beine und wehrte sich seiner Haut nach besten Kräften. Aber für jeden Treffer, den er anbringen konnte, musste er mehrere brutale Schläge von Burkhardt einstecken.

Caspar wusste, dass er gegen einen so kräftigen Gegner keine Chance hatte. Aber er hoffte, Burkhardt zumindest lange genug zu schaffen zu machen, damit Klara wegrennen und sich irgendwo verstecken oder einschließen konnte.

Diese Hoffnung erfüllte sich jedoch nicht. Denn statt wegzurennen, versuchte Klara, ihren Bruder davon abzuhalten, auf ihn einzuschlagen. Burkhardt ließ sich davon nicht beeindrucken. Als sie sich an seinen Arm klammerte, schleuderte er sie mit einer dermaßen kräftigen Bewegung von sich, dass sie mehrere Schritte rückwärts taumelte, gegen das Tor prallte und dort im Dreck landete. Und schon im nächsten Moment prügelte er wieder auf Caspar ein.

»Sei froh, dass ich dich so glimpflich davonkommen lasse, du Maulheld!«, sagte Burkhardt, als Caspar zum wiederholten Mal zu Boden ging und sich vor seinen Füßen unter Schmerzen krümmte. »Das nächste Mal kommst du nicht so billig davon, das schwöre ich dir! Also gerate mir nicht noch einmal in die Quere, denn dann gnade dir Gott!«

Caspar bekam nur unter großer Mühe Atem. Seine Lungen schienen von einer eisernen Klammer zusammengedrückt zu werden. »Lass . . . Klara . . . in Ruhe!«, keuchte er.

Burkhardt antwortete darauf mit einem weiteren Fußtritt und einem höhnischen Lachen. Seine Schwester, die wieder auf die Beine gekommen war, wollte sich zu Caspar hinunterbeugen, doch Burkhardt griff ihr mit der gespreizten Hand ins Haar und riss sie brutal zurück. »Schluss mit den Mätzchen!«, brüllte er und zerrte sie zur offen stehenden Torpforte. »Du kommst jetzt mit! Oder soll ich ihm erst alle Knochen brechen, damit du tust, was ich sage?«

Als Caspar den Erstickungsanfall überwunden hatte und

sich aufsetzen konnte, war Burkhardt mit Klara schon jenseits des Tores. Burkhardt war ihm deutlich überlegen und würde ihn mit seinen Fäusten immer wieder besiegen; an dieser Tatsache gab es nichts zu rütteln. Aber dennoch weigerte er sich, mit dieser Niederlage alle Hoffnung aufzugeben. Denn das hätte bedeutet, auch Klara verloren zu geben!

Nein, Burkhardt durfte nicht seinen Willen bekommen! Bei der Vorstellung, dass Klara ihm hilflos ausgeliefert war, rebellierte alles in ihm. Irgendwie musste er ihn aufhalten und dafür sorgen, dass er sie nie wieder belästigte!

Der rettende Einfall kam ihm, als er sich aufrichtete und sein Blick zufällig auf den Pfosten fiel, der noch immer mit Strohbündeln und Hanfstricken umwickelt war.

Sein Degen! Das war Klaras einzige Rettung! Mit der Klinge in der Hand würde er diesem Lumpenbruder das höhnische Lachen schnell austreiben und dafür sorgen, dass er nie wieder wagte, sich an einer seiner Schwestern zu vergreifen!

Die neue Zuversicht, die jäh in ihm aufstieg, schien auch ungeahnte Kräfte in ihm zu wecken. Die Schmerzen lösten sich zwar nicht in Wohlbehagen auf, sondern quälten ihn weiter, aber immerhin lähmten sie ihn nicht mehr.

Mit zusammengebissenen Zähnen wankte er ins Haus, zog in der Werkstatt seinen guten Degen aus der breiten Lederschlaufe des Waffengurts und eilte den beiden hinterher. Er folgte dem schmalen Waldpfad und versuchte zu laufen, musste aber immer wieder in schnelles Gehen zurückfallen, wenn das Stechen unter den Rippenbögen zu schmerzhaft wurde. Doch kaum ließ es etwas nach, da raffte er sich auch schon wieder auf. Er musste Burkhardt und Klara unbedingt noch im Wald einholen, denn wenn sie erst in Sichtweite des elterlichen Bauernhofs waren, würde er es vielleicht auch noch mit den Eltern zu tun bekommen!

Endlich sah er sie vor sich, als der Pfad ihn auf eine kleine Lichtung führte. Die beiden Geschwister tauchten gerade auf der anderen Seite am Waldsaum wieder in die Schatten der Abenddämmerung ein. Klara ging mit hängendem Kopf und zusammengefallenen Schultern neben ihrem Bruder her. Ihre ganze Haltung drückte Resignation und Hoffnungslosigkeit aus.

»Nicht so eilig, Burkhardt!«, rief Caspar. »Wir sind noch längst nicht fertig miteinander!«

Sichtlich überrascht fuhren Burkhardt und Klara herum und blieben stehen. Als Burkhardt den Degen bemerkte, brach er in schallendes Gelächter aus. »Sag bloß, du hast noch nicht genug und willst mich jetzt mit dem Ding da zum Kampf herausfordern?«, höhnte er. »Der Handlanger eines Formenschneiders legt den Stichel aus der Hand und vergreift sich am Degen! Wenn das nicht zum Totlachen ist! Pass bloß auf, dass du dich nicht an der Klinge schneidest! So eine Waffe soll mitunter recht scharf sein!«

Heftig nach Atem ringend, blieb Caspar drei, vier Schritte vor ihm stehen. »Du tust gut daran, mich ernst zu nehmen!«, stieß er keuchend hervor. »Ich werde dich lehren, nie wieder auch nur in Klaras Nähe zu kommen!«

»Nicht, Caspar!«, rief Klara erschrocken, die wusste, wie gut Caspar den Degen mittlerweile schon zu führen verstand. »Tu es nicht! Das kann ich nicht auf mein Gewissen nehmen!«

Ihr Bruder deutete ihre beschwörenden Worte so, dass sie das Schlimmste für Caspar befürchtete, wenn er sich nicht eiligst aus dem Staub machte, und erneut lachte er im Bewusstsein seiner körperlichen Überlegenheit.

»Hör auf meine Schwester und verpiss dich, solange du noch kannst, du Tintenpinsel! Andernfalls schneide ich dich in Streifen! Und dazu brauche ich keinen Degen, sondern das besorge ich hiermit!« Er griff unter seine Jacke und zog ein langes Flößermesser hervor. »Und *ich* kann mit so etwas umgehen, verlass dich drauf!«

»Wirklich? Dann zeig doch mal, was du kannst, du eingebildeter Hornochse!«, rief Caspar herausfordernd und fuchtelte absichtlich recht ungeschickt mit dem Degen hin und her.

Burkhardt fiel auf die Täuschung herein. Trotz des Degens hielt er Caspar noch für genauso ungefährlich wie vorhin. Mit gezücktem Messer stürzte auf ihn zu. »Dir werde ich den Hornochsen Buchstabe für Buchstabe in die Rippen schneiden!«

Blitzschnell wich Caspar dem Angriff durch einen genau bemessenen Sprung nach links aus und parierte den Stoß mit einer spielerisch aussehenden Parade, die so schnell aus dem Handgelenk heraus erfolgte, dass Burkhardt sie überhaupt nicht registrierte.

Ungläubig riss Klaras Bruder die Augen auf, als die Degenklinge sein Messer traf und es von Caspar wegdrehte, während er an ihm vorbeitaumelte.

»Dieses blindwütige Anrennen nennst du einen Angriff? Komm, versuch es noch mal!«, rief Caspar. »Ich will es dir sogar ein bisschen leichter machen. Hier, ich halte die Waffe hinter meinem Rücken.«

Burkhardt stieß einen Wutschrei aus und sprang vor. Aber dieser Angriff endete noch kläglicher als der erste. Caspar parierte auch diesen Stoß mühelos. Und noch bevor Klaras Bruder den Schock dieser glänzenden Parade verdauen konnte, traf ihn Caspars Waffe ein zweites Mal. Denn genau in dem Moment, in dem er mit einem üblen Fluch herumfuhr und einen neuen Angriff versuchen wollte, schlug Caspar ihm den Degen mit einem lauten Klatschen gegen die rechte Gesichtshälfte.

Burkhardt schrie vor Wut wie vor Schmerz auf und wäre beinahe in die Knie gegangen. Dabei sank seine Messerhand.

»Hier bin ich, du Hornochse!«, rief Caspar ihm zu. »Und sei froh, dass ich mit der flachen Seite der Klinge zugeschlagen habe, sonst wärst du jetzt so gut wie geköpft! Und nun her mit dem Messer! Du weißt ja doch nichts Rechtes damit anzufangen!« Im selben Augenblick sauste der Degen auf das Handgelenk des Bauernsohns nieder.

Unter lautem Gebrüll öffnete Burkhardt die Hand und das Messer fiel ins Laub.

»Bedanke dich bei mir, dass ich dir die Hand nicht abgeschlagen, sondern nur mit der stumpfen Seite zugeschlagen habe!«, forderte Caspar ihn auf. »Los, sag es!«

Fassungslos starrte Burkhardt erst auf das Messer, das zu seinen Füßen lag, dann auf Caspar. Dabei umklammerte er mit der Linken sein schmerzendes rechtes Handgelenk.

»Na, wird's bald?« Caspar versetzte ihm einen weiteren Schlag mit der flachen Klinge. Diesmal landete der Stahl auf der anderen Gesichtshälfte und mit einer blitzschnellen Drehung riss er den Degen herum und hieb ihm die flache Klinge mit voller Wucht auf den linken Oberschenkel.

Mit einem gellenden Aufschrei kippte Burkhardt zur Seite, als hätte ihm jemand den Boden unter den Füßen weggezogen. Im Stürzen streckte er die Hand nach seinem

Messer aus, doch Caspars Degenspitze kam ihm zuvor. Sie schnitt vor den Knöcheln quer über seine Finger und hinterließ dort eine blutige Linie. Mit einem erstickten Schrei zog Burkhardt seine Hand zurück und rollte sich mit entsetztem, schmerzverzerrtem Gesicht von ihm weg.

»Hast du deine Lektion denn noch immer nicht gelernt?«, fragte Caspar und setzte ihm die Degenspitze an den Hals. »Du rührst dich nicht mehr von der Stelle, damit das klar ist!«

Burkhardt blieb wie erstarrt auf dem Rücken liegen, als sich der kalte Stahl auf seine Kehle legte. Todesangst stand in seinen weit aufgerissenen Augen. »Bitte nicht!«, flehte er. »Ich wusste ja nicht . . .«

»Lass ihn leben!«, rief Klara beschwörend. »Besudel dich nicht mit seinem Blut! Und was immer er auch getan hat, er ist mein Bruder!«

»Erst will ich von ihm hören, dass er dich fortan in Ruhe lässt und sich auch nicht an seinen anderen Schwestern vergreift! Und er soll versprechen, dass er sich nie wieder auch nur in der Nähe von Bartholos Mühlhof sehen lässt!«, verlangte Caspar. »Los, schwöre auf alles, was dir heilig ist, auch wenn das bei deinem miesen Charakter so viel nicht sein kann!«

Burkhardt schwor es hastig.

»Und du hältst dich auch besser daran! Denn wenn du dich noch einmal bei uns am Mühlhof herumtreibst oder mir zu Ohren kommt, dass du irgendeiner deiner Schwestern zu nahe getreten bist, machst du nähere Bekanntschaft mit diesem Stahl hier!«, drohte Caspar. Er ließ die Degenspitze langsam abwärts wandern, über die Brust und den Unterleib. Über dem Schritt verharrte die Klinge, senkte sich auf den derben Stoff der Hose und übte leichten Druck aus. »Und wenn ich dann mit dir fertig bin, braucht sich kein Mädchen und keine Frau mehr vor dir zu fürchten! Habe ich mich deutlich genug ausgedrückt?«

»Ja! Ganz deutlich!«, versicherte Burkhardt mit vor Angst bebender Stimme. »Und jetzt nimm um Gottes willen den Degen da weg!«

»Du bist gewarnt, Burkhardt. Eine zweite Warnung wird es nicht geben!« Caspar hob die Waffe und trat zurück. »Und jetzt verschwinde!«

Das ließ Burkhardt sich nicht zweimal sagen. Er rappelte sich auf und wollte schon davonlaufen, als Caspar ihn aufforderte, sein Messer nicht zu vergessen.

Ganz langsam und vorsichtig, als fürchtete er, bei einer falschen Bewegung wieder einen blitzschnellen Schlag mit dem Degen zu erhalten, bückte sich Klaras Bruder nach seinem Messer. Als er sich aufrichtete und Caspar seinem Blick begegnete, las er in Burkhardts Gesicht maßlose Wut, aber auch widerwilligen Respekt. Ohne ein Wort wandte Burkhardt sich um und lief in den Wald hinein.

Klara trat zu ihm. »Ich weiß gar nicht, wie ich dir jemals dafür danken soll. Auch dass du schon auf dem Mühlhof Partei für mich ergriffen hast! Das hat noch nie einer für mich getan. Dabei hast du doch gewusst, dass er dir mit den Fäusten weit überlegen ist.«

Ihr strahlender Blick und ihr Lob taten ihm gut, brachten ihn jedoch auch in Verlegenheit. »So was nennt man auch Draufgängertum . . .«

»Von wegen! Ich nenne das mutig!«, sagte sie voller Bewunderung. »Und dass du uns dann auch noch mit dem Degen nachgelaufen bist und ihn ohne Blutvergießen besiegt hast . . .« Sie schüttelte den Kopf. »Einfach unglaublich, wie du das gemacht hast!«

»Na ja, dein Bruder hat es mir auch nicht sonderlich schwer gemacht«, wehrte Caspar ab. »Mit einem Gegner, der im Fechtkampf geübt ist, hätte ich nicht so leichtes Spiel gehabt.«

»Nun stell dein Licht mal nicht unter den Scheffel! Bartholo hat dir weit mehr beigebracht, als ich angenommen habe! Er wäre stolz auf dich, wenn er das gesehen hätte. Ich jedenfalls bin es, sehr sogar! Stolz und dankbar, und zwar mehr, als ich dir sagen kann!«

Erst jetzt wurde sich Caspar so richtig der Bedeutung seines Sieges bewusst. Er hatte sich für die Prügel gerächt und dank seiner Geschicklichkeit und Schnelligkeit mit dem Degen einen Gegner niedergezwungen, der ihm an Körperkräften haushoch überlegen war. Er staunte über die Erkenntnis, dass man vielleicht für jede Schwäche, unter der man litt, in sich eine Stärke finden konnte, die aus einem Verlierer einen Gewinner machte.

»Dein Gesicht sieht ja übel aus! Tut es sehr weh?«, fragte Klara, während sie behutsam über die Schwellung seiner aufgeplatzten Unterlippe tastete. Dann strich sie einige blutfeuchte Haarsträhnen aus der Schürfwunde an der Stirn.

»Ja und nein«, sagte Caspar und errötete leicht. Die Schwellungen und Platzwunden brannten zwar höllisch, aber Klaras sanfte Berührungen ließen ihn das schmerzhafte Brennen und Pochen vergessen. Und ihr Gesicht war ihm so nahe, dass er ihre Wimpern hätte zählen können! Warum fiel ihm erst jetzt auf, wie voll und hübsch geschwungen ihre Lippen waren?

Sie sah ihn an und ihm war, als könnte sie seine Gedanken lesen, denn auf einmal überzog eine leichte Röte ihr Gesicht. Ihre Fingerspitzen blieben jedoch noch einen kurzen Moment auf seiner Wange liegen, als könnten sie sich nicht von der Berührung lösen. Dann sank ihre Hand herab.

»Lass uns zum Mühlhof zurückgehen«, sagte sie und wich schnell seinem Blick aus. »Die Platzwunden müssen ausgewaschen werden und du brauchst kühle Umschläge, sonst schwillt noch dein ganzes Gesicht an.«

»Von solchen Sachen verstehe ich nichts.«

»Keine Sorge, ich mache das schon.«

Caspar lächelte still in sich hinein. Merkwürdig, dass man am ganzen Körper von Schmerzen gepeinigt werden und sich dennoch zur selben Zeit in fast euphorischer Hochstimmung befinden konnte!

Sechzehntes Kapitel

Bartholo kam erst spät in der Nacht zurück, wie das so seine Art war, wenn er sich zu einem Tavernenbesuch in die Stadt begab.

Caspar war sofort wach, als er unten im Hof die Torpforte quietschen hörte. Als er aus dem Fenster sah, entging ihm nicht das dicke, in Tuch gewickelte Paket, das der Kupferstecher unter dem Arm trug. Sicherlich handelte es sich dabei um Bücher oder irgendwelche Abschriften, die er nicht seiner Tischbibliothek in der Werkstatt einverleibte, sondern die hinter der dicken Bohlentür mit dem schweren Schloss verschwanden. Meister Bartholo würde jetzt auch nicht ins Bett gehen, sondern noch mehrere Stunden in seinem Sanctum verbringen.

Caspar brauchte auch nicht lange zu warten, um hinter den verhängten Fenstern des geheimen Zimmers Licht angehen zu sehen. »Bartholomäus Marcellus Wolkenstein, was treibst du bloß in deinem Sanctum?«, murmelte er in die Dunkelheit. »Was hat es bloß mit den Kuriersendungen und all den anderen Geheimnissen auf sich?« Die Nacht gab ihm keine Antwort und so kroch er schnell wieder unter seine warmen Decken.

Als sein Meister ihn am nächsten Morgen zu Gesicht bekam und von der Auseinandersetzung mit Klaras Bruder erfuhr, reagierte er darauf mehr mit Spott als mit Betroffenheit. Und sein Interesse an den Einzelheiten hielt sich sehr in Grenzen. Ihm genügte es, zu wissen, dass Caspar sich der Herausforderung gewachsen gezeigt hatte, die Angelegenheit damit erledigt war und er nicht noch einmal zu den Krollbergs musste. Es war offensichtlich, dass ihn andere, ihm weit wichtigere Dinge beschäftigten. Und nachdem er Caspar mit reichlich Arbeit für den Tag bedacht hatte, schloss er sich wieder in sein Sanctum ein. Zum ersten Mal in fünf Monaten fiel der morgendliche Fechtunterricht aus.

Fünf Tage später, am zweiten Sonntag im Dezember, als Caspar seine Eltern in der Jakobervorstadt besuchte, bedeckte schon Schorf die Schürfwunden und die Schwellungen waren stark zurückgegangen. Aber er war immer noch deutlich gezeichnet von Burkhardts Faustschlägen. Und während seine Mutter ihm mit Sorge und Mitgefühl begegnete, waren sein Bruder und sein Vater sofort mit einem abschätzigen Urteil über ihn zur Hand. Ohne ihm auch nur die Gelegenheit zu einer Erklärung gegeben zu haben, unterstellten sie ihm gleich, irgendeinen Streit angezettelt und verdientermaßen Prügel bezogen zu haben.

Ihn quälten Magenschmerzen und dumpfer Groll, als er sich schon am frühen Nachmittag wieder auf den Heimweg machte. Die Mutter hatte geweint, als er ihr beim Abschied gesagt hatte, dass er nicht mehr zu ihnen in den *Schwarzen Hahn* kommen würde. Er wollte sich nicht länger der Missachtung seines Vaters und der Bösartigkeit seines Bruders aussetzen. Mit der Mutter konnte er sich freitags auf dem Markt treffen. Er war sicher, dass Bartholo ihm die Erlaubnis gab, wenn er die fehlenden Stunden in der Werkstatt an anderen Tagen wieder wettmachte. Aber in den *Schwarzen Hahn* würde er seinen Fuß nicht noch einmal setzen! Damit hatte er endgültig abgeschlossen!

»Da seid Ihr ja endlich!«

Erschrocken fuhr Caspar aus seinen Gedanken auf, als er an einem dunklen Torbogen vorbeiging und unverhofft eine Gestalt aus dem Eingang trat und ihn ansprach.

»Bruder Donatus!«, stieß er überrascht hervor, als er herumfuhr und das Gesicht unter der Kapuze erkannte. »Habt Ihr etwa auf mich gewartet?«

»In der Tat, in der Tat«, sagte der Mönch mit unverhohlenem Verdruss. »Du hast dir in der Taverne deiner Eltern sehr viel mehr Zeit gelassen, als man mir gesagt hat! Nicht gerade das freundlichste Wetter, um in einem zugigen Torweg auf dich zu warten!«

Verwirrt schüttelte Caspar den Kopf. »Entschuldigt, aber warum seid Ihr nicht in den *Schwarzen Hahn* gekommen und habt nach mir gefragt, wenn Ihr etwas von mir wollt?«

»Das hat seine Gründe, über die zu reden mir nicht zusteht! Und nun kommt!«

»Wohin? Was wollt Ihr überhaupt von mir?«

»Pater Erasmus hat mich geschickt, dich zu holen«, sagte der Klosterbruder mit gedämpfter Stimme. »Du sollst etwas für deinen Meister mitnehmen. Es scheint sehr wichtig zu sein. Mehr weiß ich auch nicht. Und nun lass uns endlich gehen, sonst hole ich mir noch Frostbeulen!«

Achselzuckend folgte Caspar dem Klosterbruder, der einen eiligen Schritt vorlegte. Natürlich fand er es recht merkwürdig, dass Pater Erasmus nicht einfach in den *Schwarzen Hahn* gekommen war und ihm dort ausgehändigt hatte, was für seinen Meister bestimmt war, sondern ihn durch Bruder Donatus zu sich bat. Aber Argwohn hegte er deshalb nicht, dafür umgaben seinen Meister schon zu viele Geheimnisse.

Stutzig wurde Caspar erst, als Bruder Donatus nicht den

Weg zum Kloster St. Ulrich einschlug, zu dessen Gemeinschaft er und Pater Erasmus doch gehörten, sondern dem Dom zustrebte und ihn dort durch die Pforte hinter die hohen Mauern des Domstiftes führte.

»Wieso gehen wir nicht nach St. Ulrich?«, wollte er wissen, als sie das Stiftsgebäude betraten.

»Weil du hier erwartet wirst und nicht dort!«, antwortete Bruder Donatus barsch.

Ein ungutes Gefühl regte sich in Caspar. Was hatte das zu bedeuten? Ob er nicht vielleicht besser beraten war, draußen auf dem Domhof auf Pater Erasmus zu warten, als diesem wortkargen und wenig freundlichen Klosterbruder blind zu folgen?

Bevor er sich noch weitere Gedanken machen konnte, kamen sie zu einem breiten Treppenaufgang, der ins obere Geschoss führte. Und der stattliche Mann, der in diesem Moment die Stufen herunterkam, war kein anderer als Servatius von Pirkheim! Jener eitle Domherr, dessen Gemälde er im Hochgefühl von zu viel Branntwein um die dicke Warze auf der Oberlippe und die krausen Haarbüschel in den Öffnungen von Nase und Ohren vervollständigt hatte. Denn diese wenig schmeichelhaften Einzelheiten hatte Meister Burgkmair ja auf seinem Porträt des Klerikers ausgelassen!

Die Überraschung auf dem Gesicht des Domherrn verriet, dass die Begegnung zufällig erfolgte. »Caspar Sebald?«, stieß er ungläubig hervor. Sein Gesicht verfinsterte sich augenblicklich und er fragte Bruder Donatus: »Was hat dieser gottlose Kerl bei uns im Domstift zu suchen?«

»Es hat schon seine Richtigkeit!«, versicherte Bruder Donatus hastig, eilte zu ihm auf die vierte Stufe hinauf, wo Servatius von Pirkheim stehen geblieben war, und flüsterte ihm etwas zu.

Das Gesicht des Domherrn nahm einen argwöhnischen Ausdruck an. »So? Das sollte ich mir vielleicht anhören. Zumal mir dieser Bursche hier wahrlich nicht fremd ist!«

Bei diesen Worten befiel Caspar das beklemmende Gefühl, einen großen Fehler begangen zu haben, als er Bruder Donatus so willig hinter die dicken Mauern des Domstifts gefolgt war. »Was geht hier vor?«, verlangte er zu wissen. »Wenn Pater Erasmus etwas von mir will, soll er zu mir kommen! Ich werde draußen auf dem Domhof warten.«

»Du bleibst hier und wirst gefälligst tun, was man dir sagt!«, herrschte ihn der Domherr an, kam zu ihm herunter und packte ihn mit eisernem Griff am Arm. »Gehen wir!«

Caspar hätte sich womöglich losreißen können, aber wohin hätte er dann rennen sollen? Die Pforte, die auf die Straße hinausführte, war verschlossen und wurde bewacht. Ein Ruf des Domherrn und ein Dutzend Klosterbrüder und Domkanoniker würde sich auf ihn stürzen!

Bruder Donatus öffnete wenige Schritte hinter dem Treppenaufgang eine Tür, die hinunter in die weitläufigen Kellergewölbe des Domstifts führte. Von unten aus dem Gewölbegang drang Lichtschein herauf.

»Vorwärts!«, befahl der Domherr und versetzte Caspar einen derben Stoß.

Caspar bekam es nun mit der Angst zu tun, fühlte er sich doch plötzlich wie ein Gefangener! Und während er mit weichen Knien die Stufen hinunterstieg, jagten sich die Gedanken hinter seiner Stirn. Was wollte der Prior von St. Ulrich von ihm und warum führte man ihn dazu hier in den Keller des Domstifts und nicht ins Kloster? Was hatte Bruder Donatus dem Domherrn zugeflüstert?

Die Angst wuchs, je tiefer Bruder Donatus und Servatius

von Pirkheim ihn in das Labyrinth der unterirdischen Gewölbegänge führten, das nur von wenigen Öllampen spärlich beleuchtet wurde. Schließlich gelangten sie am Ende eines Quergangs zu einer breiten, eisenbeschlagenen Tür.

Bruder Donatus zog den schweren Eisenriegel zurück, was in Caspar augenblicklich beklemmende Erinnerungen an die Tage im Wasserkerker heraufbeschwor, und schwang die schwere Tür auf.

»So, hier kannst du es dir gemütlich machen, du lasterhafter Schmierer!«, zischte Servatius von Pirkheim und stieß ihn durch die Tür in das große Gewölbe.

Caspar entfuhr ein Schrei des Entsetzens, als sein Blick überall auf Instrumente zur peinlichen Befragung fiel. Sie hatten ihn in die Folterkammer geführt! Streckbank, Becken mit glühenden Kohlen, Daumenschrauben, mit Dornen gespickte Eisenzwingen, Peitschen aller Art, ein galgenähnliches Gerüst mit herabhängenden Eisenketten und viele andere Gerätschaften, die irgendeinem fürchterlichen Folterzweck dienten, ließen keinen Zweifel an der grausigen Bestimmung dieses Ortes.

»Nein! Das muss ein Irrtum sein!«, schrie Caspar, fast von Panik übermannt. »Ich habe nichts verbrochen! Für das, was ich getan habe . . .«

»Schweig! Dass du hier bist, hat schon seine Richtigkeit! Und jetzt setz dich da hin und verhalte dich ruhig!«, fiel ihm der Domherr scharf ins Wort und wies auf einen der Stühle, die auf beiden Seiten eines einfachen Tisches gleich neben der Streckbank standen. »Du bist gut beraten, dich nicht von der Stelle zu rühren und gleich bei der Befragung größte Ehrerbietung und Willfährigkeit an den Tag zu legen!«

Befragung! Dieses scheinbar so harmlose Wort löste angesichts all der Folterinstrumente, die in diesem tiefen Kellergewölbe wohl gewöhnlich zur Anwendung kamen, Übelkeit in ihm aus. Zitternd sank er auf einen der harten Stühle.

Bruder Donatus und der Domherr verließen die Folterkammer wieder. Mit einem dumpfen Laut fiel die Tür hinter ihnen zu und dann wurde von außen der Eisenriegel vorgeschoben.

Wie betäubt saß Caspar auf dem Stuhl und blickte starr auf die zerkratzte Tischplatte, um ja nicht auf die Folterinstrumente sehen zu müssen. Sein Herz raste und er glaubte sich jeden Moment erbrechen zu müssen. Kein Alptraum hätte ihn mehr in Angst und Schrecken versetzen können als dieser entsetzliche Ort! Was hatte er nur verbrochen, dass man ihn in die Folterkammer gelockt hatte? Was wollten sie von ihm? Drohte ihm die Tortur? Sich keines Vergehens bewusst zu sein reichte nicht, um von der Folter verschont zu bleiben, wie er nicht erst von Bartholo erfahren hatte.

Qualvolle Minuten der Angst und der Ungewissheit verstrichen. Dann kehrten Bruder Donatus und der Domherr zurück, in Begleitung von Pater Erasmus – und dem gefürchteten Inquisitor Heinrich Institoris!

Das Blut wich Caspar aus dem Gesicht und ihn erfasste ein Schwindelgefühl. Rasch hielt er sich an der Tischkante fest, fürchtete er doch, im nächsten Moment von einem Schwächeanfall übermannt zu werden.

»Ist er das?«, fragte der Inquisitor knapp.

»Ja, Herr!«, sagte Bruder Donatus beflissen. »Und er war beide Male dabei!«

»Er ist nur ein einfältiger Handlanger, der von theologischen Dingen nichts versteht und tut, was man ihm sagt«, warf Pater Erasmus mit ernster und verschlossener Miene ein.

»Da muss ich Euch widersprechen!«, meldete sich da der Domherr zu Wort. »Mir ist bekannt, dass dieser . . . lasterhafte Bursche nicht nur des Lesens und Schreibens mächtig ist, sondern sogar gute Kenntnisse im Lateinischen besitzt, hat er doch einige Jahre die Lateinschule von St. Moritz besucht. Zu wahrer Gottesfurcht und der gebotenen Ehrerbietung unserem geistigen Stand gegenüber haben ihn seine Lehrer jedoch offensichtlich nicht erziehen können. Ich bin heute noch überzeugt, dass sein höhnischer Anschlag auf mein Porträt nicht allein meiner Person galt, sondern darüber hinaus . . .«

Der Inquisitor hob mit einer ungeduldigen Geste die Hand. »Schon gut, schon gut! Ihr habt mich zur Genüge über sein Vergehen ins Bild gesetzt.«

»Vergessen wir nicht, warum wir hier sind!«, mahnte Pater Erasmus.

»Gottlosigkeit und Ketzerei gehören ausgemerzt, gleichgültig, ob sie ihre teuflische Fratze in der Person eines Meisters oder eines Tagelöhners zeigen!«, erklärte Bruder Donatus mit flammendem Eifer in Stimme und Blick.

»Ihr sagt es!«, pflichtete ihm der Domherr bei.

»Gewiss, gewiss«, sagte der Inquisitor, trat an den Tisch, setzte sich Caspar gegenüber und fragte, während er ihn scharf musterte: »Du weißt, wer ich bin?«

Caspar nickte mit vor Angst zugeschnürter Kehle.

»Und du bist Caspar Sebald, einst Lehrjunge bei dem ehrenwerten Meister Burgkmair und jetzt Gehilfe des Pfahlbürgers und Kupferstechers Bartholomäus Wolkenstein, richtig?«

Wieder nickte Caspar.

»Glaubst du an die Lehren, die unsere heilige Mutter Kirche der rechtgläubigen Christenheit als unverrückbare Wahrheiten offenbart?«, lautete die nächste Frage des Inquisitors.

Caspar spürte, dass der Inquisitor auf diese Frage mehr als nur ein wortloses Nicken erwartete. »Ja, Herr, mit ganzem Herzen und ganzer Seele!«, beteuerte er und seine eigene Stimme klang ihm fremd.

Servatius von Pirkheim, der mit vor der Brust verschränkten Armen seitlich hinter dem Inquisitor stand, schnaubte geringschätzig, als hegte er erhebliche Zweifel an Caspars Beteuerung.

»Dann wirst du wohl nicht die ketzerischen Ansichten deines Meisters teilen, der gesagt haben soll, dass die Gnade des Ablasses ein schändliches Unwesen sei, das den Kirchenoberen dazu diene, sich auf Kosten des gemeinen Volkes die Taschen zu füllen! Sag, wie steht es damit?«

»Nein, Herr!«, versicherte Caspar ohne Zögern. »So etwas käme mir nie in den Sinn!« Und sofort schämte er sich, dass er Bartholo verleugnete. Und um das wieder gutzumachen, fügte er hinzu: »Aber ich weiß nicht, wann mein Meister das gesagt haben soll.«

»Als wir die Kupferplatten abholten! Ich habe mir hinterher alles genau aufgeschrieben, was dieser Wolkenstein an ketzerischen Äußerungen von sich gegeben hat! Hier steht es!«, mischte sich Bruder Donatus ein, zog ein zerknittertes Papier aus seiner Kutte und fuhr eifernd fort: »An jenem Tag hat er die hohe Geistlichkeit der Bereicherung beschuldigt, den Allmächtigen einen lumpigen Krämer genannt, und sogar von der Opferung von Jungfrauen und heidnischen Sitten ist die Rede gewesen!«

»Mir scheint, Ihr habt da bei Euren Aufzeichnungen zu

wenig Ordnung walten lassen«, bemerkte der Prior trocken. »Die Erinnerung ist erfahrungsgemäß trügerischer, als man glauben mag.«

»Wollt Ihr in Abrede stellen, dass er die Kirche und den Ablass auf übelste Weise angegriffen hat?«, fragte Bruder Donatus aufgebracht.

»Nichts liegt mir ferner, Bruder Donatus«, erwiderte der Pater freundlich. »Ich bin mir nur nicht sicher, dass Ihr auch wirklich den exakten Wortlaut notiert habt. Immerhin habt Ihr das erst Stunden nach unserer Rückkehr ins Kloster niedergeschrieben, wie Ihr mir erzählt habt.«

An den Inquisitor gewandt, sagte der Klosterbruder nun voller Empörung: »Ich weiß, was ich notiert habe, nämlich genau das, was dieser Kupferstecher von sich gegeben hat! So hat er Euch einen von geistiger Tollwut befallenen Wicht genannt! Und er hat Euch der Anmaßung bezichtigt und dass Ihr mit dem Leben Unschuldiger ein satanisches Spiel treibt! Als Scharlatan im Ordenskleid mit abergläubischen Wahnvorstellungen hat er Euch verleumdet und . . .«

»Genug!«, fuhr ihm der Inquisitor ungehalten ins Wort. »Ihr wiederholt Euch, Bruder Donatus! Eure Anschuldigungen sind uns allen bekannt. Doch bevor ich einen Prozess wegen Verbreitung ketzerischer Irrlehren in die Wege leite, möchte ich etwas mehr als nur Eure Notizen gegen den Kupferstecher in der Hand haben.«

»Deshalb habe ich Euch ja auch vorgeschlagen, dass wir uns des Gehilfen bedienen«, sagte Pater Erasmus, der am Tisch neben Heinrich Institoris Platz genommen hatte.

Der Inquisitor nickte wohlgefällig. »Ein überaus kluger Vorschlag«, sagte er anerkennend und wandte seine Aufmerksamkeit wieder Caspar zu.

Dieser hatte mittlerweile begriffen, dass sie es nicht auf

ihn, sondern auf seinen Meister abgesehen hatten. Was jedoch nicht bedeutete, dass die Gefahr für ihn deshalb gebannt war. Man hatte ihn nicht von ungefähr in die Folterkammer gebracht! Sie wollten sich seiner bedienen, das lag auf der Hand. Er sollte ihnen Bartholo ans Messer liefern. Und damit er wusste, was ihn erwartete, falls er sich weigerte, fand die Begegnung mit dem Inquisitor in diesem grausigen Gewölbe statt.

Und genau so verhielt es sich. Heinrich Institoris verhörte ihn, wobei er eine merkwürdig leidenschaftslose Sachlichkeit zeigte, und wollte wissen, ob Meister Wolkenstein ihm gegenüber schon ähnlich ketzerische Äußerungen fallen gelassen hatte.

Caspar schwitzte Wasser und Blut, während er sein Bestes tat, um einerseits Bartholo nicht zu belasten, aber andererseits auch sich selbst nicht in Gefahr zu bringen. Er gab sich ein wenig langsam im Begreifen, worum es denn überhaupt ginge; außerdem beteuerte er recht überzeugend, von Wolkenstein nicht eben freundlich behandelt und schon gar nicht als geeigneter Gesprächspartner betrachtet zu werden.

»Ich weiß vor lauter Arbeit meist nicht mal, wo mir der Kopf steht, Herr. Wie sollte ich da noch auf sein Gemurmel achten?«, sagte er mit kläglicher Stimme. »Mein Meister ist kein sehr umgänglicher Mensch, der mich ins Vertrauen ziehen würde. Was wohl auch viel mit seinem schlimmen Bein zu tun hat. Oft quält ihn sein Beinstumpf derart, dass er vor Schmerzen die Sinne verliert.«

Bruder Donatus und der Domherr zeigten mehrmals Anzeichen von aufflammendem Ärger, ja sogar von Misstrauen. Aber Pater Erasmus räumte selbst ein, dass der Kupferstecher sehr eigenbrödlerisch und von grober Natur sei. Und auf das Wort des Priors schien der Inquisitor mehr zu geben als auf die verbissenen Einlassungen des Klosterbruders.

»Also gut, du kannst dich nicht erinnern, derlei Äußerungen gehört zu haben, weil du so sehr damit beschäftigt warst, bei ihm ein Handwerk zu erlernen«, stellte der Inquisitor schließlich nüchtern wie ein Buchhalter fest. »Aber da deine Aufmerksamkeit jetzt überaus geschärft sein dürfte, wird dir von nun an nicht eine einzige ketzerische Bemerkung deines Meisters mehr entgehen, ist das richtig?«

»Ja, jetzt werde ich auf jedes Wort achten!«, versprach Caspar und spürte, wie ihm der Schweiß aus den Achseln und über den Rücken rann.

»Aber noch wichtiger wären schriftliche Beweise, sofern es solche gibt!«, warf Pater Erasmus ein. »Wie sieht es damit aus? Wenn ich mich recht entsinne, ist Wolkenstein ein eifriger Briefeschreiber. Womöglich finden sich bei ihm auch noch andere Aufzeichnungen. Hast du die Möglichkeit, einen Blick in seine Korrespondenz zu werfen und verräterische Schriftstücke in deinen Besitz zu bringen?«

»Das wird schwer sein, weil er darin sehr verschwiegen ist und alles in einem Zimmer unter Verschluss hält, zu dem ich keinen Zutritt habe«, sagte Caspar. »Aber vielleicht . . .« Er machte eine vage Geste.

»Geben wir ihm eine Chance. Wenn er erst das Vertrauen seines Meisters gewonnen oder sich sonst wie Zugang zu Wolkensteins Privatzimmer verschafft hat, werden wir leichtes Spiel haben. Und uns treibt doch keine Eile, nicht wahr?«, sagte der Prior zum Inquisitor. »Warten wir ab, was Caspar in Erfahrung bringen und uns vielleicht sogar an Schriftlichem in die Hände spielen kann. Der Kupferstecher entkommt uns schon nicht, denn Caspar wird sich hüten, auch nur ein Sterbenswort über das fallen zu lassen, was wir hier besprochen haben. Und vergessen wir nicht: Wer auf die Jagd geht und Wild zur Strecke bringen will, muss Geduld haben und darf nicht zu früh durchs Unterholz brechen!«

Der Inquisitor nickte zustimmend und erhob sich. »Ihr sagt es! Also nehmt Euch der Sache an und gebt mir Bescheid, wenn Fortschritte erzielt sind!«

Bruder Donatus und der Domherr, denen die Unzufriedenheit mit dem Verlauf des Verhörs deutlich im Gesicht geschrieben stand, traten sofort zum Inquisitor und überfielen ihn mit Einwänden und Bedenken, als dieser dem Tisch den Rücken zuwandte und der Tür zustrebte.

In dem Moment beugte sich Pater Erasmus zu Caspar hinunter und raunte ihm zu: »In einer halben Stunde im rechten Beichtstuhl von St. Ulrich!« Dann packte er ihn am Arm und sagte mit lauter, barscher Stimme: »Los, raus mit dir! Leiste der heiligen Mutter Kirche als gewissenhafter Zuträger treue Dienste, dann hast du nichts zu befürchten! Andernfalls jedoch wird es nicht beim bloßen Anblick dieser Gerätschaften bleiben!«

Bruder Donatus brachte ihn zur Pforte. Dort entließ er ihn mit einer Drohung. »Wage es nicht, uns die Wahrheit vorzuenthalten, Caspar Sebald! Keiner entkommt dem Arm der Inquisition unserer heiligen Mutter Kirche, vergiss das nie!«

Caspar musste an sich halten, um nicht kopflos davonzustürzen. Obwohl die Pforte hinter ihm zugefallen war, hatte er doch das unheimliche Gefühl, als verfolgten ihn die Blicke von Bruder Donatus. Erst als er mehrere Gassen zwischen sich und das Domstift gebracht hatte, beruhigten sich allmählich Atem und Pulsschlag.

Auf die Angst folgte nun die Scham, als ihm auf dem Weg zu St. Ulrich bewusst wurde, dass er in der Folterkammer allein schon vor Angst zu jedem Verrat bereit gewesen wäre. Ohnehin hatte doch nicht viel gefehlt und er hätte ihnen Bartholo ans Messer geliefert. Was hätte er ihnen wohl erzählt, wenn sie ihm Daumenschrauben angelegt oder ihn auf die Streckbank gebunden hätten? Alles!

Er wusste nicht, warum Pater Erasmus ihn heimlich in den Beichtstuhl von St. Ulrich bestellt hatte. Aber die Tatsache, dass der Mönch ihn sprechen wollte, ohne dass jemand sie zusammen sah, machte ihm Hoffnung.

In der Kirche sank Caspar in der Nähe des hinteren rechten Beichtstuhls in einer Kirchenbank auf die Knie. Inständig betete er um Vergebung, dass er sich im Angesicht der Folterinstrumente so schwach gezeigt hatte. Auch bat er um Kraft, insbesondere aber um Schutz vor dem blutrünstigen religiösen Eifer von Bruder Donatus und dem Inquisitor.

Er brach sein Gebet ab und bekreuzigte sich schnell, als er Pater Erasmus erblickte. Der Prior verschmolz fast mit den tiefen Schatten, die das Seitenschiff zu dieser winterlichen Nachmittagsstunde erfüllten. Mit gesenktem Kopf, hochgeschlagener Kapuze und die Arme in den Ärmeln seiner Kutte vergraben, glitt er selbst wie ein lautloser Schatten hinter den Kirchenbänken vorbei zum Beichtstuhl. Dort angelangt blieb er kurz stehen, schaute sich um, nickte dann Caspar kaum merklich zu und begab sich in die Kabine des Priesters.

Augenblicke später kniete Caspar auf dem harten Brett des Beichtstuhls. »Was für ein gemeines Spiel treibt Ihr mit mir und meinem Meister?«, stieß er mit leiser, erregter Stimme hervor. »Ich hatte Euch für einen Freund meines Meisters gehalten!«

»Freunde waren wir nie, aber einander wohlgesinnt«, erwiderte der Mönch ebenso leise. »Und ihr beide könnt froh sein, dass ich auch Ansichten gelten lasse, die andere als ketzerisch verdammen – und verfolgen! Andernfalls sähe eure Lage noch um einiges schlimmer aus!«

»Dann verdanken wir es also Eurem Klosterbruder, dass der Inquisitor uns im Nacken sitzt?«

Ein schwerer Stoßseufzer kam aus der Dunkelheit jenseits der vergitterten Öffnung, durch die der Priester gewöhnlich die Beichte abnahm, Bußwerke auferlegte und die Absolution erteilte. »Ja, es war ein Fehler, dass ich Bruder Donatus damals zum Mühlhof mitgenommen habe. Er war da erst wenige Tage bei uns, ich kannte ihn noch kaum und dachte, die Fahrt würde uns Gelegenheit geben, einander besser kennen zu lernen. Aber diese eine Begegnung allein hätte Bruder Donatus nicht dazu gebracht, deinen Meister der Ketzerei zu bezichtigen. Erst die sehr unbedachten Äußerungen, die Meister Bartholo damals nach der Messe in aller Öffentlichkeit über den Ablass gemacht hat, haben bei Bruder Donatus die Lunte in Brand gesetzt.«

»Konntet Ihr als Prior denn nichts tun, um diese Lunte wieder auszutreten? Muss er Euch denn nicht gehorchen?«

»Als ich davon erfuhr, dass Bruder Donatus dem Inquisitor von den verfänglichen Bemerkungen des Kupferstechers berichtet hatte, war es dafür schon zu spät«, raunte der Prior. »Das Einzige, was ich noch tun konnte, war, dafür zu sorgen, dass ich bei dieser Untersuchung Einfluss erhielt und die Dinge in eine etwas angenehmere Richtung steuern konnte, was mir zum Glück auch gelungen ist. Sonst hätten Bruder Donatus und der Domherr den Inquisitor wohl dazu ermuntert, den Wahrheitsgehalt deiner Antworten mit Hilfe von Daumenschrauben zu überprüfen!«

Caspar schauderte. »Und was soll jetzt werden? Ratet Ihr meinem Meister, sich so schnell wie möglich aus dem Staub zu machen? Und gilt das auch für mich?«

»Flucht wäre genau die falsche Reaktion. Sie würde einem Schuldeingeständnis gleichkommen und euch in noch größere Gefahr bringen!«, warnte Pater Erasmus. »So brenzlig, dass euch keine andere Wahl mehr bliebe, ist eure Lage zum Glück nicht.«

»Was Ihr nicht sagt!«

»Das Interesse des Inquisitors an deinem Meister ist dank meiner geschickten Einreden nicht sehr groß, sonst wäre er heute auch anders mit dir umgesprungen«, erklärte der Prior. »Ich habe nämlich durchblicken lassen, dass Bruder Donatus in einem unablässigen Kampf mit seiner Geltungssucht liegt – was noch nicht einmal gelogen ist – und dass er wohl noch einen langen und steinigen Weg vor sich hat, bevor er zu einem gottgefälligen Zustand der Demut findet. Zudem habe ich behauptet, mich durchaus auch an andere, mit den Glaubenslehren konforme Bemerkungen des Kupferstechers erinnern zu können, und Gleiches auch Conrad Preutinger in den Mund gelegt. Und dieser allseits bewunderte Augsburger Gelehrte, an dessen Rechtgläubigkeit wohl niemand zu zweifeln wagt, hat gottlob auch den Mut bewiesen, meine Lügen zu bestätigen. Und noch etwas kommt uns zustatten, nämlich dass dem Inquisitor die Hexenjagd mehr als alles andere am

Herzen liegt. Ihm sind Berichte von satanischen Umtrieben im Nürnberger Umland zugetragen worden, die ihn bewogen haben, Augsburg schon morgen wieder zu verlassen.«

»Dem Himmel sei Dank!«, stieß Caspar hervor und schöpfte neue Hoffnung. »Wird er wieder zurückkehren?«

»Damit ist zu rechnen. Aber da er mich mit der Fortführung der Untersuchung betraut hat und ich ihn davon überzeugt habe, dass der Fall des Kupferstechers verhältnismäßig bedeutungslos ist und deshalb keine besondere Eile verlangt, besteht kein Grund, in Panik zu geraten und unbedachte Schritte zu unternehmen.«

»Was genau sollen wir denn tun?«, wollte Caspar wissen, der sich unschlüssig war, ob er aufatmen durfte oder den Versicherungen des Priors lieber mit Misstrauen begegnen sollte. Denn so gut er es auch offenbar mit ihnen meinte, es ließ sich doch nicht ausschließen, dass er ihre Lage falsch einschätzte.

»Sag deinem Meister, was passiert ist und was ich dir gesagt habe. Ich werde ihn nicht mehr persönlich treffen dürfen, wenn ich euch von Nutzen sein soll. Schon dieses Gespräch hier könnte uns allen den Kopf kosten, deshalb wird es ein zweites nicht geben. Sollte Gefahr im Verzug sein, werde ich euch auf andere Weise Nachricht zukommen lassen. Das ist das eine.«

»Und was ist das andere?«

»Richte deinem Meister aus, dass ich ihm dringend rate, einige Kupferstiche für Ablasszettel zu stechen und sie dem Prior von St. Moritz zu einem guten Preis anzubieten. Auch soll er vorsichtshalber Bücher und Schriften, deren Inhalt nicht mit den Lehren der Kirche übereinstimmt, vernichten oder zumindest doch einen Ort für sie finden, wo sie im schlimmsten aller Fälle unentdeckt bleiben. Und ganz wichtig ist, dass er weiterhin zur Messe kommt und sich jeglicher Äußerungen enthält, die mit ketzerischem Gedankengut in Verbindung gebracht werden können!«

»Ich werde es ihm ausrichten. Aber was ist mit mir? Hat es nicht geheißen, dass ich Bericht zu erstatten habe? Könnt Ihr mich davon befreien, wo der Inquisitor Augsburg doch verlässt?«, fragte Caspar hoffnungsvoll.

»Leider nein«, sagte der Prior leise. »Der Domherr hat mich nämlich schon wissen lassen, dass er zugegen zu sein wünscht, wenn ich dich regelmäßig über deine Beobachtungen im Haus deines Meisters befrage. Ich werde dich also alle vier oder sechs Wochen zu mir rufen lassen und du wirst eher Dinge zu berichten haben, die ihn entlasten und nicht belasten. Und da der Domherr nur dir gegenüber einen starken Groll hegt, aber wenig Interesse an deinem Meister hat, vertraue ich darauf, dass er der Sache bald überdrüssig wird und die ganze Affäre schließlich einschläft und in gnädige Vergessenheit gerät.«

»Falls der Inquisitor nicht wieder zurückkommt und den Fall in *seine* Hände nimmt!«

Der Prior schwieg für einen langen, gedankenschweren Moment. »Ja, falls er nicht wieder zurückkommt . . .«, flüsterte er dann hinter dem Sprechgitter. »Und nun geh! Es segne dich der Vater und der Sohn und der Heilige Geist!«

Aufgewühlt machte sich Caspar auf den Weg zum Mühlhof. Für ihn war es der »Heimweg«, seit langem schon, denn der *Schwarze Hahn* in der Jakobervorstadt hatte schon am Abend nach der Bloßstellung am Pranger aufgehört, sein Zuhause zu sein.

Als er die Mauern der Stadt hinter sich ließ und über die Rundhölzer der Wertachbrücke schritt, fühlte er sich hin-

und hergerissen. Die Erleichterung, den Prior auf ihrer Seite zu wissen, lag im Wettstreit mit der Angst vor der Unberechenbarkeit des Inquisitors und des Domherrn.

War es wirklich so klug, darauf zu vertrauen, dass ihm schon nichts geschehen würde, da ja nicht er, sondern nur sein Meister unter dem Verdacht ketzerischer Äußerungen stand? Was hinderte ihn eigentlich daran, still und heimlich sein Bündel zu schnüren und vorsichtshalber das Weite zu suchen? Am besten nach Süden. Immerhin beherrschte er Kastilisch mittlerweile so gut, dass er sich in der Sprache fließend unterhalten konnte. Irgendwie würde er sich schon durchschlagen. Drucker und Kupferstecher gab es überall und ein tüchtiger Gehilfe wie er sollte es so schwer doch wohl nicht haben, Arbeit zu finden.

Der Gedanke an Flucht hatte etwas Verlockendes, allerdings konnte er sich trotzdem nicht dazu entschließen. Und als er darüber nachdachte, erkannte er plötzlich, was ihn trotz der Schrecknisse in der Folterkammer und trotz aller Angst davon abhielt: Es waren seine Gefühle für Klara!

Siebzehntes Kapitel

Sie haben dir mit der Folter gedroht, damit du ihnen willig zu Diensten bist und mich der Inquisition auslieferst? Was sind diese geistigen Dunkelmänner doch für ein Ausbund an Feigheit und Heimtücke! Und all das im Namen Christi!«, schimpfte Bartholo, als Caspar ihm in der Werkstatt von seinem Verhör in der Folterkammer berichtete.

»Es gibt aber auch eine gute Nachricht. Der Inquisitor verlässt Augsburg morgen und es ist ungewiss, ob und wenn ja, wann er zurückkehrt«, sagte Caspar und gab nun wieder, was Pater Erasmus ihm im Beichtstuhl anvertraut und an eindringlichen Ratschlägen für seinen Meister mit auf den Weg gegeben hatte.

Das finstere Gesicht Bartholos nahm schnell einen freundlicheren Ausdruck an. »Dem Himmel sei Dank, dass es in der Kirche noch Männer wie den Prior gibt, sonst müsste man verzweifeln und die Hoffnung aufgeben, dass Gottes Wort eines Tages doch noch über die Machtgelüste und Verbrechen seiner geweihten Diener obsiegt!«, sagte er erleichtert und rieb über seinen Beinstumpf. »Jemanden wie Pater Erasmus auf unserer Seite zu haben ist in dieser Situation von unschätzbarem Vorteil.« Er stutzte plötzlich und lachte trocken auf. »Aber was rede ich da von ›uns‹? Ich nehme an, unter diesen Umständen wirst du nicht mehr lange bei mir auf dem

Mühlhof ausharren, sondern es vorziehen, dich in Sicherheit zu bringen, nicht wahr?«

Caspar schwieg.

»Wer könnte es dir auch verdenken? Du bist mir nichts schuldig, was dich veranlassen könnte, die Gefahr gering zu achten und in meinen Diensten zu bleiben«, sagte Bartholo verständnisvoll und doch lag ein Anflug von Enttäuschung in seiner Stimme.

»Ich habe nicht die Absicht, mich wie ein Dieb davonzustehlen und mein Heil in der Flucht zu suchen«, sagte Caspar nun und ein Ausdruck freudiger Überraschung trat auf das Gesicht seines Meisters. Oder war es das zufriedene Lächeln eines Mannes, der sich in seinen Erwartungen bestätigt sah?

»Hast du dir das auch gut überlegt?«

»So gut, wie es mir möglich ist.«

Ernst sah Bartholo ihn an. »Sei versichert, dass ich deine Treue in dieser Zeit der Bedrängnis sehr zu schätzen weiß, Caspar. Und es soll auch dein Schaden nicht sein«, versicherte er. »Hast du nicht immer davon geträumt, Augsburg eines Tages den Rücken zu kehren und zu einer Reise in ferne Länder aufzubrechen?«

»Oh ja, sehr sogar!«, bestätigte Caspar.

»Nun, wenn sich meine Geschäfte in der von mir erhofften Weise entwickeln, dann werde ich wohl schon bald Anlass haben, zu einer solch weiten Reise aufzubrechen«, erklärte Bartholo geheimnisvoll. »Und du könntest mich begleiten. Ja, nach allem, was ich dir beigebracht habe, würdest du einen vortrefflichen Reisebegleiter abgeben.«

»Ist es Euch wirklich ernst damit?«, stieß Caspar freudig erregt hervor. »Und wohin soll Eure Reise denn gehen?«

»Darüber reden wir, wenn die Zeit dafür gekommen ist«,

sagte Bartholo ausweichend. »Und wie gesagt, zuerst müssen noch einige wichtige Geschäfte zu einem guten Abschluss kommen. Viel hängt davon ab, wie erfolgreich Cornelius Quentels Nordlandreise gewesen ist. Ich erwarte ihn jeden Tag zurück.«

Der Gedanke an Klara, der sich im nächsten Moment in sein Bewusstsein drängte, versetzte Caspars Freude einen gehörigen Dämpfer. Ihm lag schon die Frage auf der Zunge, ob sie denn nicht zu dritt auf diese Reise gehen könnten, er sprach sie jedoch nicht aus. Dies schien ihm nicht der geeignete Zeitpunkt dafür zu sein.

Aber noch eine andere Überlegung, die Klara betraf, drängte sich ihm auf und diese behielt er nicht für sich. »Was ist mit Klara?«, fragte er. »Befindet sie sich nicht auch in Gefahr, allein schon weil sie wie ich bei Euch in Stellung ist? Müsst Ihr sie nicht über alles unterrichten und ihr die Wahl lassen, ob sie bleiben oder sich lieber von Euch trennen will, so wie Ihr es mir überlassen habt?«

Bartholo verzog das Gesicht und kratzte sich den Kinnbart. »Ich fürchte, du hast Recht. Das Gebot der Redlichkeit verlangt es wohl von mir, dass ich ihr über die Bedrohung reinen Wein einschenke. Obwohl ich einräumen muss, dass ich das wirklich sehr ungern tue«, gestand er. »Was ist, wenn sie sich gegen das Ausharren entscheidet? Eine so tüchtige Person werde ich schwerlich ein zweites Mal finden! Aber nun geh schon und hol sie!«

Mit Bestürzung und Erschrecken hörte Klara sich an, was Caspar an diesem Tag in Augsburg widerfahren war und mit welch schwer wiegender Anklage Bruder Donatus den Inquisitor gegen ihren Meister aufgewiegelt hatte. Als sie Zwischenfragen stellte, waren diese auch nicht frei von Furcht. Nachdem sie jedoch erfahren hatte, welche Rolle

Pater Erasmus in dieser Untersuchung spielte und was er Caspar zu tun versprochen hatte, brauchte sie nicht lange, um zu einem Entschluss zu kommen.

»Ihr könnt auch weiterhin auf mich zählen, Don Bartholo«, sagte sie mit fester Stimme und fiel dabei ins Kastilische, als wollte sie dadurch ihrer Entschiedenheit noch mehr Nachdruck verleihen. »Ich bleibe.«

Bartholo war ganz offensichtlich sehr erleichtert. Er dankte ihr und gab jedem von ihnen einen halben Gulden. »Den bekommt ihr jetzt jeden Monat zusätzlich zu Eurem vereinbarten Lohn. Nicht dass ich eure Treue erkaufen will«, beteuerte er. »Aber ich bin froh, dass ihr zu mir haltet, und es spricht wohl nichts dagegen, meinen Worten des Dankes mit einem halben Gulden extra etwas Gewicht zu verleihen.«

»Dagegen ist nichts einzuwenden, Don Bartholo!«, versicherte Klara mit strahlender Miene. Sie zog ihren kleinen, ledernen Brustbeutel hervor, ließ das Geldstück darin verschwinden und schob den Beutel wieder unter ihr Kleid.

Caspar hatte das Verlangen, mit Klara noch einmal allein über alles zu reden. Sie teilte sein Bedürfnis und so saßen sie später noch bis tief in die Nacht in seiner Kammer vor dem Kaminfeuer und teilten Ängste und Hoffnungen miteinander.

Nur das mit der Reise, die Bartholo angeblich irgendwann im nächsten Jahr plante, verschwieg er ihr. Er wollte sie nicht beunruhigen oder Erwartungen in ihr wecken, die sich dann vielleicht nicht erfüllten. Zudem lag diese Reise seinem Gefühl nach noch viel zu sehr im Dunst der Ungewissheit. Auch mochte er nicht ausschließen, dass Bartholo nur davon gesprochen hatte, um ihm einen weiteren Anreiz zum Bleiben zu liefern. Das traute er ihm glattweg zu. Bartholo war undurchschaubar. Er spielte nicht mit offenen Karten und ließ einen über vieles im Dunkel.

Was Caspar ihr in dieser Nacht jedoch anvertraute, war die beschämende Geschichte, wie er sich im Atelier von Thoman Burgkmair um seine Lehrstelle und seinen guten Ruf gebracht hatte. Und er beschönigte auch nichts, als er ihr schilderte, wie qualvoll die beiden Tage und Nächte im Wasserkerker gewesen waren und welche Demütigungen er einen Markttag lang am Pranger hatte ertragen müssen.

»Aber wie entsetzlich das alles auch gewesen ist, es war doch nicht so schlimm wie die Verachtung, mit der mein Vater mich hinterher behandelt hat«, gestand er. »Er hat es zwar nie ausgesprochen, aber ich konnte es in seinen Augen lesen, dass er sich im Stillen wünschte, ich wäre nie geboren.«

»Ich kann es dir nur zu gut nachfühlen«, sagte Klara leise. »Nichts verletzt mehr, als von den eigenen Eltern so ...« Sie führte den Satz nicht zu Ende, sondern machte nur eine vage Handbewegung, als wollte sie sagen: »Du weißt schon, was ich meine«, und Caspar wusste in der Tat, was sie meinte.

Sie schwiegen eine Weile einträchtig. Caspar hätte gern ihre Hand genommen und einfach nur gehalten, aber er traute sich nicht. Er wollte nicht, dass ihr Vertrauen in ihn erschüttert wurde und sie vielleicht nicht mehr zu ihm in die Kammer kam. Er musste Geduld haben, weniger mit ihr als mit sich selbst. Wie schwer das nur war!

Es war Klara, die schließlich das Schweigen brach. »Manchmal macht mir die Zukunft Angst, ohne dass ich jedoch genau sagen könnte, warum.«

Er nickte. »Meine Mutter hat mal zu mir gesagt, als ich

keinen Ausweg aus allem zu sehen glaubte: ›Man muss Mut zum Leben haben. Sterben kann jeder.‹ Das hat sich mir ganz stark eingeprägt. Ich denke, sie hat Recht damit.«

Klara sah ihn erst verblüfft an, dann lächelte sie. »Im ersten Moment klingt es, als machte der Ausspruch wenig Sinn. Aber wenn man mal darüber nachdenkt, kommt man dahinter, wie Recht sie damit hat«, pflichtete sie ihm bei. »So, und jetzt sollten wir schlafen gehen. Es war gut, noch mal über alles geredet zu haben.« Sie stand auf und legte ihm ihre Hand auf die Schulter. »Schlaf gut, Caspar.«

»Du auch, Klara«, sagte er und legte seine Hand auf ihre und für einen wunderschönen langen Moment ließ sie es geschehen und stand still an seiner Seite.

»Bis morgen«, sagte sie dann leise und zog langsam, als widerstrebte es ihr, die Berührung zu unterbrechen, ihre Hand unter seiner hervor.

Caspar nahm diese stille Geste der Zuneigung mit in seine Träume.

Achtzehntes Kapitel

Drei Tage später tränkte Blut die Erde des alten Mühlhofs an der Wertach.

Gerade hatten sich Bartholo, Caspar und Klara zum Abendessen an den Küchentisch setzen wollen, als die Torglocke anschlug. Und wer immer da draußen vor dem Tor stand und Einlass verlangte, er hörte nicht auf, am Glockenstrang zu ziehen.

»Allmächtiger, das klingt ja wie Alarmläuten!«, entfuhr es Caspar erschrocken.

Auch Klara schien der Schreck in die Glieder gefahren. »Vielleicht schickt der Prior einen Boten, der uns mitteilen soll, das Gefahr droht!«

Caspar tauschte einen raschen Blick mit Bartholo. »Ich sehe nach, wer das ist. Ihr bleibt besser im Haus. Notfalls könnt Ihr Euch mit einem Seil aus einem der rückwärtigen Fenster in Sicherheit bringen!«

»Öffne auf keinen Fall voreilig das Tor!«, ermahnte Bartholo ihn.

»Kein Sorge, ich werde Bruder Donatus und dem Domherrn schon nicht Tor und Tür öffnen!«, versicherte Caspar und holte seinen Degen. Bevor er auf den Hof hinauslief, drückte Klara ihm eine Pechfackel in die Hand, die sie rasch am Küchenfeuer entzündet hatte.

Das wilde Läuten der Glocke hatte aufgehört. Doch Caspar hatte den hellen, durchdringenden Glockenton noch immer im Ohr. Er fröstelte, aber nicht allein wegen der nächtlichen Kälte.

Von jenseits des Tores hörte er das nervöse Schnauben eines Pferdes, als er den Torflügel mit der schmalen Pforte erreichte. Er steckte die Fackel in die steinerne Halterung im Mauerwerk neben dem Tor. Dann schob er vorsichtig und mit jagendem Herzen den Riegel der kleinen, viereckigen Sichtluke zurück und klappte sie auf.

»Wer da?«, rief er in die Dunkelheit.

Ein Aufstöhnen war die Antwort und im nächsten Moment prallte irgendetwas mit einem lauten, harten Schlag gegen das Tor und ließ es erzittern.

Erschrocken sprang Caspar zurück und riss den Degen hoch, als fürchtete er, jemand könnte ihn durch das Gitter der Luke angreifen. Doch nichts dergleichen geschah. Es klirrte jedoch Metall gegen Metall, augenblicklich gefolgt vom schrillen, schmerzerfüllten Wiehern eines Pferdes und einem dumpfen Aufprall, als wäre ein schwerer Sack zu Boden gefallen. Auf diesen dumpfen Laut folgte das Trommeln eines davongaloppierenden Pferdes.

Caspar versuchte sich einen Reim auf die Geräusche vor dem Tor zu machen. Zögernd wagte er sich wieder zurück an die Luke. »Wer ist da?«, rief er erneut und schob sein Gesicht ganz langsam an das Gitter heran.

Ein lautes Aufstöhnen, das von unten kam, war die Antwort. Jemand lag vor der Pforte auf dem Boden! Und dann hörte er eine röchelnde Stimme »Hilfe!« rufen.

Ein Schauer durchlief Caspar. Lag auf der anderen Seite des Tores tatsächlich jemand, der dringend Hilfe brauchte? Oder war das nur eine raffinierte Täuschung, um ihn dazu zu bringen, die Pforte aufzuschließen? Was war, wenn rechts und links an die Mauer gepresst die Schergen der Inquisition nur auf das Zeichen zum Voranstürmen warteten?

»Zuerst deinen Namen!«, rief Caspar ihm laut zu und er hoffte, dass es ihm gelang, die Aufregung und Beklemmung aus seiner Stimme herauszuhalten. »Sag mir deinen Namen, sonst mache ich nicht auf!«

Eine Hand schlug kraftlos gegen die Tür und dann klopfte etwas Hartes, Metallisches gegen die Bohlen. ». . ., entel . . ., nelius . . ., entel!«, rief die röchelnde Stimme zurück.

Caspar stutzte und erschrak, als sich für ihn die Wortfetzen plötzlich zu einem Namen zusammensetzten, den er nur zu gut kannte. »Quentel? . . . Seid Ihr es, Cornelius Quentel?«, stieß er hervor.

Das verzweifelt herausgepresste »Ja!« des Wanderbuchhändlers ging in ein Stöhnen über.

Auch wenn Caspar nun eine Falle so gut wie ausschloss, blieb er angespannt und wachsam und hielt den Degen kampfbereit in der rechten Hand, während er die Pforte aufschloss. Dann riss er sie mit einem Ruck auf und sprang sofort einen Schritt zurück, für den Fall, dass er doch einer heimtückischen Täuschung aufgesessen war.

Doch keine Domschergen stürzten mit blanker Klinge durch den Einlass im Torflügel, sondern es war tatsächlich der Wanderbuchhändler Cornelius Quentel, der dort im Dreck lag und sich mit schmerzverzerrtem Gesicht aufzurichten versuchte. Er stützte sich dabei auf den Griff des Säbels, den er mit seiner rechten Hand umklammert hielt, als wollte er sich auf keinen Fall von der Waffe trennen. Dunkle, längliche Flecken, bei denen es sich zweifellos um Blut handelte, zogen sich über die breite Klinge. Blutverschmiert war auch das Gesicht des fahrenden Händlers.

Seine schweren Schaftstiefel, die ihm über die Knie reichten, drückten sich in das steinige Erdreich. Stöhnend zog er sich halb über die Torschwelle, um dann zusammenzusacken. Der Säbel entglitt seiner Hand und fiel in den Staub.

»Allmächtiger!« Casper legte seinen Degen aus der Hand und sprang an seine Seite. Quentel trug deutliche Spuren eines erbitterten Kampfes. Sein Umhang war an mehreren Stellen aufgeschlitzt und blutgetränkt. Er schrie vor Schmerz auf, als Caspar ihn unter den Armen packen und in die Sicherheit des Hofes ziehen wollte.

Jetzt erschien Klara mit einer zweiten Pechfackel. Sie lief auf ihn zu. Caspar winkte sie ins Haus zurück. »Hol Bartholo! Schnell! Sag ihm, dass es Cornelius Quentel ist. Er ist schwer verletzt und blutet stark!«, schrie er ihr zu, während er spürte, wie ihm warmes Blut über die Finger rann und zu Boden tropfte. »Bartholo muss mit anpacken! Diesen Hünen kriegen wir beide allein nicht hoch und ins Haus schon gar nicht. Das schaffen wir nur zu dritt!«

Augenblicke später stürzte der Kupferstecher mit Klara aus dem alten Mühlhaus und eilte Caspar zu Hilfe, der den Wanderbuchhändler inzwischen ganz in den Hof gezogen und die Pforte wieder verschlossen hatte. Ein schwerer Geldbeutel fiel aus Quentels Tasche, als sie ihn hochhoben. Klara nahm ihn an sich.

»Wer hat Euch das angetan, Quentel?«, wollte Bartholo wissen, während sie ihn zu dritt ins Haus trugen. »Wo ist Euer Wagen? Seid Ihr einer Bande von Straßenräubern in die Hände gefallen?«

»Ja . . . überfallen . . . noch vor . . . Kriegshaber . . . aber keine . . . gewöhnlichen Straßen . . . räuber«, stieß Quentel abgehackt und mit sichtlich schwindenden Kräften hervor.

»Drei Reiter ... einer Por ...« Er bäumte sich vor Schmerzen auf, als sie ihn um die Ecke des Flurs in die Küche brachten und seinen Körper dabei etwas verdrehen mussten.

»Sprecht weiter!«, drängte Bartholo. »Wer hat Euch das angetan? Wer waren diese drei Reiter? Habt Ihr sie erkannt? Wisst Ihr Namen?«

Caspar wechselte mit Klara einen verständnislosen Blick. Es irritierte sie offensichtlich ebenso, dass Bartholo den schwer verwundeten Wanderbuchhändler mit Fragen bedrängte, als gäbe es im Augenblick nichts Wichtigeres zu bedenken. Als sein Blick zu Boden ging, sah er, dass sie eine Blutspur hinter sich herzogen. Quentel war mehr tot als lebendig! Das Leben rann aus seinem Körper wie aus einem löchrigen Eimer! Und ihr Meister fragte nach den Namen der Schurken, die ihm das angetan hatten!

»Nur einer ... sie nannten ihn ... den ... Portugiesen!«, keuchte Quentel. »Estevao ...!«

»Estevao?«, stieß Bartholo hervor. »Verflucht! Wie hat er von dem Geschäft mit Absalon wissen und auf Eure Spur kommen können? Hölle und Verdammnis, da muss Verrat im Spiel gewesen sein!« Und im nächsten Moment fegte er mit dem linken Unterarm ihr Abendessen samt Holztellern und Steingutbechern vom Küchentisch. Es polterte und schepperte, als Becher und Tongefäße auf dem Steinboden zu Bruch gingen.

Bartholo schien es überhaupt nicht zur Kenntnis zu nehmen. »Auf den Tisch mit ihm!« Und kaum lag Quentel auf der dicken Tischplatte, als Bartholo auch schon mit seinen Fragen fortfuhr. »Habt Ihr Euch mit Absalon getroffen? ... Quentel, hört Ihr mich? ... Habt Ihr den Dänen getroffen und mit ihm das Geschäft wie vereinbart abgeschlossen? ... Und wenn ja, hat Estevao Euch das ...« Er zögerte und biss sich auf die Lippe. »... das Ding abgenommen?«

»Ja ... zu Absalon ... nein ... zum anderen«, kam es schwach über die Lippen des Hünen.

»Dem Himmel sei Dank!«, rief Bartholo erleichtert. »Wo habt Ihr es versteckt?«

»Mein Gott, was quält Ihr ihn mit solchen Fragen? Seht Ihr nicht, dass er gleich das Bewusstsein verliert?«, rief Klara zwischen Erschrecken und Empörung hin- und hergerissen, als sie Quentels Umhang zurückschlug und all das Blut sah. »Wir müssen seine Wunden freilegen und ihn verbinden! Sonst stirbt er uns unter den Händen weg!«

»Gerade deshalb ist seine Antwort ja so wichtig! Wenn er stirbt und er sein ... sein Wissen mit ins Grab nimmt, ist alles vergeblich gewesen!«, erwiderte Bartholo ungerührt und in seinen Augen stand ein erregter, fast fiebriger Ausdruck. Er beugte sich über den stöhnenden Wanderbuchhändler. »Quentel, wo habt Ihr ... das, was Absalon Euch für mich übergeben hat?«

»Seht Ihr denn nicht, dass er gar nichts mehr wahrnimmt? Der Mann braucht einen Arzt, Meister!«, rief Klara zornig und knallte die schwere Geldbörse, die dem Verletzten vorhin auf dem Hof aus der Tasche gerutscht war, vor ihm auf die Tischplatte.

»Aus Augsburg kommt heute keiner mehr«, sagte Caspar und sah, wie sich der Blick des Wanderbuchhändlers verschleierte. Quentels Kopf sank zur Seite. »Ich glaube, jetzt ist er ohnmächtig.«

»Es gibt eine Hebamme in Kriegshaber. Meister, habt Ihr gehört?« Sie hob ihre Stimme. *»Meister Wolkenstein!* Im nächsten Dorf wohnt eine Hebamme!«

»Was?« Bartholo richtete sich auf und fuhr sich über die

Augen, als erwachte er aus einem Traum. »Ein Medikus ... Ja, wir brauchen rasch einen Medikus! Wo sagst du lebt einer?«

»Im Dorf Kriegshaber«, sagte Klara nun zum dritten Mal. »Aber kein Medikus, sondern die Hebamme Josepha Greinacher. Sie ist ein wenig seltsam in ihrer Art, versteht sich aber auch auf das Schneiden und Nähen von Wunden und noch vieles andere. Sie rührt ihre eigenen Salben an, die meist sogar helfen.«

»Dann mach dich sofort zu ihr auf den Weg!«, trug Bartholo ihr auf. »Ich verbinde inzwischen Quentels Wunden, um den Blutverlust aufzuhalten.«

»Versteht Ihr denn überhaupt etwas davon?«, fragte Caspar verblüfft.

»Wenn man in kriegerischen Zeiten viele Jahre zur See gefahren ist, hat man oft genug Gelegenheit gehabt, sich einiges Wissen über Wundbehandlung anzueignen«, sagte Bartholo, während er mit seinem Messer Wams und Hose des Wanderbuchhändlers aufschlitzte, um die Wunden freizulegen.

»Ein Kupferstecher wie Ihr ist viele Jahre zur See gefahren?«, fragte Caspar ungläubig.

»Das Leben bietet Raum für mehr als nur ein Leben«, antwortete Bartholo scheinbar widersinnig und sagte zu Klara: »Sag dieser Josepha Greinacher, dass sie sich sputen soll! Und wenn sie dich auf morgen vertrösten will, dann richte ihr von mir aus, dass ich ihr zwei Gulden zusätzlich zahle, wenn sie sofort kommt und sich beeilt.«

»Du kannst dich nicht allein auf den Weg machen!«, wandte Caspar ein.

»Wieso nicht?«, wollte sie wissen.

»Was ist, wenn die Schurken, die Quentel überfallen haben, noch irgendwo da draußen lauern?«, gab Caspar zu bedenken. Und mit einem Seitenblick auf Bartholo fuhr er bissig fort: »Wir wissen doch gar nicht, was hinter diesem Überfall steckt und welche Gefahr wir zu fürchten haben. Unser Meister hält es offensichtlich nicht für nötig, uns in die Hintergründe einzuweihen und uns zu sagen, wer dieser Estevao ist und warum er Quentel überfallen hat!« Er machte eine kurze Pause, doch ihr Meister dachte gar nicht daran, irgendetwas zu erklären. Und so fügte Caspar dann grimmig hinzu: »Nein, allein lasse ich dich nicht fahren. Ich komme mit!«

»Keine schlechte Idee«, sagte Bartholo trocken. »Und beeilt euch!«

In Windeseile spannten sie Dante vor den kleinen, einachsigen Wagen, der im Gegensatz zum schweren, zweiachsigen Fuhrwerk hinter der harten Sitzbank nur über eine kurze Ladefläche verfügte. Damit sich auch Klara im Notfall verteidigen konnte, nahmen sie Quentels Säbel mit.

Caspar überließ Klara die Zügel, die noch besser mit Dante und dem Einachser umzugehen wusste als er. Sie trieb das Pferd sofort zu einem scharfen Galopp an. Dabei saß ihr wohl genau wie Caspar die Angst im Nacken, jeden Augenblick dunkle Reitergestalten aus dem Wald preschen zu sehen, mit einem Fremden namens Estevao an der Spitze!

Die ersten Minuten sagte keiner von ihnen auch nur ein Wort. Angestrengt starrten sie in die nächtliche Finsternis und stemmten sich, um festen Halt bemüht, gegen das Fußbord, während der Apfelschimmel sichtlich großes Vergnügen daran fand, seine Kraft zu zeigen und mit wehender Mähne dem schmalen, hellen Band des Weges zu folgen, der schließlich in die breiten Spurrillen der Landstraße nach Kriegshaber mündete.

Die Angst vor einem Überfall wich nun allmählich von ihnen und Caspar fand jetzt auch seine Sprache wieder. »Ich kann immer noch nicht glauben, wie unmöglich Bartholo sich vorhin benommen hat!«, sagte er, während er sich mit der rechten Hand an der Sitzbank festhielt. »Da schleppt sich der Buchhändler mehr tot als lebendig zu uns in den Hof, und Bartholo hat nichts Besseres zu tun, als ihm mit Fragen zuzusetzen!«

»Ja, das hat mich auch empört!«, pflichtete Klara ihm bei. »Was er nicht alles von dem armen Mann wissen wollte!«

»Quentel hat ihm wohl irgendetwas Kostbares oder Bedeutendes von diesem Dänen Absalon bringen sollen. Etwas, das auch dieser Estevao haben will.«

»Ja, wohl irgendein kostbares Pergament oder Buch. Aber ich verstehe einfach nicht, dass Bartholo das in dieser Situation so wichtig nehmen konnte. Er kam mir beinahe wie ... wie ... na ja ... wie besessen vor. Am liebsten hätte ich ihn durchgeschüttelt. Aber so etwas steht mir ja nicht zu.«

»Er weiß schon, was er an dir hat, Klara«, sagte Caspar. »Und nicht nur er.«

Sie warf ihm einen verlegenen Blick zu. »So? Was du nicht sagst.« Sie ließ Dante in einen forschen Trab fallen. »Nun ja, dass der Meister ein reichlich seltsamer Mensch ist und sich mit Geheimnissen umgibt, wissen wir ja nicht erst seit heute Abend, oder?«

»Nein, wahrhaftig nicht! Und bislang habe ich seine Geheimniskrämerei auch als sein gutes Recht hingenommen«, sagte Caspar.

»Und wir haben es gut bei ihm, vergiss das nicht! Dafür sind wir ihm einiges schuldig.«

»Das will ich auch gar nicht in Abrede stellen, Klara. Ich weiß sehr gut, was ich ihm verdanke, und das ist eine Menge. Ich wüsste auch keinen Meister, für den ich lieber arbeiten würde.«

»Ich auch nicht.«

»Aber allmählich verschieben sich die Gewichte stark zu unseren Ungunsten. Jetzt kann auch Bartholo dankbar sein, dass er uns hat und dass er auf uns bauen kann, nicht allein wegen der Sache mit der Inquisition. Ich will ja nicht übertreiben, aber ich habe das Gefühl, dass er ohne uns beide ganz schön in der Klemme säße«, gab Caspar zu bedenken, während die Lichter von zwei Bauernhöfen vor ihnen in der Dunkelheit aufleuchteten und rasch heller wurden. In wenigen Minuten würden sie in der Ortschaft Kriegshaber sein.

»Na, ich weiß nicht«, sagte Klara.

»Ich schon!«, erwiderte Caspar mit einem Selbstbewusstsein, das ihn selbst erstaunte. Sich zum ersten Mal vom Gefühl der eigenen Minderwertigkeit befreit zu haben gehörte zu den Veränderungen in seinem Leben, für die er Bartholo Dank schuldete. Das Leben mit Bartholo brachte jedoch auch gefährliche Schattenseiten, und um die ging es jetzt. »Auf jeden Fall ist er uns einiges an Erklärungen schuldig. Denn nicht genug, dass wir es mit der Inquisition zu tun bekommen haben, taucht da auf einmal auch noch dieser geheimnisvolle Portugiese namens Estevao mit seinen Komplizen auf, der offenbar keine Skrupel kennt. Er wollte Quentel etwas Wertvolles abjagen . . .«

»Ja, etwas, das Quentel von dem Dänen . . . Wie war noch mal sein Name? . . . Richtig, Absalon! . . . Also Quentel hat von diesem Absalon etwas erhalten, das er Bartholo, der offensichtlich dafür bezahlt hat, aushändigen sollte und das der Portugiese ihm abnehmen wollte, was ihm beim Überfall aber . . .«

». . . offenbar nicht gelungen ist!«, führte Caspar ihren Satz fort. »Und was wird geschehen, wenn dieses gewisse Etwas nun doch noch in die Hände Bartholos gelangt?«

»Dass Bartholo es womöglich mit dem Portugiesen zu tun bekommt«, antwortete Klara.

»Und wir ebenfalls!«, fügte Caspar hinzu. »Nicht dass ich daran dächte, Bartholo im Stich zu lassen. Aber wenn ich mich schon in Gefahr begebe, dann will ich doch zumindest wissen, wofür ich meinen Kopf hinhalte!«

Klara nickte zustimmend. »Ja, das ist nur gerecht.«

»Bartholo wird uns also einige Fragen zu beantworten haben!«, erklärte Caspar entschlossen. Er wollte endlich wissen, wer Bartholomäus Marcellus Wolkenstein war und was es mit seinen Geheimnissen auf sich hatte! »Und zwar noch heute!«

Neunzehntes Kapitel

Während Josepha Greinacher und Meister Bartholo in der Küche um das Leben des Wanderbuchhändlers kämpften, bereiteten Caspar und Klara in einer leeren Kammer des alten Mühlhauses eine Lagerstatt für den Schwerverwundeten vor. Falls er der Hebamme und dem Kupferstecher nicht schon auf dem Küchentisch unter den Händen wegstarb!

Das Erste, was Caspar ins Auge fiel, als endlich die Küchentür aufging, war einer der schweren, schwarzledernen Schaftstiefel des Hünen. Er lag dreckverkrustet auf dem Boden vor dem langen Eichentisch, gleich neben der alten, angestoßenen Tonschüssel, die von blutgetränkten Tüchern überquoll. Wie in Blut getaucht sahen auch die fleischigen Arme der schwer gewichtigen Hebamme aus.

»Lebt er?«, fragte Caspar beklommen.

»Er atmet«, antwortete Josepha Greinacher trocken und wischte sich die nackten, blutbeschmierten Hände und Unterarme an einem Tuch ab, das sie dann achtlos zu den anderen in die Schüssel warf.

»Wird er durchkommen?« Caspar richtete die Frage an Bartholo, der mit blassem Gesicht über den in Decken gewickelten Körper des Wanderbuchhändlers gebeugt stand.

Bevor Bartholo antworten konnte, sagte die Hebamme: »Ob Gott oder Teufel, wer immer Anspruch auf seine Seele hat, er gibt sich jedenfalls reichlich Mühe, sie heute schon zu bekommen.«

»Es sieht nicht gut aus«, bestätigte Bartholo.

»Deshalb werde ich die Nacht besser an seiner Seite wachen«, sagte Josepha Greinacher. »Nichts gegen Eure Fürsorge, Meister Wolkenstein. Aber ich habe die Erfahrung gemacht, dass der Tod sich deutlich schwerer tut, wenn er mich an der Seite meiner Kranken weiß. Wir kennen uns und haben uns in der Stunde zwischen Hund und Löwe schon so manch erbitterten Kampf geliefert!«

»Die Kammer ist für ihn gerichtet«, sagte Klara.

Die Hebamme schüttelte den Kopf. »Der Mann bleibt hier in der Küche im Warmen. Jeder Schritt, den wir ihn tragen, kann ihn das Leben kosten. Also bringt die Bettstelle hier hinein! Aber nicht an die Nordwand stellen, denn der Tod kommt von dort!«, trug sie ihnen in einem Ton auf, der verriet, dass sie das Befehlen gewohnt war.

»Die Wand dort mit der Nische geht nach Norden!«, sagte Bartholo und wies auf die der Feuerstelle gegenüberliegende Wand.

»Dann stellt dort eine geweihte Kerze auf! Ich nehme an, Ihr habt eine solche im Haus?«

Bartholo nickte, ein Stirnrunzeln auf dem Gesicht. »Gewiss.«

»Gut! Für mich tut es ein Lehnstuhl und ein Schemel für die Füße! Und bringt mir ein Stück Kreide! Die Nacht ist lang und voller Geister!«

Caspar blickte irritiert zu seinem Meister.

Bartholo nickte ihnen zu. »Tut, was sie sagt!«

Und so bereiteten sie Quentel in der Küche, wo sie den Eichentisch an die Wand rückten, nahe der Feuerstelle sein Krankenlager. Caspar sorgte noch dafür, dass die

Hebamme die Nacht über genug Holz zum Nachlegen zur Hand hatte.

Mit einer Mischung aus Verwunderung und Beklemmung beobachtete er, wie die Frau mit der Kreide einen Strich um das Krankenlager machte, seltsame Symbole auf den Boden kritzelte, Erde verstreute und dabei laut schnalzte. Dann holte sie aus dem Korb, den sie mitgebracht hatte und der auch mehrere Gefäße mit Salben enthielt, vier geflochtene Zweige hervor. Diese legte sie in Form eines Kreuzes an das Kopfende des Krankenlagers. Darüber zerrieb sie einige trockene Brotkrumen.

Klara flüsterte ihm zu, dass Josepha Greinacher das immer so machte. »Geweihte Zweige, Brotkrumen, Kreidekreis und ihre geheimen Symbole, all das gehört zu ihrem Abwehrzauber gegen die dunklen Kräfte des Todes und seiner willigen Gefolgsscharen, die sie das Wütende Heer nennt. Frag mich nicht, was das ist!«

Caspar wich unwillkürlich zur Tür zurück und schlug verstohlen das Kreuz.

»Und kein ständiges Rein und Raus und Fragen, wie es ihm geht!«, schärfte Josepha Greinacher ihnen Augenblicke später ein, als Bartholo mit der brennenden geweihten Kerze in der Tür erschien und sie in die Nische der Nordwand stellte. »Wenn ich irgendetwas brauche oder glaube, dass er gleich seinen letzten Atemzug tut, werde ich es Euch schon rechtzeitig wissen lassen!« Damit schickte sie sie hinaus und schloss hinter sich die Küchentür.

Einen Augenblick standen Bartholo, Caspar und Klara unschlüssig im Flur.

»Da ja wohl keiner von uns an Schlaf denkt, wäre das jetzt der beste Zeitpunkt, uns einiges zu erklären, Meister Bartholo«, sagte Caspar schließlich mit Entschlossenheit in der Stimme. »Wenn wir schon unsere Haut riskieren, wollen wir doch zumindest wissen, in welche Händel wir da verwickelt werden und auf was wir vorbereitet sein müssen.«

»Caspar hat Recht!«, pflichtete Klara ihm bei. »Ihr könnt uns nicht länger im Dunkeln tappen lassen!«

»Also, warum ist Quentel überfallen worden und was habt Ihr mit dem Portugiesen namens Estevao zu schaffen?«, fragte Caspar.

Zu ihrer beiden Verwunderung nickte der Kupferstecher. »Ihr habt Recht, es gibt einiges zu erklären«, räumte er ein. »Aber lasst uns dafür in die Werkstatt gehen. Macht dort Licht, bringt das Feuer im Kamin wieder in Gang und sorgt schon mal für Stühle. Ich komme gleich.«

Während Caspar die Glut im Kamin freilegte, mehrere Holzscheite aufschichtete und mit dem Blasebalg im Handumdrehen für ein prasselndes Feuer sorgte, kümmerte sich Klara um die Stühle.

»Was meinst du, ob er uns auch wirklich reinen Wein einschenken wird?«, fragte Klara, als sie Bartholos Lehnstuhl mit den geschnitzten Füßen und Armlehnen vor das Feuer rückte.

Caspar erhielt keine Gelegenheit, zu antworten, denn in dem Augenblick sagte Bartholo in ihrem Rücken spöttisch: »Ob ihr den Wein lieber mit Wasser verdünnt oder nicht, liegt ganz bei euch! Aber ich rate euch, ihn besser nicht unverwässert zu genießen. Der Rote hier hat ordentlich Feuer und könnte euch allzu schnell zu Kopf steigen!«

Verlegen wandten sich Klara und Caspar um. Der Kupferstecher trat mit einem Weidenkorb zu ihnen, in den er zwei Steinkrüge und drei Weinbecher gestellt hatte.

»Wir haben allen Grund, von Euch reinen Wein zu verlangen, was Quentel und diesen Portugiesen angeht!«, entgegnete Caspar. »Was Euren Roten betrifft, so könnt Ihr uns den so stark verwässern, wie es Euch beliebt!«

Klara nickte nachdrücklich. »So sehe ich das auch!«

»Also gut, ihr sollt das eine wie das andere bekommen.« Er setzte sich in seinen bequemen Lehnstuhl, streckte den Stumpf mit dem Holzbein dem Feuer entgegen und füllte die drei Becher, wobei er den Wein für Klara und Caspar stark verdünnte. »Lasst uns auf Cornelius Quentel trinken, auf dass er nicht seinen schweren Verletzungen erliegt, sondern bald wieder gesund wird.«

»Möge die Gottesmutter ihre schützende Hand über ihn halten«, murmelte Klara leise.

Sie tranken.

Das Holz knackte laut im Feuer. Caspar ließ einen Moment gedankenschweren Schweigens verstreichen, dann fragte er seinen Meister ohne Umschweife: »Wer ist Estevao der Portugiese? Und was habt Ihr mit dem Dänen Absalon zu schaffen?«

»Estevao Alfonso de Serpa ist ein Mann ohne Skrupel, der als Agent in den Diensten der portugiesischen Krone steht«, antwortete Bartholo. »Aber bevor ich euch mehr von ihm und von Absalon erzähle, muss ich euch erst einmal auf eine Reise in die Vergangenheit mitnehmen, die viel weiter zurückführt, nämlich in das Genua meiner Jugend. Denn so manches, was mir vor vielen Jahrzehnten widerfuhr, führte auf wunderliche Weise zu dem, was ich heute bin – und was mich mit Estevao im Bösen und mit Absalon im Guten verbindet.«

Caspar zuckte die Achseln. »Solange Ihr mit dieser Reise in die ferne Vergangenheit keine geschickte Ablenkung im

Sinn habt, soll es uns recht sein, wenn Ihr uns auch von Eurer Jugend in Genua erzählt.«

Ein flüchtiges Lächeln huschte über Bartholos Gesicht. »Sei unbesorgt, ich weiß, dass du mich nicht mehr vom Haken lässt. Und ich will es auch erst gar nicht versuchen«, versicherte er und gönnte sich erneut einen Schluck Wein, bevor er von seiner Jugend berichtete. »Mein Vater war ein Wanderbuchhändler wie Quentel, zugleich aber auch Holzschneider und Kupferstecher, den es auf einer seiner Reisen nach Genua verschlug, wo er sich dann niederließ – weil meine selige Mutter, eine gebürtige Genueserin, es so wollte.« Er lachte leise auf. »Nichts vermag mehr zu fesseln als die zarten Bande der Liebe!«

Diese letzte Bemerkung, in der ein leicht spöttischer Unterton mitschwang, hatte auf Caspar eine eigenartige Wirkung, schoss ihm doch augenblicklich das Blut ins Gesicht, als hätten Bartholos Worte ihm und seinen Gefühlen für Klara gegolten. Und hatten sie das denn nicht auch? Er wagte nicht, den Kopf zu heben. In seiner Not beugte er sich vor, griff nach dem Feuereisen und schob die brennenden Holzscheite ein wenig tiefer in den Kamin hinein, als setzte ihm die Hitze zu. Und dabei sagte er betont sachlich: »Ihr seid also in Genua aufgewachsen.«

»Oh ja, und was für eine aufregende Jugend das war! Jedenfalls immer, wenn es mir gelang, der engen, stickigen Werkstatt meines Vaters zu entfliehen und mich mit meinen Freunden unten im Hafenviertel herumzutreiben. Denn dort begann die Welt, die mich begeisterte und mit aller Macht anzog!«, eröffnete er ihnen und seine Augen leuchteten in Erinnerung an jene Zeit. »Nichts faszinierte mich und meine Freunde mehr als das bunte, geschäftige

Leben und Treiben zwischen den Kontoren und Lagerhäusern, die mit allen Kostbarkeiten dieser Welt gefüllt waren, und das vielsprachige Stimmengewirr. Wir konnten uns an den Schiffen nicht satt sehen, die sich an den Landungsbrücken im Schutz der steinernen Mole mit den beiden hohen Hafentürmen rechts und links der Einfahrt drängten oder auf Reede lagen. Genua, die stolze Perle des Mittelmeers und Drehkreuz des Handels mit den Ländern Arabiens und des fernen Ostens! Dort an der Hafenmole, wo der Blick weit übers Meers gehen konnte, träumte ich mit meinen Freunden von den dunklen Bergen Asiens, von der sagenumwobenen Straße der Gewürze und den Karawanenwegen, von Kaperfahrten und Reisen an unbekannte Orte am Ende der Welt.«

Gebannt hing Caspar an seinen Lippen, als Bartholo die Aufregung und den Jubel schilderte, wenn wieder einmal eine reich beladene Galeasse nach langer, gefahrvoller Reise in den Hafen von Genua einlief. Und für eine Weile vergaß er seine Fragen nach Estevao und Absalon und den geheimnisvollen Geschäften, die sein Meister zusammen mit Cornelius Quentel betrieb.

»Schon als kleiner Junge wusste ich, dass ich dort aufs Meer hinausmusste, koste es, was es wolle. Meinen beiden Freunden Giovanni und Cristoforo, die aus armen Wollkremplerfamilien kamen, erging es ebenso. So wie ich es mir damals nicht vorstellen konnte, als Holzschneider und Kupferstecher Tag für Tag in der Werkstatt zu stehen, war ihnen der Gedanke unerträglich, für den Rest ihres Lebens Wolle kämmen und zu Tuch weben zu müssen und sich mit viel Glück und unendlicher Plackerei in der Zunft der Tuchmacher aus der Armut hochzuarbeiten. Und so beschlossen wir eines Tages, unser Glück dort zu suchen, wo die Abenteuer auf uns warteten und wo einem tüchtigen Mann alles möglich ist – nämlich auf See!«

»Ihr seid also von zu Hause weggelaufen und habt auf einem Schiff angeheuert?«, folgerte Klara.

»Gewissermaßen, obwohl unsere Väter schon wussten, dass sie uns nicht halten konnten. Zudem war die bescheidene Heuer, die wir die ersten Jahre auf den Routen an der ligurischen Küste an Bord genuesischer Handelsschiffe verdienten, zur Aufbesserung des Familieneinkommens überaus willkommen«, erklärte Bartholo und berichtete vom ebenso harten wie aufregenden Leben auf den Dreimastern mit ihren himmelstürmenden Masten, dem windgeblähten Segeltuch, der im Sturm singenden Takelage, dem ganz eigenen Rhythmus von Tag- und Nachtwachen, dem Schlingern, Rollen und Stampfen des Schiffes bei hoher See und der Kameraderie unter den Seeleuten.

Caspar glaubte fast, Seeluft riechen und das Knarren der Takelage hören zu können, so anschaulich waren die Schilderungen seines Meisters, dessen große Liebe zur See aus jedem Wort sprach.

»Von meinen Freunden erwies sich Cristoforo schnell als ein überdurchschnittlich befähigter Seemann. Er hatte nicht nur das Zeug dazu, eine Mannschaft mit fester Hand zu führen, in heiklen Situationen einen kühlen Kopf zu bewahren und die richtigen Entscheidungen zu treffen, sondern er zeigte auch großes geschäftliches Geschick. Kein Wunder also, dass ihn ein genuesisches Handelshaus in seine Dienste nahm und ihm das Kommando über eines seiner Schiffe übertrug, kaum dass er die zwanzig Jahre überschritten hatte.«

»Und Ihr seid ihm gefolgt?«, fragte Caspar und legte ein Holzscheit nach.

Bartholo nickte. »Ja, viele Jahre lang haben wir dieselben Schiffsplanken unter unseren Füßen und dasselbe Segeltuch über unseren Köpfen gehabt! Und was waren es für aufregende Jahre, sahen wir uns doch stets der Gefahr ausgesetzt, von Piraten überfallen zu werden, die im Dienst verfeindeter Herrscherhäuser oder Stadtrepubliken standen. Wir haben so manches Gefecht mit blanker Klinge Seite an Seite durchgestanden und auch so manche lohnende Prise gemacht.«

»Sagt, habt Ihr vielleicht auch eigene Kaperfahrten unternommen?«, wollte Caspar wissen, der von diesen Geschichten nicht genug bekommen konnte. Was beneidete er seinen Meister um all die Abenteuer, die dieser schon in seiner Jugend erlebt hatte!

Bartholo schmunzelte und fuhr sich mit den Fingerspitzen der linken Hand durch seinen Kinnbart. »Nun ja, da hat es diese aragonische Galeasse gegeben, die uns da vor den Bug gesegelt ist, kaum dass Cristoforo sein erstes eigenes Kommando angetreten hatte. Das ist eine wilde, haarige Geschichte gewesen, die ich aber jetzt nicht ausbreiten möchte. Nur so viel dazu: Sie hat uns allen ein hübsches Prisengeld eingebracht. Es war unser erstes, aber nicht unser letztes Prisengeld.«

»Ich hätte Euch nie für einen Piraten gehalten!«, entfuhr es Klara überrascht.

Bartholo zuckte die Achseln. »Kaperfahrten sind nichts Ehrenrühriges, Klara. Die Welt auf See unterliegt ihren eigenen Gesetzen, die sich aber nicht sehr von denen an Land unterscheiden.«

Nun verstand Caspar auch, wo Bartholo gelernt hatte, so vortrefflich mit Degen und Wurfmesser umzugehen. Einige Jahre an Bord eines Kaperschiffes zu verbringen und immer wieder in blutige Gefechte verwickelt zu werden – eine bessere Lehre konnte es ja wohl kaum geben!

»Dann habt Ihr Euer Bein bestimmt bei einem dieser Kämpfe auf See verloren«, sagte Klara und stellte damit auf unumwundene Weise jene Frage, die Caspar schon vom ersten Tag an beschäftigt, die er aber bislang nicht zu äußern gewagt hatte.

»Nein, nicht auf See. Den Verlust meines Beins verdanke ich dem Bluthund Estevao Alfonso de Serpa«, antwortete Bartholo und griff mit grimmiger Miene zum Weinkrug, um sich großzügig nachzuschenken.

Schweigend warteten Klara und Caspar darauf, dass Bartholo nun das Geheimnis um diesen Mann und seine Beziehung zu ihm lüftete.

»Vermutlich wäre ich Estevao und Absalon niemals begegnet und hätte wohl auch mein Bein noch, wenn wir damals im Mai 1476, also vor fast fünfzehn Jahren, vor der Meerenge von Gibraltar nicht kostbare Zeit damit vergeudet hätten, nutzlos auf und ab zu kreuzen«, begann Bartholo zu erzählen, nachdem er einen kräftigen Schluck von seinem Rotwein genommen hatte. »Wir waren ein kleiner Konvoi. Fünf Schiffe, die Mastix von der Ägäis-Insel Chios nach Lissabon und weiter nach England und Flandern bringen sollten.«

»Was ist Mastix?«, wollte Klara wissen.

»Ein aus dem gleichnamigen Strauch gewonnenes Harz, das zur Herstellung von Lack gebraucht wird und auch in der Medizin Verwendung findet«, erklärte Bartholo. »Jedenfalls eine sehr kostbare Fracht. Aber zurück zu jenen Maitagen im Jahre 1476. Einen vollen guten Segeltag verloren wir vor Gibraltar, weil die Mannschaft eines Schiffes Angst hatte, durch die ›Säulen des Herkules‹, wie die

Meerenge auch genannt wird, in die offene See zu segeln. Denn wie in früheren Zeiten halten noch heute viele Seeleute die unbekannte Weite des Meeres westlich von Gibraltar für das Ende der Welt, wo fürchterliche Seeungeheuer und viele andere tödliche Gefahren auf jeden lauern, der sich dort hinauswagt.«

»Ist das denn nicht verständlich, wo doch niemand weiß, wo das Ende der Welt genau liegt und was einen dort erwartet?«, gab Klara zu bedenken. »Irgendwo muss das Wasser doch ins Nichts . . . oder in die Hölle stürzen.«

»Die Welt ist keine Scheibe, wie es die Gelehrten früherer Jahrhunderte behauptet haben, sondern sie besitzt die vollkommenste Gestalt der Schöpfung, nämlich die der Kugel«, sagte Bartholo nachsichtig. »Aber dazu kommen wir später. Zurück zu unserem Konvoi, der schließlich die Meerenge doch noch geschlossen passierte und nach bisher vierzehntägiger Fahrt auf der Höhe des portugiesischen Kaps von Sao Vicente kreuzte, sichere fünf bis sechs Seemeilen vor dieser Landzunge, die im Süden Portugals ins Meer hineinragt. Wären wir einen Tag eher dort gewesen, hätte unser aller Leben mit Sicherheit einen völlig anderen Verlauf genommen – und viele Seeleute wären heute noch am Leben. So aber . . .« Er seufzte, schüttelte wortlos den Kopf und hob seinen Becher an die Lippen.

»Was geschah denn vor diesem Kap von Sao Vicente?«, fragte Caspar gespannt.

»Wir kreuzten den Kurs einer feindlichen Flottille aus dreizehn Schiffen, die unter Frankreichs Lilienbanner segelte«, antwortete Bartholo. »Zwar lebte Genua zu jener Zeit mit Frankreich im Frieden, aber unser Konvoi segelte unglücklicherweise unter der Flagge Burgunds und mit

Burgund lag Ludwig XI. gerade im Krieg. Und so gerieten wir wider Willen in eine erbitterte Seeschlacht.«

»Ihr habt den Kampf gegen eine Flottille von dreizehn feindlichen Schiffen aufgenommen? Warum habt Ihr denn bei dieser Übermacht nicht gleich die Flagge gestrichen und aufgegeben?«, wollte Klara verwundert wissen.

Mit dieser Frage handelte sie sich einen empörten Blick ein. »Das verbot uns natürlich unser Stolz! Ein aufrechter Genueser streicht nicht kampflos die Flagge! Und wir verstanden uns auch gegen diese Übermacht erfolgreich zur Wehr zu setzen, denn wir griffen sie mit Feuertöpfen an, die ihre Masten und Segel in Brand setzten und ihre Schiffe manövrierunfähig machten.«

Caspar lachte und rief voller Bewunderung: »Raffiniert!«

»Aber nicht raffiniert genug«, fuhr Bartholo trocken fort. »Denn die Franzosen warfen Enterhaken und enterten unsere Schiffe, sodass es nun zu einem erbitterten Kampf Mann gegen Mann kam. Gleichzeitig sprangen die Flammen auf unsere Schiffe über. Und ehe wir uns versahen, hatten wir bald bloß noch die Wahl, durch die Klinge unserer übermächtigen Gegner zu sterben, bei lebendigem Leib zu verbrennen oder über Bord zu springen, was für die meisten von uns genauso den sicheren Tod bedeutete, denn es können nun mal die wenigsten Seeleute schwimmen.«

Klara schauderte. »Wie entsetzlich!«

Caspar konnte nicht umhin, damit zu prahlen, dass er schon als kleiner Junge im Lech schwimmen gelernt hatte und sich im Wasser nicht weniger wohl fühlte als an Land.

Bartholo nickte ihm zu. »Wie du im Lech, so hatten Cristoforo und ich zusammen mit unseren Geschwistern und Freunden im Hafen von Genua diese Fähigkeit schon als

Kinder erworben. Und deshalb gehörten wir zu den wenigen von unserem Konvoi, die sich schwimmend an die Küste retten konnten.«

»Sechs Seemeilen schwimmen, heilige Muttergottes!«, entfuhr es Caspar beeindruckt. »Also, ob ich das könnte, weiß ich nicht!«

»Es überstieg beinahe auch unsere Kraft«, räumte Bartholo freimütig ein. »Das *mare tenebrosum*, das finstere Meer, hat uns jedenfalls nicht verschlungen, sondern an das Ufer unweit von Lagos gespült. Dort fanden uns Fischer bewusstlos am Strand. Sie trugen uns in ihre Hütten, gaben uns zu essen, und brachten uns wieder auf die Beine. In ihrer Barmherzigkeit schenkten sie uns auch ein einfaches Hemd und ein paar Hosen, sodass wir uns nicht in unserer zerrissenen Kleidung auf den Weg nach Lissabon machen mussten.«

Caspar glaubte zu wissen, wie es weiterging. »Und dort gerietet Ihr in Händel mit Estevao Alfonso de Serpa, diesem Agenten der portugiesischen Krone!«

Bartholo schüttelte den Kopf. »Nein, nicht bei diesem meinem ersten Aufenthalt in Lissabon, wo wir von der Kolonie der dort ansässigen Genueser Händler und Handwerker überaus gastfreundlich aufgenommen wurden. Von großem Vorteil war natürlich auch, dass der jüngere Bruder meines Freundes Cristoforo, der mit Bartolomeo denselben Vornamen trägt wie ich, sich zu jener Zeit schon in dieser herrlichen Stadt am Rio Tejo aufhielt. Er hatte gerade ein bescheidenes Kartengeschäft eröffnet und verkaufte seine ersten selbst gefertigten Portolane, portugiesische Seekarten, die als äußerst genau galten.«

Klaras Gesicht zeigte einen verblüfften Ausdruck. »Der Bruder Eures Freundes ist weder als Tuchweber in die

Fußstapfen seines Vater getreten noch zur See gefahren, sondern ist Kartenmacher geworden?«

»In der Tat!«, bestätigte Bartholo.

»Und warum gerade in Lissabon?«

»Weil es nirgendwo sonst so viel kartografisches Wissen und einen so lukrativen Markt für Karten gibt wie in Lissabon. Dahinter steht der Wettlauf der großen Handelsmächte, die einen Seeweg nach Indien finden und von den alten Handelsrouten unabhängig werden wollen. Denn mit Perlen, Seide, Drogen, Pfeffer und anderen Gewürzen aus dem Fernen Osten lassen sich unvorstellbare Vermögen verdienen, auf denen man Königreiche gründen kann!«, versicherte er. »Und diesen Seeweg nach Indien zu finden ist seit der Eroberung von Konstantinopel durch die Türken 1453 noch dringlicher geworden.«

»Was haben denn die Türken mit dem Gewürzhandel zu tun?«, fragte Klara.

»Der Handel der Christenheit mit dem Orient ist auf dem Landweg, der schon immer sehr gefährdet gewesen ist, seit dem Fall von Konstantinopel noch unzuverlässiger geworden. Und diesen Seeweg zu finden oder zumindest doch die Grenzen der uns bekannten Welt durch Entdeckungsreisen zur See weiter hinauszuschieben, diese Leidenschaft trieb Henrique, den portugiesischen Prinzen und vierten Sohn von König Joao I., zeitlebens dazu an, eine kostspielige Expedition nach der anderen an der Westküste Afrikas entlang gen Süden zu schicken. Man nennt ihn deshalb heute auch Heinrich den Seefahrer.«

»Ist er denn selber zur See gefahren?«, wollte Caspar wissen.

»Nein, eigentlich nicht. Er hat nur einmal an einem militärischen Unternehmen zur See teilgenommen, aber er war von der Seefahrt und ihrer Förderung zur Gewinnung neuer Erkenntnisse geradezu besessen. Vor gut siebzig Jahren finanzierte er den ersten dieser mutigen Vorstöße. 1427 erreichten seine Schiffe die Azoren. Er betrieb die Besiedlung der Madeira-Inseln. Und sein Hof wurde zu einem einzigartigen Zentrum geografischer und kartografischer Studien. Übrigens baute er nur wenige Meilen von der Stelle entfernt, wo ich mich mit Cristoforo an Land gerettet hatte, auf einem vom Meer umtosten Vorgebirge eine Sternwarte und eine Forschungsstation, deren Gelehrte sich mit allen möglichen Fragen der Navigation, der Kartografie, der Astronomie, der Astrologie und der Entwicklung des Schiffsbaus beschäftigten. Dazu berief er Experten aus ganz Europa, auch Schiffsbauer, Segelmeister, Steuerleute und Kapitäne, um ihr Wissen zu bündeln und das Machbare von Aberglauben und Hirngespinsten zu trennen. Als er 1460 starb, waren die von ihm ausgeschickten Expeditionen an der afrikanischen Küste schon weit nach Süden vorgedrungen und hatten durch ihre mutigen Reisen bewiesen, dass das gefürchtete Kap Bojador noch längst nicht das Ende der erreichbaren Welt ist.«

Caspar runzelte ein wenig ungehalten die Stirn. »Mir scheint, Ihr kommt vom Hölzchen aufs Stöckchen, Bartholo! Was soll denn ein portugiesischer Prinz, der vor drei Jahrzehnten starb, damit zu tun haben, dass Cornelius Quentel jetzt in unserer Küche mit dem Tode ringt?«

»Keine schlechte Frage«, murmelte Klara.

»Mehr, als ihr beide wohl für möglich haltet. Also habt ein wenig Geduld. Die scheinbaren Wirrnisse eines Lebens lassen sich nun mal nicht in wenigen Minuten darlegen«, erwiderte Bartholo. »Ihr müsst wissen, dass sich das genaue Wissen über den Verlauf der afrikanischen Küste nicht mit dutzenden von Fuhrwerken oder Schiffsladungen voll Gold aufwiegen lässt. Derartige Kenntnisse, die den Seeweg nach Indien öffnen, sind gleichbedeutend mit einem Handelsmonopol und damit mit ungeheurem Reichtum und ebenso großer Macht. Und noch eines müsst ihr wissen: Vor noch gar nicht allzu langer Zeit war man sich unter Gelehrten wie Seefahrern einig in der Überzeugung, dass man über das afrikanische Kap Bojador hinaus nicht weiter südlich segeln könne, wenn man sich nicht dem sicheren Tod ausliefern wolle.«

»Wo liegt dieses Kap?«, fragte Caspar.

»Am äußersten westlichen Rand einer großen Wüste namens Sahara«, lautete Bartholos Antwort.

»Und welche Gefahren sollen südlich davon lauern?«, fragte Klara und verschränkte die Arme, als fröstelte sie.

»Es hieß, dort am Äquator würden Schiffe unweigerlich in unbewegtem Wasser stecken bleiben, zudem wäre es für uns Menschen so unerträglich heiß wie in einem lodernden Feuer. Dort würde die senkrecht strahlende Sonne angeblich alles wie Zunder in Flammen aufgehen lassen und verbrennen, was sich in diese glutheiße Zone wage. Auch wusste man von entsetzlichen Ungeheuern im Meer und an Land zu erzählen, die nur darauf warteten, über Schiff und Besatzung herzufallen. Da war die Rede von Seeschlangen und Riesen mit zwei Köpfen, von gewaltigen geschuppten Schauergestalten mit unzähligen Augen zwischen den Schuppen, von Ameisen so groß wie Hunde und einer schwimmenden Höllenbrut aus Krake und Echse, deren Panzer mit turmlangen Stacheln bewehrt ist und die mit ihren Hauern und Fangarmen einen stolzen Dreimaster im Handumdrehen zertrümmern kann. Und in manchen Büchern und Schriften finden sich sogar ausführliche Beschreibungen, nach denen in diesen höllischen Breiten . . .«

Caspar sah, dass Klara kräftig schluckte, und fiel seinem Meister hastig ins Wort. »Ich denke, das genügt, damit wir uns ein gutes Bild von den Gefahren machen können, die man dort im Süden Afrikas vermutet hat. Aber wie ich Eurer Rede entnehmen kann, haben sich diese Befürchtungen ja längst als unbegründet herausgestellt.«

»So ist es«, bestätigte Bartholo mit dem Anflug eines Lächelns in Klaras Richtung. »Die Expeditionen, die Don Henrique in diese unerforschten Gewässer entlang der afrikanischen Küste geschickt hat, sind weder am Äquator verbrannt noch in unbewegtem Wasser stecken geblieben. Auch sind sie nicht auf eines dieser grässlichen Geschöpfe gestoßen, von denen es in vielen scheinbar gelehrten Abhandlungen und angeblichen Reiseberichten nur so wimmelt. Womit bewiesen ist, dass es sich bei diesen Schriften um Hirngespinste und Erfindungen sehr phantasiebegabter und abergläubischer Autoren handelt, die nie auch nur in die Nähe dieser südlichen Breiten gekommen sind. Vor zwei Jahren nun hat der portugiesische Seefahrer Bartolomeu Diaz die äußerste Südspitze Afrikas erreicht und erfolgreich umrundet.«

»Ah, schon wieder ein Bartholomäus!«, warf Caspar ein. »Wohin man auch schaut, überall tummeln sich Eure Namensvettern!«

»Sehr ungewöhnliche Menschen tragen nun mal häufig sehr gewöhnliche Namen«, erwiderte sein Meister schlagfertig, um dann fortzufahren: »Da für Diaz mit der Umrundung der Südspitze Afrikas feststand, dass man auf der Seeroute um Afrika herum nach Indien segeln kann, gab er dieser Landzunge den Namen Kap der Guten Hoffnung.«

»Das ist ja alles ungeheuer interessant«, räumte Klara ein. »Aber was hat es mit Eurer wundersamen Rettung und Eurem Aufenthalt in Lissabon bei dem Bruder Eures Freundes, diesem Kartenmacher, zu tun?«

»Ja, und wo ist da die Verbindung zu Estevao, Absalon und Quentel?«, fügte Caspar noch hinzu.

Bartholo hob in einer um Geduld bittenden Geste die Hand. »Nur gemach, die Dinge hängen alle zusammen! Aber man braucht schon alle Teile eines Mosaiks – auch wenn das einzelne scheinbar nichts hermacht –, um ein vollständiges Bild zu erhalten!«, gemahnte er sie. »Dass ich euch von all diesen Dingen erzähle, hat also seine guten Gründe. Sie sind nämlich das tragende Fundament meiner Geschichte. Und wenn man ein Haus baut, fängt man auch nicht mit dem Errichten des Dachstuhls an, sondern mit einem soliden Fundament . . .«

Sie hörten die Küchentür klappen. Sofort sprangen sie von ihren Stühlen auf und liefen voll böser Befürchtungen hinaus in den Gang. Doch die Hebamme kam nicht aus der Küche, um ihnen mitzuteilen, dass es mit dem Wanderbuchhändler zu Ende ging, sondern weil ein menschliches Bedürfnis sie hinaus auf den Abort im Hof trieb.

»Es geht ihm unverändert schlecht, aber er lebt!«, berichtete sie knapp, als Bartholo sie mit Fragen nach Quentels Zustand bedrängte. »Und wenn Ihr mich noch länger aufhaltet, platzt mir die Blase!« Damit stürzte sie hinaus in die kalte Dezembernacht.

Caspar und Klara kehrten mit Bartholo in die Werkstatt zurück und der Kupferstecher setzte seinen Bericht fort. »Wo waren wir? Ah ja, in Lissabon! Allzu lange hielten wir uns dort nicht auf. Zusammen mit Cristoforo, der in Lissabon ein neues Kommando für das genuesische Handelshaus Centurione übernahm, wagte ich mich noch im selben Jahr auf eine gefahrvolle, aber auch sehr lukrative Fahrt in den eisigen Norden, die uns mehrere hundert Meilen jenseits der Insel Thule führte, an die Grenze zum ewigen Eis. Von dort kehrten wir an den Rio Tejo zurück, wo sich unsere Wege vorerst trennten. Während mein Freund nicht ohne Salzwasser unter dem Kiel leben konnte, hatte ich erst einmal genug von der Seefahrt. Jedenfalls was das Leben an Bord eines Schiffes betraf!«

»Mir scheint, allmählich nähern wir uns dem Kern Eurer Geschichte«, sagte Caspar mit einem fragenden Unterton.

»Ja, hoffen wir, dass wir nun zur Errichtung des Dachstuhls kommen«, merkte auch Klara spöttisch an.

Bartholo quittierte den Spott mit einem flüchtigen Lächeln. »So ist es! Ich hatte auf unseren Reisen den Großteil meiner Beteiligungen an Prisen und anderen Geschäften in einige sehr waghalsige Unternehmungen und Spekulationen investiert, die zu meiner eigenen Überraschung und mehr aus Glück denn aus Verstand nicht in finanziellen Katastrophen endeten, sondern ein Vielfaches meiner ursprünglichen Investition abwarfen. Ich verfügte also über genug Geld, um mir über mein finanzielles Auskommen zukünftig keine Sorgen mehr machen zu müssen. Aber es war nicht diese materielle Sicherheit, auf die ich inzwischen bauen konnte, was mich bewegte, an Land zu bleiben und mich auf das Handwerk zu besinnen, das ich bei meinem Vater erlernt hatte, es war jene neue Faszination, die mich schon bei meinem ersten Aufenthalt in Lissabon ergriffen hatte.«

»Und was war diese neue Faszination?«, fragte Caspar voller Spannung.

»Die Welt der Karten und ihrer Geheimnisse, die es zu lösen galt!«, eröffnete er ihnen und sprang aus seinem Lehnstuhl auf, als bewegte ihn das Thema so sehr, dass er darüber unmöglich im Sitzen sprechen konnte. »Ich beschloss, ein Kartenmacher wie der Bruder meines Freundes Cristoforo zu werden. Aber nicht, um darauf ein einträgliches Geschäft aufzubauen, sondern um hinter die Geheimnisse der Welt zu kommen!« Seine Augen leuchteten. »Kommt!«

»Wohin?«, fragte Klara verwirrt.

Ein stolzes Funkeln sprühte aus seinen Augen, als er antwortete: »In mein Sanctum, den Hort meiner gesammelten Geheimnisse!«

Zwanzigstes Kapitel

Caspar vermochte seine Aufregung und Ungeduld nur mit Mühe zu bezähmen und vor Klara und Bartholo zu verbergen, als sein Meister Augenblicke später an die eisenbeschlagene Bohlentür zu seinem geheimnisumwitterten Sanctum trat, den Schlüssel hervorzog und ihn im Schloss umdrehte. Seit fast einem Jahr rätselte er, was sich wohl hinter dieser Tür verbergen mochte, und gleich würde er es wissen!

»Bring die Leuchte!«, rief Bartholo Klara über die Schulter zu, und als sie mit der Öllampe hinter ihn trat, stieß er die Tür auf und machte eine einladende Handbewegung.

Der Lichtschein von Klaras Leuchte fiel in den gut sechs Schritte langen und nur unwesentlich schmaleren Raum, dessen Fenster mit schweren Tüchern verhängt waren. Und noch bevor Caspar Einzelheiten ausmachen konnte, überkam ihn eine Gänsehaut. Denn er spürte, dass Bartholo nicht übertrieben hatte, als er davon gesprochen hatte, dass er in diesem Zimmer die zusammengetragenen Geheimnisse der Welt hütete. Und er, der ungeliebte zweite Sohn eines einfachen Schankwirtes aus der Jakobervorstadt, erhielt nun Zutritt zu diesem Zimmer und damit Einblick in diese Geheimnisse!

Während Bartholo zwei weitere Öllampen entzündete, sodass der Lichtschein nun auch die Dunkelheit aus der hintersten Ecke vertrieb, sahen sich Caspar und Klara mit andächtigem Staunen im Zimmer um. Rechts und links der Tür zogen sich wie vorn in der Werkstatt lange Arbeitstische mit schweren, dicken Platten an der Wand entlang, bedeckt mit Werkzeugen und Utensilien aller Art. Drei solide, auf Maß angefertigte Stellagen, die in viele einzelne und unterschiedlich große Fächer unterteilt waren, bedeckten die hintere Längswand. Gut zwei Drittel dieser Fächerschränke waren mit Büchern, Briefen und Packen verschnürter Papiere voll gestopft. In den anderen, etwas kleineren Fächern steckten mehrere dutzend Papier- und Pergamentrollen. Ein hüfthohes Kohlenbecken, das auf einem Eisengestell ruhte und noch mit kalter Asche gefüllt war, stand nahe der Tür, ein anderes befand sich im hinteren Teil des Zimmers.

Ihr Blick fiel auf eine ganze Reihe von seltsamen Gerätschaften, die sie noch nie zuvor gesehen hatten und über deren Verwendungszweck sie nur Mutmaßungen anstellen konnten. Sie hingen an den Wänden oder lagen auf dem Werktisch links von der Tür.

Klara steuerte sofort auf eine gut stierkopfgroße und bunt bemalte Kugel zu, die offensichtlich aus Holz gearbeitet war und in der Ecke zwischen dem linken Werktisch und der Fächerwand auf einem kleinen, eisernen Dreibein saß. »Caspar! Schau dir das hier mal an!«, rief sie ganz aufgeregt.

Caspar trat näher und war von der Vielfalt der farbigen Linien und Zeichen verwirrt, die diese Kugel bedeckten. Er ahnte, was diese bemalte Holzkugel darstellen sollte, war sich jedoch nicht sicher. »Habt Ihr die Kugel bemalt?«, fragte er seinen Meister.

Bartholo nickte. »Mein erster und zugegebenermaßen nicht sehr gelungener Versuch, Kartenangaben auf eine Kugel zu übertragen. Die Schwierigkeiten der rechten Projektion, die sich bei solch einer Aufgabe ergeben, habe ich doch sehr unterschätzt.«

»Was soll das denn sein?«, fragte Klara, die nichts damit anzufangen wusste.

»Eine Erdkugel – und damit ein getreueres Abbild unserer Welt, als gewöhnliche Karten es bieten«, erklärte Bartholo. »Der Redlichkeit halber muss ich jedoch gestehen, dass ich diese Idee dem Nürnberger Kaufmann Martin Behaim verdanke, der zugleich ein bewundernswerter Mathematiker und Kartograf ist. Behaim hat übrigens auch eine Zeit lang in Lissabon gelebt und stand dort als Kartograf der geheimen Kartenkommission im Dienst der portugiesischen Krone. Ich hatte das Glück, ihn nicht nur kennen zu lernen, sondern auch sein Vertrauen zu gewinnen und mich von seinen Ideen bereichern zu lassen.« Und mit einem leicht spöttischen Anflug fügte er hinzu: »Wobei vermutlich der Umstand, dass ich ihm aus einer peinlichen finanziellen Klemme helfen konnte, nicht unwesentlich gewesen sein dürfte.«

»Und Ihr seid Euch auch wirklich sicher, dass unsere Welt die Form einer Kugel hat?«, fragte Klara mit skeptisch hochgezogenen Augenbrauen.

»Absolut sicher. Ich könnte dir eine ganze Reihe von Beweisen dafür darlegen, dass es nicht nur eine kühne Theorie, sondern eine Tatsache ist. So hat der griechische Gelehrte Eratosthenes von Kyrene, der von 235 bis etwa 195 vor Christi Geburt lebte und die legendäre Bibliothek von Alexandria leitete, damals schon den Erdumfang berechnet, indem er den Schatten eines einzigen Obelisken vermaß*. Auch könnte ich dir von einem anderen griechi-

* Moderne Kartenhistoriker haben festgestellt, dass die Berechnungen des Eratosthenes den Erdumfang bis auf etwa 300 Kilometer genau getroffen haben.

schen Geografen namens Strabo oder von dem berühmten Claudius Ptolemäus erzählen, dem Verfasser eines Sternenkatalogs, der unter dem Namen *Almagest* bekannt geworden ist, und der noch bedeutenderen *Geografia*, einer genialen Anleitung zur Anfertigung einer Erdkarte, verfasst vor über tausendzweihundert Jahren! Auch könnte ich dir von den Erkenntnissen arabischer und ägyptischer Astronomen und florentinischer Kartografen erzählen, aber das würde wohl zu weit führen. Also glaube mir, wenn ich dir versichere, dass die Welt keine Scheibe ist, sondern die Form einer Kugel besitzt. Jeder Seemann erlebt unzählige Male den augenfälligen Beweis, sieht er von einem Schiff, das am fernen Horizont auftaucht, doch zuerst seine höchste Mastspitze, dann die Segel und erst viel später den Rumpf.«

Klara zog die Unterlippe zwischen die Zähne und räumte dann ein: »Es fällt mir zwar schwer, mir vorzustellen, dass wir auf einer gigantischen Kugel leben, ohne dass wir von ihr herabfallen oder sich die Meere in den Himmel ergießen und die Berge abbrechen. Aber wenn es dafür so viele Beweise von so vielen Gelehrten gibt, wie Ihr sagt, dann wird es wohl seine Richtigkeit haben. Bei Gott ist ja alles möglich!«

Caspar hatte seine Aufmerksamkeit einem seltsamen Messinggerät zugewandt, das aus unterschiedlich großen Scheiben und flachen, kreisförmigen Ringen mit eigenartigen Zeigern und pfeilähnlichen Spitzen bestand. Scheiben wie Ringe trugen eine Vielzahl von Markierungen und Zeichen.

»Das ist ein Astrolabium«, erklärte Bartholo und nahm das Gerät in die Hand. »Eine Navigationshilfe zur Bestimmung der Position. Man visiert damit einen Stern an und kann mit Hilfe eines Lotes und der Gradeinteilungen auf diesen drehbaren Scheiben hier den Breitengrad ablesen, auf dem man sich befindet.«

Bartholo erklärte ihnen auch die Funktion des Jakobsstabes, der aus einem langen, glatten Längsstab und einem kürzeren, verschiebbaren Querstab bestand und auf recht einfache Weise Positionsbestimmungen möglich machte. Anschließend zeigte er ihnen Rechentafeln wie die alfonsinischen Sterntafeln und erklärte ihnen die Handhabung des Sonnenbrettes der Seefahrer aus dem hohen Norden, die man früher auch Wikinger genannt hatte. Dabei handelte es sich um ein Brett mit einem Loch, in dem ein beweglicher Stab steckte. Für jede Tageszeit war auf dem Stab eine Markierung angebracht. So ließ sich nicht nur von Mittagszeit zu Mittagszeit, sondern sogar zu verschiedenen Tageszeiten erkennen, ob das Schiff noch auf Kurs lag.

Staunen riefen bei Klara und Caspar die rätselhafte Armillar-Sphäre mit ihren vielen ineinander verschachtelten und teilweise gravierten, kreisrunden Messingstäben und Messingbändern, aber auch die chinesische Jadescheibe und der Sonnenstein hervor, ein heller Kristall, den schon die Wikinger benutzt hatten, wie Bartholo versicherte. Auch mit seiner Hilfe ließ sich die Sonne anpeilen und der Breitengrad. Was ihn als Navigationshilfe so einzigartig und wertvoll machte, war seine besondere Eigenschaft, sich blau zu verfärben, wenn die Sonne im rechten Winkel auf ihn fiel.

»Das klingt nach geheimnisvoller, magischer Kraft«, sagte Caspar ein wenig beklommen.

Bartholo lachte. »Nicht viel geheimnisvoller und magischer als die natürliche Kraft von Magnetsteinen und nach

Norden weisenden Kompassnadeln«, sagte er und legte ihnen anhand seines eigenen Gerätes, das in einem schweren, quadratischen Gehäuse aus dunklem Buchsbaumholz ruhte, dar, nach welchen Gesetzen ein Kompass funktionierte und was es mit den zweiunddreißig Unterteilungen auf der Windrose auf sich hatte.

Caspar und Klara staunten über all diese und andere unbekannte Gerätschaften, die Bartholo zusammengetragen hatte. Dieser Raum schien von den zahllosen Geheimnissen der Astronomie, Mathematik, Kartografie und Seekunde förmlich durchtränkt zu sein. Und jedes einzelne Gerät hatte nicht nur eine bemerkenswerte Entstehungsgeschichte und einen hohen praktischen Nutzwert, sondern es hafteten an ihm auch die Lebensgeschichten von jenen Menschen, denen es einst gehört und gedient hatte. Der Kompass, der Jakobsstab, der Sonnenstein, das Astrolabium – mit jedem dieser Geräte waren etliche Geschichten verbunden, Geschichten von erfolgreichen Handels- und Entdeckungsfahrten und wundersamer Errettung aus höchster Not, aber auch von Stürmen und Gefechten, von Katastrophen und Tod.

»So wertvoll und hilfreich all diese Gerätschaften auch sind, so gehören sie doch nicht zum Herz, sondern nur zum Beiwerk meiner Arbeit«, sagte Bartholo.

»Und was ist das Herz Eurer Arbeit?«, fragte Klara sofort nach.

»Die Welt der Karten – und damit all jene geografischen Geheimnisse, die noch darauf harren, entdeckt, berichtet, auf neuen Karten eingetragen und der ganzen Welt kundgetan zu werden!«, erklärte Bartholo, und in seiner Stimme lag eine ganz besondere Kraft, als beflügelte ihn allein schon der Gedanke daran. »Seit Jahren stehe ich in vielen

Ländern mit Mönchen, Gelehrten, Händlern und anderen Reisenden in Kontakt und trage Karten und anderes Material zusammen«, er deutete auf die Fächer, die mit Büchern und Papieren aller Art voll gestopft waren, »um das geografische Gesicht unserer Welt, unserer Erdkugel zu enthüllen. Denn was wir bis jetzt von ihr kennen, ist nicht sehr viel. Das Bild, das wir von ihr haben, ähnelt gerade mal einer ...« Er suchte nach einem passenden Vergleich.

»Einer halb fertigen Landschaftsskizze?«, bot Caspar an und wusste nun, was es mit den kostspieligen Boten auf sich hatte, die gelegentlich geheimnisvolle Sendungen aus fremden Ländern auf den Mühlhof gebracht hatten. Auch ahnte er, welche Rolle der Wanderbuchhändler spielte und wieso sein Meister ihm noch hatte Geld zahlen müssen, statt von ihm einen Verkaufserlös ausgezahlt zu bekommen. Das, was er mit Stichel und Druckpresse in seiner Werkstatt verdiente, konnte – gemessen an der Höhe seiner Aufwendungen – auch nur ein bescheidenes Zubrot sein. Dieses unauffällige Leben als Kupferstecher, Formenschneider und Heiligendrucker diente ihm nur als Tarnung seiner wahren Tätigkeit, daran gab es nun keinen Zweifel.

»Genau, einer erst halb fertigen Landschaftsskizze, aus der einmal ein detailreicher Kupferstich werden soll!«, sagte Bartholo. »Wir können zwar schon einige Einzelheiten erkennen, aber das Bild weist noch viele leere weiße Flecken auf, die darauf warten, mit einer Fülle von Einzelheiten ausgemalt zu werden.«

Die Begeisterung, die Bartholo bei diesem Thema ergriffen hatte, blieb auf Klara ohne jede erkennbare Wirkung. »Bei allem Respekt, aber ich begreife nicht so ganz, was an Karten so außergewöhnlich sein soll, dass Ihr so eine Unmenge Geld dafür ausgebt. Und dass Ihr Euch damit in diesem Raum hier einschließt, ist mir auch recht schleierhaft«, sagte sie nüchtern.

Bartholo bedachte sie mit einem leicht irritierten Blick. »Ich muss mich vorhin nicht klar genug ausgedrückt haben, als ich davon sprach, wie zielstrebig Portugal die Entdeckung eines Seeweges nach Indien auf der Route um Afrika herum vorantreibt und welch strenger Geheimhaltung die Karten über die neu erforschten und vermessenen Küstengebiete unterliegen!« Seiner Stimme war der Tadel deutlich anzuhören.

»Sicher, das habe ich schon vernommen. Aber dennoch . . .«

Bartholo ließ sie nicht ausreden. »Karten sind eine fette Beute, Klara! Und zwar eine viel fettere als ein ganzer Konvoi von Prisen! Und wenn ich hundert Zungen hätte und hundert Münder, ich wäre dennoch nicht im Stande, diesen ganzen Prunk, Reichtum und Glanz zu schildern, wozu die richtige Karte zur rechten Zeit verhelfen kann!«, sprudelte er hervor. »Aber es geht nicht nur um unermessliche Schätze, sondern gleichzeitig um Macht. Und Karten bedeuten Macht! Das war schon früher so. Im Römischen Reich durften Privatpersonen keine Karten einsehen, geschweige denn besitzen. Der Besitz von Karten galt als schweres Verbrechen. Nur die Regierenden durften darüber verfügen. Kaiser Augustus, der zu Christi Geburt über das Römische Reich herrschte, ließ die Karten seines Reiches sogar in den tiefsten Gewölben seines Palastes einschließen und streng bewachen, so sehr trieb ihn die Sorge um, sie könnten in die Hände Unbefugter gelangen.«

»Das ist verrückt!«, entfuhr es Caspar verblüfft.

»Ganz und gar nicht!«, widersprach sein Meister. »Kartenspionage und Diebstahl fürchteten auch die Herrscher von Karthago, die traditionell mit Rom in oft kriegerischer Rivalität lagen. Bezeichnend ist die Geschichte des karthagischen Kapitäns, der sein Schiff versenkte und seine gesamte Mannschaft ertrinken ließ, damit den verhassten Römern nicht die kostbaren karthagischen Seekarten in die Hände fielen. Er selbst überlebte – und wurde bei seiner Rückkehr nach Karthago als Held gefeiert! Das dürfte dir wohl nachdrücklich vor Augen führen, welche Bedeutung Karten damals wie heute haben. Sie sind reiche Beute, Klara! Sogar unermesslich reiche Beute, die zum Fall oder Aufstieg einer Nation führen kann, wenn es Karten sind, die den Seeweg nach Indien zeigen! Deshalb zählen in Portugal nautische Schriften und Seekarten zu den wichtigsten Staatsgeheimnissen. Wer diese Geheimnisse preisgibt, begeht ein Kapitalverbrechen und muss mit dem Tod rechnen, wenn man ihn erwischt!«

»Ah, aus dieser Richtung weht also der Wind, der diesen portugiesischen Agenten Estevao Alfonso de Serpa zu uns nach Augsburg geführt hat«, sagte Klara mit fröhlichem Spott. »Ihr habt, wohl zusammen mit Cornelius Quentel, in Portugal derartige Staatsgeheimnisse gestohlen!«

»Der gute Quentel – der Herr möge sein Leben verschonen! – hat eigentlich nichts mit den alten Geschichten zu tun, die mich mit Lissabon und den Kartografen des dortigen geheimen Archivs verbinden«, antwortete Bartholo mit einem schweren Aufseufzen in der Stimme, das offensichtlich dem Wanderbuchhändler galt, der in der Küche mit dem Tode rang. »Aber was deine andere Vermutung betrifft, so liegst du damit richtig. Ich habe schon vor vielen Jahren, als ich noch in Lissabon lebte, vertrauliche Kontakte zu einem noch jungen Kartografen geknüpft, dem das eigene Wohlergehen wichtiger ist als die Wahrung von Staatsgeheimnissen.«

Caspar runzelte die Stirn. »Dass Estevao nun in Augsburg aufgetaucht ist, bedeutet das denn nicht, dass man Eurem geheimen Informanten in Portugal auf die Schliche gekommen ist und ihm nun der Tod droht?«, fragte er bestürzt.

Bartholo kratzte sich verlegen am Kinn. »Nicht unbedingt, obwohl ich es natürlich nicht ausschließen kann. Ich ziehe es jedoch vor, zu vermuten, dass Estevao meinen Aufenthaltsort nach langen Jahren der Suche endlich gefunden hat, ohne vorher auf meinen geheimen Verbindungsmann gestoßen zu sein. Estevao glaubt sicher, noch eine Rechnung mit mir begleichen zu müssen. Dass ich den Verlust meines linken Beines unserer letzten Begegnung vor gut acht Jahren verdanke, dürfte ihm nicht genügen, sofern er denn überhaupt davon erfahren hat. Er hat es sich wohl in den Kopf gesetzt, dass seine Ehre erst wiederhergestellt ist, wenn ich durch seine Klinge mein Leben aushauche.«

»Was habt Ihr ihm angetan, dass er so versessen darauf ist, Euch zu töten?«, fragte Caspar.

»Ich habe ihm einen Satz wichtiger Dokumente abgenommen, die er vom Hafen zum geheimen Archiv bringen und mit seinem Leben verteidigen sollte«, erzählte Bartholo und gestattete sich ein Lächeln, das verriet, dass er nicht frei von Eitelkeit war. »Nur hat er wohl nicht damit gerechnet, dass ihn jemand am helllichten Tag so dreist überfallen und sich seinen Fechtkünsten dann auch noch als zumindest ebenbürtig erweisen würde.«

»Ebenbürtig, wo Ihr mit Eurem linken Bein habt bezahlen müssen?«, wandte Klara nicht gerade respektvoll ein.

Wieder huschte dieses eitle Lächeln über Bartholos Gesicht. »Estevao de Serpa hat bei unserer Begegnung viel Blut gelassen und ich weiß, dass ich ihn mit meiner Klinge für den Rest seines Lebens gezeichnet habe. Nichts, worauf ich sonderlich stolz wäre, aber wir haben beide gewusst, worauf wir uns eingelassen haben. Und was mein Bein angeht, so haben sich die Wunden erst viel später entzündet und schließlich eine Amputation unausweichlich gemacht, als ich mich mitsamt den Dokumenten längst in Sicherheit befand«, erklärte er.

»Aber wenn er sich Euren Tod geschworen hat, wieso hat er Euch dann nicht hier irgendwo vor der Stadt aufgelauert, sondern Quentel überfallen?«, wollte Caspar wissen. »Das ergibt doch keinen Sinn.«

Ein sorgenvoller, grüblerischer Ausdruck erschien nun auf Bartholos Gesicht. »Nein, scheinbar nicht«, räumte er zögerlich ein. »Es sei denn, er will das eine mit dem anderen verbinden.«

»Was das eine ist, wissen wir mittlerweile, nämlich Rache für die Schmach von damals«, sagte Klara. »Aber was ist das andere? Hat das vielleicht mit diesem Dänen Absalon zu tun, von dem Quentel Euch etwas überbringen sollte?«

»Ja, möglicherweise«, sagte Bartholo sinnierend. »Das würde in der Tat einiges erklären, aber zugleich auch wieder neue, beunruhigende Fragen aufwerfen.«

Caspar fand, dass sie in Anbetracht der Umstände das Recht hatten, auch in die letzten Geheimnisse eingeweiht zu werden, und fragte daher unumwunden: »Was habt Ihr diesem Absalon denn abkaufen wollen?«

»Gewisse Informationen und . . . und Berichte, die für die Entdeckung eines direkten Seeweges nach Indien von großer Bedeutung sein können«, lautete Bartholos vage Antwort.

»Also auch von großem Wert für einen Agenten der portugiesischen Krone, dessen Aufgabe es ist, alles zu tun, damit der Wissensvorsprung des eigenen Landes gewahrt bleibt«, folgerte Caspar.

Bartholo nickte. »Zweifellos.«

»Was sind denn das für Berichte und Informationen, die dieser Absalon Euch verkaufen wollte?«, hakte Klara noch einmal nach.

»Genaueres kann ich euch nicht sagen, da Absalon sich über die Einzelheiten leider nur sehr unbestimmt geäußert hat«, sagte Bartholo und machte dabei ein unglückliches Gesicht. »Er zeigte sich jedoch überaus kundig, was die Debatte über den besten und schnellsten Seeweg nach Indien betrifft, und muss wohl auch eigene Beziehungen zu den Kartografen des geheimen Archivs in Lissabon oder zumindest doch zu ihrem Umfeld unterhalten haben. Gut möglich, dass er wie mein Freund Martin Behaim selbst einmal dort gearbeitet hat. Ein schwer zu durchschauender Bursche, dieser Absalon, und zwar nicht allein wegen seiner Vorliebe, in der Kleidung eines Mönches zu reisen.«

Caspar erinnerte sich plötzlich an jene Winternacht, als er Bartholomäus Wolkenstein zum ersten Mal gesehen hatte, und zwar im Hinterhof der väterlichen Schänke. Er hatte nicht vergessen, dass der Mann, mit dem Bartholo im Torgang auf der anderen Hofseite gestritten oder heftig diskutiert hatte, mit einer Mönchskutte bekleidet gewesen war.

»Jedenfalls hatten wir ausgemacht«, fuhr sein Meister indessen fort, »dass er Quentel eine Art . . . nun ja, Kostprobe seiner Informationen mitgeben sollte. Das endgültige Geschäft wollte ich erst später mit ihm hier in Augsburg persönlich abschließen, wenn ich wirklich sicher sein konnte, dass diese Informationen auch die stattliche Summe wert sind, die er dafür verlangt.«

Caspar hätte seinem Meister gern noch einige Fragen zu diesem dänischen Zuträger gestellt. Aber Klara schien das Interesse an diesen Spekulationen verloren zu haben, denn sie wechselte das Thema.

»Ihr redet die ganze Zeit von Karten, für die manche ihr Leben aufs Spiel setzen, und von den Geheimnissen der Welt, die auf ihre Enthüllung warten. Ich habe noch nie eine Karte zu Gesicht gekommen. Warum zeigt Ihr uns nicht einige von diesen Karten, die Ihr zusammengetragen habt?«, schlug sie vor.

Auch Caspar brannte darauf, einen Blick auf diese kostbaren Zeichnungen zu werfen, von denen die ganze Zeit die Rede war. Über Absalon konnten sie später immer noch reden. »Ja, zeigt uns ein wenig von Euren Kartenschätzen! Besitzt Ihr vielleicht auch schon Kopien von den Fahrten des portugiesischen Seefahrers Bartolomeu Diaz, der um Afrika gesegelt ist und dieses Kap der Guten Hoffnung entdeckt hat?«

Bartholo verzog das Gesicht. »Ich war über António Sousa, jenen bestechlichen Kartografen in Lissabon, nahe dran, eine Abschrift oder gar eine Kartenkopie in meinen Besitz zu bringen. Aber Estevao de Serpas unerwartetes Auftauchen ist kein gutes Zeichen. Möglicherweise hat er meinen Aufenthaltsort aus anderer Quelle erfahren. Ich kann jedoch auch nicht ausschließen, dass man António auf die Schliche gekommen ist. Dann dürfte er unter der Folter alles verraten haben und ist jetzt nicht mehr am Leben oder zu lebenslänglicher Fron auf einer Galeere verurteilt. In beiden Fällen würde ich nie wieder von ihm hören. Aber bis ich darüber Gewissheit habe, werden viele Monate ins Land gehen. Vor Mai kann ich nicht mit Nachricht aus Portugal rechnen. Es bringt jedoch nichts, darüber zu grübeln. Also lassen wir das. Ihr wollt Karten sehen.«

Klara und Caspar nickten.

»Lasst mich mit einer meiner ältesten Karten beginnen«, sagte Bartholo, zog eine kleine Pergamentrolle aus einem der Fächer und rollte sie vor ihnen auf dem Werktisch aus. »Das hier ist eine so genannte Radkarte, die zeigt, wie die Gelehrten vor gut vierhundert Jahren die Welt gesehen haben.«

Warum diese kartografische Arbeit Radkarte genannt wurde, sahen Klara und Caspar auf den ersten Blick. Die Karte zeigte einen Kreis, dessen Außenring in dunkelgrüner Farbe gehalten war. Zwei grüne Balken verliefen horizontal und parallel zueinander durch diesen Kreis und unterteilten diesen in drei etwa gleich große Felder. Über dem oberen grünen Balken drängten sich mehrere recht krude Zeichnungen und Beschriftungen. Caspar entzifferte die Worte *Asia*, *Africa* und *Europa*. Im Bereich unter dem unteren grünen Balken fand sich dagegen keine einzige Eintragung. Das Feld war völlig leer und ohne jede Farbe. Dagegen leuchtete das mittlere Feld zwischen den beiden grünen Streifen in einem kräftigen Rot und enthielt lateinische Beschriftungen.

»Diese antike Karte zeigt die drei Klimazonen der Welt«, erklärte Bartholo. »Ozeane und Meere sind dunkelgrün gezeichnet, die heiße und angeblich unbewohnbare Zone am Äquator, also hier in der Mitte des Kreises und *zona terrae perusta* genannt, erscheint in kräftigem Rot. Und der untere Teil gehört zu den eisigen Zonen, wo auch kein Mensch leben kann.«

Er griff zu einer zweiten Karte, einem schwarz-weißen Holzdruck, der ebenfalls eine Radkarte darstellte. Nur wies diese Karte zwei Ringe auf, die ein T umschlossen. Zwischen den Ringen verlief der Schriftzug *Mare Oceanum*. Über dem Querbalken des T standen die Worte *Asia* und *Sem*, rechts vom senkrechten Balken *Africa* und *Cham* und links davon *Europa* und *Japhet*.

»Cham, Sem und Japhet? Was haben denn diese Namen zu bedeuten?«, rätselte Klara.

»Das sind die Namen von Noahs Söhnen«, sagte Caspar schnell und mit unverhohlenem Stolz auf sein Wissen, das er in der Lateinschule erworben hatte.

»Richtig, den Erdteilen, umflossen vom Weltozean, sind die Namen von Noahs Söhnen zugeordnet«, sagte Bartholo. »Solche Karten, die nach Osten ausgerichtet sind, geben mehr ein symbolisches und dem christlichen Glauben verpflichtetes als ein reales Abbild der Welt. Sie werden auch heute noch so gezeichnet. Meist mit Jerusalem als Zentrum.«

»Aber wozu sollen diese Karten denn gut sein?«, fragte Klara enttäuscht. »Damit kann man doch überhaupt nichts anfangen?«

Bartholo schmunzelte. »Recht hast du. Für Reisende oder gar Seefahrer sind diese Karten ohne jeden Wert. Sie dienen eben nur der symbolischen Darstellung. Vergiss nicht, dass Manuskripte und auch Karten früher fast ausschließlich in den Scriptorien, den Schreibstuben der Klöster hergestellt wurden. Und den Mönchen ging es nicht um geografische Genauigkeit und praktische Hilfe – also nicht etwa darum, wie lange ein Reisender auf welchen

Wegen beispielsweise von Augsburg nach Lissabon braucht –, sondern um die Darstellung christlicher Glaubenswahrheiten.«

»Ihr meint, den Mönchen ging und geht es nicht um geografisches Wissen, sondern um Frömmigkeit?«, sagte Caspar.

»Genau so verhält es sich! Geografie und Kartografie sind für die Kirche keine die Seligkeit fördernden Disziplinen, und daher lassen die Kleriker sie, von einigen löblichen Ausnahmen abgesehen, traditionell außer Acht«, bestätigte Bartholo. »Dabei gab es schon vor über tausend Jahren weitsichtige Gelehrte, die ein anderes Verständnis von der Kartenkunst und ihrer praktischen Verwendbarkeit hatten. Einer von ihnen war jener Claudius Ptolemäus, den ich vorhin schon einmal erwähnt habe. Dieser Gelehrte schrieb schon im zweiten Jahrhundert nach Christi in seiner *Geografia* eine Anleitung zur Erstellung einer Erdkarte als Ziel wissenschaftlicher Tätigkeit. Darin gibt er Hinweise zur Konstruktion von maßstabsgetreuen Abbildungen und Gradnetzen zur Unterteilung der Welt in Meridiane. Aber auch Männer wie Eratosthenes und Posidonius ließen sich ausführlich über die Erfordernisse einer genauen Projektion und über andere heute modern klingende Methoden aus, die eine Karte zu einer möglichst realistischen Abbildung der geografischen Gegebenheiten und damit zu einer Zeichnung mit praktischem Nutzen machen. Und Hipparch von Nikaia hat schon im zweiten Jahrhundert *vor* Christi gefordert, die Orte auf der Erdoberfläche mittels Koordinaten exakt festzulegen. Nur hat man dieses Wissen bis in die heutige Zeit vergessen oder verdrängt. Erst jetzt, in dieser aufregenden Zeit des Aufbruchs und der Entdeckungsreisen, besinnt man sich wieder darauf. Natürlich hat auch die Erfindung des Buchdrucks der Kartografie zu einer neuen Blüte verholfen.«

»Aber haben denn Seefahrer nicht schon immer ihre eigenen Karten gezeichnet?«, wandte Caspar ein.

»Selbstverständlich! Seefahrende Nationen haben, schon aus schierer Notwendigkeit heraus, zu allen Zeiten ihre ganz eigene Kartenkunst entwickelt. Ich habe sogar einige besonders schöne und detaillierte Karten, zumeist von portugiesischen Kartografen, in meiner Sammlung. Portolane nennt man diese Seekarten auf Pergament, die Küstengebiete genau und verlässlich wiedergeben«, sagte er und zog mehrere Rollen aus den Fächern.

Und während er nun einen Kartenschatz nach dem anderen vor ihnen ausrollte, geriet er regelrecht ins Schwärmen. *»Habent sua fata libelli!«,* rief er aus, als er einen Portolan vor ihnen ausbreitete, der die Nordwestspitze Afrikas zeigte. »Bücher haben ihre Schicksale, so heißt es. Aber um wie viel mehr gilt jenes bekannte Sprichwort für diese Karten, ihre Benutzer, ihre Wanderschaft von Besitzer zu Besitzer!«

Klara blickte interessiert, aber ohne jeden Anflug von überschwänglicher Begeisterung auf die Karte. »Na ja, auch jeder Tonkrug und jeder Pflug hat sein Schicksal und kann nicht selten auf eine lange Wanderschaft von Besitzer zu Besitzer zurückschauen«, sagte sie mit der ihr eigenen Nüchternheit.

Obwohl Caspar selbst von den Karten und den darauf abgebildeten Küstenstrichen ferner Länder fasziniert war und von Bartholos Erklärungen nicht genug bekommen konnte, musste er über Klaras Einwurf doch unwillkürlich lachen. Sie sah die Dinge sehr nüchtern und sachlich und ließ sich nicht von hochfliegenden Träumen mitreißen.

Vor allem aber ließ sie sich nicht leicht beeindrucken, wie er aus eigener Erfahrung wusste, und nahm auch kein Blatt vor den Mund, und das imponierte ihm immer wieder.

Bartholo dagegen rang in einer fast komischen Geste der Verzweiflung die Hände. »Wie kannst du nur so etwas sagen, Klara? Karten sind ganz besondere Boten aus der Vergangenheit, die den Weg in die Zukunft weisen! Was andere, die meist schon gestorben sind, in ihrem Leben gesehen, gefunden oder entdeckt haben, nimmt auf einer Karte Gestalt an! In jede einzelne Karte fließen die Berichte und Erfahrungen von Seefahrern, Soldaten, Kaufleuten, Abenteurern ein, aber auch oft genug von Träumern, Aufschneidern und Betrügern. Doch wie auch immer sie entstehen, stets sprechen Karten zu uns und erzählen uns unglaubliche Geschichten!«

»Wirklich?« Klara zog die Augenbrauen hoch und fragte herausfordernd: »Und wer spricht da jetzt von diesem ... diesem Portolan zu uns?«

»Karten befähigen uns, zu Hause und unmittelbar vor unseren Augen Dinge zu betrachten, die weit entfernt sind! So hat es einmal ein legendärer Kartograf ausgedrückt. Und genauso verhält es sich!«, erklärte Bartholo leidenschaftlich. »Das Ferne ganz nahe rücken zu lassen und das eigentlich Unsichtbare sichtbar werden zu lassen ... Mein Gott, das ist mehr als die Verbindung von Wissenschaft und Kunst, das grenzt schon fast an Alchimie!«

»Mag ja sein, aber dennoch spricht hier nichts zu mir«, beharrte Klara und strich fast gleichgültig über die westafrikanische Küstenlinie.

Caspar hatte einen Moment lang den Eindruck, als wollte sich Bartholo ob Klaras Gleichgültigkeit die Haare raufen, hob er doch schon die Hände zum Kopf. Er ließ sie jedoch wieder sinken und antwortete fast beschwörend: »Klara, derartige Karten sprechen nicht in einer gewöhnlichen Sprache zu uns, sondern in der Kartensprache! Und diese Sprache besteht auch nicht aus einer langen Kette zusammenhängender Sätze, sondern sie ist ein abgehacktes Gemurmel. Mal laut, dann wieder kaum vernehmlich. Immer sprunghaft und verwirrend. Es ist, als müsse man eine Buchseite lesen, auf der die ursprüngliche Reihenfolge der Worte durcheinander geraten ist, sodass es keinen konkreten Anfangspunkt und keinen klaren Endpunkt gibt. Mit einer Karte kann man sich in seinem Innern auf Reisen begeben, und zwar an die entferntesten Orte der Welt – und sogar dorthin, wo noch kein Forscher und Entdecker gewesen ist!«

Caspar hörte Bartholo gebannt zu, als dieser mit blitzenden Augen die geheime Magie der Karten pries.

»Eine Karte teilt sich dem Kundigen, der sich in das Abenteuer des Kartenlesens einlässt, über ihre Linien, Farben, verschlüsselten Symbole und auch über ihre Leerräume mit, fast so, wie es bei der Musik geschieht«, erklärte Bartholo mit einer schwärmerischen Hingerissenheit, die man fast schon als Fieber bezeichnen konnte. Dabei bewegten sich seine Fingerspitzen wie die eines Magiers, der die Kraft einer geheimnisvollen Formel nur durch die Verbindung von Worten mit Handbewegungen heraufbeschwören konnte, über die Karte. Sie zogen hier eine gezackte Linie nach, kreisten dort wie beschwörend um ein Symbol, um sich dann kurz auf die unerforschte Weite des Ozeans hinauszuwagen und gleich darauf wieder zurück in sichere Küstengewässer zu gleiten.

»Auch findet man in einer Karte nicht eine einzelne Stimme, sondern man hat es mit einem vielstimmigen und oftmals auch noch vielsprachigen Chor zu tun. Lauscht nur in diese Karte, und ihr werdet die Echogesänge der Seefahrer aus vergangenen Jahrhunderten heraushören. Wobei natürlich die Stimmen aus den letzten Jahrzehnten, also die von Joao de Santarém, Pedro Escobar, Fernando Póo, Rui de Sequeira, Estevao Cao und Bartolomeu Diaz, besonders laut hervordringen. Aber glaubt nicht, Karten böten klare Antworten! Weit gefehlt! Eine Karte, auf die ein fähiger Kartenmacher seine ganze Kunst angewendet hat, unterbreitet einem eine Vielzahl von Vorschlägen, in welche Richtung man schauen und segeln könnte. Sie fordert auf, sich zu orientieren, sich seine eigene Richtung zu suchen, sich auf Wagnisse einzulassen, dieses zu überprüfen und jenes zu entdecken und vielleicht beides in Verbindung miteinander zu bringen und daraus neues Wissen zu gewinnen.« Seine fast atemlose Stimme ging nach einer kurzen Pause in ein träumerisches Flüstern über. »Gute Karten sprechen auf den ersten Blick in Begriffen physikalischer Geografie. Aber das ist nur das eine Gesicht einer guten Karte. Die andere Seite besteht darin, dass sie im Betrachter die Fähigkeit weckt, über die zerklüfteten Gefilde des Herzens zu sinnieren, den Fernblick der Erinnerung zu öffnen und die Phantasielandschaft der Träume grenzenlos zu bereichern. Eine gute Karte ist unerschöpflich in ihrer Fülle an geistiger Anregung!« Mit einer fast zärtlichen Bewegung kam seine Hand über der Karte zur Ruhe und legte sich auf den Vorsprung von Kap Bojador.

Für einige Sekunden herrschte tiefes Schweigen in Bartholos Sactum, das jedoch erfüllt war von den Echos seiner Worte wie nachhallender Mönchsgesang im großen Dom. Sogar Klara stand stumm und reglos vor dem Werktisch und blickte mit einem leicht erstaunten Ausdruck auf die Karte der westafrikanischen Küste, als hätte Bartholos wilder, leidenschaftlicher Redefluss sie doch noch zum Nachdenken und zu einer neuen Sicht gebracht, was Wesen und Magie einer guten Karte betraf.

Dagegen fühlte sich Caspar völlig in Bann geschlagen und berauscht. Den vielstimmigen und vielsprachigen Chor, von dem Bartholo gesprochen hatte – er glaubte ihn wie verlockenden Sirenengesang in sich hören zu können. Er sah auch phantastische Bilder aus den farbigen Linien und Symbolen und den Zeichen der Windrose aufsteigen und meinte die stummen Zurufe von Flussmündungen und vorspringenden Landzungen zu hören, die ihn aufforderten, zu ihnen zu kommen, sie zu entdecken und mit allen Sinnen zu erfahren, was sie so wunderbar Fremdes zu bieten hatten.

Bartholo brach den Bann, als er den kostbaren Portolan auf dem Werktisch mit raschen Bewegungen aufzurollen begann.

»Das reicht für heute, denke ich!«, sagte er und bestand darauf, dass sie nun zu Bett gingen. Er hielt es für völlig sinnlos, dass auch sie die Nacht aufblieben. »Es reicht, wenn ihr Cornelius Quentel in euer Nachtgebet aufnehmt, ihn dem Schutz unserer seligen Jungfrau Maria anempfehlt und den Allmächtigen inständig um die Gnade der Genesung bittet. Alles andere liegt in Gottes Hand – und in der von Josepha Greinacher.«

Klara und Caspar erhoben keine Einwände. Der Tod war nichts Ungewöhnliches in ihrem Leben. Wer so schwer krank oder verwundet war wie der Wanderbuchhändler, für den konnte man nun mal nichts tun. Da hieß es beten und warten, wohin sich die Waagschale neigte – zum Leben oder zum Tod. Zudem war es spät und in dem unbeheizten Raum neben der Werkstatt auch empfindlich kalt geworden, da sie sich nicht die Zeit genommen hatten, die beiden eisernen Kohlenbecken mit mehreren Schaufeln Glut zu füllen. Da lockte die eigene Bettstatt mit den warmen Decken schon sehr.

Als Caspar hinter Klara zur Tür ging und fast schon aus dem Zimmer war, fiel sein Blick zufällig auf den Fuß des Eisengestells, auf dem eines der Kohlenbecken ruhte. Denn dort lag etwas im Schatten des Werktisches – und zwar ein dreckverschmutzter Stiefel.

Caspar stutzte und schaute genauer hin. Kein Zweifel, es war einer von Quentels winterfesten, sich nach oben hin weitenden Schaftstiefeln. Und dieser Stiefel war bis auf eine Handbreite über der Sohle der Länge nach aufgeschnitten und das Außenleder vom Innenleder gerissen.

»Nun schlaf nicht schon im Stehen ein!«, sagte Bartholo hinter ihm und stieß ihn leicht vorwärts, damit er die Tür hinter ihm abschließen konnte. Fast gleichzeitig blies er die letzte der noch brennenden Öllampen aus und tauchte das Sanctum in Dunkelheit.

Zwar fand Caspar das mit dem aufgeschnittenen Schaftstiefel ein wenig eigenartig, doch er fragte Bartholo nicht danach, was jener hier in seiner geheimen Kartenkammer verloren hatte, wo doch der andere Stiefel in der Küche unter dem Tisch neben der Tonschüssel mit den blutigen Tüchern gelegen hatte. So merkwürdig es auch war, so wenig schien es ihm im Augenblick von Bedeutung zu sein, beschäftigte ihn doch noch immer das, was er von Bartholo über die Macht und Magie von Karten erfahren hatte.

Als er jedoch in seiner Kammer unter warmen Decken lag, den schweren Stein vor der Tür und seinen Degen griffbereit vor dem Bett, und er über den aufgeschnittenen Schaftstiefel in Bartholos Sanctum nachdachte, da kam ihm die Sache nun doch reichlich sonderbar vor. Den Stiefel musste Bartholo in der Zeit aufgeschnitten haben, als Klara und er die Hebamme geholt hatten. Das legte den Schluss nahe, dass Quentel noch bei Bewusstsein gewesen sein und mit Bartholo gesprochen haben musste. Und wenn dies der Fall war, was hatte der Wanderbuchhändler dort in seinem Schaftstiefel zwischen Innen- und Außenleder wohl versteckt? Ein wichtiges Papier? Den Teil einer wertvollen, geheimen Karte? Was hatte Bartholo dort gefunden oder zumindest doch zu finden gehofft?

Oder bildete Caspar sich das mit dem Versteck im Stiefel nur ein? Denn natürlich konnte er nicht ausschließen, dass Bartholo seinem Vertrauten den Stiefel vom Fuß hatte schneiden müssen, weil er ihn sonst nicht rasch genug herunterbekommen hätte.

Caspar grübelte und wurde immer unsicherer, was er von der Sache halten sollte. Als er jedoch endlich einschlief, nahm er den Verdacht mit in den unruhigen Schlaf, dass Bartholo ihnen noch längst nicht über alles, was in seinem zwielichtigen Leben vor sich ging, reinen Wein eingeschenkt hatte und noch immer Geheimnisse vor ihnen verbarg.

Einundzwanzigstes Kapitel

In den frühen Morgenstunden setzte heftiger Schneefall ein, und als eine kraftlos bleiche Sonne hinter schneegrauen Wolken den Himmel erklomm und mit ihrem Licht mühsam die Finsternis der Nacht vertrieb, lag das Land unter einer pulvrig weißen Decke, die alle Geräusche zu ersticken schien.

»Noch lebt er. Aber es muss schon ein Wunder geschehen, wenn er in dem wütenden Feuer des Fiebers, das in ihm tobt, nicht verbrennen soll wie eine Teufelsanbeterin auf dem Scheiterhaufen!«, lautete Josepha Greinachers düstere Auskunft. »Beten wir, dass der Tod nicht schon seine Knochenhand in die Seele des armen Mannes gekrallt hat! Denn das Jenseits lässt nicht mehr los, was es als sein Eigen erkannt hat!«

Klara bekreuzigte sich hastig und warf Caspar einen erschrockenen Blick zu.

Bartholo mochte es nicht, dass die korpulente Hebamme im Zusammenhang mit dem todkranken Cornelius Quentel von Hexen und lodernden Scheiterhaufen sprach. Mit diesem Gerede holte sie, ohne es zu ahnen, die andere schwer einzuschätzende Gefahr, die ihnen drohte, allzu nachdrücklich in ihr Bewusstsein zurück – nämlich jene in Gestalt von Heinrich Institoris und seinem ehrgeizigen Handlanger, dem Domherrn Servatius von Pirkheim. Deshalb hätte er Josepha am liebsten nach Hause geschickt, wie er Caspar leise anvertraute. Aber er gab diesem Verlangen nicht nach, denn immerhin hatte Quentel die Nacht in ihrer Obhut lebend überstanden. Und das entgegen jeder Wahrscheinlichkeit, hatten seine schweren Verwundungen doch einen baldigen Tod unausweichlich erscheinen lassen.

An diesem Vormittag kamen Caspar und sein Meister in der Werkstatt nicht voran. Sie konnten sich beide nicht auf die Arbeit konzentrieren, schweiften ihre Gedanken doch immer wieder ab. Schließlich gab Bartholo den Versuch auf, den Anschein von Gelassenheit herbeizwingen zu wollen.

»Hol deinen Übungsdegen und lass uns an die frische Luft gehen! Ich ersticke hier sonst noch!«, rief er plötzlich und schleuderte den Stichel achtlos von sich. Und kaum hatte Caspar auf dem Hof Aufstellung genommen und seine Waffe gehoben, als Bartholo auch schon mit einer wütenden Angriffslust über ihn herfiel, als glaubte er, den verhassten portugiesischen Agenten Estevao de Serpa vor seiner Klinge zu haben.

Bis zur Erschöpfung kreuzte Bartholo an diesem Vormittag mit ihm die Klinge. Auch als es wieder zu schneien begann, dachte er noch längst nicht ans Aufhören. »Weiter! Weiter!«, rief er mit heiserer Stimme und wildem Blick, während ihm schon das Haar in dicken, feuchten Strähnen im Gesicht klebte. Und erst nachdem der Schmerz in seinem Beinstumpf übermächtig wurde, sodass er Caspars Gegenangriffe nicht mehr schnell genug parieren konnte und beim hastigen Ausweichen dreimal kurz hintereinander in den Schnee stürzte, brach er das verbissene Übungsgefecht ab.

Seine Hand mit dem Degen zitterte, als er nach dem dritten Sturz wieder auf die Beine kam und sich nach Halt suchend gegen die Hauswand lehnte. Doch auf seinem schweißüberströmten Gesicht lag ein merkwürdiger Ausdruck von völliger Ermattung und grimmiger Zufriedenheit.

»Gut so, Caspar!«, stieß er mit fliegendem Atem hervor und sein Blick richtete sich auf einen imaginären Punkt jenseits der brüchigen Mauer des Mühlhofes. »Soll er nur kommen! Er wird die Antwort erhalten, die er verdient hat, dieser elende Bluthund!«

Ebenfalls ganz außer Atem von der stundenlangen Anstrengung, fragte Caspar: »Warum nehmt Ihr das alles überhaupt auf Euch?«

»Was meinst du mit ›das alles‹?«, fragte Bartholo zurück und wischte sich mehrere nasse Strähnen aus der Stirn.

»Nun, die Gefahren, das ruhelose Leben, die Täuschung der Leute mit Eurer Kupferstecherwerkstatt . . . Was habt Ihr davon, all dieses Material zusammenzutragen und hinter einige Geheimnisse der Welt zu kommen, die Ihr dann auf Karten einzeichnen könnt?«

Bartholo schwieg für einen Moment. Dann antwortete er ernst: »Man muss von sich und der Welt mehr erwarten und erträumen, als scheinbar vorhanden ist. Und es ist immer mehr da, als wir uns vorstellen können. Wir müssen nur aufbrechen und es suchen.« Und mit einem feinen Lächeln fügte er noch hinzu: »Es sind verwirrend verschlungene Wege, die wir auf unserer Reise zurücklegen, unserer Reise zu einem Ziel, das wir zumeist gar nicht näher beschreiben können, sondern nur als Unruhe in uns spüren. Und wenn diese Reise von Erfolg gekrönt ist, dann hat sie uns letztlich immer zu uns selbst geführt.« Damit nickte er ihm zu und humpelte ins Haus.

Rätselhafter hätte die Antwort ja wirklich nicht ausfallen können!, dachte Caspar. Und am Abend, als Klara noch bei ihm in seiner Kammer saß und sie über die Geschehnisse des Tages und Quentels unveränderten, fast hoffnungslosen Zustand redeten, gab er Bartholos Worte wieder und fragte sie, ob sie etwas damit anfangen könne.

»Ich wäre ja schon froh, wenn ich durchschauen könnte, was Bartholo wirklich treibt«, gestand sie. »Ich habe nämlich das ungute Gefühl, dass er uns einiges vorenthält.«

»Das habe ich auch«, pflichtete er ihr bei und erzählte ihr die merkwürdige Sache mit dem aufgeschnittenen Schaftstiefel. »Aber wenn Quentel in dem Stiefel wirklich etwas versteckt hatte, warum verschweigt Bartholo uns das? Immerhin hat er uns doch auch alles andere anvertraut.«

Klara zuckte die Achseln. »Vielleicht weil er dann mit der Sprache herausrücken müsste, worum es bei diesem Geschäft mit dem Dänen Absalon geht?«

»Mhm, das wäre eine Erklärung«, sagte Caspar mit grüblerischer Miene und gab einen Stoßseufzer von sich. »In was haben wir uns da bloß eingelassen, Klara?«

»Das frage ich mich auch!«

»Aber was hätten wir denn für eine andere Wahl gehabt?«, dachte Caspar laut nach. »Sicher, wir hätten Bartholo im Stich lassen können, aber was wäre dann aus uns geworden?«

»Die Frage ist leicht zu beantworten! Ich hätte zurück auf den Hof meiner Eltern gemusst, und du hättest dich wieder in die Schänke und unter die Knute deines älteren Bruders und deines Vaters begeben müssen. Und ich denke, alles andere ist besser als das.« Sie lachte spöttisch auf. »Du musst zugeben, dass Meister Wolkenstein wirklich keine geschicktere Wahl hätte treffen können, als er ausgerechnet dich und mich in seine Dienste genommen hat!«

»Ja, der Gedanke ist mir auch schon mal gekommen«, seufzte Caspar. »Aber vielleicht hält er ja Wort und nimmt mich . . .«, er hielt inne und verbesserte sich hastig, ». . . nimmt uns bald mit auf die große Reise, von der er gesprochen hat.«

»Niemand bricht im Winter zu einer großen Reise auf«, erwiderte Klara.

Caspar verzog das Gesicht und sagte verdrossen: »Man wird doch wohl mal träumen dürfen! Oder hast *du* etwa keine Träume?«

Einen Augenblick lang sah sie ihn schweigend an. Dann erwiderte sie mehr niedergeschlagen als sarkastisch: »Ich muss wohl erst mal davon träumen, überhaupt Anlass zu solchen Träumen zu haben.« Damit erhob sie sich von ihrem Hocker und wünschte ihm eine gute Nacht.

Zweiundzwanzigstes Kapitel

Das Wunder, von dem die Hebamme das Überleben Quentels abhängig gemacht hatte, geschah. In den frühen Morgenstunden des zweiten Tages sank das hohe Fieber endlich und am Nachmittag war er erstmals wieder ansprechbar, wenn auch nur für wenige Minuten. Dann sank er in jenen Dämmerzustand zurück, auf den weder die Bezeichnung Schlaf noch Bewusstlosigkeit zutraf.

Bartholo nahm die beginnende Genesung des Wanderbuchhändlers zum Anlass, Josepha Greinacher mit einem großzügigen Lohn nach Hause zu schicken.

»Er ist aber noch längst nicht über den Berg!«, warnte die Hebamme. »So schnell gibt sich der Knochenmann nicht geschlagen. Der höllische Jäger ist voller Tücken und Hinterlist. Nichts liebt er mehr, als einen in trügerischer Sicherheit zu wiegen und glauben zu machen, das Schlimmste überstanden zu haben. Aber kaum hat man Hoffnung geschöpft, da kehrt er wieder zurück, schlägt mit grausamer und unerbittlicher Härte zu und bläst der armen Seele das Lebenslicht aus! Und wenn sie schwer mit Sünden beladen dem Tod anheim fällt, dann ist sie verdammt, mit den Schwärmen der Toten ruhelos auf der Erde umherzuirren! Sagt, habt Ihr schon von der wilden Jagd der Untoten gehört, die des Nachts . . .«

Bartholo fiel der Frau, die ihm zu viel von Geisterscharen und Abwehrzauber sprach, rasch ins Wort. »Wir sind Euch dankbar für das, was Ihr für unseren Freund getan habt, und wir werden auch Eure guten Ratschläge mit dem gebotenen Ernst berücksichtigen«, versicherte er freundlich und führte sie persönlich zum Tor, als wollte er sichergehen, dass sie den Mühlhof auch wirklich verließ.

An diesem Tag trugen Caspar und Klara ihre Decken, Strohsäcke und Bettgestelle aus dem einstigen Gesindehaus und bezogen Kammern im Haupthaus. Bartholo hatte es so angeordnet.

»Befürchtet Ihr einen Angriff von Estevao und seinen Leuten?«, fragte Caspar seinen Meister leise, während Klara sich noch in ihrer Kammer zu schaffen machte, weil er sie nicht beunruhigen wollte.

»Weder rechne ich damit, noch mag ich es ausschließen«, antwortete Bartholo. »Estevao de Serpa ist jedoch kein Dummkopf. Und er wird seine persönliche Rache mit seinem beruflichen Ehrgeiz verbinden wollen. Das hat er ja schon mit seinem Überfall auf Quentel bewiesen. Ginge es ihm nämlich allein um seine Abrechnung mit mir, hätte er sie wohl schon längst haben können. Er hat bisher viel Geduld bewiesen, da wird er jetzt nichts überstürzen. Irgendwie habe ich das Gefühl, dass wir nichts zu befürchten haben, bis Absalon in Augsburg eintrifft.«

»Werdet Ihr einen Boten zu ihm schicken und ihn auffordern, herzukommen und das Geschäft mit Euch abzuschließen?«, fragte Caspar sofort voller Neugier.

»Ja, ich werde noch heute ein Schreiben an ihn aufsetzen und einen Boten mit der Überbringung beauftragen. Auch andere Schreiben muss ich umgehend in Angriff nehmen. Aber bis ich Antwort erwarten kann, werden Wochen vergehen. Zudem wird Absalon die Reise kaum vor Ende des Winters antreten. Und so lange dürften wir auch noch Ruhe vor Estevao haben«, sagte er und wechselte schnell das Thema. »Wie auch immer, nachdem ihr nun in alles eingeweiht seid, ist es in jedem Fall sicherer für uns alle, wenn wir unter einem Dach leben. Und jetzt geh wieder an die Arbeit. Ich muss nach Quentel sehen.«

Dass Bartholo sich dennoch ernstlich Sorgen machte, verrieten die ungewöhnlichen Maßnahmen, die er ergriff. Noch in den letzten Tagen des alten Jahres, als sie endlich die erlösende Gewissheit hatten, dass Cornelius Quentel von seinen schweren Verletzungen genesen und wieder auf die Beine kommen würde, fuhr er mit Caspar zum Winterlager der Flößer und kaufte ihnen ein altes Ruderboot ab.

Sie nahmen es gleich an Ort und Stelle auf ihrem Fuhrwerk mit und brachten es zum Mühlhof. Dort warteten sie bis weit nach Einbruch der Dunkelheit, ehe sie den Kahn hinunter ans Ufer der Wertach trugen und genau unterhalb der westlichen Fenster der Werkstatt zwischen einigen Sträuchern vertäuten. Sie warfen eine alte Segeltuchplane über das Ruderboot, die sie mit Pflöcken sicherten und noch mit einigen Stücken Trümmerholz und altem Geäst beschwerten. Schon am nächsten Morgen wies dort nichts mehr auf das versteckte Boot hin, hatte der nächtliche Schneefall doch alle Spuren überdeckt.

Von einer anderen Fahrt, die sie nach Göggingen zum Waffenschmied Walther Hirschbeck führte, kehrten sie mit zwei erst kürzlich geschmiedeten Degen zurück, deren blitzende Klingen aus dem besten Stahl gearbeitet waren. Bartholo war voll des Lobes für die Kunst des Waffenschmieds. Von dieser Fahrt brachten sie auch eine Tonne Pech sowie vier kleine Fässchen Schwarzpulver und einen ganzen Sack voll aufgerollter Lunte mit.

»Was habt Ihr denn mit dem Schießpulver vor?«, fragte Caspar ein wenig beklommen. Der Umgang mit diesem schwarzgrauen, groben Gemisch galt als höchst gefährlich. Die Vorstellung, so viel davon im Haus zu haben, bereitete ihm Unbehagen. Die nicht wenigen Berichte über unverhofft explodierende Pulvermühlen und Pulvermagazine bezeugten nur zu deutlich, wie unberechenbar Schwarzpulver war. Und er wollte nicht wissen, wie viele dieser neuartigen Musketen- oder gar Kanonenschützen nicht von feindlichen Kugeln oder Klingen, sondern durch die Explosion ihrer eigenen Waffe getötet worden waren!

»Im Augenblick nichts Bestimmtes. Es beruhigt mich einfach, das Pulver zur Hand zu wissen, wenn ich es einmal brauchen sollte«, antwortete Bartholo sehr vage.

Sehr konkret dagegen äußerte er die Sorge, dass seine Kartenschätze wohl im Sanctum hinter der Werkstatt nicht länger in Sicherheit waren. »Wenn wir beide aus dem Haus sind, wird Klara nichts gegen bewaffnete Eindringlinge ausrichten können. Und Quentel hat noch nicht einmal genug Kraft, um allein aus dem Bett aufzustehen. Du weißt ja selbst, wie sehr ihn die Krankheit ausgezehrt hat. Bis er wieder einen Säbel kraftvoll schwingen kann, werden noch Wochen, wenn nicht gar Monate vergehen! Nein, ich brauche zumindest für den wichtigsten Teil meiner Dokumente einen neuen und sicheren Aufbewahrungsort!«

»Und wo soll der sein?« Caspar sah ihn erwartungsvoll an, ahnte er doch, dass sein Meister sich nicht erst seit eben mit dieser Absicht beschäftigte.

»Im hintersten Keller, wo noch einige alte Weinfässer aufgebockt stehen!«, teilte Bartholo ihm mit. »Und lass uns sofort an die Arbeit gehen!«

Sie bewehrten sich mit Schaufeln und stiegen in den einstigen Weinkeller des letzten Mühlhofbesitzers hinunter, der sehr wohlhabend und allem Anschein nach ein kräftiger Zecher gewesen sein musste. Denn dort unten lagen noch zwei große sowie ein halbes Dutzend kleinere Weinfässer vor der Backsteinwand der Grundmauer auf klobigen Böcken. Die beiden großen waren von einer Vielzahl von Axthieben gezeichnet, die an mehreren Stellen die Dauben zertrümmert hatten. Zu dem anderen Gerümpel des einstigen Weinkellers gehörten eine halb umgestürzte Stellage mit den völlig eingestaubten Scherben zahlreicher Flaschen sowie drei Vorratskisten, die ebenfalls mit brutalen Axthieben aufgebrochen worden waren.

»Wir graben hier, unter den beiden großen Fässern!«, erklärte Bartholo. »Aber lass sie uns vorsichtig zur Seite rücken und dabei jegliche Schleifspuren vermeiden. Wenn wir mit dem Graben fertig sind, kommen sie wieder an ihren alten Platz zurück! Und es muss so aussehen, als wären sie nie verrückt worden!«

»Und ich dachte, ich sollte bei Euch das Handwerk des Kupferstechers und Formenschneiders erlernen«, murmelte Caspar spöttisch, als er wenig später den Spaten in den harten Boden rammte. »Stattdessen lerne ich Kastilisch, das Führen eines Degens, das Graben von Kellerverstecken – und das Zittern vor Inquisitoren und portugiesischen Geheimagenten!«

»So ehrbar das Handwerk eines Kupferstechers auch ist, es werden sich für dich die ersten drei Fähigkeiten vielleicht eines Tages zehnmal mehr auszahlen als das gewissenhafte Sticheln auf einer Kupferplatte . . .«

»Euer Wort in Gottes Ohr!«

». . . und die andere Art Erfahrung wird dich lehren, stets

wachsam zu sein und dich vor den Gefahren dieser Welt in Acht zu nehmen«, fuhr Bartholo trocken fort. »Wir können eben nicht erwarten, dass wir in Federbetten in den Himmel eingehen!«

»Was für eine überraschende Erleuchtung, Bartholo! Auf so was muss man erst mal kommen – besonders wenn man bislang so ein beneidenswert sorgloses und verwöhntes Leben geführt hat wie ich«, erwiderte Caspar bissig.

»Ja, ich dachte mir schon, dass du meine Worte richtig zu würdigen wüsstest«, gab Bartholo ungerührt zurück. »Und nun an die Arbeit, Caspar! Oder nennst du das müde Kratzen an der Krume vielleicht Graben?«

Gemeinsam hoben sie eine Grube aus, die tief und groß genug bemessen war, dass sie eine solide Reisetruhe aufnehmen konnte. Bevor Bartholo mit Caspar eine schwere, mit Eisenbändern beschlagene Truhe aus seinem Sanctum hinunter in den Keller trug, schlug sein Meister die Grube zum Schutz vor Feuchtigkeit und Gewürm mit wachsgetränktem Segeltuch aus. Auch das Innere der Kiste verkleidete er mit in Wachs getauchten Tüchern.

Und dann verblüffte er Caspar mit der Mitteilung, dass er von dem Versteck vorerst noch keinen Gebrauch zu machen gedachte.

»Aber Ihr habt doch gesagt, dass Ihr Eure wichtigsten Karten und Dokumente hier einlagern wollt. Habt Ihr es Euch auf einmal anders überlegt?«, fragte Caspar.

»Nein, die kostbarsten meiner Papiere werden schon bald dort in die Truhe kommen«, sagte Bartholo mit einem eigenartigen Lächeln. »Aber bevor ich sie hier einschließe, will ich mir doch das perfekteste aller möglichen Verstecke zunutze machen – und das ist dein phantastisches Gedächtnis!«

Sofort hob Caspar abwehrend die Hände. »Nein, auf mein Erinnerungsvermögen würde ich mich an Eurer Stelle lieber nicht verlassen! Mein Sekundengedächtnis ist nämlich alles andere als ein perfektes Versteck.«

»Das sehe ich anders, Caspar.«

»Schlagt Euch das aus dem Kopf! Ich habe Euch schon einmal erklärt, dass ich zwar fast alles behalten und sofort wiedergeben kann, was ich nur wenige Sekunden vor Augen hatte. Aber schon nach wenigen Stunden habe ich das meiste wieder vergessen. Wie könnte es auch anders sein? Sonst müsste mein Gehirn bei all den unzähligen angesammelten Bildern ja irgendwann mal platzen oder so was! Jedenfalls vergesse ich solche Sachen schnell wieder. Diese Erfahrung habe ich, als ich bei uns in der Schänke den Gedächtnisakrobaten spielen musste, zur Genüge gemacht.«

»Natürlich hast du die Bilder, Texte und Zahlenreihen sehr schnell wieder vergessen, und zwar weil du sie im *Schwarzen Hahn* nur ein einziges Mal aus deinem Gedächtnis hervorbringen musstest«, räumte Bartholo ein. »Aber ich gehe jede Wette ein, dass dein Erinnerungsvermögen noch zu einer erheblich gesteigerten Leistung fähig ist, wenn du weißt, dass es nicht darum geht, dieses oder jenes Bild nur einmal innerhalb der nächsten Minuten wiederzugeben, sondern es für Wochen oder vielleicht sogar Monate unverändert im Kopf zu bewahren.«

»Das bezweifle ich.«

Bartholo lachte. »Nun, das wird sich ja zeigen! Denn wir werden heute damit beginnen, die Probe aufs Exempel zu machen.«

»Ist mein ungewöhnliches Gedächtnis vielleicht der wahre Grund dafür gewesen, dass Ihr mich als Gehilfen zu

Euch auf den Mühlhof geholt habt?«, wollte Caspar nun wissen.

»Ich gebe zu, dass deine besondere Fähigkeit eine nicht unwesentliche Rolle gespielt hat«, gab Bartholo freimütig zu. »Aber das war es nicht allein. Ich brauchte auch einen Gehilfen, auf dessen Verschwiegenheit ich mich verlassen konnte.«

Caspar verzog das Gesicht zu einer sarkastischen Miene. »Ich verstehe! Jemand wie ich, der schon im Wasserkerker um sein Leben rang und am Pranger stand, der also keine Aussicht auf eine ehrbare Arbeit hat, so jemand kann es sich natürlich nicht erlauben, den Mund aufzumachen!«

Bartholo stritt auch diese Überlegung nicht ab. »Aber den eigenen Vorteil im Auge zu haben bedeutet doch nicht, dass die andere Partei keinen Nutzen aus dem Handel zieht.«

»Das muss sich erst noch erweisen.«

»Richtig, aber jetzt sollten wir nicht länger über den Schnee von gestern debattieren. Lass uns nach oben in die Werkstatt gehen und sehen, was wirklich in dir steckt!«

Caspar seufzte. »Wie Ihr meint, aber ich sage es noch einmal: Erwartet nicht zu viel!«

In der Werkstatt legte Bartholo ihm dann einen Portolan von der nordafrikanischen Küste vor. »Nimm dir Zeit, um dir alle Einzelheiten gut einzuprägen, vor allem den Küstenverlauf und die einzelnen Beschriftungen. Hierbei geht es nicht um Schnelligkeit, sondern um Genauigkeit.«

Caspar nickte und machte sich an die Arbeit. Er konzentrierte sich auf den Verlauf der Küstenlinie sowie auf die Symbole und Beschriftungen. Er versenkte sich förmlich in sich und vergaß alles um sich herum, während er dem geheimnisvollen vielstimmigen Chor, den lockenden Echogesängen der Karte lauschte.

Gleich darauf ließ Bartholo ihn die Karte ein erstes Mal nachzeichnen. Zwei Stunden später setzte sich Caspar auf seine Anweisung hin ein zweites Mal an den Werktisch, um erneut den Küstenverlauf mit all seinen Einzelheiten aus dem Gedächtnis zu Papier zu bringen. Am Abend zeichnete er die Karte zum dritten Mal. Und mitten in der Nacht holte ihn sein Meister aus dem Schlaf, weil er wissen wollte, ob er in der Lage war, diese Karte auch schlaftrunken und völlig unvorbereitet mit größter Genauigkeit aus seinem Gedächtnis hervorzuholen.

»Großartig! Einfach großartig!«, rief Bartholo begeistert, als er Caspars vierte Nachzeichnung zur Hand nahm und mit dem Original verglich. »Du hast zwar einige Kleinigkeiten unterschlagen, doch diese Fehler sind eindeutig nicht durch nachlassende Gedächtnisleistung bei der dritten oder vierten Zeichnung entstanden, sondern sie finden sich schon in der ersten Kopie! Aber das merzen wir mit der Zeit auch noch aus! Ich bin sicher, dass du mit mehr Übung fähig bist, das perfekte Abbild in deinem Gedächtnis zu bewahren und auf Kommando abzurufen!«

»Heißt das, dass ich jetzt wieder zurück in mein Bett kann?«, fragte Caspar und gähnte ungeniert. »Ich bin nicht nur hundemüde, sondern mir ist auch kalt bis in die Knochen!«

»Sicher! Geh nur wieder in deine Kammer. Wir machen morgen weiter!«, sagte Bartholo, während er das Papier mit der Kartenkopie an die Flamme der Öllampe auf dem Werktisch hielt und das brennende Blatt in den Kamin warf.

»Wenn Ihr mich das nächste Mal mitten in der Nacht aus

dem Bett holt, damit Ihr mein Gedächtnis auf die Probe stellen könnt, erwarte ich, dass Ihr vorher ein Feuer entzündet habt!«, sagte Caspar im Hinausgehen und in seiner Stimme lag schon ein Hinweis auf jenes neue Selbstbewusstsein, das allmählich in ihm wuchs und erstarkte.

Bartholo forderte sein Gedächtnis bald nicht mehr nur mit einer Karte heraus, sondern ging in den letzten Tagen des Januar dazu über, ihm eine ganze Reihe verschiedener Portolane vorzulegen. Er wollte herausfinden, wie viele verschiedene Vorlagen er gleichzeitig behalten und exakt wiedergeben konnte. Sein Ziel war es, seine sieben kostbarsten Karten der westafrikanischen Küste in Caspars Gedächtnis detailgetreu bewahrt zu wissen.

»Auch wenn die letzte Strecke zur Südspitze und das Kap der Guten Hoffnung fehlen, so haben doch nur wenige Eingeweihte diese Portolane hier zu Gesicht bekommen«, sagte er fast feierlich, als er Anfang Februar die letzten beiden der sieben Karten vor Caspar auf dem großen Werktisch auseinander faltete. »Nach mir bist du der Zweite, der nicht zum Kreis der Männer des geheimen portugiesischen Archivs und nicht zu der kleinen Gruppe autorisierter Kapitäne gehört – und dennoch Kenntnis vom genauen westafrikanischen Küstenverlauf erhält!«

Ein stolzes Lächeln umspielte Caspars Lippen. »Ich werde mich bemühen, mich dieser außerordentlichen Ehre als würdig zu erweisen, Meister Wolkenstein«, sagte er und berauschte sich innerlich an der Vorstellung, dass sich seinen Augen großartige Entdeckungen offenbarten, die für den Rest der Welt noch in geheimnisvolles Dunkel gehüllt waren.

Mit einem brennenden Ehrgeiz, den er nie in sich vermutet hätte, stürzte er sich in die Aufgabe, diese sieben Portolane mit all ihren Einzelheiten so getreu in sein Gedächtnis einzugraben, als hätte er sie dort mit einem Stichel in eine Kupferplatte gestochen.

Caspar enttäuschte weder sich noch seinen Meister. Je mehr er übte und sich selbst forderte, desto genauer wurden seine Kopien, die er aus dem Gedächtnis anfertigte. Und je weniger Fehler in seinen Zeichnungen auftauchten, desto stärker wurde sein Selbstbewusstsein.

Bis auf die kurze Zeit bei Meister Burgkmair hatte er sein Leben lang darunter gelitten, angeblich für nichts wirklich zu gebrauchen zu sein. Lange genug hatte er die Geringschätzung, mit der sein älterer Bruder und sein Vater ihn behandelten, als verdient hingenommen. Überzeugt davon, ein Versager und eine Schande für die Familie zu sein.

Aber diese Zeit war vorbei! Er fühlte sich nicht länger als der minderwertige, vom Makel des Wasserkerkers und Prangers gezeichnete Handlanger, der seinem Meister auf Knien dankbar sein musste, dass er bei ihm Brot und Arbeit gefunden hatte. Vielmehr erwuchs in ihm das stolze Bewusstsein, mehr als nur ein zum Gehorsam verpflichteter Gehilfe zu sein und etwas Außergewöhnliches zu leisten, für das er nicht nur Anerkennung erwarten konnte, sondern auch eine erhebliche Aufwertung seiner Position im Verhältnis zu seinem Meister.

Zwar hatte dieser Prozess schon an jenem Tag begonnen, als er sich entschlossen hatte, trotz der Bedrohung durch den Inquisitor und Servatius von Pirkheim bei Bartholo zu bleiben. Auch die Tatsache, dass er seinem Meister mittlerweile mit der Klinge alle Ehre machte und nach dem Überfall auf den Wanderbuchhändler nicht vor der drohenden Gefahr durch Estevao de Serpa und seine Männer davongelaufen war, wog nun schwer zu seinen Gunsten. Die Fähigkeit, sich wirklich alle sieben Karten und womöglich noch mehr einprägen und sie jederzeit wiedergeben zu können, hatte ihm endgültig zu einer Stellung verholfen, die eher der eines jugendlichen Freundes und Mitverschwörers entsprach als der eines nützlichen und treuen Gehilfen, der kein Recht auf Mitsprache besaß.

Diese neue Stellung, die Caspar fortan zukam, erkannte Bartholo auch an. Stillschweigend. Statt großer Erklärungen waren es die Kleinigkeiten im tagtäglichen Umgang miteinander, die diese neue Gewichtung in ihrem Verhältnis deutlich machten. Es war die Art, wie Bartholo neuerdings mit ihm sprach, nämlich freundschaftlich und respektvoll. Auch übertrug er ihm nun nicht länger all jene unangenehmen Aufgaben, mit denen sich ein Lehrjunge und auch noch so mancher Geselle gewöhnlich jahrelang abgeben musste.

»Bartholo weiß schon, was er an mir hat!«, prahlte Caspar einmal stolz, nachdem er Klara berichtet hatte, dass er nun alle sieben Karten fehlerlos nachzeichnen konnte. »Das beste Versteck für seine geheimen Karten bin ich!«

»Wie beruhigend für dich!«, lautete ihre kurze, schnippische Antwort.

»Wieso beruhigend für mich?«, fragte er verwirrt. »Ich dachte, du . . .« Weiter kam er nicht.

»Halt mich nicht länger mit deinen Geschichten auf, wie umwerfend wichtig du für Bartholo jetzt bist!«, fiel sie ihm ins Wort. »Ich habe in diesem Haus immerhin noch zu arbeiten! Der Nachteimer in Quentels Zimmer leert sich nämlich nicht von alleine und euer Essen kommt auch nicht durch Gedächtnisspielereien auf den Tisch!« Damit ließ sie ihn stehen.

Betroffen sah er ihr nach. Was war bloß in sie gefahren?

Schon am Morgen hatte sie sich so komisch benommen. Nicht einmal seinen Gruß hatte sie erwidert, sondern war mit zusammengepresstem Mund an ihm vorbeigegangen. In letzter Zeit war von der Nähe, die sie einmal verbunden und ihn mit so großer Freude und Sehnsucht nach mehr erfüllt hatte, nichts mehr zu spüren. Klara hielt sich wieder für sich, war kurz angebunden und bissig und schien kein Interesse mehr an seiner Freundschaft zu haben. Abends saßen sie nicht länger zusammen und redeten darüber, was sie beschäftigte. Klara ging geradewegs in ihre Kammer und schloss die Tür hinter sich.

Je mehr Tage vergingen, in denen Klara ihm die kalte Schulter zeigte und ihn mit sarkastischer Geringschätzung behandelte wie zu Anfang ihrer Bekanntschaft, desto mehr litt er darunter. Zumal er keine Erklärung für ihr plötzlich verändertes Benehmen hatte.

Schließlich nahm er sich ein Herz und stellte sie morgens im Kuhstall zur Rede.

Klara gab sich erst ahnungslos und tat, als wüsste sie nicht, wovon er sprach. Barsch forderte sie ihn auf, sie endlich mit seinen idiotischen Fragen in Ruhe zu lassen. Sie sei in den Stall gekommen, um die Kuh zu melken, und nicht um sich dumme Fragen stellen zu lassen.

Aber er ließ nicht locker und beharrte darauf, dass sie ihm sagte, was die Ursache für ihr abweisendes Benehmen ihm gegenüber war. »Nach allem, was wir doch bisher zusammen durchgestanden haben, bist du mir eine ehrliche Antwort schuldig!«

Trotzig reckte Klara das Kinn. »Zusammen durchgestanden? Was soll denn das heißen? Was haben wir denn schon groß zusammen durchgestanden?«, fragte sie schroff und wollte sich von ihm abwenden.

Doch Caspar hielt sie an den Schultern fest. »Bitte, sprich zu mir, Klara! Es tut mir sehr weh, wie du mich in letzter Zeit behandelst!«

»Lass mich los!«

Caspar sah ein feuchtes Glänzen in ihren Augen und bemerkte auch das leichte Zittern ihrer Unterlippe, das einem weniger aufmerksamen Beobachter vermutlich entgangen wäre. »Warum willst du auf einmal nichts mehr von mir wissen, Klara?«, fragte er eindringlich, um dann leise hinzuzufügen: »Ich habe geglaubt, wir . . . wir wären uns sehr nahe.«

»Ja, so nahe wie deine verfluchten Karten von Westafrika!«, stieß sie erbittert hervor. »Das ist doch das Einzige, was dich und Bartholo noch interessiert. Mich braucht ihr doch nicht mehr. Du schon gar nicht, wo du doch so unersetzlich für ihn geworden bist!« Und plötzlich lösten sich die ersten Tränen von ihren Wimpern.

»Was redest du denn da für einen Unsinn?«

»Es ist kein Unsinn, es ist die Wahrheit!«, schluchzte sie. »Ich sehe es doch Tag für Tag, wie ihr beide euch immer näher kommt. Wie Verschwörer seid ihr! Du bist doch längst schon genauso verrückt auf die Karten und all diese Geheimnisse, die damit in Verbindung stehen, wie Bartholo! Und . . . und wenn ihr eines Tages zu eurer Reise aufbrecht, dann werdet ihr mich hier zurücklassen. Und dann kann ich sehen, wo ich bleibe!«

Nun begriff Caspar, was Klara in letzter Zeit gequält und sie dazu gebracht hatte, sich zurückgesetzt zu fühlen und auf Distanz zu ihm zu gehen. Es schmerzte ihn, dass er durch seine ungezügelte Begeisterung für die Welt der Kartografie den Eindruck bei ihr erweckt hatte, dass ihn nichts anderes mehr interessierte.

»Mein Gott, wie kannst du so etwas auch nur denken, Klara«, sagte er betroffen und zog sie in seine Arme. »Das mit der großen Reise steht ja noch in den Sternen. Aber wenn es wirklich dazu kommt, werden wir dich . . . nein, werde *ich* dich unter keinen Umständen zurücklassen!«

»Das sagst du jetzt nur so«, murmelte sie unter Tränen, doch in ihrem Blick leuchteten Hoffnung und Freude auf.

»Nein, es ist mir ernst. Bei allem, was mir heilig ist, schwöre ich, dass ich dich nicht hier zurücklassen werde!«, beteuerte er.

»Worte«, flüsterte Klara und sah ihn an. »Worte sind so leicht dahergesagt.«

Ihr Mund war so nahe und so verlockend. »Ich kann es auch anders als durch Worte sagen«, erwiderte er mit plötzlich belegter Stimme und schnell pochendem Herzen.

»Wie denn?« Ihre Stimme war nicht mehr als ein Hauch.

Seine Hand legte sich auf ihr Gesicht und fuhr sanft in ihr Haar. Und dann tat er, wovon er schon seit Monaten träumte. »So«, antwortete er und küsste sie.

Einen Augenblick stand Klara ganz still, als überlegte sie, wie sie darauf reagieren sollte. Dann legte sie ihre Arme um ihn und erwiderte den sanften Druck seiner Lippen. Hinter ihnen muhte die Kuh, die mit prallem Euter ungeduldig darauf wartete, gemolken zu werden.

Dreiundzwanzigstes Kapitel

Seit jener Nacht, in der Caspar den Wanderbuchhändler mehr tot als lebendig über die Torschwelle in den Hof gezerrt hatte, folgte das Leben auf dem Mühlhof einem anderen Rhythmus. Vorbei die Zeit, als sich noch alles von morgens bis abends hauptsächlich um die Arbeit in der Werkstatt gedreht hatte. Zwar brachte Caspar auch jetzt noch viele Stunden damit zu, gemeinsam mit Bartholo an neuen Kupferstichen zu arbeiten und ihm an der Druckpresse zur Hand zu gehen. Aber dieser Teil der täglichen Arbeit trat ganz deutlich hinter den anderen Aufgaben zurück, die nun vornehmlich den Tagesablauf bestimmten.

Die Gedächtnisübungen mit den Karten und dem Nachzeichnen machten dabei die wichtigste Veränderung aus. Doch dabei allein blieb es nicht. Bartholo legte Wert darauf, dass Caspar sich noch ausführlicher als zuvor dem Studium des Kastilischen widmete. Zudem verdoppelte er die Stunden, die er ihn täglich in der Fechtkunst unterrichtete. So übten sie jetzt sowohl am frühen Morgen als auch am Abend.

»Wir müssen vorbereitet sein! Und nicht nur wegen Estevao de Serpa!«, sagte Bartholo mehr als einmal, ohne sich jedoch Genaueres entlocken zu lassen. Es gab auch jetzt Geheimnisse, die er eisern für sich behielt.

Klara und Caspar rätselten manchen Abend, was hinter

dieser angespannten Erwartung, Bartholos spürbarer Unruhe und all den Vorbereitungen, die bei ihnen den Verdacht auf einen baldigen Aufbruch weckten, bloß stecken mochte. Die auf der Hand liegende Vermutung, dass ihr Meister dem Dänen Absalon mit großer Wahrscheinlichkeit eine wichtige Karte abkaufen wollte, brachte sie dabei nicht viel weiter. In den Besitz von geheimen Karten brachte sich Bartholo ja schon seit Jahren, wie er ihnen berichtet hatte. Und Klara, die nun schon im vierten Jahr in seinen Diensten stand, konnte sich nicht erinnern, ihn jemals in einem auch nur ähnlich angespannten und rastlosen Zustand erlebt zu haben. Und dass Bartholo mit irgendeinem einschneidenden Ereignis oder einer Nachricht rechnete, die einen unverzüglichen Aufbruch zur Folge haben könnte, spürten sie ganz deutlich. Zudem beschäftigte sie der merkwürdige Umstand, dass er nie davon sprach, was er eigentlich mit den Karten letztlich anzufangen gedachte. Dass es nur um eine private Sammelleidenschaft gehen könnte, schlossen sie schon nach kurzer Überlegung aus. Aber welches geheime Ziel verfolgte er dann? Wofür oder für wen waren die Karten bloß bestimmt, wenn sich ein konkreter Plan hinter Bartholos Aktivitäten verbarg? Dies schienen die beiden entscheidenden Fragen zu sein.

Mit der Inquisition konnten diese Unruhe und spürbare Rastlosigkeit, die auf dem Mühlhof eingekehrt waren, jedoch nichts zu tun haben, dessen war sich Caspar sicher, als der Januar und der halbe Februar verstrichen waren, ohne dass sie von Pater Erasmus, dem Domherrn oder gar vom Inquisitor persönlich etwas gehört hatten. Auch Bartholo hegte mittlerweile die feste Überzeugung, dass Servatius von Pirkheim wohl das Interesse an einer Verfolgung verloren haben musste, vielleicht dank der geschickten Einflussnahme von Pater Erasmus, und dass daher von dieser Seite gottlob nichts mehr zu befürchten war, solange sie nur jede Begegnung, auch jede zufällige, mit dem Domherrn und mit Eiferern wie Bruder Donatus vermieden. Aus diesem Grund hatten sie auch schon im alten Jahr auf ihre Gewohnheit verzichtet, sonntags in die Messe von St. Ulrich zu gehen und an besonders hohen kirchlichen Festtagen den Dom aufzusuchen. Sie nahmen seitdem fast nur noch an den Gottesdiensten in der Dorfkirche von Kriegshaber teil.

Damit Caspar dennoch gelegentlich eine Stunde mit seiner Mutter verbringen konnte, begaben sie sich alle vierzehn Tage einmal abends in den *Schwarzen Hahn*, wo sie mit Sicherheit keinem der Kleriker begegnen würden. Dort saß Bartholo dann in einer dunklen Ecke, trank sein Bier und verzehrte in aller Ruhe eine Schüssel Fleischsuppe, während Caspar die knappe Zeit mit seiner Mutter im Hinterzimmer verbrachte und ihr von seinem angeblich ganz normalen, arbeitsreichen Leben auf dem einstigen Mühlhof erzählte.

Aber seine Mutter ließ sich so leicht nicht täuschen. »Irgendetwas geht bei euch vor, das du mir verschweigst. Ich sehe es dir doch an! Allein schon, dass du nicht mehr jeden Sonntag im Anschluss an die Messe kommst, sondern nur noch alle paar Wochen und dann auch nur gegen Abend«, sagte sie ihm im Februar auf den Kopf zu, jedoch nicht anklagend, sondern voller Sorge.

Es schmerzte Caspar, seine Mutter nicht einweihen zu dürfen. Aber er hatte Bartholo sein Wort gegeben. Das Einzige, was er ihr sagen konnte, war, dass er nichts tat, dessen sie sich schämen müsste. »Meister Bartholo ist gut zu mir – und ich habe nicht nur sein Vertrauen gewonnen, sondern auch seinen Respekt. Er baut auf mich, in jeder Beziehung, Mutter!«

Sie seufzte und drückte seine Hand. »Das ist gut. Aber gib um Gottes willen Acht auf dich!«

In derselben Februarwoche wagte sich Cornelius Quentel an einem sonnigen Morgen zum ersten Mal aus dem Haus. Seine Genesung war nach einem schweren Rückfall, der ihm zwischen den Jahren wieder tagelang gefährlich hohes Fieber beschert hatte, quälend langsam verlaufen. Nun aber kam er endlich wieder zu Kräften. Er hatte jedoch stark abgenommen und die Kleidung schlotterte um seinen hoch gewachsenen, abgemagerten Körper. Das Haar, das im Morgenlicht wie gesponnenes Kupfer leuchtete, hing ihm bis auf die hageren Schultern.

Auf eine Krücke gestützt und eine warme Decke um die Schultern gelegt, stand er in der Sonne gegen die Hauswand gelehnt und verfolgte interessiert, mit welchem Eifer Caspar und Bartholo die Klingen kreuzten und sich gegenseitig über den Hof scheuchten.

An diesem Morgen ging das Gefecht, bei dem keiner dem anderen etwas schenkte und keine Blöße, auch nicht die kleinste Unaufmerksamkeit, unbestraft blieb, mit einem Gleichstand der Treffer aus. Caspar hegte im Stillen den Verdacht, dass sein Meister alles an Kraft und Schnelligkeit in sich aufgeboten hatte, weil Quentel ihnen zugeschaut hatte. Der einzige Vorteil, den Caspar für sich verbuchen konnte, war die Tatsache, dass sein Meister beim Abbruch des Kampfes sichtlich erschöpft war und ihm keine fünf Minuten länger so brillant Widerstand hätte leisten können. Wohingegen er, Caspar, dieses Tempo durchaus noch einige Zeit durchgehalten hätte.

»Himmel, du fechtest ja wie der Teufel!«, rief Quentel ihm zu. »Und dabei dachte ich, dass keiner so gut mit der Klinge umgehen kann wie Bartholo. Sag, wie heißt der überragende Fechtmeister, der dich so exzellent in der Kunst der Klingenführung ausgebildet hat?«

»Bartholomäus Wolkenstein!«, antwortete Caspar und sah mit einem breiten Grinsen, in dem sich Stolz mit Dankbarkeit verband, zu seinem Meister hinüber.

Bartholo lachte etwas angestrengt. »Manchmal wünschte ich schon, er würde nicht so schnell lernen und nicht die Ausdauer eines Ochsen haben! Ich werde ohnehin schon häufig genug an mein Alter und meine physischen Grenzen erinnert!«, sagte er, beugte sich vor und stützte sich auf sein gesundes rechtes Bein, als plagten ihn Seitenstiche. Dann ging er mit schweren Schritten ins Haus.

»Dich hätte ich an meiner Seite haben müssen, als sie im Wald über mich hergefallen sind«, sagte Quentel zu Caspar. »Dann hätten wir den Portugiesen und seine Komplizen in Stücke geschnitten!«

»Was werdet Ihr jetzt tun?«, fragte Caspar. »Bleibt Ihr noch bei uns auf dem Mühlhof, bis Nachricht von Absalon eintrifft? Oder werdet Ihr Euch erst einmal eine Weile bei Eurer Verwandtschaft in der Stadt aufhalten? Bartholo hat erzählt, dass Ihr einen Vetter in Augsburg habt.«

»Ja, Gernot Himmelheber, seines Zeichens Färbermeister, ein Vetter mütterlicherseits«, bestätigte der Wanderbuchhändler. »Bartholo hat ihm schon eine Nachricht von mir zukommen lassen und der gute Gernot würde es mir sehr übel nehmen, wie er mich hat wissen lassen, wenn ich ihm und seiner Frau nicht Gelegenheit gebe, sich um mich zu kümmern. Ich habe Bartholos Gastfreundschaft sowieso schon viel zu lange in Anspruch genommen, ganz abgesehen davon, dass ich ihm und euch mein Leben verdanke.«

Verlegen wehrte Caspar den Dank ab und brachte das Gespräch schnell auf ein anderes Thema. »Werdet Ihr wieder auf Reisen gehen, wenn Ihr richtig zu Kräften gekommen seid?«, fragte er, auch in der vagen Hoffnung, ihm möglicherweise Hinweise auf das entlocken zu können, was Bartholo im Geheimen plante. Sein Meister hatte viel Zeit allein mit Quentel verbracht. Wer weiß, was sie dabei besprochen und einander anvertraut hatten!

»Ohne Frage! Die Straße gehört zu meinem Leben wie der freie Flug zu einem Vogel!«, erklärte Quentel. »Aber zuerst muss ich mir bei Anton Stechling, dem besten Wagner weit und breit, einen neuen Wagen bauen lassen und mir dann zwei neue Pferde zulegen.«

Caspar nickte. Bis auf das, was Quentel am Leib getragen hatte, war dem Wanderbuchhändler nichts mehr geblieben. Sie hatten noch Tage nach dem Überfall bis weit hinter Kriegshaber nach seinem Kastenwagen gesucht, doch ohne Erfolg. Estevao de Serpa hatte das Gefährt in jener Nacht spurlos verschwinden und vermutlich später an irgendeinem versteckten Ort in Flammen aufgehen lassen, nachdem er es gründlich durchsucht hatte. Unauffindbar blieb auch das Pferd, auf dem Quentel sich schwer verletzt zu ihnen zum Mühlhof hatte retten können. Er hatte es einem von Estevaos Spießgesellen im blutigen Kampf abgenommen, wie er erzählt hatte. Selbst schon aus zahlreichen Wunden blutend, hatte er den Mann mit einem wuchtigen Säbelhieb aus dem Sattel stoßen, sich mit letzter Kraft auf den Rücken des Tieres ziehen und davongaloppieren können.

»Gottlob hatte ich mein Geld nicht im Wagen versteckt,

sondern es immer am Körper getragen«, fuhr Quentel fort. »Und zwar nicht nur in der Geldbörse! Breite Gürtel und die Säume schwerer Umhänge geben gute Verstecke ab.«

»Auch in Schaftstiefeln, wie Ihr sie tragt, lässt sich gut das eine oder andere verstecken«, sagte Caspar und sah ihn erwartungsvoll an, ob er den Köder wohl aufnahm.

Quentel schmunzelte. »Ja, wenn man bei ihrer Anfertigung vorausschauend ist und die richtigen Anweisungen gibt«, erwiderte er, ließ sich jedoch nicht entlocken, was genau er in seinem linken Stiefel verborgen hatte. »Ja, ich habe noch Glück im Unglück gehabt! Und jetzt hoffe ich bloß, dass Anton Stechling nicht zu beschäftigt ist und sich schon bald für mich an die Arbeit machen kann. Denn spätestens nach dem Pfingstfest möchte ich wieder auf Reisen gehen.«

Am Freitag vor dem vierten Fastensonntag, als schon die ersten Frühlingsboten Wald und Flur mit knospendem Grün schmückten, verließ Quentel den Mühlhof. Caspar brachte ihn zusammen mit Bartholo zum Färbermeister Gernot Himmelheber in die Stadt. Sie trugen tief in die Stirn gezogene Bauernhüte, unauffällige Umhänge mit hochgeschlagenen Kragen und hielten auf dem Kutschbock die Köpfe gesenkt, um allen Zufällen vorzubeugen.

Es war Markttag und sie reihten sich frühmorgens in den Strom der Bauern ein, die mit ihren schwer beladenen Karren, Packtieren und Fuhrwerken vom Umland in die Stadt drängten. Caspar setzte seinen Meister und Quentel in der Jakobervorstadt vor einem der hohen Färbertürme an einem der Lechkanäle ab und fuhr allein zum Wochenmarkt weiter. Während Bartholo noch einige wichtige Geschäfte erledigen wollte, über die er sich jedoch nicht näher ausgelassen hatte, sollte Caspar die Gelegenheit nutzen, um auf dem Wochenmarkt einige Einkäufe zu tätigen, damit ihre arg zusammengeschrumpften Vorräte wieder aufgefüllt wurden.

Der Stand eines Quacksalbers, der seine angeblich wundersamen Heilsalben und -tinkturen mit großer Zungenfertigkeit anpries, weckte Caspars Neugier. Er blieb kurz stehen und schaute zu ihm hinüber. Im nächsten Augenblick zupfte ihn jemand im Vorbeigehen am Ärmel seiner Jacke. Gleichzeitig raunte eine Stimme ihm zu: »Folge mir unauffällig!«

Caspar fuhr zusammen, wandte sich um und erhaschte einen Blick auf den Rücken eines Mönches, der sich einen Weg durch das Gedränge bahnte. Er brauchte einen kurzen Moment, um die Gestalt und die Stimme miteinander in Verbindung zu bringen. Dann wusste er, wer ihn da angesprochen hatte: Pater Erasmus, der Prior von St. Ulrich!

Sofort breitete sich ein flaues Gefühl in seiner Magengegend aus. Dass ihn der Mönch erkannt hatte und seine Verkleidung demnach nicht viel taugte, war schon schlimm genug. Aber dass er es offenbar noch immer nicht wagen konnte, in der Öffentlichkeit mit ihm zu reden, weckte alte Befürchtungen und neue Ängste in ihm.

Mit einem unguten Gefühl folgte Caspar dem Mönch über den Markt und in die Kirche von St. Peter. Dort verlor er ihn für kurze Zeit aus den Augen. Er fand ihn im Nordteil der Hallenkirche in der lang gestreckten Felicitaskapelle, wo er in einer der Bänke kniete, ganz im Schatten der Wand.

Caspar begab sich in die Bank davor und setzte sich ein wenig schräg vor ihn, sodass er nur leicht den Kopf nach links zu wenden brauchte, um den Mönch sehen zu können.

»Servatius von Pirkheim ist wieder in der Stadt«, eröffnete ihm Pater Erasmus leise.

»Was heißt, er ist wieder in der Stadt? Ich wusste nicht, dass er weg war«, flüsterte Caspar zurück.

»Er hat die letzten drei Monate auf dem Landgut seiner Familie verbracht, dem Himmel sei Dank dafür! Es gab da wohl heftige Streitigkeiten über irgendeinen Landkauf mit einer benachbarten Adelsfamilie, die ihn dort festgehalten und beschäftigt haben. Darüber soll es fast zu einem Duell gekommen sein. Aber jetzt ist er zurück und meine Hoffnung, er könnte in den Monaten seiner Abwesenheit die leidige Angelegenheit mit deinem Meister vergessen haben, hat sich leider nicht erfüllt«, teilte der Prior ihm mit. »Sein Interesse ist leider ganz und gar nicht erloschen. Und dasselbe gilt für den blinden Eifer von Bruder Donatus. Ich könnte ihm zwar befehlen, sich aus dieser Angelegenheit herauszuhalten, aber ich fürchte, dass für euch damit nichts gewonnen wäre. Damit würde ich nur sein Misstrauen wecken und ihn dazu bringen, im Geheimen mit Servatius zu reden und mich der Begünstigung des Kupferstechers zu bezichtigen. Die Folge wäre, dass ich dann nichts mehr für euch tun könnte.«

Caspar schluckte. »Und was wird nun geschehen?«

»Ich sehe mich gezwungen, dich bei uns im Kloster einer Befragung zu unterziehen. Du wirst uns, dem Domherrn, Bruder Donatus und mir, nächsten Freitag Auskunft über ketzerische Äußerungen deines Meisters in Wort und Schrift geben, so wie du es dem Inquisitor Institoris versprochen hast!«

Der Schreck fuhr Caspar in die Glieder. Wie gut, dass er schon saß, wurde ihm doch bei der Vorstellung, sich nächste Woche einer inquisitorischen Befragung unterziehen zu müssen, ganz elend zu Mute.

»Am frühen Freitagmittag schicke ich Bruder Donatus mit einem Wagen zu euch auf den Mühlhof hinaus«, fuhr Pater Erasmus fort. »Er wird dich davon unterrichten, dass du auf der Stelle zu einer Befragung im Kloster zu erscheinen hast. Angeblich hat die Befragung mit deinem früheren Vergehen zu tun, als du im Atelier von Meister Burgkmair das Porträt des Domherrn verunstaltet hast. Du sollst Rede und Antwort stehen, ob du mit deiner Tat nicht vielleicht doch das kirchliche Amt des Domherrn gemeint hattest. So habe ich das mit ihm abgesprochen. Er will verhindern, dass du dich mit deinem Meister absprechen oder dich davonmachen kannst. Er ahnt ja nicht, dass Bartholo längst in alles eingeweiht ist und ich euch vorwarne, sodass ihr Zeit habt, euch darauf einzustellen.«

»Ja, aber was erwartet Ihr und der Domherr denn von mir? Was soll ich Euch denn erzählen?«, stieß Caspar nun hervor und musste an sich halten, dabei seine Stimme zu dämpfen. »Diese Befragung ist doch der reinste Irrsinn! Auch wenn Bartholo vielleicht manches mit anderen Augen sieht, so ist er doch ein gottesfürchtiger Mann . . .«

»Ich weiß, ich weiß! Mich brauchst du nicht davon zu überzeugen«, fiel Pater Erasmus ihm ins Wort und beugte sich zu ihm vor. »Seine religiösen Überzeugungen haben nichts mit Ketzerei zu tun, hören sich aber für die Beschränkteren unter den Klerikern so an. Leider sind hohe Bildung sowie Mut zu scharfsinnigem Denken und Philosophieren unter Geistlichen, besonders wenn sie aus dem adligen Stand kommen und nur an Macht und Pfründen interessiert sind, nun mal so selten anzutreffen wie wahre Heilige auf dem Stuhl Petri! Aber wenn ein mächtiger

Mann wie der Domherr Servatius von Pirkheim die Rechtgläubigkeit deines Meisters in Zweifel zieht und dafür auch noch den gefürchteten Inquisitor Heinrich Institoris interessieren kann, lässt sich das nicht so einfach vom Tisch wischen. In diesem Fall muss man mit höchster Umsicht und größtem Geschick vorgehen, wenn man nicht eine Katastrophe heraufbeschwören möchte – und zwar nicht nur für andere, sondern auch für sich selbst!«

Caspar glaubte, einen bitteren, galligen Geschmack im Mund zu schmecken. »Was in Gottes Namen wollt Ihr denn, dass ich tue, damit es nicht zu dieser Katastrophe kommt?«, fragte er beklommen.

»Mit dem Domherrn ist nicht zu spaßen. Das bedeutet, dass du ihn nicht mit Ausflüchten und Unschuldsbeteuerungen zu Gunsten deines Meisters hinhalten kannst. Versuch es erst gar nicht! Damit würdest du ihn vielmehr misstrauisch machen, reizen und das genaue Gegenteil erreichen. Du musst uns bei der Befragung nächste Woche einige handfeste Äußerungen zu Protokoll geben. Tust du es nicht, wird er dich zweifellos bezichtigen, dass du lügst und dich wohl zusammen mit deinem Meister gegen die heilige Mutter Kirche und ihre Glaubenswahrheiten verschworen hast.«

»Aber das ist doch wahnwitzig!«, wandte Caspar ein und musste an sich halten, um nicht zu ihm herumzufahren.

»Mag sein, aber es hat Methode«, flüsterte Pater Erasmus.

»Ich verrate Bartholo nicht!«

»Sollst du auch nicht!«, versuchte der Mönch ihn zu beruhigen. »Bartholo ist ein gebildeter Mann. Sag ihm, er soll dich mit einer hübschen Sammlung von Äußerungen zu uns schicken, die für einen groben Klotz wie den Domherrn ganz nach den erhofften Beweisen ketzerischen Denkens klingen, sich bei näherer Begutachtung jedoch als unangreifbare theologische Überlegungen herausstellen, die den Segen höchster kirchlicher Autoritäten besitzen.«

»Ich verstehe nicht ganz . . .«, setzte Caspar an.

»Das musst du auch nicht«, unterbrach ihn der Mönch. »Es reicht, wenn du meine Anweisung deinem Meister so wortgetreu wie möglich ausrichtest. Kannst du das? Hast du begriffen, was ich dir aufgetragen habe?«

Ärger über diese fast schon beleidigende Frage flammte in Caspar auf und schwang auch deutlich in seiner Stimme mit, als er antwortete: »Sicher doch!«

»Gut! Er wird dann schon wissen, was ich damit gemeint habe. Freitag zur Mittagsstunde wirst du mit Bruder Donatus bei uns in St. Ulrich sein! Wenn wir Glück haben, ist Servatius müde vom Wein und einem schweren Essen. Dann ist die Befragung schnell vorbei. Dann haben wir auch bald schon Ostern, sodass der Domherr mit anderen Dingen vollauf beschäftigt sein dürfte.«

Caspar merkte, wie sein Herz raste. Er schloss kurz die Augen und presste die gefalteten Hände gegen die Stirn. Dann fragte er im Flüsterton: »Wisst Ihr, ob der Domherr noch in Kontakt mit dem Inquisitor steht? Gibt es Nachricht von ihm?«

Caspar erhielt keine Antwort, und als er den Kopf wandte, stellte er fest, dass die Bank hinter ihm leer war. Pater Erasmus hatte sich lautlos wie ein Schatten davongemacht.

Vierundzwanzigstes Kapitel

Bartholo fluchte ganz ordentlich, als Caspar ihm eine Stunde später auf der Fahrt aus der Stadt von seiner Begegnung mit Pater Erasmus und der Befragung berichtete, zu der er am kommenden Freitag erscheinen musste.

»Hätte dieser geistlose Tropf nicht noch ein weiteres Vierteljahr auf dem feudalen Gut seiner Sippschaft verbringen können? Zum Teufel mit diesen adligen Nachbarn, die nicht in der Lage gewesen sind, diesen kreuzdummen Kleingeist im Gewand eines Domherrn mit Klinge oder Muskete ins Jenseits zu schicken! In drei, vier Monaten hätten uns seine Nachstellungen so wenig berührt wie ein müder Furz im Sturmwind!«

Caspar horchte augenblicklich auf. Zum ersten Mal ließ Bartholo im Zusammenhang mit seiner spürbaren Aufbruchsstimmung etwas Konkretes verlauten. »Was ist denn in drei, vier Monaten?«, hakte er deshalb sofort nach.

»Dann werden, so Gott will, die vielen losen Fäden zu einem goldenen Vlies zusammengesponnen und Taten von bisher ungekanntem Wagemut in Angriff genommen, gegen die sich die Abenteuer meines bisherigen Lebens wie ein beschauliches Klosterdasein ausnehmen werden!«, verkündete er.

Caspar musterte ihn von der Seite mit gefurchter Stirn und grimmiger Miene. »Goldenes Vlies? Taten von bisher ungekanntem Wagemut? Könnt Ihr mir verraten, was ich mit diesem vollmundigen Wortgeklingel anfangen soll, Bartholo? Nächsten Freitag stehe ich vor dem Domherrn und damit quasi vor der Inquisition! Könnt Ihr zur Abwechslung nicht mal ein wenig eindeutiger ausdrücken, was Ihr plant und wohin es gehen soll?«, fragte er verdrossen. »Immerhin geht es hier auch um meinen Kopf! Und ich würde schon gerne wissen, wofür ich ihn aufs Spiel setze!«

»Sei ganz unbesorgt, ich achte auf deinen Kopf genauso gewissenhaft wie auf meinen«, antwortete Bartholo ungerührt. »Aber du wirst mir schon vertrauen müssen, bis ich die Zeit für gekommen halte, dir mit weiteren Erklärungen dienen zu können. Erst muss ich Absalon getroffen sowie von einigen Personen Antwort auf meine Schreiben erhalten haben.«

»Fürchtet Ihr vielleicht, ich könnte Eure Pläne verraten?«, fragte Caspar herausfordernd.

»Nein, zumindest nicht aus freiem Willen.«

»Aber unter der Folter, nicht wahr?«

Bartholo machte eine ungehaltene, wegwischende Handbewegung. »Unter der verschärften Folter würde sogar der Papst gestehen, seine Seele dem Teufel verkauft zu haben und nachts zum Hexensabbat auszureiten! Aber darum geht es hier doch gar nicht! Wir haben Pater Erasmus auf unserer Seite, der uns warnen würde, wenn ernstliche Gefahr im Verzug wäre! Sein Vorschlag, wie wir uns den Domherrn vom Hals schaffen können, ist vortrefflich und wird Erfolg haben. Du hast also nichts zu befürchten.«

»Damit mögt Ihr ja Recht haben. Aber das ändert nichts daran, dass Ihr mir ausweicht, wenn es darum geht, Auskunft zu geben, in was Ihr mich da verwickelt habt. Und so im Dunkel gehalten zu werden passt mir gar nicht!«

»Ach was, mit Ausweichen hat das nichts zu tun! Ich konzentriere mich vielmehr auf das Nächstliegende, anstatt mich im Zukünftigen zu verlieren. Dafür ist später noch Zeit genug, wenn die Würfel so gefallen sind, wie ich es mir erhoffe. Und bis dahin rede ich nicht darüber!«, beschied ihn Bartholo nachdrücklich. »Wenn du es unter diesen Voraussetzungen vorziehst, dass sich unsere Wege trennen, würde ich es zwar überaus bedauern, dir aber auch keine Steine in den Weg legen!«

Caspar warf ihm einen erbosten Blick zu. Sein Meister wusste doch so gut wie er, dass er mit seinen wenigen gesparten Gulden nicht weit kam! Nicht allein und schon gar nicht, wenn er Klara mitnahm. Wohin sollten sie denn gehen? Und bei wem sich als was verdingen?

Er verkniff sich die wütende Erwiderung, die ihm auf der Zunge lag, und versank in finsteres Brüten. Eine ganze Zeit lang rumpelten sie in angespanntem Schweigen dahin, vorbei am lang gestreckten Siechhaus hinter der Wertacher Brücke und dann hinein in den Weg, der rechts von der Landstraße abbog.

Als die Gemäuer des Mühlhofes schon zwischen den Bäumen hindurchschimmerten, zügelte Bartholo das Pferd und brachte das Gefährt zum Stehen. »Ich gebe dir mein Wort als Ehrenmann, dass ich dich nicht zurücklasse, wenn die Zeit zum Aufbruch gekommen ist«, sagte er ernst und versöhnlich. »Natürlich hast du auch dann die freie Wahl, ob du mich auf meinen neuen Wegen begleiten möchtest.«

»Und Klara?«

Bartholo seufzte. »Also gut, auch Klara wird mit von der Partie sein.« Er streckte ihm seine Hand hin. »Du hast mein Ehrenwort.«

Caspar zögerte kurz, dann schlug er ein. Auf dem Mühlhof eingetroffen, berichtete er Klara beim Ausspannen von seiner Begegnung mit Pater Erasmus, der Befragung, der er sich in einer Woche unterziehen musste, und der Abmachung, die er auf dem Rückweg mit Bartholo getroffen hatte.

»Danke, dass du auch an mich gedacht hast«, sagte Klara mit leuchtenden Augen und gab ihm schnell einen Kuss. »Aber wenn du meinst, dass die Gefahr zu groß ist . . .«

»Nein! Niemals!«, sagte Caspar entschlossen, noch bevor sie den Satz beenden konnte. »Die Chance, die Bartholo uns bietet, ist die Gefahr durch den Domherrn und den portugiesischen Geheimagenten Estevao de Serpa dreimal wert! Ich will nicht mein Leben für einen Hungerlohn bei irgendeinem Meister als geknechteter Handlanger verbringen und nach der Arbeit in schäbigen Tavernen die Reste meiner Träume in billigem Fusel ersäufen. Mein Gefühl sagt mir, dass Bartholo für mich das Tor zur Welt und zur Erfüllung vieler geheimer Sehnsüchte ist! Und wenn ich für diese Chance mein Leben riskieren muss, ist das ganz in Ordnung so. Nur wer was riskiert, kann auch was gewinnen! Bartholo hat schon Recht, wenn er sagt, dass wir nicht erwarten können, auf Federbetten in den Himmel einzugehen.«

Klara nickte. »Das sehe ich auch so«, sagte sie, um dann nüchtern anzumerken: »Bleibt nur zu hoffen, dass Bartholos Ehrenwort auch etwas bedeutet.«

Caspar begab sich zu Bartholo in die Werkstatt und sie setzten sich dort in die Bibliotheksecke. »Habt Ihr schon eine Idee, von welchem berühmten Kirchenmann Ihr die Aussprüche entlehnen wollt, mit denen ich Euch bei der Befragung zitieren soll?«

Bartholo nickte. »Ich habe mich für den mutigen Philosophen Nikolaus von Kues entschlossen, auch Nicolaus Cusanus genannt.«

»Nie von ihm gehört«, sagte Caspar. »Ihr habt auch keine Bücher von ihm, sofern er denn welche geschrieben hat.«

»Er hat, sogar einige sehr bedeutende. Aber ich bewahre seine Schriften drüben in meinem Sanctum oder in meiner Schlafkammer auf, deshalb sind sie dir noch nicht unter die Augen gekommen«, sagte Bartholo. »Nikolaus von Kues ist 1401 als Sohn des Schiffers Johann in Kues an der Mosel zur Welt gekommen und als Kardinal 1464 in Umbrien gestorben. Er war ein Rechtsgelehrter, weit blickender Kirchenpolitiker und Philosoph von hohem Rang. Von ihm stammt beispielsweise das Wort, dass der frei ist, der das Werk des Gesetzes in seinem Herzen trägt, mit natürlichem Griffel gleichsam eingeschrieben.«

Caspar runzelte die Stirn. »Ich fürchte, dazu müsst Ihr noch einiges erklären, bevor ich das behalten, geschweige denn verstehen kann«, gestand er.

Bartholo schmunzelte. »Nikolaus von Kues ging es um die Einsicht, dass in entgegengesetzten Urteilen mehr von der Wahrheit erfasst werden könne als in kategorischen Behauptungen.«

»Wie beispielsweise in Kirchendogmen und anderen von den Klerikern als unverrückbar erklärten Glaubenswahrheiten?«

»Ja, auch, obwohl sich die Ideen seiner Schriften *De docta ignorantia** und *De coincidentia oppositorum*** ganz so simpel nicht zusammenfassen lassen«, sagte Bartholo und begann, ihm von Nikolaus von Kues zu erzählen und ihn in die philosophischen Gedankengänge des Kardinals einzu-

* Von der wissenden Unwissenheit

** Über das Zusammenfallen der Gegensätze

führen. Denn ohne Verständnis für das philosophische Gedankengebäude des Nikolaus von Kues würde Caspar kaum in der Lage sein, in der Befragung am Freitag die Äußerungen seines Meisters in der einzig richtigen Formulierung wiederzugeben. »Die Sätze müssen auf den Punkt genau sitzen, denn der Domherr wird bestimmt alles, was du sagst, schriftlich zu Protokoll nehmen lassen.«

Als der Freitag kam, ging Bartholo am Morgen noch einmal alle Zitate mit ihm durch und versicherte ihm dann, dass er bestens präpariert sei und nichts zu befürchten habe.

Dennoch spürte Caspar die Angst, die unter der dünnen Decke erzwungener Gelassenheit in ihm rumorte. Immer wieder hatte er das Bild der Folterkammer in den Kellergewölben des Domstiftes vor Augen. All diese grauenhaften Gerätschaften zum Quälen hatten ihn auch im Schlaf verfolgt und ihm einen entsetzlichen Alptraum beschert. Mitten in der Nacht war er weinend und wimmernd aufgewacht – und hatte sich in Klaras Armen wieder gefunden. Sie hatte sein angsterfülltes Wimmern gehört und war zu ihm in die Kammer gekommen, um ihn von seinem schrecklichen Alptraum zu befreien.

Caspar hatte sie nicht wieder gehen lassen. Für den Rest der Nacht hatten sie sich aneinander geschmiegt und aus der Wärme und Zärtlichkeit des anderen Trost und Hoffnung geschöpft.

Fünfundzwanzigstes Kapitel

Da kommt er!«, sagte Klara und deutete auf den einachsigen Einspänner, der von einem Mönch gelenkt wurde und sich am frühen Mittag unter einem stark bewölkten Himmel dem Mühlhof näherte.

»Das ist Bruder Donatus, ein geifernder Bluthund im Mönchshabit!«, stieß Caspar voller Abscheu hervor. Er stand mit Klara am Fenster seiner einstigen Schlafkammer, von dem aus man über die Mauer auf die Zufahrt schauen konnte. »Ich gehe dann jetzt in den Hof hinunter.« Er holte tief Atem. »Bete für mich!«

Sie nickte mit bleichem Gesicht. »Gott schütze dich!«, flüsterte sie. Dann straffte sich ihr Körper, als wollte sie sich gegen die Angst zur Wehr setzen, die nach ihr griff. »Du wirst deine Sache bestimmt gut machen und schon bald wieder hier sein!«

Caspar zwang sich zu einem Lächeln, obwohl ihm eigentlich nichts ferner lag, gab ihr noch einen Kuss und lief dann hinunter in den Hof.

Als Bruder Donatus den Glockenzug betätigt hatte, öffnete Caspar die Luke in der Tortür und gab sich überrascht. »Ihr wollt zu meinem Meister?«, fragte er.

»Nein, ich habe eine Nachricht für dich, Bursche! Der Domherr Servatius von Pirkheim hat mich beauftragt, dir auszurichten, dass du auf der Stelle mit mir ins Kloster von St. Ulrich kommen sollst!«, teilte ihm der Mönch mit.

»Das kann jeder sagen!«

Bruder Donatus funkelte ihn empört an. »Wie kannst du es wagen, mich der Lüge zu bezichtigen, Kerl? Hier, ich habe es schriftlich!« Er reichte ein versiegeltes Schreiben durch die Luke und fügte dann mit gedämpfter Stimme hinzu: »Damit dein Meister keinen Verdacht schöpft, worum es wirklich geht, steht in dem Schreiben, dass du angeblich wegen deiner vergangenen Schandtaten befragt werden sollst. Also untersteh dich bloß, dich zu verplappern oder ihm sonst irgendeinen Hinweis zu geben! Und jetzt spute dich endlich! Es sieht nach Regen aus und ich will schnell in die Stadt zurück! Zeig das Schreiben deinem Meister und dann steigst du zu mir auf den Wagen!«

Wenige Minuten später saß Caspar neben dem Mönch auf dem Kutschbock. Er wusste, dass Klara am Fenster seiner alten Kammer stand und ihm nachblickte, und es drängte ihn, sich nach ihr umzudrehen. Doch er widerstand der Versuchung. Es mochte übertrieben sein, aber er wollte nichts tun, was auch nur im Entferntesten dazu führen konnte, dass der Klosterbruder an seiner Seite misstrauisch wurde.

Deshalb reagierte er auch mit trotzigem Schweigen, als Bruder Donatus ihn in ein Gespräch zu verwickeln suchte, wohl um ihn schon auf der Fahrt nach Augsburg auszuhorchen. »Der Inquisitor hat Pater Erasmus in seiner Abwesenheit mit der Untersuchung beauftragt. Ihm werde ich Rede und Antwort stehen, nicht aber Euch!«, beschied er ihn schroff, als der Mönch einfach keine Ruhe gab und immer neue Fragen stellte.

»Mich würde es gar nicht wundern«, rief Bruder Donatus, »wenn das ketzerische Gedankengut längst auch dich vergiftet hätte und ihr beide zu diesem gottlosen, blasphemischen Gezücht gehörtet, das zum Schutze der heiligen Mutter Kirche und zum Lobe Gottes nichts anderes verdient, als ausgemerzt zu werden!«

Caspar presste die Lippen aufeinander und versagte sich jede Erwiderung.

Seine innere Erregung wuchs, als sie das Stadttor passierten und zu St. Ulrich in die Oberstadt hochfuhren. Alles war ihm von Kindheit an vertraut und doch erschien ihm Augsburg an diesem Freitagmittag fremd. Nicht mehr wie ans Herz gewachsene Heimat, sondern eher wie fremdes Feindesland kam ihm die Stadt vor. Im Hof des Klosters gesellte sich zu seiner wachsenden Beklemmung noch ein Anflug von Übelkeit. Er fühlte sich hinter den hohen Klostermauern wie gefangen. Jetzt gab es für ihn kein Zurück mehr!

Bruder Donatus schritt mit wehender Kutte und hoch erhobenen Hauptes über den weitläufigen Vorhof. Alles an seiner Haltung wies darauf hin, für wie wichtig er sich hielt. Es war, als wollte er mit stolzgeschwellter Brust prahlen: »Immerhin bin ich es gewesen, der den Inquisitor auf den Fall Wolkenstein aufmerksam gemacht und die Untersuchung in Gang gesetzt hat!«

Sie durchquerten die Halle des Konventsgebäudes und folgten einem Gang, der parallel zum Westteil des Kreuzgangs verlief. Auf halbem Weg den Gang hinunter blieb Bruder Donatus vor einer Tür stehen, klopfte und wartete respektvoll, bis von drinnen die herrische Stimme des Domherrn »Ja, herein!« rief.

Bis auf das schwere, hölzerne Kruzifix an der kalten Steinwand, das Stehpult vor der Fensternische und den wuchtigen Tisch mit zwei Stühlen auf der dem Kreuz zugewandten Seite war der Raum mit der gewölbten Decke leer. Und diese Leere wirkte auf Caspar ähnlich erschreckend wie das Folterwerkzeug im Kellergewölbe des Domstifts.

Pater Erasmus und Servatius von Pirkheim standen hinter dem viel zu mächtigen Tisch, dessen Holz fast schwarz wirkte. Der Domherr hatte in den vergangenen Monaten noch sichtlich an Gewicht zugenommen. Das von roten Flecken gesprenkelte Gesicht wirkte noch massiger und fleischiger. Sein Blick fixierte Caspar, der in der Nähe der Tür stehen geblieben war, scharf und unfreundlich.

»Willst du wohl Respekt bezeugen, Bursche? Schlag das Kreuz und dann vor den Tisch mit dir!«, zischte ihm Bruder Donatus zu und versetzte ihm einen derben Stoß in die Rippen.

Gehorsam schlug Caspar das Kreuz und nahm dann vor dem Klotz von einem Tisch Aufstellung. Er spürte, wie sein Herz raste und ihm der Schweiß ausbrach.

»Beginnen wir!«, sagte der Domherr ungeduldig und mit herrischem Tonfall.

Pater Erasmus, dessen Gesicht nicht die geringste Gefühlsregung verriet, nickte und blickte zu Bruder Donatus hinüber, der hinter das Stehpult getreten war. »Seid Ihr bereit?«, fragte er ruhig.

Der Klosterbruder nickte und hob mit Blick auf Caspar die Feder, als wollte er wie ein Henker Maß nehmen für die Hinrichtung.

Pater Erasmus wandte sich nun Caspar zu. »Ich nehme an, du erinnerst dich, zu was du dich im Dezember in Gegenwart des Inquisitors verpflichtet hast«, sagte er ernst.

Caspar nickte und vermied es, den Domherrn anzusehen. Viel nützte es allerdings nicht, glaubte er den stechenden Blick des Mannes doch förmlich wie eine brennende Wunde auf seinem Gesicht spüren zu können.

»Dann erzähl uns, was dir in den vergangenen Monaten im Haus deines Meisters an Äußerungen zu Ohren gekommen ist!«, forderte der Pater ihn auf. »Bemerkungen, die mit seinem Glauben und mit der heiligen Mutter Kirche zu tun haben.«

»Kurzum, jede Art von ketzerischen Reden!«, fügte Servatius von Pirkheim herrisch hinzu.

»Ich glaube nicht, dass ein einfacher Gehilfe wie er in der Lage ist, ketzerisches Gedankengut von theologisch vertretbaren Aussagen zu unterscheiden«, sagte Pater Erasmus mit betonter Herablassung Caspar gegenüber. »Diese Entscheidung wird allein bei uns liegen – nach der Befragung und nach gewissenhafter Prüfung dessen, was wir von ihm gehört haben!«

Der Domherr nickte huldvoll. »Gewiss. Soll er also endlich den Mund aufmachen!«

»Nun denn!« Pater Erasmus nickte Caspar aufmunternd zu. »Was ist deinem Meister an Äußerungen über die Lippen gekommen, die sich dir wegen ihrer Ungewöhnlichkeit eingeprägt haben?«

Caspar musste gar nicht den Verstörten und Aufgeregten spielen. Einen Moment lang glaubte er, all die sorgfältig einstudierten Sätze vergessen zu haben oder nicht mehr in der richtigen Reihenfolge wiedergeben zu können. Panik drohte ihn zu überwältigen. Womit sollte er noch mal anfangen? Er kämpfte gegen die Angst an und konzentrierte sich. »Ja, also da . . . da war diese Sache mit dem Reich und den Fürsten . . .«, begann er stockend.

»Reiß dich zusammen und sprich in Sätzen, die Hand und Fuß haben, Bursche!«, herrschte Servatius von Pirkheim ihn an. »Wir wollen kein Gestammel hören! Du hast Zeit genug gehabt, dich auf diese Befragung vorzubereiten! Was genau hat er über die Fürsten und das Reich gesagt?«

Caspar schluckte und nickte heftig. »Er hat gesagt: ›Wie die Fürsten das Reich verzehren, so wird das Volk die Fürsten verzehren.‹!«

»Mhm!«, machte Pater Erasmus und runzelte die Stirn.

Der Domherr reagierte um einiges schärfer. »Er hat sich erdreistet, die von Gott gewollte Vorrangstellung der Fürsten zu kritisieren und Volkes Aufruhr gegen Fürsten gutzuheißen?«, fragte er empört.

»Was genau er damit gemeint hat, weiß ich nicht, Hochwürden. Ich verstehe von solchen Dingen nichts«, antwortete Caspar. »Ich kann nur wiedergeben, was er gesagt hat. ›Das Reich ist krank und bedarf eines Heilmittels, um wieder zu gesunden.‹« Die zitierten Worte stammten wortwörtlich aus einem Schreiben des Kardinals und waren gedacht, um gleich zu Beginn der Befragung herauszufinden, ob der Domherr mit den Schriften von Nikolaus von Kues vertraut war.

Offenbar war das nicht der Fall. Denn nicht nur der Domherr, sondern auch Bruder Donatus entrüstete sich augenblicklich über die angeblich umstürzlerischen Gedanken des Kupferstechers.

Pater Erasmus ließ sie einen Augenblick gewähren, um sie dann daran zu erinnern, dass sie nicht Meister Wolkensteins Einstellung zum Fürstenstand zu untersuchen hatten, sondern ob er im einzig wahren christlichen Glauben verhaftet war oder aber ketzerisches Gedankengut verbreitete. »Gibt es dazu Bemerkungen, die du uns mitzuteilen hast, Caspar Sebald?«

»Ja, er sprach mehrfach davon, dass es nur eine Religion gebe, die sich jedoch durch die Vielfalt ihrer religiösen

Formen auszeichne«, antwortete Caspar und zitierte damit einen zentralen Gedanken, der das theologische Werk des Kardinals durchzog. *Una religio in rituum varietate,* so lautete in der lateinischen Originalfassung sein Bekenntnis.

»Aha!«, rief der Domherr grimmiger Genugtuung. »Jetzt kommen wir der Sache schon näher! Hat er noch mehr dazu gesagt?«

Caspar nickte, während er gleichzeitig das versteckte Lächeln auf dem Gesicht des Paters bemerkte. Er nahm an, dass der Mönch im Gegensatz zum Domherrn nun genau wusste, welcher Zitate sich Bartholo bedient hatte und in welchen Schriften er sie später wieder finden konnte, um den Vorwurf der Ketzerei hieb- und stichfest mit den entsprechenden Textstellen entkräften zu können.

»Sprich, Bursche!«, drängte Servatius von Pirkheim.

»Also, er sagte mal, dass man dort, wo sich in der Religion keine Übereinstimmung in der Art und Weise der Ausübung finden lasse, die Nationen mit ihren eigenen Andachten und Zeremonien gewähren lassen solle«, zitierte Caspar nun fast wörtlich aus der kusanischen Schrift *De pace fidei*, was übersetzt *Über den Glaubensfrieden* hieß. »Weil alle Verschiedenheit doch mehr im Ritus als in der Verehrung des einen Gottes liege. Und deshalb sei im Himmel der Vernunft schon längst die Eintracht der Religionen beschlossen.«

Bruder Donatus zog laut hörbar die Luft ein, womit er seine Empörung kundtun wollte, während seine Feder hastig über das Papier kratzte, damit ihm auch ja keines dieser scheinbar ketzerischen Worte entfiel.

»Er stellt sich gegen die Missionierung heidnischer Völker? Das ist eindeutig Ketzerei!«, rief der Domherr triumphierend und wandte sich Pater Erasmus zu. »Na, habe ich es Euch nicht gesagt? Wie gut, dass ich darauf bestanden habe, dem Mann auf den Zahn zu fühlen!«

Der Pater hatte eine Miene ernster Verwirrung aufgesetzt. »Irgendwie kommt mir das bekannt vor«, sagte er und baute damit schon seiner späteren »Entdeckung« vor, dass all dies aus der Feder eines hoch geachteten Kardinals stammte. »Das höre ich nicht zum ersten Mal. Ich wünschte nur, ich wüsste, wo ich diesen Gedanken schon begegnet bin!«

»Der giftige Auswurf dieser Ketzerbrut gleicht sich eben! Und gottesfürchtige Männer wie wir erkennen nun mal auf Anhieb die abstoßende Fratze des Teufels!«, erklärte der Domherr und fragte dann Caspar begierig: »Hast du noch mehr von solchen Äußerungen zu Protokoll zu geben?«

»Oh ja!«, versicherte Caspar beflissen. Allmählich wuchs in ihm die Zuversicht, dass alles nach Plan verlaufen und Pater Erasmus die Gefahr der drohenden Inquisition bannen würde. Während er weiter aus den kusanischen Schriften zitierte, achtete er darauf, dass seine Stimme ihren unsicheren und verwirrten Klang behielt, als könne er mit den merkwürdigen Gedankengängen seines Meisters selbst nicht das Geringste anfangen. Auch stockte er immer wieder. Das hatte zudem den Vorteil, dass Bruder Donatus mit der Niederschrift nicht in Verzug geriet.

»Mein Meister sagt, Gott erkenne man nicht wie etwas Erkennbares, dem man dann, wenn man es erkannt hat, einen Namen gibt. Gott ist überhaupt nicht denkbar, und das ist ein unlösbares Problem. Schon das Wort Gott täuscht vor, dass es etwas gibt, das bezeichenbar ist und sich damit im Bereich menschlicher Vorstellungskraft befindet. In Wirklichkeit lässt sich über Gott nichts sagen, weil mit dem menschlichen Verstand nicht zu erfassen ist, was jenseits des menschlichen Verstandes liegen muss, wenn Gott Gott und nicht nur ein Götze ist. Über die Gottheit kann daher nichts anderes ausgesagt werden, als dass sie unendlich und undenkbar ist.«

Wenig später kam er zu den Erkenntnissen, die Nikolaus von Kues in seiner Schrift *Von der wissenden Unwissenheit* ausgeführt hatte. »Häufig redet Meister Wolkenstein auch von der Eintracht der gesamten Menschwelt und von der Einheit aller Gegensätze, die sich dadurch auszeichne, dass jeder dem anderen zugesteht, was ihm heilig ist, wenn er nur Gott verehrt. Man könne Gott daher auch von entgegengesetzten Seiten her suchen, weil sich letztlich alle Wege treffen, auch die scheinbar gegensätzlichsten. Und in dem Zusammenhang redet er dann immer vom Kreis und der Linie und dem Vieleck.«

»Einheit der Gegensätze? Betreibt er vielleicht auch noch die geheime Alchimie der Schwarzkünstler?«, stieß der Domherr mit freudiger Erregung hervor.

»Nein, nichts dergleichen! Mit Alchimie hat er nichts zu schaffen. Er macht nur viele Worte um diese geometrischen Gebilde«, sagte Caspar und bemerkte das amüsierte Lächeln, das die Lippen von Pater Erasmus umspielte. »Mein Meister sagte: ›Unser Verstand, der nicht die Wahrheit ist, begreift die Wahrheit nie so präzise, dass sie nicht unendlich präziser begriffen werden könnte. Er verhält sich zur Wahrheit wie ein Vieleck zu einem Kreis.‹«

Bruder Donatus tunkte die Feder ins Tintenfass und schüttelte dabei wortlos den Kopf, als hätte er noch nie in seinem Leben eine größere Dummheit gehört. Und auf der Stirn des Domherrn bildete sich eine steile Falte. »Was soll denn dieser Unsinn bedeuten? Bist du dir sicher, nichts durcheinander gebracht zu haben?«

»So wirr es klingen mag, lassen wir ihn ausreden«, griff Pater Erasmus ein und bedeutete Caspar, in seinen Ausführungen fortzufahren.

»Also, mein Meister beschreibt das so: ›Je mehr Winkel das Vieleck hat, umso mehr nähert es sich dem Kreis. Niemals fällt es mit ihm zusammen, wenn wir die Zahl der Winkel auch noch so oft vervielfachen, es sei denn, dass es sich bei einer unendlichen Zahl von Winkeln in den Kreis selbst verwandelt.‹«

Caspar legte eine kurze Atempause ein, um das Bild wirken zu lassen. In das verblüffte Schweigen hinein sagte er dann: »Auch die angeblichen Gegensätze wie der Kreis und die gerade Linie sind in Wirklichkeit eins. Mein Meister hat mir das folgendermaßen zu erklären versucht: ›Wenn wir uns einen Kreis sich vergrößernd denken, wird seine Krümmung immer flacher. Wenn der Kreis unendlich groß ist, ist er mit der geraden Linie gleich geworden. Wenn wir dies auf den Gottesgedanken übertragen, so kommen wir zu dem Schluss, da Gott gleichfalls das Unendliche ist, dass in ihm eins ist, was für die gewöhnliche Betrachtung verschieden und gegensätzlich erscheint. Es verhält sich in der Tat so, dass, je höher der Gesichtspunkt ist, von dem aus wir gegensätzliche Meinungen betrachten, wir das Gemeinsame an ihnen umso klarer erkennen können.‹ Und wie die unendliche Linie die Erfüllung aller geometrischen Möglichkeiten sei, indem sie Dreieck, Kreis und Kugel in einem ist, so sei in der absoluten Unendlichkeit Gottes alles erfüllt, was in der irdischen Wirklichkeit nur Möglichkeit ist.«

»Was für wirre, irrwitzige Anmaßungen!«, erregte sich

Servatius von Pirkheim und sprang von seinem Stuhl. »Und ich bin sicher, dass wir später bei gewissenhafter Durchsicht des Protokolls in diesen Äußerungen eine Unmenge ketzerischer Angriffe auf die Glaubenswahrheiten unserer heiligen Mutter Kirche finden werden!«

»Ja, wir sind bestimmt gut beraten, dem Inquisitor unverzüglich eine Abschrift und unsere Stellungnahme zukommen zu lassen«, schlug Pater Erasmus vor. »Das sollten wir gleich nach dem Osterfest tun, nachdem wir uns beraten haben.«

»Was gibt es da noch groß zu beraten?«, wollte der Domherr wissen. »Wir haben einen Zeugen seiner Ketzerei gehört und jedes Wort davon ist protokolliert!«

»Dennoch sollten wir uns Zeit nehmen und nichts übers Knie brechen – aus eigenem Interesse«, riet Pater Erasmus. »Ihr wisst, dass der Inquisitor nicht nur für seine Frömmigkeit, sondern auch für seine außerordentliche Gewissenhaftigkeit bekannt ist. Man hat mir gesagt, dass er nichts so sehr verabscheut wie überhastete Untersuchungen und dilettantische Berichte. Und da er methodisches und nüchternes Vorgehen so sehr schätzt, sollten wir es ihm gleichtun und ihm nach gewissenhafter Arbeit einen wirklich sicheren Kandidaten für eine Inquisition präsentieren, anstatt uns womöglich mit einer unnötig übereilten Anklageschrift seinen Unmut zuzuziehen.«

»Nun ja . . .«, murmelte der Domherr einlenkend.

Caspar räusperte sich. »Entschuldigt, Hochwürden, aber ist die Befragung damit beendet?«

»Ja, das reicht für heute, Caspar! Du hast deine Sache gut gemacht und kannst gehen«, sagte Pater Erasmus, bevor der Domherr Einwände erheben konnte. »Aber halte weiterhin die Ohren offen!«

»Und sowie sich im Hause deines Meisters irgendetwas tut, was darauf schließen lässt, dass er sich aus dem Staub machen will, gibst du uns umgehend Bescheid, verstanden?«, befahl der Domherr und bedachte ihn mit einem seiner drohenden, brennenden Blicke. »Sonst werden wir dich dafür zur Rechenschaft ziehen!«

»Gewiss, Herr!«, versicherte Caspar, und wenn es ihm bisher noch nicht klar gewesen wäre, dass seine Tage in Augsburg gezählt waren und er aus dem Augsburger Land verschwinden musste, allein schon um nicht selbst in die mörderischen Fänge der Inquisition zu geraten, jetzt wusste er es endgültig.

Pater Erasmus lachte trocken auf und sagte mit gespielter Geringschätzung: »Meister Wolkenstein ist ahnungslos wie ein junges Lamm. Und wo soll er schon hin, ein kleiner Kupferstecher wie er, der sich nichts Besseres leisten kann als diese üble Ruine da draußen an der Wertach! So, und jetzt kehre zu deinem Meister zurück, Caspar!« Er winkte seinen Klosterbruder heran. »Seid so gut und bringt ihn zur Pforte!«

Bruder Donatus ließ es sich nicht nehmen, ihn auf dem Weg zur Klosterpforte und sogar noch am Tor mit seinen eigenen Kommentaren und Drohungen einzudecken, bevor er ihn in die Freiheit entließ. »Bete um dein Seelenheil!«, rief er ihm nach.

Wie damals nach der Begegnung mit dem Inquisitor in der Folterkammer rannte Caspar los, sowie er den Platz überquert hatte und in den Schutz der nächsten Gasse eingetaucht war. Ein unsägliches Gefühl der Erlösung versetzte ihn in einen euphorischen Zustand. Ihm war, als könnte er ewig so weiterlaufen.

Unter unheilvollem Donnergrollen entluden die schiefergrauen Wolken eines Frühlingsgewitters ihre schwere Last und ein heftiger Regen ging über Stadt und Land nieder.

Caspar war schon bis auf die Haut durchnässt, noch bevor er das Stadttor an der Wertach erreicht hatte. Aber es machte ihm nicht das Geringste aus. Auch der fürchterlichste Sturm mit unzähligen gleißenden Blitzen hätte ihn jetzt nicht erschrecken und ihm dieses erhebende Gefühl der Erlösung rauben können. Für seine tiefe Dankbarkeit, den Mauern des Klosters und dem Zugriff des übel wollenden Domherrn entronnen zu sein, versuchte er erst gar keine Worte zu finden. Er begriff jedoch eines ganz klar, nämlich dass nichts kostbarer als die Freiheit war!

Als er über die Rundhölzer der Wertacher Brücke lief, streckte er die Arme aus und legte den Kopf in den Nacken, damit der kühle Regen den Angstschweiß von seinem Gesicht waschen konnte.

Die Tür im Bohlentor des Mühlhofs flog auf, als Caspar sich triefend wie ein nasser Hund dem einsamen Anwesen näherte. Klara hatte nach ihm Ausschau gehalten und lief ihm nun im Regen entgegen. Wortlos fielen sie sich in die Arme, küssten sich und hielten sich für einen langen, seligen Moment fest, bevor sie sich wieder hinter die bröckelnde Mauer zurückzogen.

Gespannt lauschte Bartholo wenig später, nachdem Caspar sich trockene Sachen angezogen hatte, seinem ausführlichen Bericht vom Verlauf der Befragung. Als er hörte, wie tapfer sich Caspar geschlagen und wie geschickt Pater Erasmus zu ihren Gunsten eingegriffen hatte, ohne dass dem Domherrn auch nur der Schimmer eines Verdachtes gekommen war, da machte er keinen Hehl aus seiner ungeheuren Erleichterung. Auch pries er Caspars Mut, diese nicht ungefährliche Aufgabe auf sich genommen und so ausgezeichnet bewältigt zu haben.

»Wenn es Pater Erasmus gelingt, den Domherrn eine gute Weile von weiteren Schritten abzuhalten, reicht die Zeit ja vielleicht«, sagte Bartholo hoffnungsvoll. »Am vorteilhaftesten wäre es natürlich, er könnte Servatius davon überzeugen, dass ich nicht der Ketzer bin, für den er mich in seiner geistigen Beschränktheit gehalten hat. So oder so, Pater Erasmus wird uns frühzeitig wissen lassen, was wir zu erwarten haben.«

Am Abend fiel Caspar auf, dass sein Meister in seinem Sanctum, zu dem Klara und er seit der Nacht des Überfalls auf Quentel nun jederzeit Zutritt hatten, lange über einer Karte der Iberischen Halbinsel gebeugt saß und offensichtlich über irgendetwas ins Grübeln geraten war. Was Caspar doch sehr verwunderte, als er sah, dass es sich dabei nicht um einen Portolan, sondern um eine recht gewöhnliche, ja fast grob gearbeitete Karte handelte.

Auf seine Frage, was denn an dieser Karte so Besonderes sei, dass sie ihn so lange in ihren Bann ziehe, entgegnete Bartholo: »Hast du schon mal von der *Reconquista* gehört?«

»Wiedereroberung?«, übersetzte Caspar das Wort und überlegte kurz. »Ich glaube, in der Lateinschule hat unser Lehrer mal davon gesprochen. Geht es dabei nicht um den Kampf gegen die Mauren, die noch immer über einen Teil der Iberischen Halbinsel herrschen?«

Bartholo nickte. »Die Reconquista begann schon vor fast achthundert Jahren, nämlich im Jahre 722 mit der Schlacht von Covadonga, obwohl dieses Schlagwort erst viele Jahrhunderte später zum Kampfruf gegen die Araber geworden ist. Seit fast achthundert Jahren haben sich die Mauren dort unten in Spanien halten können. Doch nun naht das Ende ihrer Herrschaft – und das verdankt die Christenheit den katholischen Königen Ferdinand von Aragonien und Isabella von Kastilien.«

»So? Und weiter?«, fragte Caspar, der immer noch nicht wusste, worauf Bartholo hinauswollte.

»Ferdinand und Isabella haben durch ihre Heirat 1469 ihre beiden Reiche vereinigt, die Reconquista auf ihre Fahnen geschrieben und den Mauren das Fürchten gelehrt. Wie es heißt, wird es bald zum Entscheidungskampf um Granada kommen, den letzten großen Stützpunkt der Araber auf spanischem Boden!«

»Und hat das irgendetwas mit Estevao de Serpa und Absalon und all den anderen Dingen zu tun, in die Ihr uns noch nicht eingeweiht habt?«, wollte Caspar wissen.

»Aber natürlich! Wenn Granada fällt, wird dieses Ereignis gewaltige Auswirkungen auf die ganze Welt haben«, sagte Bartholo. Für Caspar war diese Prophezeiung, die alles Mögliche bedeuten konnte, alles andere als eine klare Antwort auf seine Fragen. Doch mehr vermochte er für diesmal nicht aus seinem Meister herauszuholen.

Zwei Tage später, nach dem Osterfest, stand kurz vor Einbruch der Dämmerung ein Bote aus Augsburg vor dem Tor und gab ein versiegeltes Schreiben für den Kupferstecher Bartholomäus Wolkenstein ab.

Caspar brachte den Brief seinem Meister, der das Siegel in der Küche aufbrach, den schweren Bogen auseinander faltete und die Zeilen überflog. Augenblicklich ergriff ihn sichtliche Erregung, dann rief er aufgeregt: »Er ist hier!«

»Wer?«, fragten Klara und Caspar wie aus einem Mund.

»Absalon! Und schon morgen will er das Geschäft mit mir abschließen! Ich soll ihn im Morgengrauen auf dem Friedhof hinter dem Siechhaus St. Wolfgang an der Wertach treffen, dort wo der Hauptweg die Gräberfelder ein drittes Mal kreuzt!«

»Im Morgengrauen auf dem Friedhof des Siechhauses?«, wiederholte Caspar argwöhnisch. »Entschuldigt, aber das klingt mir nicht gerade nach einem Treffpunkt für ein seriöses Geschäft, sondern mehr nach einem perfekten Ort für eine Falle!«

Bartholo nickte. »Ja, mir gefällt das auch nicht. Aber Absalon hat eine Schwäche für solch ungewöhnliche, verschwörerische Orte. Außerdem lässt er mir keine andere Wahl. Morgen im Morgengrauen oder gar nicht, so steht es hier. Und ich traue ihm zu, dass er sich für seine Ware einen anderen Interessenten sucht, wenn ich nicht erscheine.«

»Ihr wollt Euch also tatsächlich darauf einlassen?«, fragte Klara beunruhigt.

»Ich muss!«, erklärte Bartholo entschlossen. »Aber ich werde ihm nicht unvorbereitet gegenübertreten, dessen könnt ihr gewiss sein. Und das bedeutet, dass wir heute Nacht noch viel Arbeit vor uns haben! Komm, Caspar, wir haben keine Zeit zu verlieren!«

»Wohin gehen wir?«

»Das Schießpulver aus dem Keller holen!«

Sechsundzwanzigstes Kapitel

Um mit dem einachsigen Wagen pünktlich zum Morgengrauen auf dem Friedhof hinter dem Siechhaus zu sein, mussten sie schon im Dunkel der Nacht vom Mühlhof aufbrechen. Und die Zeit zum Aufbruch war nun gekommen!

Um sicherzugehen, dass man sie bei ihren Vorbereitungen auch nicht von der Krone eines Baumes aus beobachten konnte, hatten sie das Gefährt in den alten Lagerschuppen gebracht, der von außerhalb des Mühlhofs nicht einzusehen war. Dort hatten sie im Schutz der Dunkelheit die kleine Ladefläche kniehoch mit Stroh ausgelegt und in dieses Bett dann vorsichtig vier kalbskopfgroße Lederballen gelegt. Zwei weitere lagen auf dem Kutschbock unter dem Sitzbrett. Direkt dahinter ragte ein Holztrog mit löchrigem Boden aus dem Stroh, in dem eine Sturmlaterne stand. Dass trotz kräftig brennender Flamme kein Lichtschein zu sehen war, lag am Eimer, den sie über die Laterne gestülpt hatten. Durch die Löcher im Boden des einstigen Waschtrogs erhielt die Flamme genug Luft, um nicht zu verlöschen. Je eine dicke Pechfackel war rechts und links an die Außenverstrebungen des Einachsers gebunden. Eine dritte Fackel mit kürzerem Stiel lag unter dem Sitzbrett vor den beiden Lederballen. In Brand gesetzt war jedoch noch keine von ihnen.

»Alles befindet sich an seinem vorgesehenen Platz. Wir

sind bereit«, sagte Caspar und hoffte, dass seine Stimme ruhig und gefasst klang.

»Gut, dann spannt Dante ein!«, sagte Bartholo, während er seinen Daumen noch einmal prüfend über die Klinge seines Degens gleiten ließ, bevor er ihn zurück in die Scheide schob. »Ich gehe schnell noch einmal in den Keller hinunter und sehe nach, ob wir dort auch wirklich keine Spuren hinterlassen haben.«

»Bestimmt nicht!«, versicherte Caspar. »Es hat uns eine Menge Schweiß gekostet, alles wieder so aussehen zu lassen, als hätte schon seit Jahren keiner mehr seinen Fuß dort in den Kellerraum gesetzt.«

»Dennoch will ich mich noch mal davon überzeugen, dass wir nichts übersehen haben«, beharrte Bartholo. »Du kommst am besten mit, Caspar. Vier Augen sehen mehr als zwei.«

Bereitwillig kehrte Caspar mit seinem Meister ins Haus zurück. Sie zündeten in der Küche zwei Öllampen an und stiegen in deren Lichtschein in den Keller hinunter.

»Ich habe es Euch doch gesagt – wir haben gute Arbeit geleistet und alle Spuren getilgt«, sagte Caspar nach sorgfältiger Prüfung des Bodens und der alten Gestelle. »Hier wird niemand ein Versteck vermuten. Schon gar nicht dort unter den alten, eingeschlagenen Weinfässern.«

»Ja, du hast Recht. Jetzt bin ich beruhigt.«

Erst vor wenigen Stunden hatten sie in das Versteck im Boden des einstigen Weinkellers einen Großteil der Kartenschätze sowie einige der kostbarsten Bücher und Aufzeichnungen getragen. Am Schluss war Bartholo noch mit einer schlichten Holzschatulle im Keller erschienen und hatte sie zu seinen anderen Kostbarkeiten in die Truhe gezwängt. Die Schatulle hatte in etwa die Größe von vier, fünf nebeneinander liegenden Backsteinen. Was sie enthielt, darüber hatte sich Bartholo ausgeschwiegen.

»Hegt Ihr wirklich die Befürchtung, jemand könnte in unserer Abwesenheit ins Haus eindringen und Eure Karten zu stehlen versuchen?«, fragte Caspar, als sie wieder die Treppe hochstiegen.

»Zumindest Estevao de Serpa wird längst in Erfahrung gebracht haben, dass nur eine Magd und ein Gehilfe mit mir hier auf dem Mühlhof leben – also niemand, der ihm gefährlich werden könnte, wie er annehmen wird.«

»Dieser Irrtum könnte ihn aber teuer zu stehen kommen!«, sagte Caspar und fasste unwillkürlich nach seinem Degen, den er sich wie Bartholo erst vor wenigen Minuten umgeschnallt hatte.

»Jedenfalls kann ich nach dem Überfall auf Quentel die Möglichkeit nicht ausschließen, dass Estevao mit Absalon in irgendeiner Form gemeinsame Sache macht«, fuhr Bartholo fort, »und dass vielleicht der eine mich auf den Friedhof lockt, während der andere die Gelegenheit nutzt, um hier einzudringen und mich ungestört auszurauben. Deshalb möchte ich auch nicht, dass Klara in den nächsten Stunden allein auf dem Mühlhof bleibt.«

»Sie will aber nicht kurz vor dem Siechhaus vom Fuhrwerk springen und sich im Gebüsch verstecken, bis wir wieder zurückkommen, so, wie Ihr es wollt«, eröffnete Caspar ihm. »Sie kommt mit auf den Friedhof.«

»Das ist unvernünftig!« Bartholo packte ihn mit festem Griff am Arm. »Rede ihr das aus, Caspar! Ich habe euch doch lang und breit erklärt, wie gefährlich es auf dem Friedhof werden kann, sollte Absalon tatsächlich unlautere Absichten hegen! Und mit all dem Schießpulver, das wir auf dem Wagen haben . . .«

»Wir haben darüber gesprochen, Klara und ich«, sagte Caspar. »Dass es gefährlich werden kann, wissen wir. Aber in Gefahr schweben wir ja nun nicht erst seit gestern Abend! Außerdem hat Klara den berechtigten Einwand, dass wir die Situation auf dem Friedhof zu dritt viel besser meistern können, als wenn nur ich Euch begleite. Ihr wisst, dass Klara kein Hasenfuß ist und bestimmt nicht die Nerven verliert, Bartholo. Und wenn es wirklich hart auf hart kommt und wir zur Waffe und zum Schießpulver greifen müssen, dann werden wir dankbar sein, Klara auf dem Kutschbock zu haben. Jedenfalls haben wir beschlossen, dass wir der Gefahr gemeinsam mit Euch ins Auge sehen werden.«

»So, das habt *ihr* also beschlossen!« Verärgert stemmte Bartholo die Fäuste in die Hüften.

Caspar hielt dem blitzenden Blick seines Meisters stand. »Ja, und Ihr werdet in diesem Fall unsere Entscheidung so akzeptieren müssen, wie wir uns in anderen Dingen, die auch uns direkt betreffen, Eurem Willen beugen müssen!«

Ein langer, angespannter Augenblick verstrich, dann löste sich der harte Zug um Bartholos Mundwinkel. »Es fällt mir schwer, dich noch mit dem niedergedrückten, stillen und gehorsamen Gehilfen in Einklang zu bringen, den ich vor gar nicht langer Zeit aus dem tristen Leben im *Schwarzen Hahn* herausgeholt habe«, sagte er spöttisch, aber auch mit Anerkennung.

Caspar erlaubte sich die Andeutung eines stolzen Lächelns. »Das verdanke ich Euch.«

»Aus einer hohlen Frucht lässt sich kein Saft pressen«, antwortete Bartholo trocken. »Und nun lass uns gehen. Wenn Klara unbedingt ihren Kopf riskieren will, dann soll es so sein! Jedenfalls wird es Zeit, dass wir uns auf den

Weg zum Siechhaus machen!« Damit stellte er seine Lampe auf den Küchentisch und blies die Flamme aus. Caspar tat es ihm gleich.

Dante stand eingespannt im Geschirr, als Caspar und sein Meister aus dem Haus kamen. Bartholo teilte Klara knapp mit, dass er sich von Caspar hatte überzeugen lassen, was ihre Teilnahme an dem Treffen auf dem Friedhof betraf. Dann ging er mit ihnen noch einmal durch, worauf zu achten war und wer was zu tun hatte, sollte Absalon sie in eine Falle locken.

»Noch irgendwelche Fragen?«

Caspar und Klara schüttelten den Kopf.

»Dann auf das Tor!« Bartholo nahm seinen Umhang, der über dem Seitenbord des einachsigen Wagens hing, und legte ihn sich um die Schultern. Er griff zu seinem breitkrempigen Hut mit den weißen Federn und setzte ihn auf. Bevor er auf den Kutschbock stieg, fuhren sein Hände noch einmal über die beiden Taschen seines Umhangs, wo rechts und links ein runder, faustgroßer Gegenstand den Stoff ausbeulte. Er nickte zufrieden und zog sich dann auf den Wagen hoch.

Das Gefährt rumpelte aus dem Mühlhof. Caspar schloss das Tor hinter ihm und legte von innen wieder den schweren Balken vor. Klara ließ ihn durch die Tür im rechten Torflügel und schloss von außen ab. Dann schwangen sie sich zu Bartholo auf den Kutschbock. Klara rutschte in die Mitte durch, sodass sie zwischen Bartholo und Caspar saß – und direkt über den mit Schießpulver gefüllten Lederballen. Somit befand sich auf jeder Seite des Fuhrwerks jemand, der einem Angriff mit blankem Degen begegnen konnte.

Auch wenn der Anbruch des neuen Tages nicht mehr

fern war, so lag doch noch immer die kühle, feuchte Dunkelheit der Nacht über dem Land, als Bartholo den Wagen über den Pfad zur Landstraße lenkte.

Niemand verspürte das Verlangen, zu reden. Was es Wichtiges zu sagen und zu bedenken gegeben hatte, war in den vergangenen Nachtstunden mehr als einmal gesagt und besprochen worden. Ihre Gedanken und Sinne waren nun ganz und gar auf die vor ihnen liegenden, ungewissen Gefahren gerichtet! Und so fuhren sie schweigend durch die tiefe Schwärze des Waldes.

Caspar starrte angestrengt in die Dunkelheit, die rechte Hand auf dem Degen, um augenblicklich blank ziehen zu können, sollte jemand aus der pechschwarzen Wand, zu der die Bäume entlang des Weges zusammengerückt schienen, hervorstürzen und sie angreifen. Seine linke Hand lag auf der rechten von Klara.

Als die Landstraße vor ihnen als hellgraues Band in der Dunkelheit aufleuchtete und Caspar nach Osten in Richtung Stadt blickte, suchte er dort vergeblich nach einem ersten Lichtschimmer. Er wusste jedoch, dass jenseits der mächtigen steinernen Masse, zu der nachts die Häuser von Augsburg hinter ihren turmbewehrten Mauern verschmolzen, schon die ersten Strahlen über den Horizont kriechen mussten.

»Jetzt gilt es! Haltet die Augen offen!«, sagte Bartholo leise, als das Siechhaus in Sicht kam. Hinter einigen Fenstern brannte schon Licht.

Mitleid und Abscheu regten sich in Caspar, als er an das entsetzliche Schicksal der zumeist Leprakranken dachte, die dort im Siechhaus von St. Wolfgang ihr Leben fristeten, betreut von Barmherzigen Schwestern. Das Bild grässlich entstellter Menschen, denen die Krankheit Glieder und Gesichtszüge wegfraß, tauchte vor seinem inneren Auge auf und ließ ihn erschauern. Schnell wandte er den Kopf und wehrte sich gegen die Erinnerung an Begegnungen mit Leprakranken, indem er seine Aufmerksamkeit auf das Gelände richtete.

Der Armenfriedhof, der zum Siechhaus von St. Wolfgang gehörte, aber auch anderen bettelarmen Toten als letzte Ruhestätte diente, lag wegen der nahen Wertach und des Grundwassers ein gutes Stück oberhalb des Gebäudes. Mehrere Reihen Pappeln sowie Hecken und Gesträuch verwehrten sowohl von der Landstraße als auch vom Siechhaus aus den Blick auf das höher liegende Gelände, wo die Unglücklichen, eingenäht in grobes Sackleinen oder ein verschlissenes Stück Tuch, zu Grabe getragen wurden.

Es gab einen Zufahrtsweg, der oberhalb des Siechhauses von der Landstraße abzweigte und von dort zum Friedhof führte. In diesen lenkte Bartholo den wendigen Wagen und ließ Dante nun in Schritttempo fallen.

»Die Fackeln«, sagte er nur und seine Stimme klang so ruhig, als ginge es in der Werkstatt um das Einlegen eines neuen Bogen Papiers in die Druckpresse.

Caspar hatte die Anweisung erwartet und hielt den kleinen, in Pech getauchten Kienspan schon in der Hand. Er wandte sich nun um, befreite die Sturmlaterne vom Eimer, den er neben den alten Waschtrog ins Stroh stellte, zog eine der Windschutzblenden hoch und hielt den pechgetränkten Kienspan an die Flamme. Sowie dieser Feuer gefangen hatte, richtete er sich auf und setzte damit die beiden Pechfackeln in Brand, sodass wild zuckender Feuerschein das Fuhrwerk und seine nähere Umgebung erhellte.

Die trostlosen Gräberfelder, in denen hier und da noch

Bäume aufragten, kamen näher. Schmucklose Holzkreuze, die aus zwei einfachen und grob zugeschnittenen Brettern bestanden, markierten die Grabstellen. Viele waren schon verwittert, andere ragten schief aus der Erde, einige waren sogar umgefallen.

»Da!«, stieß Klara aufgeregt hervor, als sie den zweiten Querweg erreichten und nur noch etwa zehn, zwölf Wagenlängen sie vom dritten, hinteren Querweg trennten. Sie wies leicht schräg nach links. »Da ist jemand!«

»Ich habe ihn bemerkt«, antwortete Bartholo gelassen und ließ Dante im Schritt weiterzockeln.

»Absalon?«, fragte Caspar leise, der die untersetzte Gestalt im selben Augenblick aus dem Schatten eines Baumes treten sah. Es handelte sich um eine alte Eiche, die sich nahe der hinteren, nicht einmal kniehohen Begrenzungsmauer aus Feldsteinen erhob. Dass diese Mauer nicht höher reichte, beruhigte ihn ungemein, bedeutete das doch, dass niemand dahinter auf der Lauer liegen konnte. Nicht einmal, wenn er sich ganz flach auf den Boden presste, würde er unentdeckt bleiben. Und bis auf die Eiche mit dem dicken Stamm, hinter der Absalon wohl auf ihr Eintreffen gewartet hatte, stand kein anderer Baum in unmittelbarer Nähe, hinter dem sich ein Mann verstecken konnte.

»Sieht ganz nach ihm aus, auch wenn er zur Abwechslung mal nicht als Mönch verkleidet daherkommt«, sagte Bartholo. »Haltet euch bereit. Jetzt wird es sich zeigen, ob Absalon ein Ehrenmann oder ein Lump ist. Ihr wisst, was ihr zu tun habt!«

»Ja«, antworteten Klara und Caspar leise, aber wie mit einer Stimme.

Absalon war ein untersetzter, stämmiger und rundgesichtiger Mann unbestimmten Alters, der die unauffällige Kleidung eines gewöhnlichen Bürgers trug. Auch der Hut und sein fülliger, faltenreicher Umhang aus schwarzem Wollstoff boten nichts, was einer besonderen Beschreibung wert gewesen wäre und sich der Erinnerung hätte eingeprägen können.

Achtlos schritt er über mehrere Gräber hinweg, wobei er mit seinen kurzen Armen durch die Luft ruderte, und sah sich noch nicht einmal um, als er mit seinem schweren, wehenden Umhang ein Kreuz aus der noch lockeren Erde eines frischen Grabes riss. Kurz vor der Kreuzung der beiden Friedhofswege blieb er stehen und hob die Hand.

Noch einige Wagenlängen von ihm entfernt brachte Bartholo Dante zum Stehen.

»Wer hat denn davon gesprochen, dass Ihr gleich Euren gesamten Hofstaat mitbringen sollt, mein verehrter Wolkenstein?«, rief Absalon ihm zu und seine Stimme klang dabei mehr spöttisch als vorwurfsvoll oder gar alarmiert. Er beherrschte die deutsche Sprache fließend, wenn auch mit einem unüberhörbar nordischen Akzent.

»Es erschien mir nicht ratsam, sie allein auf dem Mühlhof zurückzulassen. In dieser Gegend treibt sich seit einigen Monaten ganz übles Gesindel herum. Mein Freund Quentel, der Euch ja bekannt ist, wurde von diesem Abschaum überfallen und ließ beinahe sein Leben dabei«, antwortete Bartholo hintersinnig und legte die Zügel nur locker über das Fußbord, statt sie wie gewöhnlich um die Peitschenhalterung zu wickeln. »Aber das habe ich Euch ja auch geschrieben.«

»In der Tat. Ich war sehr betrübt, als ich davon erfuhr«, sagte Absalon. »Wir leben in sehr unruhigen Zeiten. Deshalb auch dieser ungewöhnliche Ort und die ungewöhnliche Zeit. Aber genug der Worte. Kommen wir gleich zum Geschäft! Ich nehme doch an, dass Ihr die vereinbarte Summe mitgebracht habt.«

Bartholo kletterte vom Kutschbock und Caspar sah, wie er Lippen und Augen kurz zusammenpresste, was ein untrügliches Zeichen dafür war, dass ihm wieder einmal sein Stumpf zusetzte. »Seid unbesorgt, das Geld ist hier«, versicherte er, griff in die rechte Tasche seines Umhangs und zog einen prallen Geldbeutel hervor. »Wenn Ihr die Karte habt, können wir das Geschäft im Handumdrehen hinter uns bringen.«

Also doch eine Karte!, dachte Caspar.

Absalon schlug seinen Umhang zurück und zog aus einer an das Innenfutter genähten schlauchförmigen Tasche eine etwa unterarmlange Rolle. »Hier ist sie, die kostbare Karte aus dem eisigen Norden, auf die Ihr so versessen seid! Schaut sie Euch an!«

»Worauf Ihr Euch verlassen könnt, Absalon!« Bartholo drehte sich kurz zum Wagen um und streckte die Hand aus. »Klara, die Fackel!«

Klara reichte Bartholo die kleine Handfackel, die sie in der Zwischenzeit unter dem Sitz hervorgeholt und an einer der großen Pechfackeln in Brand gesetzt hatte.

Caspar sah, wie Klara nun mit den Füßen die beiden Lederballen, die mit dem höchst explosiven Schwarzpulver sowie Sand und kleinen Kieselsteinen gefüllt waren, nach vorn in Griffnähe schob.

Bartholo ging auf Absalon zu und stieß die Fackel drei Schritte vor dem Dänen mit dem Stiel in den Boden. »Lasst sehen!«, verlangte er.

»Gern, solange Ihr mich indessen die Goldstücke in Eurer Geldbörse nachzählen lasst!«, erwiderte Absalon und streckte seinerseits die rechte Hand aus, während seine linke die zusammengerollte Karte hielt.

»Ihr werdet nicht ein Goldstück weniger als ausgemacht vorfinden!« Bartholo warf ihm den Geldbeutel zu und erhielt darauf die Karte ausgehändigt.

Im selben Augenblick, als sich Absalon und Bartholo gegenseitig nicht aus den Augen ließen, griff Klara nach den beiden Lederballen und setzte sie neben sich auf den Sitz. Die Lunten, die aus den fest zugeschnürten Öffnungen der Kartuschen ragten, verbarg sie geschickt unter ihren Händen. Gleichzeitig lehnte sich Caspar nach hinten, fasste ins Stroh, holte zwei weitere Lederballen nach vorn und stellte sie schnell zwischen Klara und sich vor das Fußbord.

Das erste Licht sickerte im Osten durch die Baumkronen und warf schwache helle Streifen über den Himmel. Ein leichter Wind kam auf, und plötzlich glaubte Caspar, das Schnauben und Wiehern von Pferden hören zu können, das der Wind ihm wie Geflüster aus nordwestlicher Richtung zutrug – also von jenseits der Feldsteinmauer, wo sich hinter einem freien Geländestück dichter Wald anschloss. Aber wenn dort nicht nur Absalons Reittier angebunden stand, sondern eine ganze Gruppe von Pferden ...

Caspar blieb keine Zeit mehr, diesen Gedankengang fortzusetzen. Denn in diesem Moment rief Absalon mit lauter Stimme: »Jetzt gehört er Euch, Portugiese!« Gleichzeitig sprang er hinter das frische Grab zurück, dessen Holzkreuz er vor wenigen Minuten mit seinem Umhang umgerissen hatte.

Als hätte Absalon mit seinem Zuruf einen geheimen satanischen Zauber bewirkt, der augenblicklich den Teufel aus der Erde fahren ließ, öffneten sich im selben Moment rechts und links von der Wegkreuzung drei frisch ausgehobene Gräber.

Nacktes Entsetzen lähmte Caspar und Klara in den ersten Schrecksekunden, als sich plötzlich die Erde über den drei Grabstellen hob und von einer scheinbar finsteren, unterweltlichen Macht zur Seite weggeschleudert wurde. Doch nicht der Teufel und ihm willfährige Schreckensgeschöpfe der Hölle sprangen aus den Gruben, sondern Estevao Alfonso de Serpa und fünf Galgengesichter, die mit Degen, Säbeln und eisendornengespickten Prügeln bewaffnet waren.

Zusammen mit der dünnen Schicht Erde flogen auch Bretter splitternd zur Seite weg. Primitive Stufen aus aufeinander gestapelten Backsteinen ermöglichten es den Männern, in Sekundenschnelle aus den Gräbern hervorzustürmen. Drei der Gestalten stürzten zusammen mit dem Portugiesen auf Bartholo zu und nahmen ihn in die Zange, während die anderen beiden von der rechten Seite her mit gezückter Waffe auf das Fuhrwerk zuhielten.

Um zu wissen, wer von den sechs Männer der portugiesische Geheimagent war, bedurfte es nur eines Blickes. Estevaos gedungene Spießgesellen, bei denen es sich zweifellos um herumziehendes Gesindel von der Landstraße handelte, steckten in bunt zusammengewürfelten und längst verdreckten, schadhaften Kleidungsstücken früherer Überfälle. Dagegen trug der Portugiese, in dessen Lohn sie standen, die gediegene Kleidung eines Mannes, der bei allem Bemühen um Unauffälligkeit doch keine Abstriche an der Qualität seiner Garderobe machte und zumindest auf einem Hauch von Eleganz bestand. Davon zeugten seine feinledernen, rehfarbenen Stiefel, der moosgrüne Umhang, der an den Säumen mit einem dottergelben Meander paspeliert war, und auch der elegant flache Federhut, der schräg auf seinem Kopf saß.

Aber Caspar und Klara erkannten Estevao de Serpa nicht allein an seiner Kleidung, sondern auch anhand der langen, weißen Narbenlinien, die sich quer über sein knochiges, spitz zulaufendes Habichtsgesicht zogen. Auch fehlte ihm das rechte Ohr, und die Wange darunter sah merkwürdig hohl, verzerrt und auffällig vernarbt aus, als hätte dort eine Klinge vor Jahren ein gutes Stück Fleisch herausgeschnitten und eine tiefe Wunde hinterlassen, die nur sehr schlecht verheilt war.

Geistesgegenwärtig hielt Bartholo die Rolle mit der linken Hand gefährlich nahe an die lodernde Flamme der im Boden steckenden Fackel, sodass sie jeden Augenblick Feuer fangen konnte, während er mit rechts seinen Degen blank zog.

»Halt! Wartet! Sie entkommen uns nicht!«, rief Estevao de Serpa, dessen Deutsch einen erheblich stärkeren Akzent hatte als das des Dänen, seinen Männern mit scharfer Stimme zu. Und seine Komplizen gehorchten.

Caspar, der auf dem Kutschbock aufgesprungen war und seinen Degen gleichzeitig mit Bartholo aus der Scheide gerissen hatte, sah sich auf seiner Seite zwei breitschultrigen Halunken gegenüber, von denen der eine Bursche einen dieser mit Eisendornen gespickten Prügel in seinen Händen hielt, während der andere sich mit einem Säbel bewaffnet hatte. Beide verharrten ein gutes halbes Dutzend Schritte vom Fuhrwerk entfernt und starrten ihn mit dem hämischen Grinsen von berufsmäßigen Totschlägern an, die im Bewusstsein ihrer erdrückenden Übermacht keinen Zweifel am Ausgang ihres Überfalls hegten.

Ihm schlug das Herz im Hals und er fragte sich beklommen, ob Bartholos Plan angesichts dieser Übermacht überhaupt noch Aussichten auf Erfolg haben konnte. Wie froh er jetzt war, dass Klara darauf bestanden hatte, mit ihnen zu kommen. Denn viel, sehr viel würde gleich von ihrer Schnelligkeit abhängen! Und davon, ob Dante auch wirklich nicht so schreckhaft war, wie Bartholo behauptet hatte.

Ein kaltes Lächeln zeigte sich auf Estevaos verunstaltetem Gesicht. »Endlich stehen wir uns wieder Auge in Auge gegenüber, Bartholo!«, stieß er hasserfüllt hervor und fiel ins Kastilische. »Jahre habe ich auf diesen Moment gewartet! Jetzt wirst du für alles bezahlen!«

Bartholo warf die Karte mit einer blitzschnellen Drehung hinter sich in Richtung Wagen, wo sie gerade noch so über das Seitenbord rutschte und dahinter ins Stroh auf der kleinen Ladefläche fiel. »Vorsicht, Estevao!«, warnte er. »Der Frachtkasten ist kniehoch mit trockenem Stroh gefüllt. Wenn einer deiner Männer auch nur einen Schritt auf den Wagen zu macht, geht das Stroh in Flammen auf – und die Karte mit ihm! Und ich weiß, dass du genauso wild darauf bist, sie in deinen Besitz zu bringen, wie ich!«

Estevao lachte verächtlich auf. »Wenn ich mit dir fertig bin, werden deine kleine Küchenmagd und dieser lächerliche Gehilfe nicht so dumm sein, die Karte zu vernichten«, sagte er, nun wieder auf Deutsch, denn seine Warnung galt Caspar und Klara. »Denn damit würden sie ihren Tod besiegeln. Wenn sie jedoch klug sind und sich ohne Gegenwehr davonmachen, wird ihnen nichts geschehen, darauf gebe ich mein Ehrenwort. Mit ihnen habe ich keine Rechnung zu begleichen, sondern allein mit dir!«

»Bevor Ihr das unter Euch ausmacht und die Klingen kreuzt, möchte ich doch meinen versprochenen Lohn, mein Herr!«, meldete sich Absalon zu Wort. »Nichts für ungut, Herr de Serpa, aber das hier geht mich nichts an. Ich habe meinen Teil unserer Abmachung eingehalten, nun seid Ihr an der Reihe!«

Caspar sah, wie Bartholos Hand in die linke Tasche seines Umhangs glitt und langsam mit einem kleinen Lederbeutel, der einer Geldbörse glich, wieder herauskam. Aus den Augenwinkeln registrierte er auch, dass Klara sich leicht vorbeugte und dabei die beiden harmlos wirkenden Lederballen fester packte.

»Ihr habt Recht, Absalon. Ihr sollt den Euch gebührenden Lohn bekommen«, sagte Estevao indessen kalt und fuhr zu Absalon herum. Dabei riss er seine Klinge hoch und aus der Drehung heraus zog er sie dem Dänen quer über die Kehle, bevor dieser auch nur den Arm zur Abwehr des tödlichen Streiches heben konnte. »Ich liebe den Verrat, aber ich verabscheue den Verräter!«

Mit einem entsetzlichen erstickten, gurgelnden Laut stürzte Absalon zu Boden.

Im selben Moment, als der portugiesische Geheimagent den Dänen tötete, hielt Bartholo die kurze Lunte des kleinen Lederbeutels an die Flamme der Pechfackel im Boden neben sich und warf ihn zwischen die Beine der Männer hinter Estevao.

Nun brach ein Wirbelsturm gleichzeitiger und sich überschneidender Ereignisse los. Mit einem lauten Knall explodierte der kleine Beutel, der außer Schießpulver nichts enthielt, was schwere Verletzungen bewirken konnte, zwischen den Füßen von Estevaos Handlangern. Zu Tode erschrocken, sprangen sie zur Seite weg. Einer der drei Männer stützte über den reglosen Leib des Dänen. Ein anderer wurde von Lederfetzen am Arm getroffen und schrie auf.

»Das ist nur eine Warnung gewesen! Schießpulver und sonst nichts!«, brüllte Bartholo. »Die nächsten Treibladungen sind zehnmal so stark und mit Nägeln und Glasscherben gefüllt. Wer nicht in Deckung geht, den werden die Kartuschen zerfetzen!«

Dante wieherte schrill und ruckte nervös im Geschirr, ging jedoch nicht durch.

Im Gegensatz zu den Männern hinter ihm ignorierte Estevao die Warnung. Mit einem hasserfüllten Gesichtsausdruck griff er Bartholo an, noch während dieser seine Warnung schrie und dabei zum Wagen zurückwich.

Klara handelte geistesgegenwärtig und blitzschnell. Noch bevor sich die Klingen der beiden Männer zu ihrer Linken das erste Mal kreuzten, setzte sie die Lunte des ersten Ballens an der Fackel neben sich in Brand und warf die Kartusche dem Mann vor die Füße, der über Absalons Leichnam gestürzt war. Als dieser die Funken sprühende Lunte sah, ließ er seine Waffe fallen und sprang mit gellendem Geschrei auf.

»In Deckung!«, gellte er und hechtete in eines der beiden offenen Gräber auf dieser Seite. Auch seine beiden Komplizen rannten davon, um sich in Deckung zu bringen. Dann flog auch schon der zweite Ballen mit brennender Lunte. Klara warf ihn dem Portugiesen mit aller Kraft, die sie aufbringen konnte, vor die Brust.

Das Geschoss traf den Geheimagenten so hart, dass er das Gleichgewicht verlor und zu Boden stürzte.

»Auf den Wagen!«, schrie Klara Bartholo zu und riss den dritten Sprengballen hoch.

Zur selben Zeit wehrte Caspar mit dem Degen in der Hand zum ersten Mal in seinem Leben einen Angriff auf sein Leben ab. Er parierte den Säbelhieb des Mannes, der auf ihn zustürzte, und ging aus der Abwehr heraus sofort zum Gegenangriff über. Seine Klinge schabte am Stahl seines Gegners entlang und fuhr dem Mann in die rechte Schulter. Der Mann wich mit einem Schrei zurück. Seinen Platz nahm der bärtige Berserker mit der eisendornenbespickten Keule ein.

Auf der anderen Seite hieb Estevao noch im Stürzen nach Bartholo. Seine Klinge traf das Holzbein und drang so tief ein, dass Bartholo ihm die Waffe aus der Hand riss, als er zum Wagen sprang.

»Bringt Euch in Sicherheit, Estevao!«, schrie Bartholo.

Estevao dachte nicht daran, sondern stieß einen Fluch aus und schlug wild nach der brennenden Lunte.

Caspar sah den Schlag kommen und sprang auf den Sitz. Keine Sekunde zu früh, denn da krachte die Keule schon auf den Kutschbock und zertrümmte das Seitenbord, wo Caspar eben noch gestanden hatte.

Dante ruckte hart im Geschirr.

Der dritte Lederballen flog, diesmal auf die rechte Seite. Der Mann mit dem Säbel ließ seine Waffe fallen und rannte davon.

»Deckung! . . . Deckung!«, schrie jemand.

Bartholo wäre um ein Haar die Griffstange, an der er sich hochziehen wollte, aus der Hand gerissen worden, als Dante unter schrillem Wiehern anruckte.

Caspar zog dem Keulenschwinger seinen Degen quer über den Arm. Die Keule polterte zu Boden und der bärtige Angreifer taumelte vom Wagen zurück. Fast gleichzeitig brach der letzte Rest vom Fackelstiel. Die Fackel drohte ins Stroh zu fallen. Caspar beförderte die Fackel mit einem Fußtritt aus dem Gefahrenbereich. Sie segelte durch die Luft und fiel nahe beim Schießpulverballen auf die Erde.

Im selben Augenblick zog sich Bartholo zu ihnen auf den Kutschbock.

Klara ergriff mit links die Zügel und packte Caspar, der neben ihr noch auf dem Sitzbrett stand, am Hosenbund. »Lauf, Dante, lauf!«, schrie sie und: »Runter, Caspar!«

Dante stürmte los.

Caspar wäre vom Wagen geschleudert worden und zwischen den beiden verletzten Galgengesichtern auf dem Boden gelandet, wenn Klara ihn nicht festgehalten und heruntergezogen hätte. Er schnitt sich in den Daumen, als er seinen Degen in die Scheide zu schieben versuchte und beim ersten Versuch an der Öffnung abglitt.

Bartholo bückte sich nach dem Ballen, der noch zwischen Sitz und Fußbord lag, hielt ihn mit der Lunte an das Feuer der Fackel und warf ihn hinter sich auf den Weg.

Klara riss den einachsigen Wagen nach rechts auf den Seitenweg.

»Zieht die Köpfe ein!«, schrie Bartholo.

Im nächsten Moment explodierte der erste Ballen mit einem lauten, donnerähnlichen Knall. Entgegen Bartholos Behauptung war keiner der Sprengsätze mit Glasscherben oder Nägeln gefüllt, sondern nur mit Sand und Kieseln. Aber auch diese konnten böse Verletzungen verursachen.

Einige Kiesel trafen das hintere Bord des Frachtkastens. Jemand schrie bei den Gräbern, die Estevao und seiner gedungenen Bande als Versteck gedient hatten, vor Schmerz gellend auf. Aber schon der Sand erreichte sie nicht mehr. Im Gegensatz zu einem Kanonenrohr, das die Treibladung bündelte, weil es dem Geschoss nur eine einzige Austrittsmöglichkeit bot, waren Sand und Kiesel bei diesen explodierenden Lederballen nach allen Seiten hin weggeflogen.

Und das senkte sowohl die Zerstörungskraft als auch die Reichweite einer solchen Kartusche beträchtlich.

Caspar hielt sich am Sitzbrett fest, als er sich wieder aufrichtete und umdrehte. Er sah den Portugiesen, der alle Warnungen in den Wind geschlagen und sich nicht in Deckung geworfen hatte, wie benommen einige taumelnde Schritte im Kreis machen. Dabei rief er irgendetwas und presste die Hände vor die Augen. Im nächsten Moment, als die zweite Explosion erfolgte, stürzte er zu Boden. Eigentlich hätte es die dritte sein müssen, aber offenbar war es Estevao gelungen, die Lunte des Ballens, den Klara ihm vor die Brust geschleudert hatte, noch rechtzeitig auszudrücken. Aber hatte es nicht so ausgesehen, als hätte die erste Explosion ihn womöglich sein Augenlicht gekostet?

Die dritte Explosion erfolgte, als Caspar sich bei der rasenden Fahrt über den Friedhof zurück zur Landstraße weit nach hinten beugte, um die zusammengerollte Karte aus dem Stroh zu fischen.

»Um Himmels willen, nicht umdrehen!«, brüllte Bartholo erschrocken. »Der letzte Sprengsatz ist noch viel zu nahe!« Doch seine Warnung kam zu spät.

In dem Moment, als Caspar die Karte zu fassen bekam, spürte er die Druckwelle der Detonation. Ihm war, als würde ein gewaltiger Wüstenwind ihm heißen Sand schmerzhaft hart ins Gesicht blasen. Wie eine Peitsche aus Sand fühlte es sich an. Sekundenbruchteile später traf ihn ein Kiesel am Kopf – und löschte jeden bewussten Gedanken aus.

Siebenundzwanzigstes Kapitel

Hier, trink das!«, forderte Bartholo ihn auf und hielt Caspar einen Becher hin, der mit einer Mischung aus bitterem Kräutersud, Rotwein, zwei zerschlagenen Eidottern und einigen kostbaren Tropfen Laudanum gefüllt war. »Du wirst sehen, das hilft!«

Widerspruchslos kippte Caspar das bittere Gebräu hinunter. Er saß in der Küche im Lehnstuhl und trug einen Verband um den Kopf, der über der linken Stirn blutgetränkt war. Der Kiesel aus der dritten Kartusche hatte eine gut daumenlange Platzwunde gerissen. Caspar war erst bei ihrem Eintreffen auf dem Mühlhof aus der Ohnmacht erwacht, blutüberströmt und mit heftigen Kopfschmerzen.

»Warum hast du dich bloß umgedreht, statt in Deckung zu bleiben, bis wir außer Reichweite der Kartuschen waren?«, hielt Klara ihm vor, und die Angst, die sie um ihn ausgestanden hatten, bis er endlich wieder zu sich gekommen war, stand noch immer auf ihrem bleichen Gesicht geschrieben. »Du hättest tot sein können!«

Caspar rang sich ein gequältes Grinsen ab. »Dieses ›hätte‹ ist eines der nutzlosesten Worte, die es gibt . . . *Hätte* Absalon nicht ein doppeltes Spiel gespielt, wäre er jetzt noch am Leben und *hätte* einen Batzen Geld in der Tasche.«

Bartholo nickte. »Weniger Estevaos Klinge als seine Gier hat ihn umgebracht.«

»Auf dem Friedhof hätte so vieles anders ausgehen können, Karla«, fuhr Caspar besänftigend fort. »Hätte der Portugiese Bartholos Warnung ernst genommen und sich gleich in Deckung geworfen, wäre ihm wohl nichts passiert. So aber hat er sich wohl die Augen verletzt, wenn ich das richtig gesehen habe. Es ist nun mal so gekommen, wie es gekommen ist – und dem Himmel sei Dank dafür! Wir haben die Karte und bis auf ein paar Kratzer und üble Kopfschmerzen sind wir der Bande heil entkommen. Und jetzt lass uns nicht länger darüber reden, sondern endlich einen Blick auf diese Karte werfen, für die wir unser Leben aufs Spiel gesetzt haben.«

Klara ließ ihre Erleichterung über die in ihr nachklingende Angst obsiegen. »Ja, ich bin auch gespannt, was so Besonderes an dieser Karte ist, dass Ihr dafür Euer und unser Leben riskiert habt«, pflichtete sie Caspar bei. »Und wieso kommt sie aus dem eisigen Norden, wo Ihr doch an dem Seeweg nach Indien entlang der Westküste Afrikas interessiert seid? Wie passt das zusammen?«

Bartholo setzte sich zu ihnen an den Tisch, rollte die alte und schon rissige Karte jedoch nicht aus. »Ja, das klingt nach einem Widerspruch«, räumte er ein, »ist es aber nicht. Die Nordmänner und unter ihnen insbesondere die Wikinger waren nämlich Seefahrer, deren Mut und Kühnheit bislang noch niemand übertroffen hat. Mit ihren offenen Langschiffen, den berüchtigten Drachenbooten, haben sie sich schon vor hunderten von Jahren weit auf die eisigen und oft sturmgepeitschten nördlichen Meere hinausgewagt.«

»Woher kommt der Name Drachenboote?«, fragte Klara.

»Weil sich am Bug ihrer Boote oft ein Drachenkopf als Galionsfigur in den Wind reckte oder ein Drache das längs gestreifte Rahsegel schmückte«, erklärte Bartholo. »Die Männer mit den wilden Bärten und gehörnten Helmen waren harte Burschen und vielleicht die gefürchtetsten Piraten, die jemals die Meere befahren haben. Sie waren so erfolgreich, dass ihre Drachenboote oft vergoldete Masten besaßen. Übrigens nahm auch eine kleine Wikingerflotte am Sturm auf das Heilige Land teil, als Papst Urban II. 1095 zum ersten Kreuzzug aufrief.«

»Und irgendwann sind die Wikinger mit ihren offenen Drachenbooten dann um Afrika herum auch nach Indien gesegelt?«, fragte Caspar spöttisch.

»Nein, das wohl nicht«, sagte Bartholo und drehte die Rolle in seinen Händen. »Aber so etwa im neunten Jahrhundert ist ein Wikinger namens Gunnbjörn als erster Nordmann auf der weit im Nordwesten liegenden Insel Grönland gelandet und hat dort eine der ersten Wikingersiedlungen gegründet. Tja, und von da aus sind dann andere tollkühne Wikinger mit ihren Drachenbooten weiter nach Westen gesegelt.«

Caspar zog die Stirn in Falten. »Nach Westen? Ja, aber ... da ist doch nichts als unendliche See!«

»Wirklich?«, fragte Bartholo mit hochgezogenen Augenbrauen und einem Lächeln auf den Lippen. »Hast du vergessen, dass die Erde eine Kugel ist? Wenn du mit dem Finger um eine Kugel fährst, wo kommst du dann letztlich wieder hin?«

Caspar schlug sich mit der flachen Hand vor die Stirn. »Natürlich wieder an den Ausgangspunkt zurück! Jetzt verstehe ich! Während die Portugiesen auf der Südroute um Afrika herum den Seeweg nach Indien suchen, glaubt Ihr, Indien auf der Westroute erreichen zu können!«, rief er aufgeregt.

»Ja, das ist eine Theorie, die mich seit vielen Jahren nicht loslässt. Trotzdem habe ich auch die wichtigen Entdeckungen portugiesischer Seefahrer nicht vernachlässigt«, sagte Bartholo. »Ich bin jedoch mehr denn je davon überzeugt, dass der kürzeste Seeweg nach Indien nicht um Afrika herum, sondern nach Westen über den Atlantik führt! Schon weil es Anzeichen dafür gibt, dass sich jenseits der Südspitze von Afrika noch eine unbekannte gewaltige Landmasse verbirgt, die eine Weiterfahrt nach Indien unmöglich macht. Und da alle Meere und Länder der Welt zusammen eine Kugel bilden, liegt der Schluss nahe, dass man den Osten auch dadurch erreichen kann, dass man nur lange genug nach Westen segelt!«

»Aber wie soll das mit dem Segeln um die Erde denn gelingen?«, wandte Klara verwirrt ein. »Auch wenn man Indien auf dieser Westroute erreichen könnte, wie soll man dann von dort wieder zurückkommen? Denn wenn es auf der Hinfahrt auf der Erdkugel ja sozusagen bergab geht, wie soll das Schiff dann auf dem Rückweg wieder bergan segeln? Kein Wind hat so viel Kraft, das Schiff einen Berg hinaufzutreiben!«

Ein verhaltenes Lächeln huschte über Bartholos Gesicht. »Es warten noch viele Wunder Gottes darauf, dass wir Menschen ihre Gesetzmäßigkeit begreifen. Aber dass auf dieser Erde kein Schiff auf irgendeinem Meer bergauf oder bergab segelt, sondern immer den Gezeiten und Winden wie auf einer ebenen Fläche unterworfen ist, gehört zu den Erkenntnissen, die Menschen schon vor Jahrhunderten gemacht haben – auch ohne erklären zu können, warum das so ist.«

Caspar nickte. »Anders macht das auch keinen Sinn. Denn ansonsten müsste ja alles Wasser irgendwohin ablaufen und es gäbe keine Flüsse und Meere mehr.«

»Richtig, es muss irgendeine uns noch unbekannte Kraft geben, die verhindert, dass die Meere auslaufen und die Menschen auf der anderen Seite von der Erde fallen«, sagte Bartholo. »Wobei natürlich zu fragen wäre, wo denn nun unten und oben ist – oder ob es so etwas auf einer Kugel im Universum gar nicht gibt.«

»Aber was ist nun mit der Karte?«, wollte Caspar wissen. »Von wem ist sie und was zeigt sie? Warum müsst Ihr uns immer so auf die Folter spannen?«

»Nur nicht so ungestüm!«, erwiderte Bartholo. »Ich habe jahrelang auf diesen Augenblick gewartet. Denn von dieser Vinland-Karte habe ich das erste Mal vor nunmehr über dreizehn Jahren auf meiner Nordlandreise gehört. Gerüchte, nichts weiter. Später dann stieß ich in alten Berichten und Niederschriften von Sagen auf weitere Hinweise, die zu Gewissheit werden ließen, was anfangs nur vage Vermutung war.«

»Was bedeutet Vinland?«

»Weinland«, erklärte Bartholo. »Den alten Sagen und Berichten nach sollen Wikingerschiffe von Grönland aus über das Meer weit nach Westen gesegelt und dann auf eine gewaltige Landmasse gestoßen sein, an deren fruchtbaren Ufern sie wilden Wein vorgefunden haben. Diese Entdeckungsreisen sind im Laufe der Jahrhunderte offenbar in Vergessenheit geraten, zumindest bei den meisten Geografen und Kartografen. Aber mit viel Geduld bin ich den wenigen geheimnisvollen Hinweisen nachgegangen, die sich hier und da noch finden lassen. Und so habe ich bei meinen Studien herausgefunden, dass es diese Vinland-Karte tatsächlich gibt – und dass von ihr noch zwei alte Exemplare existieren.« Er machte eine Pause und sagte dann feierlich: »Und eine davon halte ich nun endlich in der Hand!«

Unter andächtigem Schweigen rollte Bartholo die Vinland-Karte aus und beschwerte die vier Ecken mit Bechern aus Steingut. Erwartungsvoll beugten sich Klara und Caspar vor.

Das rissige Pergament zeigte auf der rechten Seite in groben Umrissen Europa, Afrika und Asien, wobei die Zeichnung Afrikas wenig Ähnlichkeit mit dem wahren Küstenverlauf aufwies, wie ihn die portugiesischen Seefahrer in den letzten Jahrzehnten kartografiert hatten. Aber bis dahin waren die Wikinger ja auch nicht gesegelt. Dafür zeigte ihre Karte, die mit einer merkwürdigen gelbbraunen Tinte gezeichnet und beschriftet war, auf der linken Seite Grönland sowie eine Fülle von anderen Inseln, wie Caspar und Klara sie so noch auf keiner von Bartholos Karten gesehen hatten. Westlich von Grönland war eine gewaltige Landmasse eingezeichnet und mit *Vinlanda Insula* beschriftet. Und darüber in der linken oberen Ecke fand sich ein mehrzeiliger lateinischer Text in gotischer Schrift.

»Das hier ist es!«, rief Bartholo aufgeregt und tippte auf die geheimnisvolle Insel Vinland.

»Aber das ist doch eine Insel, wenn auch eine riesige, die der Zeichnung nach so groß ist wie Spanien, Portugal und Frankreich zusammengenommen«, meinte Klara. »Wie kann das Indien sein?«

»Ich habe nirgends in den Berichten einen Hinweis darauf gefunden, dass die Wikinger dieses Land umrundet und damit als Insel bestätigt gefunden haben«, antwortete Bartholo. »Vielleicht haben sie das Land, das sie entdeckt haben, einfach als Insel eingezeichnet, obwohl es in Wirklichkeit die Westküste von Indien ist. Oder aber dies ist das große, Indien vorgelagerte Inselland, von dem in dem

Reisebericht des Venezianers Marco Polo die Rede ist und das dieser *Cipangu** nennt. Aber was auch immer damit gemeint ist – fest steht für mich, dass hier irgendwo Indien liegt!«

Caspar kam um den Tisch herum und entzifferte mit Bartholo den lateinischen Text, der über der *Vinlanda Insula* geschrieben stand.

»Mit Gottes Hilfe . . . nach einer langen Reise von der Insel Grönland . . . nach Süden zu den entferntesten Bereichen der westlichen ozeanischen See . . . gesegelt südwärts durch Eis . . . die Gefolgsleute von Bjarni und Leif Eriksson entdeckten neues Land . . . außergewöhnlich fruchtbar . . . und wo es sogar Weinreben gibt . . . daher sie die Insel Vinland nannten.«

Triumphierend blickte Bartholo auf. »Das ist sie, die Karte, auf die ich all die Jahre gehofft und von der ich doch nie gewusst habe, ob sie auch wirklich existiert! Dies ist die Karte der tollkühnen Wikinger, die das Wagnis eingegangen sind, bis ans Ende der Welt und zurück zu segeln! Was für ein Mut, sich über die sichere Schwelle des Todes hinauszuwagen, die dort irgendwo im Westen auf offener See angeblich auf einen wartet!«

»Das ist ja alles schön und gut, Bartholo, und der Mut dieser wilden Männer in ihren Drachenbooten steht auch außer Frage«, sagte Klara, die von seiner Verzückung und Bewunderung nicht im Mindesten angesteckt war. »Aber was wollt Ihr denn nun mit dieser Vinland-Karte anfangen? Denkt Ihr vielleicht daran, Euch an das geheime Archiv in Lissabon oder gar an die portugiesische Krone zu wenden und Eure Karte zum Kauf anzubieten? Ich meine, dieser

* Damit war Japan gemeint.

ganze Aufwand, diese jahrelange Suche, das viele Geld und die Gefahren, die Ihr auf Euch genommen habt – all das muss doch ein bestimmtes Ziel haben!«

»Ja, das würde mich auch . . .«, begann Caspar, brach jedoch mitten im Satz ab, denn in dem Moment drang Hufschlag zu ihnen durch das offene Küchenfenster. Und es war nicht ein Pferd, das sich dem Mühlhof näherte, sondern eine ganze Gruppe von Reitern! Alarmiert sprang er auf. »Reiter! Der Portugiese kommt mit seiner Bande zurück!«

»So schlimm kann es um sein Augenlicht dann aber nicht bestellt sein!«, stieß Klara hervor.

Caspar stürzte aus der Küche und rannte die Treppe hoch. Er erklomm die Stiege, die unter das Dach führte, stieß dort eine der völlig verdreckten Luken auf – und glaubte seinen Augen nicht trauen zu dürfen.

Es war der Domherr Servatius von Pirkheim, der an der Spitze einer Reiterschar von mindestens einem Dutzend bewaffneter Domschergen ritt! Und Pater Erasmus ritt an seiner Seite!

Ein eisiger Schreck fuhr Caspar durch die Glieder. Von einem Mann wie dem portugiesischen Geheimagenten und dessen gedungenen Galgengesichtern verfolgt zu werden war gefährlich genug, aber doch nichts im Vergleich zur mörderischen Macht der Inquisition. Und jetzt hatte sich auch noch Pater Erasmus auf deren Seite geschlagen!

»Elender Verräter! Judas!«, zischte Caspar voller Verachtung, ließ die Luke zufallen und rannte zu Bartholo und Klara hinunter, um ihnen die schlechte Nachricht zu überbringen.

Bartholo wollte erst nicht glauben, dass Pater Erasmus tatsächlich mit dem verhassten Domherrn Seite an Seite ritt und gemeinsame Sache mit der Inquisition machte. »Das kann nicht sein!«

»Es ist aber so! Ich habe gute Augen!«, gab Caspar hastig zurück. »Wenn Ihr mir nicht glaubt, so steigt doch zum Dach hoch und überzeugt euch selber . . .«

»Nein, nein, ich glaube dir«, fiel der Kupferstecher ihm ins Wort. »Dennoch weigert sich alles in mir zu glauben, dass Pater Erasmus sich auf die Seite der Hexenjäger und Folterer geschlagen haben soll. Es muss eine andere Erklärung dafür geben, dass er mit dem Domherrn angeritten kommt!«

»Ich denke mal, die Erklärung werdet Ihr in der Folterkammer des Domstiftes bekommen, wenn wir unsere Zeit weiterhin untätig vergeuden!«, sagte Caspar sarkastisch.

Ein Ruck ging durch Bartholo. »Du hast Recht, wir müssen mit der schlimmsten aller Möglichkeiten rechnen. Sie kommen mit einem Dutzend bewaffneter Domschergen, hast du gesagt?«

Caspar nickte. »Es können auch mehr sein, so genau habe ich die Reiter nicht gezählt. Auf jeden Fall haben wir gegen eine solche Übermacht keine Chance, nicht einmal, wenn wir statt der zwei noch zwanzig Kartuschen zur Verfügung hätten.«

»Ich habe auch nicht vor, mich auf einen Kampf einzulassen«, sagte Bartholo, während vom Tor schon schwere Schläge gegen die Bohlen sowie laute, gebieterische Rufe des Domherrn zu hören waren. »Wir nehmen das Boot! Aber wir müssen sie eine Weile hinhalten und ablenken.«

»Wir haben noch die beiden restlichen Kartuschen und die vielen pechgetränkten Strohbündel, die wir dann doch nicht zum Friedhof mitgenommen haben«, sagte Caspar.

»Ja, wirf die Kartuschen vor das Tor, wenn die Domschergen es so gut wie aufgebrochen haben und glauben, sie könnten nun in den Hof stürzen!«, wies Bartholo ihn an. »Die Explosionen werden ihren Drang, den Mühlhof im Sturmangriff zu nehmen, gehörig dämpfen.«

»Was ist mit den Karten und der Schatulle im Versteck?«, fragte Caspar.

»Das bleibt alles hier. Ich will nicht riskieren, auf der Flucht etwas zu verlieren.«

»Ja, aber . . .«

»Was da unten im Versteck liegt, ruht noch sicherer, wenn sich das Haus darüber endgültig in eine Ruine verwandelt hat!«, fiel Bartholo ihm ins Wort. »Das Gesindel der Inquisition wird nicht ein einziges meiner Bücher, ja nicht ein einziges Blatt in die Hände bekommen. Nichts werden sie hier herausschleppen! Ich werde das Haus in Schutt und Asche legen! Immerhin haben wir noch zwei Fässchen Schießpulver übrig!« Und zu Klara gewandt fuhr er fort: »Du wirst mir dabei helfen! Während Caspar die Kartuschen vor dem Tor platziert und mit den Strohbündeln für eine Flammenwand auf dem Hof sorgt, treffen wir die Vorbereitungen im Haus! Und jetzt Beeilung!«

Es blieb keine Zeit, um mit Bartholo darüber zu diskutieren, ob das Niederbrennen des Hauses eine gute Idee war. Und so ergriff Caspar eine der Pechfackeln, die in der Kammer neben der Küche bereitstanden, entzündete sie am Herdfeuer und rannte hinaus in den Hof, um zu tun, was sein Meister ihm aufgetragen hatte. Die Fackel rammte er in eine der mit Sand gefüllten Tonnen, die zu diesem Zweck im Hof aufgestellt waren, seit Bartholo ihn in den Wintermonaten oft auch nach Einbruch der Dunkelheit noch im Fechten unterrichtet hatte. Dann holte er die beiden mit Schießpulver, Sand und Kieselsteinen gefüllten

Lederballen aus dem Schuppen und legte sie vor das Tor, das unter schweren Stößen dröhnte und erzitterte. Die Männer des Domherrn mussten eine Art Rammbock mitgebracht haben, mit dem sie nun gegen das Tor anrannten.

»Nicht mitten gegen die eisenbeschlagenen Bohlen, ihr Hohlköpfe!«, schallte die ärgerliche Stimme des Domherrn durch den frühen Morgen, während Caspar die beiden Zündschnüre miteinander verband. »Nehmt euch die Tür im Tor vor! Die wird leichter aus ihren Halterungen zu brechen sein!«

»Allmächtiger, müssen wir denn wirklich mit roher Gewalt vorgehen? Sie werden sich schon ergeben, wenn sie erkennen, dass jede Gegenwehr sinnlos ist!«, hörte Caspar im nächsten Moment die Stimme von Pater Erasmus, und ihm war, als würde er Bestürzung aus der Stimme des Priors heraushören. Aber er hatte jetzt keine Zeit, um sich Gedanken darüber zu machen, inwieweit der Mönch das Vorgehen des Domherrn billigte und was ihn bewogen hatte, ihn zu begleiten.

Was Servatius von Pirkheim dem Mönch erwiderte, bekam Caspar nicht mehr mit. Denn da rannte er schon zum Schuppen zurück und begann in höchster Eile, die mit Pech getränkten Strohbündel in einem Halbkreis vor dem Hauseingang aneinander zu legen.

Kaum hatte er die letzte Lücke geschlossen, als vom Tor das laute Bersten von Holz kam. Jeden Augenblick konnte die Tür den Rammstößen endgültig nachgeben!

Caspar sprang über die Strohbündel, riss die brennende Fackel aus der Tonne und lief zum Tor. Dort presste er sich an die Mauer und wartete, dass den Domschergen der Durchbruch gelang. Als die Tür zwei Rammstöße später aus der Einfassung brach, sprang er vor, hielt die Flamme direkt über der Öffnung der Ballen an die Lunte und rannte so schnell er konnte in den Schuppen hinüber, denn ihm blieben nur wenige Sekunden bis zur Explosion.

Die Kartuschen gingen in einem Abstand von Sekundenbruchteilen hoch, sodass es wie eine einzige Explosion klang. Schreie mischten sich in die gewaltige Detonation. Ein Großteil der Kiesel verteilte sich im Hof, prasselte wie ein Hagel aus Musketenkugeln gegen die Schuppenwand, hinter der sich Caspar zu Boden geworfen hatte, und gegen die Hauswände.

Caspar rappelte sich sofort wieder auf, hob die Fackel auf und stürmte zum Haus, wo er die Strohbündel in Brand setzte. Dichter, beißender Rauch waberte vor dem Tor und trieb auf das Mühlhaus zu. Und dann krachten Schüsse. Mehrere Kugeln sirrten durch die aufgebrochene Tür und schlugen neben Caspar in die Hauswand. Steinsplitter spritzten ihm in den Nacken. Der Domherr hatte Musketenschützen in seinem Gefolge!

Caspar schleuderte die Fackel in die vor ihm auflodernde Flammenwand, rettete sich ins Haus und warf die Tür zu, in die Augenblicke später weitere Kugeln einschlugen.

»Sie kommen mit Musketenschützen!«, schrie er und rannte in die Werkstatt, wo Bartholo gerade damit beschäftigt war, eines der Fässchen Schießpulver über der Druckpresse, den Werktischen und den Resten seiner Bibliothek zu leeren. Das andere Fass Schwarzpulver stand in der Mitte des Raumes, verbunden mit einer langen Lunte, die bis unter eines der Fenster zur Wertach hin reichte. Es stand offen und das mit Knoten versehene Seil für den Abstieg fiel schon außen an der Hauswand hinab.

»Wir sind fertig! Klara, nimm du eine der Taschen!«, rief

Bartholo und deutete auf die beiden Ledertaschen mit je einem breiten Gurt zum Umhängen, die auf dem Boden vor dem Fenster lagen. Offensichtlich hatte er es doch nicht über sich gebracht hatte, all seine Kostbarkeiten, für die er im Kellerversteck keinen Platz mehr gefunden hatte, zurückzulassen und dem Feuer zu übereignen. »Ihr klettert zuerst hinunter und macht das Boot bereit! Ich komme sofort nach!«

Klara griff nach einer Tasche, hängte sie sich mit dem Gurt quer über die Brust und kletterte aus dem Fenster, bevor Caspar ihr die Last hätte abnehmen können. Er schwang sich sofort hinter ihr aus dem Fenster und kletterte am Seil hinunter, was dank der Knoten keine große Mühe bereitete. Nur sein Degen behinderte ihn ein wenig und schepperte gegen die Hauswand. Unten angekommen, ging er Klara dabei zur Hand, die alte, vermooste Segeltuchplane zur Seite zu zerren, das Ruderboot aus dem Ufergestrüpp zu ziehen, umzudrehen und ins Wasser zu schieben.

Als Caspar zum Fenster hochschaute, um zu sehen, wo Bartholo bloß blieb, zeichnete sich schon lodernder Feuerschein in der Öffnung ab. Die Werkstatt brannte – und sicherlich auch schon die Lunte! »Bartholo! Um Gottes willen, kommt da raus!«, rief er erschrocken.

Im selben Moment erschien auch schon sein Meister. »Fang auf!« Bartholo warf ihm seinen Degen zu. Dann stieg er mit der zweiten bauchigen Ledertasche über der Schulter aus dem Fenster und am Seil hinunter.

Klara saß schon im Boot und hielt beide Ruder. »Ihr zuerst!«, rief Caspar seinem Meister zu und hielt das Ruderboot am Bug fest, damit es nicht so stark schwankte. Kaum saß Bartholo bei Klara auf dem mittleren Sitzbord, als Caspar das Boot auch schon vom Ufer abstieß und dann zu ihnen in den Kahn sprang.

Das schmale Gefährt drehte sich unter gefährlichem Schwanken auf der Wertach, die nach der Frühlingsschmelze viel Wasser führte und mit starker Strömung dem Zusammenfluss mit dem Lech nördlich der Stadt entgegeneilte, vorbei am dichten Wald, der sich hinter dem Mühlbach erstreckte und bis an das Ufer herunterreichte, wo er sich etwas lichtete und in wildes Gestrüpp und Dickicht überging.

Im selben Augenblick explodierte in der Werkstatt das Pulverfass. Caspar hatte noch nie Kanonendonner gehört, war jedoch überzeugt, dass er nicht viel anders klingen konnte als diese ohrenbetäubende Explosion, die das alte Mühlhaus in seinen Grundfesten erzittern ließ. Feuerzungen zuckten aus den berstenden Fenstern. Mauerwerk, Bücher, Werkzeuge und anderes wurden aus der Werkstatt geschleudert und prasselten, teilweise brennend, wie Geschosse einer gewaltigen Kartusche in den Fluss. Rauch quoll aus den gezackten Öffnungen, die nicht mehr als einstige Fenster zu erkennen waren, sondern vielmehr Löchern glichen, die der Einschlag von Kanonenkugeln in die Hauswand gerissen hatte.

»Heilige Mutter Gottes!«, rief Klara erschrocken, aber auch voller Staunen über die ungeheure zerstörerische Kraft, die in einem explodierenden Fass Schwarzpulver steckte.

»Lass mich und Bartholo an die Ruder!«, forderte Caspar sie auf. Er kauerte noch immer vorn im Bug. »Wir müssen uns beeilen, dass wir hinter die nächste Flussbiegung verschwinden, bevor der Domherr Lunte riecht und seine Leute ausschwärmen lässt!«

»Ich bin kräftig genug . . .«, begann Klara.

»Nun tu schon, was er sagt!«, fiel Bartholo ihr ins Wort.

Klara zuckte die Achseln und erhob sich, um sich nach hinten ans Heck zu setzen.

»Runter! . . . Deckung!«, brüllte Caspar, als er hinter der Mauer neben dem brennenden Mühlhaus Domschergen auftauchen sah. Sie mussten das Fuhrwerk an die Mauer geschoben haben und auf die Seitenborde geklettert sein, um sich so weit über die Mauerkrone erheben zu können. Und dann sah er im Sonnenlicht blinkende Läufe, die sich auf sie richteten. »Musketenschützen!«

Klara stand fast aufrecht im Boot, sich mit einer Hand auf Bartholos Schulter stützend, und drehte sich auf Caspars Warnung hin erschrocken zum Mühlhof um.

In diesem Moment krachte der erste Schuss.

Caspars entsetzter Schrei fiel fast mit dem von Klara zusammen, als er sah, wie die Kugel sie in die Brust traf und aus dem Boot schleuderte. Ihre Arme flogen wie die leblosen Glieder einer Puppe durch die Luft, während sie im Sturz eine halbe Drehung um ihre Achse vollführte. Bäuchlings fiel sie ins Wasser, wurde von der Strömung mitgerissen und sank, von der schweren umgehängten Ledertasche nach unten gezogen, wie ein Stein.

Achtundzwanzigstes Kapitel

Bartholo rief etwas, was Caspar jedoch nicht mitbekam. Zwar sah er die aufgerissenen Augen und wie sich die Lippen seines Meisters bewegten, aber die Worte erreichten ihn nicht. Er vernahm auch kein anderes Geräusch. Es war, als wäre er schlagartig taub geworden.

Caspar befand sich in einem seltsam paradoxen Zustand. Zum einen machte ihn der Schock völlig empfindungslos für das Krachen der Musketen und alles andere um ihn herum, andererseits begriff er mit hellwacher Geistesgegenwart Klaras Situation: Sie konnte nicht schwimmen. Sie würde ertrinken, wenn er ihr nicht zu Hilfe kam!

Die Möglichkeit, dass sie vielleicht gar nicht mehr lebte, weil die Kugel sie tödlich getroffen hatte, ließ sein Verstand überhaupt nicht zu.

Ungeachtet der Schüsse, die vom Mühlhof kamen, sprang Caspar im Boot auf, öffnete die Schnalle seines Waffengurtes, schleuderte Gurt und Degen von sich in Richtung Ufer und sprang mit einem Hechtsprung ins Wasser.

Die Kälte war wie ein Messer aus Eis, das sich in seine Brust bohrte. Er riss die Augen auf und suchte nach Klara, während er mit aller Kraft unter Wasser in jene Richtung schwamm, wo er meinte, sie untergehen gesehen zu haben. Ein Schatten glitt über ihn hinweg, und er wusste, dass es das Ruderboot mit Bartholo war, das von der Strömung schneller flussabwärts getrieben wurde als er, der er nun quer zur Flussrichtung tauchte.

Zu dieser frühen Morgenstunde stand die Sonne noch nicht hoch genug am Himmel, um mit ihrem Licht die Schatten von den Flussufern zu vertreiben und die Fluten bis zum Grund zu durchdringen. Caspar hatte deshalb das Gefühl, sich durch eine flüssige Dämmerung zu bewegen, was großer Anstrengung bedurfte. Der Widerstand des Wassers machte jeden Versuch, sich hastig nach allen Seiten umzublicken und zu bewegen, unmöglich und zehrte an den Kräften. Vor allem aber kostete es Luft.

Panische Angst um Klaras Leben erfasste ihn, als er sie nicht dort finden konnte, wo er sie vermutet hatte. Die Luft wurde ihm knapp. In seinen Ohren begann es zu rauschen. Als er das Gefühl hatte, jeden Moment müssten seine Lungen bersten, tauchte er auf.

Gierig schnappte er nach Luft. Der brennende Mühlhof befand sich eine knappe Zehntelmeile flussaufwärts, während das Ruderboot mit Bartholo schon mehr als doppelt so weit von ihm entfernt war und auf die Flussbiegung zutrieb.

Caspar gönnte sich nicht mehr als diesen flüchtigen Blick, dann tauchte er wieder hinunter, um nach Klara zu suchen. Sekunden später bemerkte er einen großen, lang gestreckten Schatten, der sich am Grund vom Ufer aus in die Tiefe der Wertach erstreckte. Dieser Schatten stellte sich als Baum heraus, der irgendwann einmal in den Fluss gestürzt war, von einem Blitz gefällt oder aus einem unterspülten Uferstück herausgebrochen.

Und dort hatte sich Klara verfangen! Die Zange einer gegen die Strömung ragenden, armdicken Astgabel, in die ihr Oberschenkel geraten war, hielt ihre reglose Gestalt mit dem Gesicht zum Grund gefangen. Noch immer hing ihr die schwere Ledertasche über der Brust und hielt ihren Oberkörper dadurch unter Wasser.

Caspar schwamm so schnell er konnte zu ihr hin und vergeudete erst gar keine kostbaren Sekunden, um Klara von dem Gewicht der Umhängetasche zu befreien, sondern umfasste ihr Bein und riss es aus der Astgabel. Sie gab kein Zeichen von Leben von sich, als er mit ihr zur Wasseroberfläche aufstieg und sie mit der Kraft der Verzweiflung ans Ufer zerrte.

»Klara, um Gottes willen, komm zu dir!«, stieß er beschwörend und nach Atem ringend hervor. »Das kannst du mir nicht antun!« Er drehte sie auf den Rücken und suchte nach der Wunde, wo die Kugel sie in die Brust getroffen hatte. Zu seiner großen Verwunderung stellte er jedoch fest, dass Klara überhaupt nicht blutete. Und im nächsten Moment wusste er auch warum, denn er entdeckte die verformte Metallschnalle des breiten Umhängegurtes. Die Kugel des Musketenschützen hatte die Schnalle getroffen und musste davon abgeprallt sein!

»Komm zu dir! Du darfst nicht sterben!«, keuchte Caspar und drückte mehrmals kräftig auf ihr Zwerchfell, wie er es mal bei einem Flößer gesehen hatte, der nach einem Unfall von seinen Kameraden aus dem Lech gezogen worden war.

Plötzlich schoss ein Schwall Wasser aus Klaras Mund. Sie bäumte sich unter ihm auf, drehte sich auf die Seite, übergab sich erneut, spuckte und röchelte und rang nach Atem, während sie sich im Uferdreck krümmte.

»Dem Himmel sei Dank, du lebst!«, keuchte Caspar erlöst und voller Dankbarkeit.

Mühsam richtete sie sich auf die Knie auf, tastete über

ihre Brust und blickte ihn verstört an. »Ich bin . . . ja gar nicht . . . verletzt!«, stammelte sie fassungslos. »Dabei hat mich . . . doch die Kugel . . . getroffen! . . . Ich müsste doch . . . tot sein!«

»Tot wärst du beinahe auch gewesen, aber nicht von der Musketenkugel, denn die hat hier die Eisenschnalle des Ledergurts getroffen und ist davon abgeprallt«, sagte Caspar und nahm ihr nun die schwere Umhängetasche ab. »Aber du hast das Bewusstsein verloren und wärst um ein Haar ertrunken. Du hattest dich nämlich unter Wasser im Geäst eines Baumes verfangen.«

»Und du hast mir das Leben gerettet«, murmelte sie bewegt und berührte zärtlich seine Wange.

Caspar lächelte verlegen und nickte.

»Wo ist Meister Bartholo?«, fragte Klara.

»Allein im Boot und schon längst hinter der Flussbiegung. Ihm können wir im Augenblick nicht helfen und er nicht uns. Jetzt muss jeder für sich selber sorgen. Und das bedeutet, dass wir uns schnellstens verstecken müssen, wenn nicht alles vergeblich gewesen sein soll!«, drängte Caspar. »Denn jeden Moment können hier die Domschergen auf der Suche nach uns auftauchen.«

Caspar hängte sich die triefende Ledertasche über die Schulter, deren Inhalt er später überprüfen wollte, wenn sie sich außer Gefahr befanden, und half Klara auf die Beine.

Er wollte mit ihr weiter flussabwärts flüchten, doch sie hielt ihn davon ab. Sie war mit dem Gelände bestens vertraut, wie sie versicherte, und wusste ein ideales Versteck ganz in der Nähe. Sie hastete mit ihm ungefähr fünfzig Schritte zurück in Richtung Mühlhof und führte ihn zu einer Stelle, wo dichtes, überhängendes Gestrüpp am abfallenden Ufergelände eine kleine Erdhöhle verbarg.

»Hier habe ich mich schon einmal versteckt. Es ist da drin Platz genug für uns beide, wenn wir uns zusammenkauern«, sagte Klara, teilte den grünen Blättervorhang und kroch in die dahinter liegende Höhle.

»Alles ist besser, als den Häschern des Domherrn in die Hände zu fallen!«, erwiderte Caspar und folgte ihr auf allen vieren. Das niedrige, muffig riechende Versteck war in der Tat alles andere als bequem und sie mussten sich schon sehr verrenken und aneinander schmiegen, damit kein Bein oder Arm aus dem Gestrüpp herausragte. Aber es war das beste Versteck, das sie sich unter diesen Umständen wünschen konnten.

»Da! Sie kommen schon!«, flüsterte Klara, als sie wenige Minuten später hörten, wie ihre Verfolger lauthals durch das Unterholz brachen. Den Stimmen nach, die sich ihnen rasch näherten, waren es drei Männer, die diesen Uferabschnitt absuchten.

». . . und bist du dir auch ganz sicher, dass es hier gewesen ist?«, hörten sie einen der Männer fragen.

»Wie kann ich mir sicher sein, wo hier ein verdammtes Ufergestrüpp wie das andere aussieht!«, antwortete eine zweite Stimme.

»Dass wir diesen Kupferstecher und Ketzer ergreifen sollen, versteh ich ja noch. Aber kann mir mal einer verraten, warum unser Herr auch gleich das einfache Gesinde in den Kerker werfen will?«, fragte eine dritte Stimme.

»Weil sich auch einfache Mägde und Gehilfen gut auf der Streckbank und auf dem Scheiterhaufen machen«, sagte die erste Stimme hämisch. »Vor allem wenn die Magd noch jung und gut anzusehen ist und man ihr die Kleider vom Leib gerissen hat!«

Dafür erntete er bösartiges Gelächter von seinen Kameraden, als würden sie sich nur zu gern an solch einem Anblick ergötzen.

Klara schlug vor Schreck die Hand vor den Mund, als fürchtete sie, ein Schrei könnte unfreiwillig ihrer Kehle entfahren. Gleichzeitig streifte die Klinge eines Degens direkt vor ihren Augen über das Blattwerk des überhängenden Strauches.

Auch Caspar hielt den Atem an und betete lautlos, während ihm der Schweiß ausbrach und über sein Gesicht rann. Plötzlich bemerkte er mit Erschrecken, dass das Wasser, das aus ihren triefnassen Sachen rann, mittlerweile schon eine große Pfütze um sie herum gebildet hatte und nun aus der Höhle zu fließen drohte. Hastig hielt er den Lauf des Rinnsals mit der Hand auf und verteilte das Wasser über den Boden, damit es überall gleichmäßig im Erdreich versickerte.

Die drei Männer entfernten sich schnell wieder und setzten ihre Suche flussabwärts fort. Dennoch wagten Klara und Caspar kaum zu flüstern und sich in ihrem Versteck zu bewegen. Sie wussten, dass die Gefahr, entdeckt zu werden, noch längst nicht gebannt war.

Als sie das nächste Mal wieder Stimmen vernahmen, wussten sie nicht genau zu sagen, wie viel Zeit mittlerweile vergangen war. In der unnatürlich zusammengekauerten Haltung, die sie in ihrem Versteck notgedrungen einnehmen mussten, kam ihnen die Zeitspanne wie Stunden vor. Doch vermutlich war kaum mehr als eine halbe Stunde verstrichen, womöglich sogar noch weniger.

»Hannes! ... Stephan ... Peter!« Der Rufer musste ein gutes Stück flussaufwärts stehen, vermutlich auf dem Pfad, der dort durch den Wald führte.

»Wir sind hier unten! Was gibt es?«, kam als Antwort von

jemandem, der sich irgendwo flussabwärts unweit ihres Verstecks in Ufernähe befinden musste.

»Viktor und die anderen haben den Ketzer aus dem Fluss gefischt! Der Domherr sagt, wir sollen die Suche nach seinem Gesinde abbrechen! Es geht zurück in die Stadt!«, brüllte der Mann von oben.

Bestürzt sahen sich Klara und Caspar an. Bartholo in der Gewalt des Domherrn!

»Aber es bleibt doch wohl auch ohne das Gesinde bei der versprochenen Kanne Branntwein für jeden und dem freien Plündern des Mühlhofs, oder?«, rief eine andere Stimme vom Flussufer misstrauisch. »Oder will er uns prellen? Ähnlich sähe ihm das!«

»Das soll er mal versuchen! Das Vieh und alles, was sich sonst noch lohnt, gehört uns und wird wie abgesprochen unter uns geteilt! Und jetzt kommt hoch! Der Klosterbruder hat es noch eiliger als unser Domherr, wieder zurück in die Stadt zu kommen. Wir sollen den Ketzer nämlich zu ihm ins Kloster bringen!«

Caspar und Klara verhielten sich völlig still, als die drei Männer auf ihrem Weg vom Ufer der Wertach hinauf zum Waldpfad wieder nahe an ihrem Versteck vorbeikamen. Erst als deren Stimmen verklungen waren, wagten sie wieder zu flüstern.

»Was hältst du davon?«, fragte Klara. »Ob sie wirklich die Suche nach uns abbrechen, weil sie nun Bartholo gefangen haben?«

»Keine Ahnung«, raunte Caspar zurück. »Das kann auch ein Trick sein, um uns in Sicherheit zu wiegen, während sie in Wirklichkeit noch auf der Lauer liegen und bloß darauf warten, dass wir aus unserem Versteck kommen.«

»Aber den Gefallen werden wir ihnen nicht tun!«

»Nein, gewiss nicht!«, stimmte er ihr zu.

Sie schwiegen eine Weile, jeder mit denselben bedrückenden Gedanken an Bartholos Gefangenschaft und ihre eigene prekäre Lage beschäftigt.

Es war Caspar, der schließlich das Schweigen brach. »Hast du es auch so verstanden, dass sie Bartholo nicht ins Domstift, sondern ins Kloster bringen sollen?«

»Ja, aber was bezweckt Pater Erasmus damit? Das macht doch keinen Sinn!«

»Ich verstehe es auch nicht! Wieso ist er plötzlich zum Verräter geworden, nachdem er vorher so viel für Bartholo riskiert hat? Und jetzt versucht er auch noch, den Domherrn auszustechen . . .«

Plötzlich kam Klara ein überraschender Gedanke. »Vielleicht ist er ja gar kein Verräter, sondern immer noch auf Bartholos und unserer Seite!«

»Wie kommst du denn darauf?«

»Na, es kann doch sein, dass Pater Erasmus sich allein darum an der Ergreifung von Bartholo beteiligt hat, weil er den Domherrn nicht länger hinhalten konnte, aber das Schlimmste verhindern wollte, nämlich dass er im Folterkeller des Domstiftes verschwindet. Wäre das nicht eine Erklärung dafür, warum er Bartholo zu sich ins Kloster bringen lässt? Denn da gibt es doch bestimmt keine Folterkammer.«

»Heiliger Sebastian, du kannst Recht haben!«, rief Caspar freudig erregt und dämpfte schnell wieder seine Stimme. »Das würde Sinn machen und eher zu Pater Erasmus passen. Dann wäre also noch Hoffnung für Bartholo!«

»Ja, fragt sich nur, für wie lange«, sagte Klara trocken. »Denn gefangen ist gefangen. Und weder kann es sich Pater Erasmus erlauben, Bartholo einfach laufen zu lassen, noch wird der Domherr lange stillhalten und sich damit abfinden, dass Bartholo in St. Ulrich und nicht bei ihm im Domstift in einer Zelle sitzt.«

Caspar nickte. »Der Domherr wird darauf bestehen, ihn auf seine Art zu befragen – nämlich unter der Tortur in der Folterkammer.« Er atmete tief durch. »Aber ganz egal, was mit dem Prior und Bartholo ist, zuerst mal müssen wir jetzt an uns denken und zusehen, dass wir unsere Haut retten!«

Klara seufzte leise. »Was bedeutet, dass wir uns wohl oder übel damit abfinden müssen, noch eine ganze Weile in diesem entsetzlich unbequemen Erdloch auszuharren.«

Dort in der engen Höhle wurde es bald mehr als nur unbequem. Sie hatten nicht nur zunehmend mit stechenden Schmerzen und Krämpfen zu kämpfen, mit denen ihre Körper gegen die zusammengekauerte Haltung protestierten, sondern auch mit der Kälte, waren sie doch bis auf die Haut durchnässt. Und beide hatten sie ihre schwachen, elenden Minuten, wenn einer glaubte, es nicht länger aushalten zu können und aus der Höhle kriechen zu müssen. Dann sprachen sie sich gegenseitig Mut zu.

Eine Weile lenkten sie sich von ihrer qualvollen Lage damit ab, dass sie die Ledertasche ausräumten – was bei der Enge kein einfaches Unterfangen war – um zu sehen, was sie da vor dem Verbrennen im Mühlhaus und dem Versinken im Fluss gerettet hatten. Bartholo hatte jeden der vier kostbaren Folianten zweifach in Wachstücher gewickelt und mit Siegellack versiegelt, sodass sie die kurze Zeit unter Wasser völlig unbeschädigt überstanden hatten. Und in einem der Bücher fand sich die zusammengefaltete Vinland-Karte!

So groß im ersten Moment auch ihre Freude war, so

taugte die Entdeckung, diese kostbare Karte gerettet zu haben, für die sie ihr Leben auf dem Armenfriedhof riskiert hatten, doch auf Dauer wenig, um die Schmerzen und die klamme Kälte zu lindern.

Anhand der Schatten auf dem Waldboden, die sie durch das Blätterkleid des überhängenden Busches ausmachen konnten, versuchten sie die Zeit zu schätzen, die verging. Da der Einfallswinkel der Sonne die Länge der Schatten bestimmte, gab ihnen die Veränderung der Muster aus Sonnenflecken und Schatten auf dem Waldboden vor ihrem Versteck einen gewissen Hinweis, wie hoch die Sonne mittlerweile stand und wie lange sie schon in ihrem Versteck ausharrten.

Als Caspar irgendwann am frühen Mittag merkte, dass Klara stumm weinte, hielt er die Zeit für gekommen, der Qual ein Ende zu bereiten. Nicht allein wegen Klara, sondern weil auch er es nicht länger ertrug.

»Ich sehe nach, ob die Luft rein ist. Du bleibst vorerst hier und rührst dich nicht von der Stelle, egal, was passiert«, sagte er, denn für einen allein bot die Höhle ausreichend Bewegungfreiheit. »Und sollte mir etwas zustoßen . . .«

Klara legte ihm schnell ihre Hand auf den Mund. »Dir wird nichts zustoßen!«, flüsterte sie beschwörend.

Er hauchte einen Kuss gegen ihre Fingerspitzen und kroch dann schmerzhaft langsam aus der Erdhöhle. Dabei war das Verlangen, sich aufzurichten und sich zu strecken, fast übermächtig. Als er das Gesträuch auseinander schob und den Kopf ins Freie streckte, raste sein Herz vor Angst. Aber nichts geschah. Es stürzten auch keine Domschergen hinter Büschen hervor, als er in geduckter Haltung von dem Versteck wegrannte und hinter einem Dornendickicht in Deckung ging, das ein gutes Stück oberhalb zwischen zwei jungen Bäumen wucherte. Bis auf die Geräusche der Natur blieb es still im Wald.

Caspar schlich bis zum Waldpfad hinauf, schlug einen Bogen und kehrte schließlich zum Versteck zurück. »Sie scheinen wirklich abgezogen zu sein. Weit und breit ist niemand zu sehen«, teilte er Klara mit. »Du kannst herauskommen.«

Sie suchten sich ganz in der Nähe des Waldweges ein neues Versteck, von dem aus sie den Pfad in beiden Richtungen gut überblicken konnte. Wer immer kam, sie würden ihn früh genug entdecken, um sich unbemerkt zurückziehen und wieder in ihre Höhle kriechen zu können.

Zurück zum Mühlhof wagten sie sich nicht, noch nicht. Sie kamen überein, dass es sicherer war, damit bis zum Einbruch der Dunkelheit zu warten. Dann würde es leichter sein, sich unbemerkt anzuschleichen. Und sollte ihnen Gefahr drohen und sie zur Flucht zwingen, bot ihnen die Nacht den denkbar besten Schutz vor Verfolgung. Die Frage, ob sie das Wagnis einer Rückkehr überhaupt eingehen sollten, bedurfte keiner Diskussion. Sie wollten herausfinden, ob die kostbaren Karten und alles, was sonst noch in der im Weinkeller eingegrabenen Truhe lag, den Plünderern in die Hände gefallen war. Wenn es für Bartholo überhaupt noch den Hauch einer Hoffnung auf Rettung gab, dann vielleicht nur in Zusammenhang mit dem Inhalt der Truhe!

Neunundzwanzigstes Kapitel

Geduldig, wenn auch mit knurrendem Magen, warteten sie im Wald auf den Einbruch der Nacht. Als die Dunkelheit vom Wald rasch Besitz ergriff und das letzte Tageslicht hinaus auf die Lichtungen und Flure und an die Flussufer vertrieb, machten sie sich auf den Weg.

Sie hatten den Rauch, der vom Mühlhof zu ihnen herübergetrieben war, bis in den Nachmittag hinein riechen können. Dann waren die Feuer im Haus wohl in sich zusammengefallen und die Rauchschwaden immer dünner geworden. Nur gelegentlich hatte ihnen der Wind noch einen brenzligen, rauchigen Geruch zugetragen. Als sie sich dem Mühlhof nun im Schutz der Dunkelheit vorsichtig und vom Wald her näherten, wurde der Brandgeruch wieder stärker.

Das Tor mit der herausgebrochenen Tür im rechten Flügel stand weit offen und Totenstille herrschte im Hof. Auch die Türen der Stallungen standen offen. Dante, die Kuh, die Schweine und die Hühner, das Fuhrwerk und der einachsige Wagen, nichts war von der Plünderung der Domschergen verschont geblieben.

»Pass bloß auf, wohin du trittst!«, warnte Caspar Klara, als sie sich schließlich in die brandgeschwärzte Ruine des Mühlhauses wagten, dessen Dachstuhl nun völlig eingestürzt und ausgebrannt war. »Hier in den Trümmern schwelen noch überall Feuer!«

Klara fand in der Küche eine Öllampe und setzte sie an

einer kleinen Flamme, die in der völlig verwüsteten Werkstatt aus einem der vielen dort schwelenden Trümmerhaufen hervorzüngelte, in Brand. Über ihren Köpfen klaffte in der Decke ein riesiges Loch, durch das sie an den verkohlten Dachbalken vorbei die ersten Sterne am Nachthimmel sehen konnten.

»Hier ist nichts mehr zu retten!«, sagte Caspar bedrückt und wütend zugleich. »Lass uns in den Keller hinuntergehen und zusehen, dass wir so schnell wie möglich von hier wegkommen.«

»Ja, irgendwie ist mir der Ort plötzlich unheimlich«, sagte Klara.

Sie suchten sich Gerätschaften zusammen, die sich zum Graben und Schaufeln benutzen ließen, und stiegen dann über Mauerschutt und andere Trümmer hinweg auf der steinernen Treppe in den Keller hinunter.

Hastig zerrten sie die alten Fässer, die zu ihrer Erleichterung noch immer an Ort und Stelle standen, von der Backsteinwand weg, rissen mit Schüreisen und einem großen, gusseisernen Küchenschaber die gerade handtiefe Erdschicht über der Truhe auf und schaufelten das Erdreich mit einer Blechkanne und einem Topf zur Seite.

»Was bewahrt Bartholo denn in dieser Schatulle so Besonderes auf?«, fragte Klara überrascht, als Caspar den Truhendeckel hochklappte und sie die Holzschatulle oben auf den Büchern und Karten sah. Als Bartholo das Holzkästchen in den Keller gebracht hatte, war Klara nicht dabei gewesen.

»Keine Ahnung«, sagte Caspar, der nicht weniger gespannt war. »Aber gleich werden wir es wissen.«

Die Schatulle, die über kein Schloss zum Abschließen verfügte, enthielt vier verschieden große Beutel. Die beiden größeren waren aus weichem Leder gearbeitet, die beiden kleineren aus herrlich glatter, honiggoldener Seide. Kaum hatte Caspar einen der Lederbeutel in die Hand genommen, da verrieten ihm auch schon das Gewicht, der Klang und die Formen seines Inhaltes, die sich seiner Hand durch das Leder hindurch mitteilten, dass diese beiden Beutel Geldstücke enthielten.

»Heilige Muttergottes!«, entfuhr es Klara fassungslos, als Caspar die Kordel aufzog, den Beutel in ihre Hände leerte und sie einen Strom von Gold- und Silbermünzen darin auffing. »Das ist ja . . .« Ihr fehlten die Worte. Noch nie in ihrem Leben hatte sie auch nur einen Bruchteil eines solchen Schatzes gesehen.

Und als Caspar auch den zweiten Lederbeutel öffnete, der ähnlich viele Gold- und Silberstücke enthielt, kam ihr nur noch der Ausruf »Allmächtiger!« über die Lippen. Und zwar mehrmals hintereinander.

Auch Caspar gingen die Augen über. Und als er sich wieder einigermaßen gefasst hatte, sagte er andächtig: »Das ist mehr als genug Geld, um eine ganz schön lange Zeit sorglos zu leben . . . oder sich irgendwo eine Werkstatt oder eine Schänke zu kaufen.«

Klara sah ihn scharf an. »Hoffen wir, dass es mehr als genug ist, um Bartholo vor der Folter zu bewahren und ihn irgendwie freizubekommen!«

Caspar fuhr zusammen, als erwachte er aus einem Tagtraum, und er spürte, wie ihm das Blut heiß ins Gesicht schoss. »Natürlich!«, stieß er hastig und mit brennender Verlegenheit hervor. »Das war doch nur so ein Gedanke.«

»Und dabei sollte es auch bleiben«, erwiderte Klara, doch mit erheblich sanfterer Stimme. »So, und nun lass sehen, was die beiden anderen Beutel enthalten.«

Caspar nahm eines der seidenen Säckchen in die Hand. Es war verhältnismäßig leicht, sodass es unmöglich Geldstücke enthalten konnte. Dennoch, irgendetwas von besonderem Wert musste sich darin verbergen, dafür sprach schon das kostbare seidene Beutelchen. Gespannt, was sein Meister darin bloß aufbewahrte, knotete er im Licht der flackernden Öllampe das Seidenband auf, mit dem der Beutel verschlossen war, griff vorsichtig hinein – und brachte eine rötliche, eiförmige Nuss mit zerfranster Oberfläche zum Vorschein.

»Nüsse?«, stieß er ungläubig hervor. »Ganz gewöhnliche Nüsse?«

Auch Klara starrte einen Moment lang verblüfft auf die kleine, schrumpelige Kugel in seiner Hand. Dann jedoch kam ihr schlagartig die Erleuchtung, was das war. »Das ist keine gewöhnliche Nuss, sondern eine Muskatnuss, ein ungemein kostbares Gewürz aus Indien!«, erklärte sie. Dann erzählte sie ihm, dass sie einmal gesehen hatte, wie Bartholo mit einer feinen Reibe ein wenig Muskatnuss in seinen Wein gerieben und ihr gestanden hatte, wie sündhaft teuer eine solche Geschmacksverfeinerung war.

»Dann ist der Inhalt hier ja mindestens so viel wert wie die beiden Geldbeutel!«, folgerte Caspar.

»Ja, aber um einiges leichter und vor allem unauffälliger zu transportieren«, fügte Klara hinzu. »Denn wer sich mit derlei exotischen Gewürzen nicht auskennt, wird niemals vermuten, wie kostbar so eine einzelne Nuss ist!«

Caspar lachte. »Raffiniert! Man kann eine Hand voll von diesen Nüssen mit sich in der Tasche herumtragen und braucht wohl nicht einmal bei einem Überfall zu befürchten, dass sie einem abgenommen werden, so unscheinbar und wertlos, wie sie auf den ersten Blick aussehen.«

Jeder von ihnen nahm eine Geldbörse und einen Seidenbeutel Muskatnüsse an sich. Dann holten sie die Karten und Manuskripte aus der Truhe, wickelten sie in Wachstücher und verschnürten die Pakete mit Kordel. Bevor sie Bartholos Schätze jedoch in ihr Waldversteck brachten, suchten sie in der Küche und der ausgeplünderten Vorratskammer Essensreste zusammen, um wenigstens ihren größten Hunger zu stillen. Wenig genug hatten das Feuer und die plündernden Domschergen übrig gelassen, doch sie waren dankbar für das Wenige, das sie fanden.

Beladen mit den beiden Wachstuchbündeln und mehreren brandlöchrigen Decken kehrten sie in den Wald zurück. Es erschien ihnen sicherer, die Nacht dort im Freien zu verbringen, als auf dem niedergebrannten Mühlhof auszuharren und darauf zu hoffen, von bösen Überraschungen verschont zu bleiben.

»Was für ein Tag!«, sagte Klara völlig erschöpft, zugleich aber auch dankbar dafür, dass sie nach den Geschehnissen dieses Tages wundersamerweise noch am Leben und in Freiheit waren.

»Noch sind wir nicht aus dem Gröbsten heraus. Wir wissen zwar, was hinter uns liegt, aber nicht, was uns noch erwartet – und vielleicht ist das auch ganz gut so«, sagte Caspar ahnungsvoll.

»Ich weiß, aber darüber werden wir uns morgen den Kopf zerbrechen, zusammen mit Quentel«, sagte Klara schläfrig und schmiegte sich unter den Decken in Caspars Arm.

Dass sie Bartholo nicht seinem Schicksal überlassen, sondern unverzüglich einen Plan zu seiner Befreiung in Angriff nehmen würden, verstand sich von selbst. Das Einzige, was sie noch besprechen mussten, war das Wie, das

Wo und das Wann. Und darüber wollten sie gleich am nächsten Tag mit Quentel reden. Genau wie sie beide stand der Wanderbuchhändler in Bartholos Schuld. Und diese Schuld würden sie morgen bei Quentel eintreiben!

Dreißigstes Kapitel

Am nächsten Morgen machten sie sich in aller Frühe auf den Weg. Auf der Landstraße beim Siechhaus trafen sie auf den Fuhrmann Johann Dürrwanger aus Kriegshaber, der für einige Staudenweber aus seinem Dorf dicke Ballen fertig gewebter Stoffe zu einem der Augsburger Tuchherren brachte. Klara kannte den Fuhrmann gut und er nahm sie, ohne viel zu fragen, mit in die Stadt.

Der vierstöckige, quadratische Färberturm von Quentels Vetter Gernot Himmelheber erhob sich wie ein trutziger Festungsturm am Hinteren Lechkanal unweit der Barfüßer-Kirche. Die beiden unteren Geschosse bestanden aus massivem Stein, während die beiden oberen Stockwerke mit ihren Trockenböden eine Holzkonstruktion waren. Unter dem weit vorspringenden Dach lag der umlaufende, auskragende Balkon mit dem äußeren Umlaufgestänge, an dessen Querhölzern die gefärbten Tuchbahnen zum Trocknen aufgehängt wurden.

»Ein ziemlicher Gestank«, murmelte Klara mit gerümpfter Nase, als sich ihnen beim Eintritt die scharfen Gerüche der Färbmittel wie Kupferwasser, Schliff, Galläpfel, Eichenrinde und Bärentraube auf den Atem legten. »Ein Wunder, dass man das sein Lebtag lang aushalten kann! Na, vermutlich nimmt man es nach einer Weile gar nicht mehr wahr.«

In Caspar wurden augenblicklich Erinnerungen an die

beiden qualvollen Tage im Wasserkerker wach und an das viele mit Bleich- und Färbstoffen versetzte Wasser, das er hatte schlucken müssen. Er glaubte sogar, diese Übelkeit erregenden Stoffe wieder auf der Zunge schmecken zu können.

Gottlob stießen sie gleich unten im Eingang auf einen Gesellen, der ihnen mitteilte, dass sich der Meister und sein Vetter im angrenzenden Hof aufhielten. So blieb es ihnen zu ihrer Erleichterung erspart, in den Turm hochsteigen und sich den üblen Gerüchen noch intensiver aussetzen zu müssen.

Gernot Himmelheber hätte ein Bruder des Wanderbuchhändlers sein können, zumindest was seine ähnlich hünenhafte Statur betraf. Ihm fehlten jedoch das dichte, kupferfarbene Haar und der struppige Vollbart. Und sein kantiges Gesicht wie auch seine Hände und Arme sahen merkwürdig fleckig aus, gezeichnet von den scharfen Färbmitteln, mit denen er seit seiner Jugend tagtäglich umging.

Der Färbermeister begutachtete mit seinem Vetter gerade den neuen Kastenwagen mit den beiden prächtigen Apfelschimmeln, den Quentel an diesem Morgen beim Wagenbauer Anton Stechling abgeholt und gerade erst in den Hof gefahren hatte.

»Caspar! . . . Klara!«, rief Quentel mit freudiger Überraschung, als er sie durch das Tor kommen sah. Er hatte sich gut erholt und schien sichtlich wieder im Vollbesitz seiner Kräfte. Die vergangenen vier Wochen hatten die letzten Spuren seiner schweren Krankheit getilgt. »Was macht ihr denn hier in der Stadt? Ich wollte mich gleich auf den Weg zu euch machen, um meinem lieben Freund Bartholo und euch meinen neuen Wagen vorzuführen.«

»Wir müssen mit Euch reden«, sagte Caspar ernst. »Vertraulich, unter vier Augen.« Dabei ging sein Blick kurz zum Färbermeister, um sofort wieder zu Quentel zurückzukehren. »Es ist sehr dringend!«

Auf dem Gesicht des Wanderbuchhändlers erschien sofort ein Ausdruck der Besorgnis. »Ihr könnt in Gegenwart von Färbermeister Gernot Himmelheber offen reden. Für meinen Vetter würde ich genauso meine rechte Hand ins Feuer legen wie für Bartholo!«, versicherte Quentel. »Also, worum geht es?«

Caspar zögerte kurz, vertraute dann aber auf Quentels Menschenkenntnis. »Der Mühlhof ist niedergebrannt und die Schergen des Domherrn haben Bartholo verhaftet und in eine Kerkerzelle von St. Ulrich geworfen!«

»Um Himmels willen!«, entfuhr es Quentel. »Aber wieso haben sie ihn nach St. Ulrich gebracht und nicht ins Domstift? Und hatte Pater Erasmus nicht versprochen, euch rechtzeitig eine Warnung zukommen zu lassen?«

»Hat er aber nicht«, warf Klara ein. »Der Prior ritt sogar mit dem Domherrn Seite an Seite.«

»Das verstehe ich nicht«, sagte Quentel.

»Wir vermuten, dass Pater Erasmus an der Verhaftung teilgenommen hat, um zu verhindern, dass Servatius von Pirkheim ihn sofort in der Folterkammer des Domstifts auf die Streckbank binden oder ihm Daumenschrauben anlegen lässt«, sagte Caspar. »Vermutlich hat er darauf gepocht, dass der Inquisitior ihn selbst und nicht den Domherrn mit der weiteren Überprüfung meines Meisters beauftragt. Aber lange wird Pater Erasmus ihn wohl kaum vor Pirkheims Blutdurst bewahren können. Wenn wir ihn also vor dem sicheren Tod unter der Folter oder auf dem Scheiterhaufen retten wollen, müssen wir uns etwas einfallen lassen – und schnell handeln!«

Gernot Himmelheber hatte still zugehört. Jetzt meldete er sich zu Wort. »Ich weiß, was der Kupferstecher Wolkenstein und ihr für meinen Vetter getan habt. Meine Frau und ich sind euch dafür sehr dankbar. Wenn ich euch irgendwie helfen kann, sagt es, und ich werde es gerne tun«, bot er ihnen an. »Ich muss nun leider zurück an meine Arbeit. Aber lasst mich wissen, wenn es etwas gibt, wobei wir helfen können.« Und zu Quentel gewandt, fügte er noch hinzu: »Du weißt, wo du mich findest. Und du weißt, dass du auf mich bauen kannst.« Damit ließ er sie allein.

Während sie Quentel dabei zur Hand gingen, die beiden Apfelschimmel auszuspannen und in den Stall zu bringen, berichtete Caspar ihm nun auch von der Begegnung mit Absalon auf dem Friedhof, die sich, wie von Bartholo vermutet, tatsächlich als Falle herausgestellt hatte.

Dass der Däne dabei seinen Verrat mit dem Leben bezahlt hatte, rief bei Quentel nicht das geringste Bedauern hervor. Im Gegenteil, er nannte es eine gerechte Strafe, denn Absalon hatte doch auch ihn an den Portugiesen verraten und damit seinen Tod billigend in Kauf genommen. Dass Estevao de Serpa vermutlich sein Augenlicht verloren hatte, aber noch am Leben war, hörte er mit sichtlicher Genugtuung. »Das ist eine noch bessere Strafe als Absalons schneller Tod!«

Im Stall vertraute Caspar ihm dann auch an, dass sie im Kellerversteck neben den Karten und gebündelten Papieren zwei fette Geldbörsen sowie zwei Beutel mit kostbaren Muskatnüssen in einer Holzschatulle gefunden hatten.

»An Geld wird es uns also nicht mangeln! Wenigstens das ist eine gute Nachricht«, sagte Quentel, als er hörte, wie viele Silber- und Goldstücke sich in den Lederbeuteln befanden. Er selbst nämlich hatte seine Barschaft durch den

Kauf des Wagens und der beiden Apfelschimmel so gut wie aufgebraucht. »Schon für einen kleinen Teil davon werden die meisten Wärter, die doch kaum mehr als einen Hungerlohn erhalten, zu jeder gewünschten Mithilfe bereit sein.«

»Ja, in einem gewöhnlichen Gefängnis vielleicht, aber kaum in einem Kloster«, wandte Klara trocken ein. »Ich glaube nicht, dass sich die Mönche so leicht bestechen lassen wie ein schlichter Aufseher. Was könnte ein Klosterbruder denn auch mit einer Hand voll Goldstücke anfangen, ohne bei seinen Mitbrüdern und Oberen aufzufallen?«

»Mhm, ja, da ist leider was dran«, räumte Quentel widerwillig ein. »Aber für so viel Geld können wir auch eine Bande von Strauchdieben anheuern, die Bartholo mit Gewalt aus dem Kloster befreien. Bezahlung natürlich nur bei Erfolg. Ein gut geplanter Überfall auf die unbewaffnete und ahnungslose Bruderschaft eines Klosters wie St. Ulrich . . .«

Caspar fiel ihm kopfschüttelnd ins Wort. »Verzeiht, aber das halte ich für zu riskant. Auf Söldner ist nie wirklich Verlass. Wer weiß, an wen wir da kommen. Außerdem bin ich dafür, dass wir zuerst einmal mit Pater Erasmus sprechen sollten, bevor wir daran gehen, uns irgendeinen Plan auszudenken«, schlug er vor. »Ich bin mir nämlich sicher, dass der Prior nicht aus freien Stücken an der Verhaftung beteiligt gewesen ist. Deshalb will ich erst einmal versuchen, unter vier Augen mit ihm zu sprechen.«

»Und was ist, wenn Pater Erasmus doch die Seiten gewechselt hat und gemeinsame Sache mit der Inquisition macht? Vielleicht wartet er bloß darauf, dass du dich an ihn wendest und ihm Gelegenheit gibst, dich auch zu verhaften«, gab Quentel mit skeptischer Miene zu bedenken.

»Dann sitzt du vermutlich schneller mit Bartholo in einer Zelle, als du denken kannst!«

»Ich habe nicht vor, offen und unbekümmert ins Kloster zu marschieren und um ein Gespräch mit dem Prior zu bitten«, erwiderte Caspar.

»Sondern?«, fragte Quentel.

»Ich werde Pater Erasmus auflauern und mich ihm zu erkennen geben, wenn er es am wenigsten erwartet«, sagte Caspar. »Und sollte ich mich in ihm getäuscht haben und ihm trotz aller Vorsicht doch in die Hände fallen, dann habt Ihr ja immer noch die Möglichkeit, eine Bande von Galgengesichtern anzuheuern, die uns beide aus dem Loch heraushaut.«

Klara fand an dem Vorschlag wenig Gefallen, fürchtete sie doch wie Quentel, dass dem Prior nicht über den Weg zu trauen war. Aber nach langem Hin und Her setzte sich Caspar letztlich doch durch.

Andere Dinge waren dagegen leicht und schnell besprochen. Dass Klara und Caspar im Haus seines Vetters Aufnahme fanden, war für Quentel eine Selbstverständlichkeit, die nicht vieler Worte bedurfte. Er versprach auch, für Waffen zu sorgen, als er hörte, dass Caspar seinen Degen im Uferschlamm der Wertach verloren hatte. »Wir müssen für alle Fälle gewappnet sein!«

»Aber zuerst einmal brauche ich keinen Degen, sondern einen alten Hut und abgetragene Kleider, damit ich so aussehe wie einer der vielen Bettler, die vor Kirchen und Klöstern um Almosen betteln«, sagte Caspar.

»Diese Sachen hole ich dir sofort!«, versprach Quentel.

Als der Wanderbuchhändler in den Färberturm eilte, übergab Caspar Klara den Beutel mit dem vielen Geld und den wertvollen Gewürznüssen. Auch zog er die Vinland-

Karte, die sie als einzige nicht im Waldversteck gelassen hatten, unter dem Hosenbund hervor und reichte sie ihr. Dann trug er ihr auf, in der Stadt Papier, Tusche und mehrere feine Zeichenfedern zu kaufen. »Ich muss weiterhin das Kartenzeichnen üben, damit ich nicht vergesse, was ich mir eingeprägt habe.«

»Und die Vinland-Karte wirst du sicher noch sorgfältiger als die Afrika-Karten studieren und nachzeichnen wollen«, vermutete sie.

Er nickte. »Sie ist die kostbarste von allen.«

»Ja, an ihr klebt jetzt schon eine Menge Blut«, fügte Klara düster hinzu. »Ich wüsste gern, warum Bartholo all das für diese Wikinger-Karte auf sich genommen hat. Dahinter muss mehr als bloß einfache Sammlerleidenschaft stecken!«

»Das vermute ich auch! Aber um das zu erfahren, müssen wir ihn erst einmal aus den Händen der Kirchenmänner befreien!«

Einunddreißigstes Kapitel

Zwei lange Tage voller Bangen und Ungewissheit trieb Caspar sich als Bettler verkleidet von morgens bis abends vor dem Kloster St. Ulrich und der Kirche herum, ohne von Pater Erasmus auch nur einen flüchtigen Blick zu erhaschen.

Es kostete ihn jeden Morgen große Überwindung, die abgerissenen, stinkenden Sachen anzuziehen, die Quentels Vetter ihm überlassen hatte, und den alten, schweißgetränkten Hut aufzusetzen, den Gernot Himmelheber aus demselben Lumpenkasten hervorgezogen hatte. Auch schmierte er sich jeden Morgen Dreck ins Gesicht und zog dann mit der plumpen Almosenschale hoch in die Oberstadt. Und jeden Abend riss er sich unten im Hof die Bettlerlumpen vom Leib und stellte sich splitternackt unter den Wasserstrahl der Pumpe, um wenigstens einen Großteil des Gestanks loszuwerden, der in den abgetragenen Färberkleidern steckte. Nicht einmal die eisige Kälte des Wassers vermochte ihn davon abzuhalten. Dass er den üblen Gerüchen nicht völlig entkam, da Gernot Himmelheber und seine Frau Elisabeth darauf bestanden hatten, sie bei sich im Färberturm aufzunehmen, damit musste er leben. Doch sowie es die Höflichkeit erlaubte, zog er sich nach dem Abendessen in seine Kammer zurück. Dort konnte er seinem gequälten Geruchssinn ein wenig Erleichterung verschaffen, indem er mit Papier und Tusche hantierte. Dabei führte er beim Nachzeichnen der Karten, wobei er sich ganz besonders auf die der Nordmänner konzentrierte, die in Tusche getunkte Feder immer wieder zur Nase hoch, um sich an diesem vertrauten und – wie er fand – edlen Geruch zu erfreuen.

»Ich denke mal, so, wie es dir mit Papier, Tusche und Druckerfarbe geht, so geht es auch den Färbern und Bleichern mit ihren Mitteln«, bemerkte Klara, die ihm bis spät in die Nacht Gesellschaft leistete, bevor sie sich in ihre Kammer begab.

Quentel, der mittlerweile zusammen mit Klara das Versteck im Wald ausgeräumt hatte, wurde unruhig, weil Caspar noch immer nicht auf den Prior getroffen war und sie auch nichts über Bartholos Verbleib in Erfahrung gebracht hatten.

»Was ist, wenn sie Bartholo längst hinüber ins Domstift gebracht haben und ihn schon der Tortur unterziehen?«, sorgte sich der Wanderbuchhändler. »Caspar, wir können nicht noch mehr Zeit mit deinem Herumlungern als Bettler vergeuden, sondern müssen endlich etwas unternehmen und einen handfesten Plan zu Bartholos Befreiuung in Angriff nehmen!«

»Ohne zu wissen, ob er überhaupt noch in St. Ulrich festgehalten wird, wie Ihr gerade selbst gesagt habt? Gebt mir nur noch heute!«, bat Caspar.

»Pater Erasmus könnte bei Bartholos Befreiung womöglich eine entscheidende Rolle spielen. Diese Chance dürfen wir nicht leichtfertig vergeben!«, pflichtete Klara ihm bei.

»Also gut, heute warten wir noch ab, ob du Kontakt zu dem Prior aufnehmen kannst«, sagte Quentel nachgebend. »Aber wenn das nicht gelingt, nehme ich die Sache in die Hand! Einverstanden?«

Klara und Caspar nickten. »Einverstanden!«

Am Nachmittag desselben Tages traf Caspar endlich mit Pater Erasmus zusammen. Doch das Verdienst, den Prior von St. Ulrich in der Kirche im Strom der Menschen entdeckt und Caspar auf ihn aufmerksam gemacht zu haben, gebührte Klara. Sie hatte es an diesem Tag übernommen, wie eine nach großer Buße dürstende Gläubige zu allen Messen und Andachten in die Kirche zu kommen und auch zwischendurch noch in einer der hinteren Bänke scheinbar betend zu verweilen, während sie in Wirklichkeit die Beichtstühle und die Nebenaltäre im Auge behielt und nach Pater Erasmus Ausschau hielt. Als sie sah, wie der Prior die Kirche durch einen Seitenausgang verließ, lief sie zu Caspar in den Hof hinaus und teilte es ihm mit, auf dass er schnell auf die andere Seite der Kirchen- und Klosteranlage eilen und ihm den Weg abschneiden konnte.

»Damit wirst du dich schon zufrieden geben müssen, Bursche!«, sagte der Prior ärgerlich, nachdem er zwei Pfennige in Caspars Almosenschale geworfen hatte und dennoch weiterhin von ihm bedrängt wurde.

»Nicht barmherzige Almosen sind es, was ich brauche, sondern eine Erklärung, warum Ihr meinen Meister an die Inquisition verraten habt, Pater Erasmus!«, raunte Caspar, während er mit scheinbar demütig gebeugtem Kopf vor ihm stand und seine Almosenschale schüttelte, als erwartete er noch eine Gabe.

»Heiliger St. Ulrich!«, entfuhr es dem Mönch überrascht, als er ihn erkannte. »Dem Allmächtigen sei Dank! Ich habe mir schon Sorgen um dich gemacht!«

»Was Ihr nicht sagt!«, erwiderte Caspar.

»Ich weiß, ich weiß«, murmelte Pater Erasmus. »Wir reden gleich weiter! Aber nicht hier! Treff mich am Ende der

Gasse dort!« Er wies mit dem Kopf quer über den Platz. »Du weißt schon, sie endet bei der einstigen Werkstatt des verstorbenen Schildermachers Buschegger, der Herr sei seiner Seele gnädig, als Sackgasse neben dem Durchgang zum Heiliggeist-Spital! Dort können wir ungestört reden.«

Caspar nickte. »Aber glaubt ja nicht, ich lasse Euch auch nur eine Sekunde aus den Augen!«

»Sei unbesorgt, von mir hast du nichts zu befürchten. Sag nur schnell, was aus Bartholos Magd geworden ist«, flüsterte der Prior. »Hat der unselige Musketenschütze sie tödlich getroffen? Oder ist sie noch am Leben?«

»Klara lebt«, teilte Caspar ihm mit. »Dank eines Wunders und weil ich sie noch in letzter Sekunde aus dem Fluss ziehen konnte! Aber viel hat nicht gefehlt und Ihr hättet Klaras Leben auf dem Gewissen!«

»Dem Allmächtigen sei Dank!«, sagte Pater Erasmus, bekreuzigte sich hastig, warf noch zwei Pfennige in die Almosenschale und eilte davon.

Caspar suchte Klaras Blick und bedeutete ihr mit einer Kopfbewegung, dass sie sich an die Fersen des Mönches heften sollte. Er wollte in größerem Abstand nachkommen, um sicherzugehen, dass ihnen auch niemand folgte.

Als Caspar sich dem hinteren Drittel der Sackgasse näherte, stieß er auf Klara. »Er steht dort drüben in der Toreinfahrt«, raunte sie ihm zu, während sie so tat, als kramte sie in der Tasche ihres Kleides nach einem Almosen. »Er hat mit niemandem gesprochen und scheint allein zu sein.«

»Gut«, murmelte Caspar. »Geh zum Anfang der Gasse zurück und halte die Augen offen. Wenn du Männer kommen siehst, die bewaffnet sind und Domschergen sein können, warnst du mich mit einem scharfen Pfiff.«

Klara nickte nur und kehrte zum Anfang der Gasse zurück, während Caspar auf die Toreinfahrt zuhielt, wo Pater Erasmus auf ihn wartete.

»War das Bartholos Magd?«, fragte der Mönch. »Ich konnte ihr Gesicht nicht sehen, weil sie dieses große Wolltuch um den Kopf geschlungen hatte, aber von der Gestalt her kam sie mir vertraut vor.«

»Reden wir nicht über Klara, sondern darüber, wieso Ihr mit dem Domherrn gemeinsame Sache gemacht habt!«, fuhr Caspar ihn an. »Und dabei hattet Ihr mir hoch und heilig versprochen, uns zu warnen, sollte der Domherr Schritte gegen meinen Meister unternehmen! Das Versprechen eines Mönches, der zudem noch Prior ist, scheint nicht mehr viel zu taugen!«

»Ich kann deinen Groll verstehen, aber für eine Warnung war keine Zeit mehr«, antwortete Pater Erasmus. »Der Domherr hat mich an jenem Morgen vor vollendete Tatsachen gestellt und mir gar keine andere Wahl gelassen, als mit ihm und seinen Schergen zu euch zum Mühlhof zu reiten oder die Sache ganz ihm zu überlassen. Ich musste gute Miene zu seinem bösen Spiel machen, um das Schlimmste zu verhüten, das musst du mir glauben!«

Insgeheim glaubte Caspar ihm, hielt es jedoch für ratsamer, sich vorerst noch misstrauisch zu zeigen. »So!«, erwiderte er mit zusammengekniffenen Augen.

»Dass er so skrupellos sein würde, seine Männer auf euch schießen zu lassen, hätte ich nicht geglaubt«, sagte Pater Erasmus. »Immerhin ist es mir gelungen, darauf zu bestehen, dass Bartholo zuerst einmal bei uns gefangen gehalten wird.«

»Und wie soll es jetzt weitergehen?«, fragte Caspar. »Was gedenkt Ihr zu unternehmen, damit mein Meister seine

Freiheit wiedererlangt und der Folter des Domherrn entkommt?«

»Darüber habe ich mir schon seit Tagen Gedanken gemacht. Bei der Befreiung deines Meisters darf nicht der Schatten eines Verdachtes auf mich fallen . . .«

»Natürlich nicht!«, sagte Caspar bissig. »Wie könnte es auch angehen, dass sich ein Mann Gottes für einen unschuldig Verfolgten einsetzt! Wo käme die heilige Mutter Kirche denn da hin, wenn so etwas Schule machen würde!«

»Spar dir deinen Zynismus!«, wies der Prior ihn zurecht. »Ich tue, was in meiner Macht steht! Und den Unschuldigen dieser Welt ist nicht damit geholfen, dass meine uneingeschränkte Ablehnung der Methoden unserer Inquisition bekannt wird und ich selber auf der Streckbank lande. Der Gerechtigkeit und meinem Glauben kann ich einen größeren Dienst erweisen, indem ich mit meinem Einfluss dafür sorge, dass Männer wie Bartholo gerettet und Männer wie Servatius von Pirkheim hier in Augsburg nicht zu mächtig werden!«

Caspar schluckte schwer an dem Rüffel, denn er wusste, dass er ihn verdient hatte. Er kannte Pater Erasmus wirklich nicht genug, um sich das Recht herausnehmen zu können, ein moralisches Urteil über ihn zu fällen. »Es tut mir Leid, dass ich Euch persönlich angegriffen habe. Das stand mir nicht zu«, entschuldigte er sich verlegen. »Nur haben die Ereignisse der letzten Tage nicht gerade dazu beigetragen, in mir ein reines Bild von der heiligen Mutter Kirche und ihren Vertretern zu bewahren.«

Der Prior seufzte und nickte. »Schon gut, ich verstehe deinen Zorn. Aber ich gebe dir für die Zukunft einen guten Rat: Wann immer du von Kirchenleuten das Wort ›Gott‹ als

Rechtfertigung für ungerechte Zustände hörst, suche dafür das Wort, das an dessen Stelle stehen müsste.«

Caspar runzelte die Stirn. »Das verstehe ich nicht ganz.«

»Wir sagen oft einfach ›Gott‹, wenn wir glauben, etwas nicht anders erklären zu können. So sagen wir ›Gott hat es so gefügt‹, wenn wir geistig zu träge oder zu feige sind, den wahren Ursachen eines Geschehens sorgfältig nachzugehen«, erklärte Pater Erasmus. »So sagen die Kirchenoberen gern mit Inbrunst ›Gott will es so!‹, wenn ihre eigenen Argumente nicht mehr überzeugen. Und sie sagen ›Gott hat es so gewollt!‹, wenn sie ihre Macht und die angeblich heilige Ordnung der Mutter Kirche nicht anders rechtfertigen können.«

»Ein wahres Wort!«, pflichtete Caspar ihm bei.

»Aber genug davon«, sagte der Prior. »Reden wir jetzt lieber darüber, wie wir deinem Meister zu seiner Freiheit verhelfen können.«

»Ihr habt gesagt, dass Ihr Euch darüber schon Gedanken gemacht habt . . .«

Pater Erasmus nickte. »Ich bin zu dem Schluss gekommen, dass der einfachste Plan der erfolgversprechendste ist. Aber erst muss ich wissen, ob ich nur mit dir allein rechnen muss oder ob du noch andere Hilfe aufbieten kannst.«

»Klara und der Wanderbuchhändler Quentel sind ebenfalls bereit ihren Kopf für Bartholo zu riskieren.«

»Das dürfte genügen. Wenn ihr zu dritt übermorgen ins Kloster kommt und dieser Hüne Quentel dabei mit von der Partie ist, werdet ihr keine Schwierigkeiten haben«, sagte Pater Erasmus. »Wir Mönche sind nicht bewaffnet. Ihr schnappt euch einfach Bartholo und verschwindet.«

»Entschuldigt, aber da muss ich einiges überhört haben«,

sagte Caspar verwirrt. »Wann und wie sollen wir ins Kloster kommen? Und vor allem – wo und wie sollen wir uns Bartholo einfach schnappen?«

»Der Domherr wird morgen gegen Abend eine Nachricht von mir erhalten, in der ich ihm mitteile, dass ich den Kupferstecher am nächsten Tag, also übermorgen von heute aus, zu einer Befragung aus seiner Kellerzelle zu holen gedenke. Da ich ihm versichert habe, dass keine Befragung ohne seine Gegenwart stattfindet, muss ich ihn davon unterrichten. Ich werde die Befragung für die Zeit zwischen Vesper und Komplet ansetzen, die Sache dann aber so hinauszögern, dass Bartholo erst zu Beginn der Komplet nach oben geführt wird, wenn alle meine Mitbrüder schon in der Kirche sind und das Abendlob beten. Ich werde Bartholo in den Raum neben dem Kapitelsaal bringen. Dort oder schon im Kreuzgang könnt ihr über uns herfallen, uns niederschlagen und mit Bartholo aus dem Kloster flüchten.«

»Keine schlechte Idee«, räumte Caspar ein. »Die Sache hat nur einen Haken: Wie kommen wir ins Kloster, ohne dass der Pfortenbruder misstrauisch wird und Alarm schlägt? Er wird doch wissen wollen, was wir um diese Zeit bei Euch zu suchen haben.«

»Ihr kommt als Klosterbrüder verkleidet auf einem Fuhrwerk, das mit irgendwelchen Waren fürs Kloster beladen ist. Lasst euch etwas einfallen, was einigermaßen plausibel klingt. Aber ihr werdet keine Fragen und kein Misstrauen zu befürchten haben, denn ich werde dafür sorgen, dass unser neuer Novize Matthias übermorgen um diese Zeit Pfortendienst hat. All diese Aufgaben zu verteilen liegt ja gottlob bei mir. Und Bruder Matthias, der jünger ist als du, weiß natürlich noch längst nicht, wer zu unserer Kommunität gehört und wer nicht.«

Caspar fand immer mehr Gefallen am Vorschlag des Priors. »Und wo kriegen wir die Kutten her?«

Auch daran hatte der Prior schon gedacht. »Auf der Westseite des Konventsgebäudes geht ein vergittertes Fenster der Klosterbibliothek auf die Gasse am Fischertor hinaus. Um Mitternacht werde ich dort vier Kutten mit Gürtel und Sandalen als Bündel verschnürt aus dem Fenster werfen. Und in einem der Bündel werdet ihr einen genauen Grundriss vom Kloster vorfinden, damit ihr wisst, wohin ihr euch übermorgen zu Beginn der Komplet begeben müsst. Was die Flucht aus der Stadt betrifft, so müsst ihr euch darüber schon eigene Gedanken machen. Zwei Tage dürften aber reichen, um dafür die notwendigen Vorbereitungen zu treffen. Ein Mann wie Quentel wird sich schon zu helfen wissen. Noch irgendwelche Fragen?«

Caspar überlegte, ob sie etwas übersehen oder noch nicht bedacht hatten, fand jedoch nichts. »Euer Plan klingt viel versprechend. Aber wie können wir einander benachrichtigen, falls es aus irgendeinem Grund nötig sein sollte?«

»Wo seid ihr untergekommen?«

»Bei Quentels Vetter, dem Färbermeister Gernot Himmelheber.«

Pater Erasmus nickte. »Ah ja, ihm gehört der Färberturm am Hinteren Lechkanal. Gut. Sollte es nötig sein, werde ich schon Mittel und Wege finden, um euch dort eine Nachricht zukommen zu lassen. Und wenn es etwas gibt, was ihr mit mir besprechen müsst, so kommt eine Stunde vor der Vesper in die Kirche und setzt euch in die Bank auf der Höhe der Beichtstühle im Südschiff. Dann werde ich in den Beichtstuhl gehen und dort mit euch reden. Aber macht von dieser Möglichkeit wirklich nur im Notfall Gebrauch!«

Caspar versprach es ihm.

»Dann also bis übermorgen zur Stunde der Komplet im Kloster. Gottes Segen, mein treuer junger Freund!«, murmelte Pater Erasmus, zeichnete Caspar das Kreuz auf die Stirn, trat aus dem Torbogen und eilte die Gasse hinauf.

Caspar ließ ihm einige Minuten Vorsprung, bevor auch er aus der Einfahrt hervorkam und sich auf den Rückweg machte. Klara wartete schon voller Ungeduld auf ihn und war gespannt zu erfahren, was sie denn so lange besprochen hatten. Als sie erfuhr, dass der Prior ihm einen schon gut durchdachten Plan zu Bartholos Befreiuung unterbreitet hatte, der zudem auch noch von bestechender Einfachheit war, zeigte sie große Erleichterung.

»Endlich mal eine gute Nachricht!«, sagte sie, befreit von der Sorge um Bartholos Schicksal, aber auch befreit von der noch größeren Angst, Caspar könnte sich mit Quentel in ein Abenteuer stürzen, dessen Gefahren sich nicht einschätzen ließen und das womöglich ihr eigenes Verderben bedeutete.

Auch Quentel war angetan von dem Plan des Priors. »Das Abholen der Kutten um Mitternacht übernehme ich!«, erklärte er und schlug dann vor, das Fuhrwerk mit neuen Fässern von einem Fassbinder zu beladen. »Fässer sind unverfänglich, die kann ein so großes Kloster immer gebrauchen. Nur sind wir gut beraten, das Fuhrwerk und die Fässer nicht hier in Augsburg, sondern irgendwo außerhalb zu erstehen. Nichts darf Freunde oder Verwandte von mir in Gefahr bringen! Auch werde ich meinen Bart abrasieren und mein Haar stutzen und schwarz färben müssen. Denn niemand darf mich erkennen, sonst könnte jemand auf die Idee kommen, Fragen zu stellen und die Familie meines Vetters der Mithilfe zu bezichtigen und Unglück über sie zu bringen.«

»In Göggingen gibt es den Fassbinder Wolfram Feichtmayr, bei dem ich mit Meister Bartholo schon mal gewesen bin. Er wird sich deshalb nichts denken, wenn wir Fässer von ihm kaufen. In Göggingen können wir sicherlich auch ein Fuhrwerk und Pferde bekommen, ohne Argwohn zu erregen«, schlug Klara vor.

»Ja, das können wir beide übernehmen«, sagte Caspar.

Der Vorschlag fand Quentels Zustimmung. »Gut, so machen wir es. Ich werde indessen zusehen, dass mein Kastenwagen aus der Stadt kommt und es so aussieht, als wäre ich schon abgereist. Wir werden mein Gefährt zur Flucht brauchen. Denn wir können unmöglich mit dem Fuhrwerk, mit dem wir ins Kloster fahren, aus der Stadt flüchten.«

»Warum nicht?«, fragte Klara.

»Weil man natürlich sofort die Verfolgung aufnehmen wird, dafür wird der Domherr schon sorgen«, führte Quentel aus. »Und da wir Bartholo ja erst zur Komplet befreien, kann es sein, dass wir gar nicht mehr aus der Stadt herauskommen, weil es dann nämlich schon dunkel ist und die Tore geschlossen sind.«

»Dann sitzen wir also in der Stadt fest, während nach uns gesucht wird!«, folgerte Klara bestürzt. »Und am nächsten Morgen werden die Torwachen alarmiert sein und nach uns Ausschau halten, insbesondere nach einem Mann mit einem Holzbein!«

Auch Caspar machte nun ein sorgenvolles Gesicht.

»So scheint es erst einmal«, räumte Quentel ein, um mit einem zuversichtlichen Lächeln fortzufahren: »Aber keine Stadtmauer ist wirklich undurchlässig. Schon gar nicht, wenn es darum geht, von drinnen nach draußen zu kommen. Schlupflöcher gibt es immer – und bestechliche

Wächter ebenso. Mein Vetter wird uns da schon mit Rat und Tat beistehen. Die Überzeugungskraft des Goldes, über das wir glücklicherweise reichlich verfügen, wird schon dafür sorgen, dass wir auch bei geschlossenen Toren aus Augsburg herauskommen!«

Zweiunddreißigstes Kapitel

Wie in den Tagen zuvor, so benutzte Caspar in seiner Kammer im Färberturm auch jetzt wieder die glatte Sitzfläche eines Schemels als Zeichenunterlage. Bedächtig die feine Feder führend, malte er – wie stets als Letztes – die Umrisse der *Vinlanda Insula* auf den Papierbogen. Auf einem zweiten Schemel neben ihm brannte ein Talglicht und kämpfte mit unsteter Flamme gegen die Schatten an, die aus den Wänden zu dringen schienen wie dunkles Wasser, das durch die undichten Planken eines altersschwachen Schiffes sickerte.

Klara, die unruhig wie ein gefangenes Tier in der Kammer auf und ab ging, blieb immer wieder vor der schmalen Luke stehen, deren Schlagladen sie hochgeklappt hatte, und blickte in den Hof hinunter, der unter einem trüben, regnerischen Himmel lag.

»Sag mal, muss das sein?«, fragte sie ungehalten, weil er sich so kurz vor ihrem Aufbruch noch mit dem Nachzeichnen der Vinland-Karte abgab. Als hätte er die Karte nicht schon mehrere dutzend Mal aus dem Gedächtnis zu Papier gebracht!

»Mhm«, sagte er nur und tunkte die Feder in das Tuschefass. Jetzt fehlte ihm nur noch die Westküste der geheimnisvollen Insel im südwestlichen Atlantik.

»Ich möchte bloß wissen, woher du die Seelenruhe nimmst, dich jetzt noch mit diesen Zeichnungen abzugeben! Oder hast du vielleicht vergessen, dass wir gleich zum Kloster aufbrechen müssen, um Bartholo zu befreien?«, fragte sie.

»Natürlich nicht«, erwiderte er und vollendete die Zeichnung. »Aber bis die Glocken zur Komplet läuten, sind es noch gute anderthalb Stunden . . . So, fertig! Hier, vergleiche die Kopie mit dem Original und sag mir, ob du irgendwelche Fehler oder Auslassungen feststellen kannst!«

Klara verzog das Gesicht. »Die habe ich weder gestern noch vorgestern finden können, also werde ich auch heute keine finden!«

»Trotzdem! Und bitte nicht flüchtig drüber hinwegfliegen, sondern gewissenhaft prüfen!«, ermahnte er sie.

»Also gut«, sagte sie, seufzte geplagt und zwang sich, seine Zeichnung mit der Originalkarte sorgfältig zu vergleichen. Schließlich schüttelte sie den Kopf und reichte ihm beide Zeichnungen mit den Worten zurück: »Makellos! Ich weiß wirklich nicht, wie du das machst, aber man könnte beide Karten übereinander legen, ohne dass sie an irgendeiner Stelle voneinander abweichen würden!«

Er lächelte zufrieden. »Gut«, sagte er, hielt eine Ecke seiner Kopie an die Flamme der Kerze und warf den brennenden Papierbogen in den irdenen Nachttopf, den er unter seiner Bettstelle hervorgezogen hatte.

»Caspar!«, rief Klara erschrocken. Sie sah, dass er nun auch die kostbare Vinland-Karte an die Flamme hielt, und stürzte auf ihn zu. »Was machst du da? Bist du verrückt geworden?«

Abwehrend streckte Caspar den linken Arm nach ihr aus, um sie sich vom Leib zu halten, während er mit der rechten Hand die Vinland-Karte unbeirrbar ins Feuer hielt. Das alte, rissige Pergament loderte augenblicklich wie Zunder auf. »Keine Sorge, ich weiß schon, was ich tue!«, versicherte er und warf den brennenden Rest zu seiner verbrannten Kopie in den Nachttopf.

Fassungslos starrte Klara auf das, was eben noch die Vinland-Karte gewesen war, für die Bartholo viel Geld und ihr Leben aufs Spiel gesetzt hatte und die sich nun in ein Häufchen sich krümmender Asche verwandelt hatte. »Wenn Bartholo erfährt, was du da getan hast . . .«, flüsterte sie schockiert und ließ den Satz offen, weil sie sich die Konsequenzen nicht vorzustellen vermochte.

»Wenn Bartholo davon erfährt, heißt das, dass wir ihn befreit und vor der Folter und dem sicheren Tod durch die Inquisition gerettet haben«, erwiderte Caspar ungerührt. »Was wiederum bedeutet, dass er uns auf Knien dankbar sein muss, weil wir ihm das Leben gerettet haben. Aber da ich mich nicht allein auf vage Versprechungen und den zweifelhaften Wert von Dankbarkeit verlassen möchte, ist das, was ich gerade getan habe, unsere beste Versicherung, dass wir in den nächsten Wochen und Monaten, wenn die Gefahr für Bartholo gebannt ist, nicht irgendwo auf der Strecke bleiben!« Er machte eine kurze Pause. »Ich habe die Karte, die ihm so viel bedeutet, hier oben im Kopf! Und da wird sie vorerst auch bleiben, bis wir sicher sein können, dass auch für uns gesorgt ist!«

Dem wusste Klara nichts entgegenzusetzen. Sie musste ihm im Gegenteil sogar Recht darin geben, dass sie auf diese Weise ein kostbares Pfand in ihrer Hand hielten – besser gesagt: Caspar bewahrte es in seinem Kopf!

Wenig später begaben sie sich zu Quentel in den Hof hinunter. Dort stand schon das Fuhrwerk bereit, das sie zusammen mit zwei leidlich kräftigen Braunen in Göggingen erstanden hatten. Die Ladung aus einem guten Dutzend verschieden großer Fässer sowie ihre Waffen und die Mönchskleidung lagen unter der alten, fleckigen Plane verborgen, die Quentel über die Ladefläche gespannt hatte und die nun den leichten Nieselregen aufsog.

Mit dem abrasierten Bart und dem schwarz gefärbten Haar machte Quentel einen fremden Eindruck. Wer ihn nicht wirklich gut kannte, hätte ihn so schnell nicht wieder erkannt. Dazu trugen auch die verschlissenen Kleider eines Tagelöhners bei und der alte Hut, den er sich tief in die Stirn gezogen hatte und dessen wellig breite Krempe an einen abgenutzten Lederlappen erinnerte.

Sie wechselten nicht viele Worte, hatten sie ihren Plan doch oft genug durchgesprochen, und verließen wenig später getrennt den Hof der Färberei. Während Quentel mit dem Fuhrwerk langsam vorausfuhr, folgten Caspar und Klara ihm in einem gewissen Abstand zu Fuß. Als sie die Brücke, die sich hinter dem Barfüßer-Kloster über den Wasser führenden Stadtgraben spannte, überquert und damit die Jakobervorstadt betreten hatten, hielt Quentel jedoch wie abgesprochen kurz an und machte sich an der Deichsel zu schaffen, als gäbe es da etwas zu richten. Er wartete, bis Klara und Caspar ihn eingeholt hatten und ihm ein gutes Dutzend Wagenlängen voraus waren, bevor er sich wieder auf den Kutschbock schwang und gemächlich nachkam.

Sie näherten sich dem Hinterhof des *Schwarzen Hahns* auf der Straße, deren rückwärtige Häuserfront auf die Hinterfront der Schänke blickte. Während Klara auf der Straße vor der Tordurchfahrt stehen blieb, begab sich Caspar in den Hof und überzeugte sich, dass die Luft rein war – was der Fall war, wie auch nicht anders erwartet. Denn um diese Stunde hatten seine Eltern und sein Bruder im *Schwar-*

zen Hahn schon alle Hände voll zu tun, um den ersten Andrang von hungrigen und durstigen Gästen zu bewältigen.

Der Hof lag schon in Dämmerlicht getaucht, als Caspar zum Schuppen hinüberlief und die beiden Brettertüren weit öffnete. Aus der angrenzenden Werkstatt des Kistlers Otto Löffelholz drang noch lautes Hämmern, aber wegen des nasskalten Wetters hielt er sein hofseitiges Tor geschlossen.

Auf Klaras Zeichen hin, dass alles nach Plan verlief, fuhr Quentel das Fuhrwerk in den Hof, drehte vor dem offen stehenden Schuppen und lenkte den Wagen rückwärts hinein. Während Klara die Türen wieder so weit schloss, dass sie die Vorderräder berührten, riss Caspar schon die alte Plane von der Ladefläche.

Wortlos griff Quentel zu einem der Degen, die er für Caspar erstanden hatte, und reichte ihm die Waffe über den Wagen hinweg. Caspar schnallte sich den Degen, der an einem breiten Ledergurt hing, um und band sich dann wie Quentel die Hosenbeine mit Kordel hoch, damit sie nicht unter der Mönchskutte hervorschauten.

Im Handumdrehen war die Verkleidung geschehen. Quentel tupfte Klara noch ein wenig Mehlpuder, das er mit fein gemahlener Holzkohle vermischt hatte, ins Gesicht, um einen leichten Bartschatten vorzutäuschen. Ihre Brust hatte sie schon im Färberturm mit Leinenstreifen flach gebunden. Sich gegenseitig eine Mönchstonsur zu frisieren, darauf hatten sie verzichtet, erlaubten ihnen doch die Abendstunde und das regnerisch kühle Wetter, die Kapuze hochzuschlagen. Allerdings bestäubten sie ihr Haar gegenseitig mit mehlweißem Puder, um die Tonsur unter der Kapuze zumindest anzudeuten. Das sollte genügen, um im Dämmerlicht als Mönche durchzugehen.

Klara stieg zu Quentel auf den Wagen, der die Zügel aufnahm und das Fuhrwerk aus dem Schuppen rollen ließ. Caspar schloss rasch die Brettertüren. »Ich komme dann gleich nach!«, raunte er ihnen zu.

»Denk daran, nur fünf Minuten!«, ermahnte ihn Quentel. »Du weißt, was auf dem Spiel steht!«

»Ja, aber ich kann auch nicht aus Augsburg weggehen, ohne meine Mutter noch einmal gesprochen zu haben. Das bin ich ihr und mir schuldig!«

»Ich weiß! Sieh aber trotzdem zu, dass der Abschied nicht zu lang wird! Es könnte sonst Bartholos Leben kosten«, erwiderte der Wanderbuchhändler.

Klara warf ihm einen besorgten Blick zu, sagte jedoch nichts. Und dann rumpelte das Fuhrwerk auch schon durch den Torbogen.

Caspar betrat den *Schwarzen Hahn* durch die Hoftür und hörte schon im Flur das laute Stimmengewirr, das aus dem Schankraum drang. Ein Gefühl der Beklemmung überkam ihn und legte sich ihm wie ein Gewicht auf die Brust, als er sich vorstellte, er hätte hier den Rest seines Lebens verbringen müssen. Gleichzeitig rührte sich in ihm jedoch auch so etwas wie Trauer und Wehmut.

Es war der Schmerz über das, was er sich in diesem Haus so oft von seinem Vater ersehnt und doch nie erhalten hatte.

Er gab sich einen Ruck, trat an die Tür zum Schankraum und öffnete sie einen Spalt. Er hatte Glück, dass Augenblicke später seine Mutter mit einem leeren Bierkrug ganz in der Nähe der Tür erschien.

»Mutter!«, rief er ihr leise zu.

Im ersten Moment starrte sie ihn verständnislos an, weil sie im Türspalt einen Mönch mit hochgeschlagener Kapuze stehen sah. Dann jedoch erkannte sie ihn, stellte den Krug ab und eilte zu ihm.

Caspar trat in den Gang zurück und schloss die Tür sofort hinter ihr.

»Jesus, Maria und Joseph!«, stieß sie erschrocken hervor. »Was tust du im Habit eines Mönches, mein Junge? Was geht hier vor? Steckst du in Schwierigkeiten?«

»Nein, nicht ich, sondern mein Meister steckt in Schwierigkeiten. Die Inquisition will ihn der Folter unterziehen und als Ketzer auf den Scheiterhaufen schicken. Dabei ist Bartholo ein gottesgläubiger Mensch. Und er soll dennoch sterben, weil dieser blindwütige Domherr von Pirkheim sich das in den Kopf gesetzt hat. Aber das werden wir nicht zulassen, wir werden Bartholo befreien – und zwar jetzt gleich!«, antwortete er hastig, aber mit leiser Stimme.

»Caspar, um Gottes willen, wenn dir etwas zustößt ...!«, begann sie entsetzt.

Er fasste seine Mutter mit beiden Händen fest an der Schulter. »Mach dir keine Sorgen, wir haben alles gründlichst geplant. Niemand im Kloster ahnt etwas und Bartholo wird auch nicht bewacht sein. Und bevor sie wissen, was gespielt wird, sind wir mit ihm schon über alle Berge!«, fiel er ihr ins Wort. »Wir werden auch nicht mittellos sein, sondern unser sicheres Auskommen haben. Bartholo ist ein vermögender Mann.«

»Wer ist wir?«

»Mutter, ich habe nicht die Zeit, dir alles zu erklären. Aber glaube mir, dass ich das Richtige tue! Nur werden wir nicht in Augsburg bleiben können, sondern eine weite und wohl auch lange Reise antreten.«

»Ich werde dich also nicht wieder sehen.«

»Gott allein weiß, wie viele Jahre ich fort sein werde«, sagte Caspar. »Aber du wirst Nachricht von mir erhalten, das verspreche ich dir!«

»Ich habe immer gewusst, dass du eines Tages fortgehen würdest«, sagte sie, und aus ihrer Stimme klang ebenso der Schmerz, ihn gehen lassen zu müssen, wie auch der Stolz und die Freude einer Mutter, die in ihrem Sohn das erfüllt sieht, was sie einst für sich selbst erträumt hatte.

»Bartholo hat einmal gesagt, dass ein Adler die Freiheit der hohen Lüfte und den weiten Blick über Täler und Berge zum Leben braucht, so wie Maulwürfe mit ihrer dunklen, engen Welt zufrieden sind.« Er machte eine kurze Pause. »Ich möchte versuchen, ein Leben als Adler zu führen!«

»Tu das, mein Sohn!«, erwiderte sie mit tränenschwerer Stimme und umarmte ihn. »Und lass dir nie die Flügel stutzen, was immer auch kommen mag!«

»Gott segne dich und vergelte dir alles, was du für mich getan hast, Mutter«, flüsterte er und kämpfte gegen das Würgen in seiner Kehle an.

»Du wirst immer in meinen Gebeten sein, mein Kind, morgens wie abends!«

Einen kostbaren Augenblick lang, der in ihrer beiden Erinnerung bis zur Stunde ihres Todes weiterleben sollte, hielten sie sich umarmt und auch Caspar liefen die Tränen über die Wange, ohne dass er sich dessen schämte. Widerstrebend befreite er sich schließlich aus ihrer Umarmung, küsste sie auf ihre tränensalzigen Wangen, hielt kurz ihre Hände und verließ sein Elternhaus in dem Wissen, dass alle Wahrscheinlichkeit dagegen sprach, dass er seine Mutter je wieder sehen würde.

Dreiunddreißigstes Kapitel

Der Nieselregen ließ etwas nach, als sie mit dem Fuhrwerk in die Kirchgasse einbogen, die zwei Häuserblöcke oberhalb in die St.-Afra-Gasse überging. Überall in den Häusern brannten hinter den Fenstern schon Kerzen und Öllampen, denn zwischen die Häuserzeilen drang kaum noch ein Schimmer Tageslicht. Die Nacht brach unaufhaltsam über Augsburg herein.

Die Gasse öffnete sich vor ihnen und gab den Blick frei auf das weitläufige, von schweren Mauern umschlossene Geviert am südlichen Ende der Oberstadt. In diesem Geviert lagen Seite an Seite die beiden Kirchen St. Afra und St. Ulrich, der zwischen ihnen hoch aufragende Kirchturm sowie die angeschlossenen Klostergebäude.

Quentel, der seine hühnenhafte Gestalt durch eine vornübergebeugte, zusammengesunkene Haltung zu verbergen suchte, brachte die Braunen fast zum Stehen. »Gleich muss die Klosterglocke . . .«, begann er und im selben Moment erklang auch schon die Glocke und rief Mönche und Gläubige zur Komplet, zum Abendlob.

»Jetzt wird es ernst«, murmelte Klara, die zwischen Quentel und Caspar saß.

»Wir wissen, was wir zu tun haben«, murmelte Caspar.

Der fahrende Buchhändler ersparte sich einen weiteren Kommentar und lenkte das Gespann über den Vorplatz und hinüber auf die Westseite der mächtigen Klosteranlage. Vor dem Tor, das in den Hof mit den Wirtschaftsgebäuden führte, brachte er das Fuhrwerk zum Stehen.

Quentel kletterte vom Kutschbock. Dabei presste er seinen Säbel unter der weiten Kutte, die wie Caspars Gewand über der linken Hüfte einen armlangen Schlitz aufwies, gegen sein Bein, damit niemand bemerkte, was er da unter dem Habit trug. Er klopfte gegen die Pfortentür.

»Mach auf, Bruder! Uns friert!«, rief er ein wenig mürrisch und mit ungeduldiger Stimme. »Und die Glocke ruft zur Komplet!«

Die Luke ging auf und ein blasses, junges Gesicht zeigte sich hinter den Gitterstäben. Der Novize grüßte demütig und beteuerte, sofort das Tor zu öffnen, was er auch eilfertig tat.

Mit dem Grundriss der Anlage war Quentel dank der genauen Skizze des Priors bestens vertraut, also lenkte er das Fuhrwerk zielstrebig nach rechts, wo sich die Stallungen und einige der Wirtschaftsgebäude befanden.

Doch kaum waren sie durch das Tor gerollt, das der ahnungslose Novize hinter ihnen gleich wieder schloss, als ihnen der Schreck in die Glieder fuhr. Denn auf der anderen Seite des Hofes, wo der Kreuzgang sich an das Konventsgebäude anschloss, stand im Schutz des Vordaches ein prächtiger schwarzer Hengst mit kostbarem Sattel- und Zaumzeug angebunden. Und daneben lungerten vier Gestalten herum, die Waffen umgeschnallt hatten.

»Domschergen!«, stieß Klara hinter vorgehaltener Hand hervor. »Der Domherr ist mit bewaffneter Begleitung gekommen!«

»Was nun?«, raunte Caspar.

»Nur die Ruhe bewahren und sich nichts anmerken lassen!«, antwortete Quentel leise, während er das Fuhrwerk vor einer breiten Bohlentür neben den Stallungen so zum Stehen brachte, dass die beiden Braunen schräg auf das Klostertor ausgerichtet standen. »Für das Gesindel dort drüben sind wir drei fromme Mönche, sonst nichts. Die Überraschung ist also immer noch auf unserer Seite. Keine Sorge, wir werden schon mit ihnen fertig, Caspar! Ich habe gesehen, wie gut du mit der Klinge umgehen kannst. Also nur Mut!«

»Zum Glück befinden sich weder Musketen- noch Armbrustschützen unter ihnen«, stellte Caspar leise fest.

Die vier Domschergen blickten nur einmal flüchtig zu ihnen herüber, als sie vom Fuhrwerk stiegen, dann kehrten sie wieder zu ihrem Gespräch zurück.

Klara trat zur Bohlentür, die sie wie versprochen unverriegelt vorfand. Caspar und Quentel halfen ihr, die beiden großen Fässer abzuladen, die ganz hinten auf der Ladefläche standen und im Gegensatz zu den anderen nicht leer waren. Sie rollten sie in den dahinter liegenden Vorratsraum.

Quentel und Caspar nahmen jeder ein armlanges Bündel aus zusammengeschnürtem Segeltuch vom Wagen. Das konnten sie gegen ihre linke Hüfte pressen und damit unauffällig ihre Waffe unter der Kutte daran hindern, hin und her zu pendeln und sie zu verraten.

»Komm jetzt!«, sagte Quentel zu Caspar. »Und du hältst dich bereit, Klara!«

»Seht ihr bloß zu, dass ihr schnell wieder zurückkommt – und zwar *mit* Bartholo«, erwiderte Klara und stellte ein kleines Fass ab, unter dessen Deckel eine Laterne mit brennendem Licht zum Vorschein kam.

Caspar schlug das Herz im Hals, als er an Quentels Seite über den Hof schritt – geradewegs auf die vier Domschergen zu, die genau neben der Tür standen, durch die sie mussten. Der Schweiß brach ihm aus, vor Angst, irgendetwas könnte sie verraten und die Domschergen zum Blankziehen bringen, bevor sie noch Gelegenheit hatten, zu Bartholo vorzudringen.

Doch nichts dergleichen geschah. Quentel hatte sogar noch die Nervenstärke, den Männern auf Latein einen gesegneten Abend im Namen des Herrn zu wünschen, als sie zur Tür traten und der ihnen am nächsten stehende Domscherge nur die Hand auszustrecken brauchte, um ihn an der Schulter zu berühren und zurückzuhalten.

Augenblicke später fiel die Tür auch schon hinter ihnen zu. Sie durchquerten einen dunklen Flur, passierten eine zweite Tür und standen im Kreuzgang. Nahe der Wand umfing sie völlige Dunkelheit. Dagegen wirkte auf der anderen Seite die zum Innenhof hin offene Galerie mit dem hüfthohen Gemäuer und den darauf aufragenden Säulen, die oben in Rundbögen übergingen, wie ein scharfer Scherenschnitt.

Vorsichtig ließen sie die Segeltuchbündel an der Wand zu Boden gleiten, griffen in den linken Schlitz ihrer Kutte und lösten das Lederband, das um das Griffstück ihrer Waffe lag, damit die Klinge fest in der Scheide ruhte.

»Dort drüben fällt Licht in den Kreuzgang!«, flüsterte Caspar dem Wanderbuchhändler zu. »Das muss das Zimmer sein, von dem Pater Erasmus gesprochen hat. Denn da drüben befindet sich laut Grundriss auch der Kapitelsaal.«

»Schauen wir nach!«

Als sie um die Ecke kamen, hörten sie eine Tür schlagen und mehrere Stimmen. Und eine davon war unverkennbar die des Domherrn. ». . . das ändert aber nichts daran, dass ich den Kupferstecher nach dieser Befragung mit zu mir ins Domstift nehme! Denn mit Euren sanften Methoden werden wir nie die Wahrheit und schon gar kein Geständnis aus diesem verstockten Ketzer herausholen! Meine Männer warten schon darauf, ihn abzuführen!«

Caspar und Quentel sahen vier Männer am anderen Ende des Traktes in den Kreuzgang einbiegen. Bei ihnen handelte es sich ohne Zweifel um den Prior, Servatius von Pirkheim und Bartholo. Der Kupferstecher, offenbar nicht nur an den Händen, sondern auch an den Füßen gefesselt, folgte ihnen mit etwas Abstand, wobei er immer wieder von einer Gestalt vorwärts gestoßen wurde, die sich als Bruder Donatus herausstellte.

»Nun gut, wenn Ihr darauf besteht, will ich mich Eurem Begehren nicht länger widersetzen«, antwortete Pater Erasmus, der sie im selben Moment erkannt haben musste.

»Lass uns versuchen, so nahe wie möglich an sie heranzukommen und sie mit möglichst wenig Lärm außer Gefecht zu setzen!«, raunte Quentel hastig im Schutz seiner Kapuze. »Du übernimmst Bruder Donatus. Ich nehme mir den Domherrn vor. Und lass dich bloß nicht von Skrupeln zurückhalten. Jetzt gilt es!«

»In Ordnung!«, gab Caspar leise zurück.

Pater Erasmus stand mit dem Domherrn schon im Lichtschein, der aus der offenen Tür in den Kreuzgang fiel, als Quentel die Hand hob, ihm entgegeneilte und mit unterwürfiger Stimme rief: »Hochwürdiger Pater! . . . Auf ein Wort! . . . Es eilt!«

»Ich habe jetzt keine Zeit!«, beschied ihn der Prior ungnädig, blieb jedoch vor der Tür stehen und versperrte dem Domherrn so den Zutritt in den Raum. »Und wieso seid Ihr nicht in der Komplet, Bruder . . .?« Er schien nach einem Namen zu suchen.

». . . Gabriel«, antwortete Quentel, stand im nächsten Moment vor den beiden Geistlichen und schlug ohne Vorwarnung mit der geballten Faust zu. »Wie der Racheengel!« Der wuchtige Faustschlag traf den ahnungslosen Domherrn mitten ins Gesicht, worauf dieser mit einem Aufschrei wie ein gefällter Baum zu Boden stürzte.

Caspar sah, wie Bruder Donatus entsetzt Mund und Augen aufriss und rammte ihm seine Faust mit aller Kraft in den Bauch. Er legte das ganze Gewicht seines Körpers in den Schlag, der daher eine ähnliche Wirkung erzielte wie die Bärenfaust des Wanderbuchhändlers.

Donatus klappte nach vorn zusammen, sackte in die Knie, presste beide Hände vor den Unterleib und kippte dann zur Seite weg. Einen Schrei brachte er nicht mehr zu Stande. Aus seiner Kehle drang nur ein hässlich würgendes Röcheln.

Caspar hatte geglaubt, Quentel würde den Faustschlag gegen Pater Erasmus nur andeuten. Denn dieser wusste ja, was ihn erwartete, und würde daher nur zu bereitwillig zu Boden gehen und sich benommen stellen. Aber zu Caspars großer Überraschung und zweifellos auch zu der des Priors, dachte Quentel nicht daran, sich auf die Schauspielkünste eines Mönchs zu verlassen. Er langte daher auch bei ihm ordentlich zu, wenn auch nicht so brutal wie beim Domherrn, sodass Pater Erasmus sich nicht benommen zu stellen brauchte, sondern tatsächlich in diesem Zustand am Boden landete.

»Allmächtiger, Ihr seid es!«, stieß Bartholo fassungslos hervor.

»Keine Namen!«, warnte Quentel ihn augenblicklich und riss seinen Säbel aus der Scheide.

»Erst die Fußfessel!«, rief Bartholo, der auch jetzt seine Geistesgegenwart bewahrte.

Ein Schnitt und das kurze Seil war durchtrennt. Als Bartholo ihm die gefesselten Hände hinhielt, brüllte der Domherr, der entgegen ihrer Annahme nicht das Bewusstsein verloren hatte, mit sich überschlagender Stimme: »Wachen! . . . Wachen! . . . Überfall!« Dabei kroch er von ihnen weg.

»Pest und Krätze über diesen verdammten Hundesohn!«, fluchte Quentel. »Das hat man davon, wenn man zimperlich ist und nicht gleich richtig zulangt!«

Caspar wollte dem Domherrn nach, der nicht aufhörte, nach seinen Wachen zu schreien, doch Quentel hielt ihn zurück. »Lass ihn! Jetzt nutzt es nichts mehr und blinde Rache ist ein schlechter Ratgeber! Sehen wir zu, dass wir so schnell wie möglich zu Klara auf den Hof kommen!«

»Dumm nur, dass die vier Domschergen da draußen das bestimmt verhindern wollen!«, erwiderte Caspar schon im Laufen und zog nun seinen Degen blank. Indessen stimmten auch Bruder Donatus und der Prior in das Geschrei hinter ihnen ein.

Quentel schnaubte. »Sollen sie nur kommen!«

Und sie kamen!

Kaum waren Caspar, Quentel und Bartholo zurück in den westlichen Teil des Kreuzgangs gerannt, als die vier Männer auch schon mit der Klinge in der Hand durch die Tür stürzten.

»Also gut, wenn die es nicht anders haben wollen: Zeigen wir ihnen, wie man eine Klinge führt!«, rief Quentel Caspar zu und stürzte sich mit einem markerschütternden Gebrüll auf die Domschergen.

»Heilige Muttergottes, steh mir bei!«, murmelte Caspar, der seine Fechtkunst nun zum zweiten Mal innerhalb weniger Tage auf die Probe stellen musste – und diesmal ganz sicherlich nicht nur für einige wenige Paraden und auch nicht von der günstigen Position eines Fuhrwerks aus. Diesmal musste er seine Stellung nicht nur behaupten, sondern sich mit Quentel den Weg in die Freiheit erkämpfen.

Hastig schloss er zu Quentel auf, um den Angreifern keine offene Flanke zu bieten, die sie dazu nutzen konnten, sich aufzufächern und sie in die Zange zu nehmen. Seite an Seite blockierten Quentel und er die ganze Breite des Kreuzgangs, sodass nur zwei der Domschergen zum Zuge kamen.

Im nächsten Augenblick hallte der Kreuzgang vom metallischen Klirren aufeinander treffender Klingen wider. Stahl schnitt durch die Luft und traf auf Stahl.

Die Kraft des ersten Hiebes, den Caspar abwehrte, spürte er bis hinauf in den Oberarm. Wild rauschte ihm das Blut in den Ohren, als er sich nach zwei, drei weiteren Schlägen und einem halbherzigen Gegenangriff immer mehr in die Defensive gedrängt fühlte. Das höhnische Grinsen seines Gegners verriet, wie sicher sich dieser fühlte, gleich den vernichtenden Stich oder Hieb anbringen zu können, der ihn niederstrecken würde. Panikartige Angst kroch in ihm hoch und brachte sein Vertrauen in seine Schnelligkeit und Ausdauer ins Wanken. Wieder rettete er sich nur mit Mühe vor einem brutalen gegnerischen Schlag, der ihm um ein Haar seine Waffe aus der Hand geprellt hätte. Er verkrampfte sich immer mehr und der Schweiß brach ihm aus, als stünde er an einem heißen Sommertag in der prallen Mittagssonne und nicht an einem kühlen Aprilabend in einem steinkalten Kreuzgang.

»Fasse dich! Bleib kalt bis ins Herz! Parade, Finte, Konter! Lass ihm keine Zeit zum Luftholen!«, rief da Bartholo hinter ihm. »Der Bursche prügelt doch nur mit roher Kraft und führt den Degen wie ein Bauer die Mistforke! Das ist kein

Fechten! Er sollte besser zum Dreschflegel greifen! So ein Mann ist doch kein Gegner für den besten Schüler, den ich je hatte!«

Dieser Zuruf rüttelte Caspar auf. Auch half es seinem Selbstvertrauen, dass Quentel neben ihm im selben Moment seinen ersten Gegner kampfunfähig machte. Mit einem blitzschnellen Säbelhieb schlitzte er dem Mann den rechten Oberarm bis auf den Knochen auf, um ihn beim Nachsetzen mit einem Stich in die Schulter endgültig zu Boden zu schicken. Dabei stürzte der Mann seinem Kameraden so unglücklich vor die Füße, dass dieser für einen winzigen Moment behindert wurde. Und diesen Moment nutzte Quentel, um ihn über den stürzenden Körper seines ersten Gegners hinweg mit einem riskanten Ausfallschritt anzugreifen – und ihm seine Klinge tief in den rechten Oberschenkel zu stoßen.

Im Kreuzgang vermischten sich nun Schreie aus Schmerz und Wut mit dem Klirren der Waffen und Quentels bissigen Zurufen an die Domschergen, sich nur nicht zu zieren, sondern ruhig näher zu rücken und sich seinen Stahl schmecken zu lassen.

Caspar hörte in diesen entscheidenden Sekunden den Domherrn irgendetwas schreien, achtete jedoch nicht darauf. Er korrigierte seine Körperhaltung und besann sich darauf, dem feindlichen Angriff leichtfüßig und mit federnder Klinge zu begegnen. Seine Paraden kamen nun eleganter, vorausahnender und schneller. Das Grinsen des Domschergen verwandelte sich in einen verkniffenen Ausdruck. Nicht allein, weil auch er mitbekommen hatte, wie vernichtend Quentel mit dem Säbel über seine Kameraden herfiel, sondern auch, weil er merkte, dass sein Gegner nicht mehr angstvoll vor ihm zurückwich, sondern mühelos seine Schläge parierte und nun ihn in Bedrängnis brachte.

»Deine Waffe, Bursche!«, kreischte der Domherr. »Wirf mir deine Waffe zu!«

Caspar hörte, wie Metall über den Boden schepperte und Bartholo fluchte. Im selben Augenblick schlug er selbst eine Finte, die sein Gegner auch als solche erkennen sollte, parierte den erwarteten Gegenangriff und setzte blitzschnell nach. Seine Klinge lenkte die gegnerische Waffe mit einer Vierteldrehung aus dem Handgelenk nach unten weg, sprang dann hoch und drang dem Domschergen über der linken Hüfte in die Seite. Und er setzte einen zweiten Treffer, indem er dem Mann beim Zurückspringen die Klinge noch über den herabgesunkenen Waffenarm zog. Der Degen entglitt der Hand des Domschergen und schepperte zu Boden, während jener gegen die Wand taumelte und fiel.

»Bartholo! Aufgepasst!«, brüllte nun Quentel. »Hier, fang!« Er warf ihm seinen Säbel zu, duckte sich unter dem ersten Hieb des vierten Domschergen weg und hob eine der am Boden liegenden Waffen auf.

Caspar sah die Gefahr, in der Quentel schwebte, sprang ihm zu Hilfe und lenkte den Stoß, der auf den Rücken des Wanderbuchhändlers zielte, noch im letzten Moment ab.

»Soll ich ihn erledigen oder willst du das übernehmen?«, fragte Quentel, kaum dass er sich mit der fremden Waffe aufgerichtet hatte und wieder in den Kampf eingreifen konnte.

Fassungslosigkeit, dass sich das Blatt so schnell gegen sie gewendet hatte, und Angst zeigten sich auf dem Gesicht des letzten noch stehenden Domschergen – und wichen im nächsten Moment blankem Entsetzen, als er sah, was im Rücken von Caspar und Quentel geschah.

Ein gellender Schrei, der durch Mark und Bein ging, hallte durch den Kreuzgang.

Der Domscherge ließ seine Waffe fallen und rannte von panischer Angst erfasst davon.

Caspar blickte sich um – und erschrak, als er sah, wie Servatius von Pirkheim schreiend gegen eine der Säulen taumelte und mit der linken Hand seinen rechten Arm umklammerte: Bartholo hatte den Angriff des Domherrn abgewehrt und ihm mit einem Säbelhieb die rechte Hand abgeschlagen.

»Mit verbindlichem Gruß an die Inquisition, verdammter Bluthund!«, rief Bartholo.

»Nichts wie weg!«, brüllte Quentel.

Caspar sprang über einen der Verletzten hinweg und riss die Tür auf. Er hörte vom Ende des Flurs erregte Rufe und das Geräusch von eiligem Fußgetrappel.

Augenblicke später stürzten sie hinaus in den Hof.

Um die allgemeine Verwirrung im Kloster noch zu vergrößern, rief Klara, die indessen nicht untätig gewesen war, aus Leibeskräften »Feuer! ... Feuer! ... Feuer!« Sie hatte das feuchte Stroh in den beiden Fässern entzündet und stieß nun die Tür zum Lagerraum weit auf, damit der Rauch hinaus auf den Hof drang. Dann kletterte sie auf den Kutschbock, ergriff die Zügel und brachte die Pferde in Gang.

Wie abgesprochen rannte Quentel auf das Tor zu, während Caspar und Bartholo auf das Fuhrwerk zuliefen, das ihnen schon entgegenkam, und zu Klara auf den Kutschbock sprangen. Den verstörten jungen Novizen, der aus der Pforte stürzte und sich dem Hünen mit wirren Rufen in den Weg zu stellen versuchte, stieß Quentel im Vorbeilaufen mit einer kurzen Armbewegung aus dem Weg. Der Novize landete rücklings im Dreck des Hofes. Er machte keine Anstalten, sich wieder aufzurappeln, sondern blieb dort sitzen, vor Fassungslosigkeit wie gelähmt.

Quentel riss das Tor auf und sprang Sekunden später auf das rollende Fuhrwerk.

Klara jagte das Gespann aus dem Klosterhof und um das Geviert herum und schlug die Richtung zum Spital ein. Niemand jubelte. Sie wussten, dass es dazu noch zu früh war.

Während das Fuhrwerk in die Dunkelheit der Gassen eintauchte, zerrten sich Caspar und Quentel schon die weiten Kutten vom Leib und schnallten die Waffengurte ab. Mit den triefnassen Tüchern, die unter dem Kutschbock bereitlagen, wischten sie sich den hellen Mehlpuder aus dem Haar. Dann übernahm der Wanderbuchhändler die Zügel, damit auch Klara sich der Mönchskleidung entledigen konnte.

Als sie den Spitalhof passiert hatten, ließ Quentel die Braunen in einen gemächlichen Trab fallen. »Am Schwall!«, sagte er nur.

Caspar und Klara nickten und sprangen vom Kutschbock. Im nächsten Augenblick zog Quentel das Fuhrwerk auch schon nach rechts in die Straße, die hinunter zum Schwibbogentor führte, einem der kleinen Augsburger Stadttore, während sie der Gasse hinter dem Spital weiter geradeaus folgten.

»War es sehr schlimm?«, fragte Klara leise.

»Es gehört schon einiges dazu, einen Menschen zu töten – selbst wenn man um sein eigenes Leben Angst hat«, gestand Caspar, noch ganz unter dem aufwühlenden Eindruck des Kampfes im Kreuzgang. »Ich weiß nicht, wie jemand daran Freude haben kann. Ich hätte dem Domschergen, der mich angegriffen hat, meine Klinge auch problemlos ins Herz oder in den Unterleib stoßen können, was sein sicherer Tod gewesen wäre. Aber ich konnte es nicht. Ich wollte ihn nur kampfunfähig machen.«

»Wenn du wüsstest, was für eine Angst ich um dich ausgestanden habe, als ich sah, wie die vier Männer des Domherrn mit gezückten Waffen losgestürmt sind!«, gestand Klara und drückte seine Hand.

»Der Domherr wird nie wieder eine Waffe ergreifen, die Hand zum Schwur erheben oder zum Segnen missbrauchen können«, raunte Caspar ihr zu. »Bartholo hat sie ihm nämlich mit einem Säbelhieb abgeschlagen.«

»Manchmal gibt es auf dieser Welt also doch so was wie Gerechtigkeit!«, erwiderte sie auf diese grausige Nachricht ohne jedes Mitleid.

Zwei Querstraßen vor dem Predigerkloster bogen sie rechts in eine Gasse ein. Sie überquerten zwei Lechkanäle, und noch bevor sie den offenen Platz Am Schwall erreichten, sahen sie von rechts das Fuhrwerk des Färbermeisters in einem sehr gemächlichen Tempo aus der Dunkelheit auftauchen. Der Wagen schien reichlich mit ungefärbten Stoffen beladen zu sein. In Wahrheit bedeckten die Stoffe nur das Lattengerüst, das für einen gut kniehohen Hohlraum zwischen der Ladefläche und den Brettern mit den darüber liegenden Stoffbahnen sorgte.

»Könnt Ihr uns ein Stück mitnehmen?«, fragte Caspar den Färbermeister, als kannten sie sich nicht, während der Treffpunkt doch mit ihm abgesprochen war. »Meine Schwester hat sich den Knöchel verstaucht.«

»Wo wollt ihr denn hin?«

»Zur Unterstadt.«

»Springt auf!«

Sie stiegen zu ihm auf den Kutschbock, und kaum hatte

Gernot Himmelheber das Gefährt in die nächste schmale Gasse gelenkt, als Klara auch schon nach hinten auf die Ladefläche kletterte und sich in den Hohlraum schob. Caspar folgte ihr eine Gasse weiter.

An der hinteren Mauer des Predigerklosters nahmen sie Bartholo auf. Und als auch dieser im Schutz einer nachtdunklen Gasse zu Caspar und Klara in den Hohlraum gekrochen war, fuhr Gernot Himmelheber zum Sternkloster hinüber, wo Quentel auf sie wartete. Das Fuhrwerk mit den beiden Braunen hatte er weiter oberhalb in einer Seitenstraße hinter dem Rathaus vor einem Kaufmannskontor abgestellt. Bis jemand sich Gedanken darüber machte, warum es noch immer dort stand, und man begriff, dass mit diesem Gefährt die falschen Mönche ins Kloster St. Ulrich gelangt und mit dem befreiten Gefangenen geflohen waren, würden wohl Stunden vergehen. Und dann hatte sich ihre Spur längst im Gewirr der Gassen verloren. Überdies würde man nach vier flüchtenden Personen in Mönchskleidung suchen und nicht nach einem gewöhnlich gekleideten Fuhrmann.

Während Quentel sich an die Seite seines Vetters setzte, harrten Caspar, Klara und Bartholo im Hohlraum unter dem Lattengerüst und den Tuchbahnen aus, bis sie den Färberhof erreicht haben würden.

»Das hätte ich wirklich nicht besser gekonnt«, flüsterte Bartholo und lobte ihren Mut wie ihren Einfallsreichtum. Dass ihm wohl noch in dieser Nacht die Folter gedroht hätte, daran bestand auch für ihn kein Zweifel. »Du hast dich mehr als tapfer geschlagen, Caspar. Jetzt weißt du wohl endgültig, was in dir steckt!«

»Bin ich wirklich der beste Schüler gewesen, den Ihr je gehabt habt?«, fragte Caspar.

»Ganz bestimmt!«, versicherte Bartholo.

»Wie viele habt Ihr denn in der Fechtkunst schon unterrichtet?«, wollte Klara wissen.

»Bisher erst einen – Caspar!«

Klara lachte leise auf.

»Das hätte ich mir ja denken können«, grollte Caspar, jedoch nicht wirklich verstimmt. Er wusste, dass sein Meister ihm nicht hatte schmeicheln wollen, sondern es mit seinem Lob wirklich ernst meinte.

»Sag, was ist aus der Vinland-Karte geworden?«, fragte Bartholo nun gespannt. »Habt ihr sie retten können? Ich hatte das Buch, in dem sie lag, sorgfältig in Wachstuch gewickelt.«

»Ja, sie hat das Bad in der Wertach unbeschädigt überstanden«, antwortete Caspar.

»Dem Allmächtigen sei Lob und Dank!«, stieß Bartholo erleichtert hervor.

»Ich habe mich auch gleich an die Arbeit gemacht, sie mir bis auf den letzten Strich einzuprägen und nachzuzeichnen«, berichtete Caspar. »Mehrmals täglich.«

»Ja, er war sehr fleißig. Und ich habe seine Kopien mit dem Original verglichen«, merkte Klara leise an. »Er kann sie fehlerlos aus dem Gedächtnis zeichen.«

»Ausgezeichnet!«, lobte Bartholo. »Aber ich wusste ja immer schon, dass du zu diesem außergewöhnlichen Kunststück fähig bist.«

»Aber das ist noch nicht das Ende der Geschichte Eurer Vinland-Karte«, fuhr Caspar fort und wappnete sich innerlich schon gegen das, was gleich kommen musste. »Heute Nachmittag, bevor wir aufgebrochen sind, um Euch zu befreien, habe ich sie verbrannt. Mit allen Kopien. Ich dachte, es ist sicherer, ich bewahre sie in meinem Kopf auf.«

Und kühn setzte er dann noch hinzu: »Ich wollte der Gefahr vorbauen, dass sich unsere Wege plötzlich trennen und Ihr dann keine Veranlassung mehr seht, Euch Gedanken über unseren Verbleib zu machen – wenn Ihr versteht, was ich meine.«

Scharf sog Bartholo die Luft ein. Dann herrschte für einen Augenblick angespannte Stille im Dunkel des Hohlraums. Nur das Rattern der Räder und der Hufschlag des Pferdes waren zu hören.

Caspar war auf alles Mögliche gefasst, nicht jedoch auf das gedämpfte Gelächter, das plötzlich vor ihm aus der Dunkelheit kam. Es dauerte eine Weile, bis Bartholo sich beruhigt hatte. »Nicht zu glauben! Verbrennt der Bursche doch einfach die Karte, obwohl er weiß, wie wertvoll sie ist und was ich dafür riskiert habe, und setzt mir damit sozusagen das Messer an die Kehle!«, murmelte er mit einer Mischung aus Verblüffung, Erheiterung und ehrlichem Respekt. »Ich habe dir ja schon immer viel zugetraut, aber mir scheint, dass ich dich noch erheblich unterschätzt habe!«

»Ich hatte eben einen guten Lehrer!«, erwiderte Caspar erleichtert.

»Ja, den hattest du! Und weißt du, was? Ich hätte an deiner Stelle genau dasselbe getan! Also gut, wir werden einander noch eine ganze Weile erhalten bleiben! Aber jetzt verratet mir, was euer Plan als Nächstes vorsieht!«, erkundigte sich Bartholo, als das Fuhrwerk langsamer wurde und ein Tor in seinen Scharnieren knarrte.

»Einige Stunden des Wartens und dann ein eisiges Bad«, antwortete Caspar. »Sofern alles gut geht!«

Vierunddreißigstes Kapitel

Sie hatten Hunger und Durst gestillt und hockten nun auf dem Trockenspeicher des Färberturms im schwachen Schein einer auf kleinstem Docht brennenden Öllampe. Hinter ihnen an der Tür zur äußeren Galerie lagen ihre mit Tüchern fest umwickelten und verschnürten Waffen, ein kurzes und ein langes, säuberlich aufgerolltes Seil sowie zwei kleine Fässer, die kräftig nach frischem Pech rochen und es mit dem Gestank der gefärbten Stoffe durchaus aufnehmen konnte. Jedes Fass war mit drei Lederriemen versehen, die durch kurze Stricke mit den Lederriemen des anderen Fasses verbunden waren.

»Ich gebe Bescheid, wenn es Zeit ist, dass du dich auf den Weg machst, Cornelius, und deine Freunde sich bereitmachen müssen«, sagte der Färbermeister zu Quentel und ließ sie dann allein. Die Zeit des Wartens bis zur dritten Morgenstunde hatte begonnen. Denn zu dieser Stunde wollten sie ihre Flucht aus Augsburg wagen.

Der Kastenwagen wartete zwei Meilen nördlich von Augsburg auf einem Bauernhof, mit dessen Besitzer Gernot Himmelheber gut befreundet war.

»Wenn es Euch nichts ausmacht, wenden wir uns nach unserer erfolgreichen Flucht zuerst einmal nach Nürnberg«, schlug Quentel vor. »Ich kenne dort einige fähige Druckherren und Kupferstecher, bei denen ich mich in Ermangelung von Wolkenstein'schen Schriften und Schmuckblättern mit guter Ware eindecken kann. Es sei denn natürlich«, fügte er rasch hinzu, »Ihr seid nicht daran interessiert, dass wir vorerst zusammenbleiben, sondern wollt lieber getrennte Wege gehen.«

»Ganz und gar nicht«, versicherte Bartholo. »Euer Vorschlag kommt mir sehr entgegen! Auch ich halte es für klüger, dass wir noch eine Weile zusammenbleiben, um etwaigen Gefahren besser begegnen zu können. Zudem treibt mich und meine jugendlichen Gefährten keine Eile. Ich denke, dass Monate vergehen werden, bis ich Kontakt aufgenommen habe und weiß, wohin wir uns zu wenden haben.«

Quentel nickte zufrieden. »Gut, dann ist das beschlossene Sache!«, sagte er und machte es sich zwischen mehreren Lagen schon getrockneter und übereinander geschichteter Tücher bequem, um sich ein paar Stunden Schlaf zu gönnen, wie er sagte.

»Kontakt zu wem?«, fragte Caspar indessen an Bartholo gewandt. »Ich denke, jetzt ist es allerhöchste Zeit, uns endlich darin einzuweihen, mit welcher Absicht Ihr all diesen Portolanen und insbesondere der Vinland-Karte nachgejagt seid!«

»Das hätte ich euch schon am Morgen nach unserer Rückkehr vom Friedhof erzählt, wenn nicht der Domherr mit seiner Truppe unserem Gespräch ein jähes Ende bereitet hätte«, sagte Bartholo. »Also jetzt ohne große Umschweife: Meine geheime Tätigkeit hat mit meinem alten Jugendfreund zu tun.«

»Mit jenem Cristoforo, mit dem Ihr viele Jahre zur See gefahren seid?«, fragte Klara.

Bartholo nickte. »Eigentlich lautet sein Geburtsname ja Cristoforo Colombo, auf Deutsch würde man ihn wohl Christoph Kolumbus nennen. In Portugal nannte er sich eine Zeit lang Cristovao Colom. Doch schon seit Jahren hat er sich in seiner neuen Heimat Spanien für den Namen Cristóbal Colón entschieden.«

»Das muss ja ein merkwürdiger Bursche sein, dass er ständig seinen Namen wechselt«, meinte Caspar skeptisch.

Bartholos Gesicht leuchtete unter einem verklärten Lächeln auf. »Oh, er ist ein Mann, dessen Visionen seinem Mut und seiner Eitelkeit in nichts nachstehen! Während ich mich damit zufrieden gebe, die Geheimnisse dieser Welt anhand von Karten zu studieren, ist er ein Mann der Tat! Cristóbal ist überzeugt, dass es möglich ist, auf der Westroute über den Atlantik zu segeln und auf diesem Weg nach Indien zu gelangen.«

»Und was hält ihn davon ab, den Beweis für seine tollkühne Theorie anzutreten?«, wollte Klara wissen.

»Für solch eine waghalsige Expedition braucht man hochseetüchtige Schiffe, mindestens zwei, besser noch drei«, antwortete Bartholo. »Das wiederum setzt voraus, dass man finanzstarke Geldgeber hat, die dieses Abenteuer finanzieren. So etwas kostet ein gewaltiges Vermögen. Zudem kann man zu solch einer Reise nicht einfach in See stechen, als ginge es um eine gewöhnliche Handelsfahrt. Dazu braucht man den Segen und Rückhalt gekrönter Häupter! Und die wiederum verlassen sich auf das Urteil ihrer Geografen, Kartografen und anderer Gelehrter, die Zugang zum Hof haben und natürlich ihre ganz eigenen Interessen vertreten. Und jemand, der wie mein Freund nicht aus einer reichen Kaufmannsfamilie stammt und auch keinen Adelstitel trägt, hat es in diesen höfischen Kreisen nicht leicht, angehört zu werden und Unterstützung zu finden.«

»Ihr meint, sie betrachten einen Mann wie Euren Cristóbal voller Misstrauen, weil er nicht zu ihnen gehört und etwas vorschlägt, was sie selbst nicht für möglich halten?«, fragte Klara.

»Ja, Neid, Überheblichkeit, das Beharren auf alten Theorien sowie das Bemühen, den eigenen Einfluss auf den Hof um jeden Preis zu wahren und keinen Außenseiter in ihre Kreise eindringen zu lassen, spielen dabei eine große Rolle«, bestätigte Bartholo.

»Sprecht Ihr jetzt vom Hof der Könige Ferdinand und Isabella?«, vergewisserte sich Caspar.

»Ja, seit Jahren bemüht sich Cristóbal, dem spanischen Herrscherpaar die Zustimmung zu einer Expedition auf der Westroute abzuringen, ist bisher aber immer wieder gescheitert. Zum einen, weil die politische Lage ungünstig war und alles Geld für den Krieg gegen die Mauren benötigt wurde, zum anderen, weil die vom Hof eingesetzte Kommission seinen Plan als undurchführbar beurteilte. Zwischenzeitlich war er deshalb versucht, seine Dienste den Herrschern anderer Länder anzubieten. So hat er seinen Bruder Bartolomeo in geheimer Mission an den Hof von England geschickt, um König Heinrich VII. seinen Plan zu unterbreiten. Auch nach Frankreich ist sein Bruder gereist, aber gleichfalls ohne Erfolg. Er wäre auch bereit gewesen, unter Genuas oder gar Portugals Flagge die Reise zu wagen. Ach, jeder wäre ihm recht, wenn er ihm nur Schiffe, Mannschaften und den nötigen Proviant zur Verfügung stellen würde!«

Klara gähnte. »Wenn wirklich keiner Interesse zeigt und alle Gelehrten sich gegen den Plan Eures Freundes aussprechen, muss ihm das nicht zu denken geben?«, wandte sie ein. »Kann es nicht sein, dass seine Theorie nichts weiter ist als eben nur eine schöne, märchenhafte Theorie?«

»Nein!«, widersprach Bartholo heftig. »Allein schon die Vinland-Karte beweist, dass man auf eine gewaltige Landmasse stößt, wenn man nach Westen segelt! Zudem ist Cristóbal kein Mensch, der sich so leicht geschlagen gibt. Er lässt sich vom Nein einer königlichen Kommission aus Neidern, Zweiflern und unverbesserlichen Ignoranten nicht beirren. Zudem weiß er, wie er mir geschrieben hat, dass ihm die Königin sehr zugetan ist, während der König leider starke Vorbehalte gegen ihn hat. Aber die Königin auf seiner Seite zu wissen muss auf lange Sicht zu einer positiven Entscheidung führen. Und wie es aussieht, scheint sich das Blatt auf der Iberischen Halbinsel nun endgültig gegen die Mauren zu wenden. Wenn Granada erst einmal gefallen und die Reconquista damit abgeschlossen ist, werden die Chancen meines Freundes beträchtlich steigen, doch noch mit einer Expedition betraut zu werden!«

»Ihr meint, auch dank der Vinland-Karte?«, fragte Caspar, dem die Müdigkeit mittlerweile auch zu schaffen machte. Die letzten Nächte hatten sie nur wenig Schlaf gefunden.

»Ja und nein«, antwortete Bartholo. »Die Karte bestätigt seine Theorie, aber er wird sich wohl hüten, mit einer Karte, die aus dem Land der Nordmänner kommt und deren Echtheit er jetzt natürlich nicht mehr stichhaltig beweisen kann, da du sie ja verbrannt hast, vor eine königliche Gelehrtenkommission zu treten. Aber da er mir vertraut wie wohl kaum einem anderen, wird er weder an meinem Wort noch an der Genauigkeit der Kopie zweifeln, die du ihm zeichnen wirst.«

»Das bringt mich auf die Frage, was bei all dem Eure Rolle ist«, wollte Caspar als Nächstes wissen. »Seid Ihr sein geheimer Informant und Zuträger?«

»Gewissermaßen. Cristóbal ist mir wie ein Bruder, wir sind auch all die Jahre immer in Kontakt geblieben. Ich teile seinen Traum und versorge ihn mit allen nur möglichen Informationen und Karten, die ihm vielleicht helfen, endlich zu seiner Reise nach Westen aufbrechen zu können«, erklärte er mit einer Leidenschaft, die seine tiefe Verbundenheit mit seinem genuesischen Jugendfreund und mit dessen Vision verriet. »Ich wünsche mir nichts mehr, als dass er das Kommando über eine solche Expeditionsflotte erhält – einmal ganz davon abgesehen, dass es gewiss nicht mein finanzieller Schaden sein wird, wenn er Indien tatsächlich auf dieser Route erreicht und Spanien dazu verhilft, Portugal im gewinnträchtigen Indienhandel auszustechen.«

Caspar nickte, wurde ihm doch jetzt so manches einsichtig, was ihm bislang unverständlich gewesen war. »Und wo werden wir mit Eurem Freund Cristóbal Colón zusammentreffen? Wisst Ihr schon, wohin unsere Reise geht?«

Bartholo schüttelte den Kopf. »Als ich das letzte Mal von ihm Nachricht erhielt, schrieb er mir in der Jahreswende aus Córdoba und berichtete zutiefst getroffen und empört, dass der Talavera-Ausschuss, die königliche Kommission der spanischen Geografen und Kosmografen, seine Pläne für verschwommen und undurchführbar hält. Wie ich mich noch gut erinnere, schrieben sie ihm: *Der Würde der Hoheiten steht es nicht an, eine Unternehmung zu fördern, die auf schwachen Füßen ruht; es sei denn, sie begäben sich in Gefahr, an Ansehen Einbußen zu erleiden und an Geld Verluste.«*

»Und wo wird Euer großer Visionär jetzt wohl sein?«, fragte Caspar, begleitet von einem herzhaften Gähnen.

»Ich nehme an, dass er sich erst mal wieder ins Franziskanerkloster La Rábida begeben hat. Das liegt in der südspanischen Provinz Huelva in der Nähe des Hafens Palos de la Frontera. Dort hat Cristóbal vor sechs Jahren, als er sich nach dem Tod seiner Frau seelisch wie finanziell am Ende glaubte, großmütige Aufnahme gefunden und seinen kleinen Sohn Diego zur Erziehung zurückgelassen. Und dort weiß er sich auch jetzt wieder gut aufgehoben und verstanden«, berichtete Bartholo. »Die beiden Patres Juan Pérez und Antonio de Marchena sind nämlich treue Freunde, sozusagen Brüder im Geiste, und zum Glück auch nicht ohne Einfluss bei Hofe. Denn Pater Pérez, der Prior des Klosters, war einst Beichtvater und geistlicher Lehrer der Königin. Sie werden wissen, wo und wie ich ihn erreichen kann.«

La Rábida . . . Huelva . . . Palos de la Frontera . . .

Caspar wiederholte im Geiste die Namen der spanischen Orte. Sie weckten in ihm ein geradezu schmerzhaftes Fernweh und ließen Bilder wundersamer Fremdartigkeit vor seinem inneren Auge erscheinen. »Wir werden also auf jeden Fall nach Spanien reisen!«

»Ja, ganz sicher!«, bestätigte Bartholo.

Ein verträumtes, fast seliges Lächeln trat auf Caspars Gesicht, während sich in der Tiefe seines Bewusstseins ein verwegener Gedanke zu bilden begann. Sie würden durch Frankreich ziehen, die Bergkette der Pyrenäen überqueren und hinunter in den tiefen Süden Spaniens reisen! Monate würden sie unterwegs sein! Was würden sie in dieser Zeit nicht alles sehen und erleben!

»Zuerst einmal müssen wir lebend aus Augsburg herauskommen«, warf Klara ein, die sich schon ausgestreckt hatte, und brachte Caspar damit in die Gegenwart zurück. »Und wie uns das gelingen soll, darüber will ich jetzt lieber nicht nachdenken!«

Fünfunddreißigstes Kapitel

Eine Hand rüttelte Caspar an der Schulter und rettete ihn vor den gesichtslosen Gestalten mit ihren blutigen Armstümpfen, die ihn in einer düsteren Folterkammer auf eine Streckbank zerren wollten. Dass ihnen die Hände zum Zugreifen fehlten, nahm ihnen in seinem wüsten Traum seltsamerweise nicht die Gewalt über ihn.

»Aufgewacht!«, rief Gernot Himmelheber leise und beugte sich nun auch zu Klara hinunter, die sich genauso schläfrig aufrichtete und in das Licht der Lampe blinzelte wie Caspar. »Gleich müsst ihr hinunter!«

»Wo ist Quentel?«, fragte Caspar, als er sich auf dem Trockenspeicher umblickte und den Wanderbuchhändler nirgends entdecken konnte.

»Schon unterwegs zum Wehr in der Jakobervorstadt«, antwortete der Färbermeister.

»Was ist, wenn der Wächter sich nicht auf das Geschäft einlässt?«, wollte Klara wissen.

Bartholo lachte nur trocken auf und griff zu seinem Holzbein, schnallte es sich jedoch nicht um, sondern hängte es sich über die Schulter.

»Der alte Georg Mörkelbach verdient am Wehr sozusagen sein Gnadenbrot«, antwortete Gernot Himmelheber auf Caspars Frage. »Ich würde jede Wette eingehen, dass er noch nie im Leben auch nur ein einziges Goldstück in der Hand gehabt hat. Und da soll er jetzt drei davon ausschlagen?« Er schüttelte den Kopf. »Und jetzt genug geredet. Machen wir uns an die Arbeit!«

Schweigend und zunehmend blass um die Nase werdend, sah Klara zu, wie Caspar und Gernot Himmelheber die Stricke, mit denen die beiden Fässer aneinander gebunden waren, zusammenfassten und mit dem Ende des langen Seils verknoteten.

Bartholo hüpfte auf einem Bein zur Tür, die auf die Galerie hinausführte, und öffnete sie ihnen. Gemeinsam wuchteten sie die Fässer mit dem Seil über die Brüstung und ließen sie rasch im Schutz der herabhängenden Tuchbahnen in den Lechkanal hinunter.

Noch immer lag eine dichte, tief hängende Wolkendecke über dem Nachthimmel. Nicht einmal die schmale Mondsichel war zu erkennen. Der feine Nieselregen hatte jedoch aufgehört.

»Sie sind im Wasser!«, sagte Caspar leise, als er das leise Aufklatschen vernommen hatte.

Wortlos knotete Gernot Himmelheber das Seil an eines der dicken Hölzer, die das Gestänge zum Aufhängen der Stoffbahnen hielten.

Bartholo griff zu den beiden Degen, die zu einem Bündel zusammengebunden und mit zwei kurzen Schlaufen versehen waren, durch die er nun die Arme schob, sodass die in Tücher gewickelten Waffen auf seinem Rücken zu liegen kamen. »Das Wasser ist eisig und wir haben keine Zeit zu vertrödeln. Es muss jetzt schnell gehen!«, sagte er mit Nachdruck zu Klara. »Du wirst uns schon vertrauen müssen, dass wir dich im Kanal nicht ertrinken lassen! Denk immer daran: Die Fässer haben genug Auftrieb, um dich zu tragen.«

Klara nickte stumm.

Bartholo schwang sich über die Brüstung, ergriff das Seil

und glitt mit der traumwandlerischen Sicherheit und Geschmeidigkeit eines Mannes, dem in langen Jahren auf See das Auf- und Abentern in der Takelage zur zweiten Natur geworden war, in die Dunkelheit hinab.

»Jetzt du!«, sagte Caspar zu Klara, der sich inzwischen das kleinere Bündel mit Quentels Säbel auf den Rücken gehängt hatte.

Sie schloss kurz die Augen, bekreuzigte sich und gab Caspar, bevor sie sich am Seil hinabließ, schnell einen Kuss, als fürchtete sie, nie wieder Gelegenheit dazu zu bekommen.

Ein letzter Dank an den Färbermeister, und dann schwang auch Caspar sich über die Brüstung, glitt an den feuchten Tuchbahnen vorbei und achtete darauf, nicht zu schnell abwärts zu rutschen. Aufgerissene Handflächen waren das Letzte, was er jetzt noch brauchte.

Klara lag schon auf den Stricken zwischen den halb aus dem Wasser ragenden Fässern und stemmte sich mit einer Hand gegen die vermooste Kanalwand, als Caspar neben Bartholo in die schwarzen und rasch dahinströmenden Fluten des Lechkanals eintauchte.

Das eisige Wasser raubte ihm im ersten Moment den Atem. Dann hangelte er sich zu Klara auf ihre rechte Seite hinüber und schob seine linke Hand durch eine Lederschlaufe, die dort am mittleren Gurt befestigt war.

Bartholo hielt mit der linken Hand die Lederschlaufe des linken Fasses, während er sich mit der rechten am Seil festhielt. »Bist du bereit?«, raunte er.

»Ja!«, antwortete Caspar leise.

»Dann aufgepasst!« Bartholo ruckte dreimal heftig am Seil, das der Färbermeister auch augenblicklich hochzog. »Jetzt! Weg von der Wand!«

Sowie Bartholo das Seil losließ, erfasste sie die Strömung. Caspar ruderte wie wild, konnte aber ebenso wenig wie Bartholo vermeiden, dass sie mit den Füßen voran abwärts getrieben, mit der gegenüberliegenden Kanalwand kollidierten, an ihr entlangschabten und sich dabei einige üble Kratzer zuzogen.

Klara hielt sich tapfer, während Caspar und Bartholo darum kämpften, die Kontrolle über ihr provisorisches Floß zurückzugewinnen. Kein Wort kam ihr über die Lippen, obwohl sie doch selbst nichts tun konnte, um das Floß zu steuern, und gehörige Angst ausstehen musste. Zudem herrschte in dem Kanal eine Finsternis, wie man sie auch in einer wolkenverhangenen Nacht in keiner noch so dunklen Gasse antraf.

Erst ein gutes Stück weiter kanalabwärts gelang es ihnen, sich mit den Fässern und Klara in ihrer Mitte zu drehen, sodass sie mit dem Kopf voran im Wasser trieben. Der Kanal vollführte gleich darauf einen weiten Bogen nach Osten.

Als Caspar kurz den Kopf hob und nach oben blickte, sah er rechts und links vom Lechkanal trutzig schwarze Türme in den Himmel aufragen.

»Das alte Stadttor und der Mittelgang!«, rief er Bartholo gedämpft zu. »Gleich sind wir in der Jakobervorstadt und treffen auf den dortigen Kanal!«

»Sowie du die Öffnung siehst, ruderst du, so stark du kannst, nach links!«, rief Bartholo zurück, denn beide Kanäle bildeten dort ein T, und sie kamen aus dem senkrechten Teil dieses Ts, der auf den Querbalken stieß. »Sonst schaffen wir den rechten Winkel nicht, sondern krachen in der Einmündung geradewegs gegen die Kanalwand!«

Kaum hatte er das gesagt, als die Einmündung auch

schon vor ihnen auftauchte. Caspar legte sich ins Zeug und ruderte mit dem rechten Arm, so schnell und kräftig er konnte, während Bartholo auf der anderen Seite rückwärts ruderte, um ihr schwerfälliges Floß um die Ecke in den neuen Kanalabschnitt zu manövrieren.

Haarscharf schrammte Caspar an der Wand entlang. »Heiliger Christopherus!«, stöhnte er. »Das war knapp!«

Sie trieben durch den nordwestlichen Teil der Jakobervorstadt und nun rasch auf das Wehr zu, das hinter der Pulvergasse in die Stadtmauer eingelassen und mit einem schweren Gitter gesichert war.

»Zu mir nach links an die Wand!«, kommandierte Bartholo. »Und kräftig gegenrudern! Wir müssen langsamer werden, falls das Gitter noch nicht . . .«

»Da! . . . Es ist oben!«, stieß Klara hervor. »Und da hängt auch Quentels Seil an der Wand herab!«

»Dann nichts wie durch!«, rief Bartholo. »Und zum Teufel mit den Schrammen und Kratzern, die wir uns gleich an der Krone des Wehrs holen!«

Das Gitter war kaum mehr als zwei Handlängen hochgezogen, jedoch weit genug, um nicht von den Enden der Stäbe erfasst und aufgespießt zu werden, als sie darunter hindurchtrieben.

Die Strömung riss sie über das steinerne Wehr hinweg und stürzte sie hinunter in den kleinen Strudel. Das Wasser schlug über ihnen zusammen, gab sie im nächsten Moment jedoch wieder frei.

Als Caspar Luft holte und sich umdrehte, sah er, wie Quentel über das Wehr rutschte, ebenfalls kurz untertauchte und dann wieder zum Vorschein kam. Er hob die Hand zum Zeichen, dass er in Ordnung war. Caspar winkte zurück.

Ruhig glitten sie nun dahin, hinein in den Lech und seinem Zusammenfluss mit der Wertach entgehen. Freies, offenes Land umgab sie. Und kein Alarmruf zerriss die Stille der Nacht und keine Reiter tauchten am Ufer auf.

Caspar spürte Klaras Hand auf seinem Arm. Er sah zu ihr hin und erwiderte ihr Lächeln. Zu sagen brauchten sie nichts. Was sie in diesem Moment empfanden, bedurfte keiner Worte.

Sie hatten es geschafft! Sie waren in Freiheit! Ein neues Leben lag vor ihnen.

Sechsunddreißigstes Kapitel

Dort, wo drei Weiden wie stumme Wächter am Ufer standen und sofort ins Auge fielen, weil das Gelände davor eine gute Viertelmeile lang keinen einzigen Baum in Flussnähe aufwies, gingen sie an Land. Sie fanden auch auf Anhieb den Weg, der ein Stück landeinwärts durch das sanfte Hügelland führte und sie keine halbe Stunde später zum Bauernhof brachte, wo Quentels Kastenwagen und seine beiden Apfelschimmel auf sie warteten.

Der Bauer war ein ruhiger, wortkarger Mann, der weder ihre Namen wissen wollte noch sonst irgendwelche Fragen stellte. Eine heiße Suppe, einen frischen Brotlaib und einen Krug mit wässrigem Wein hielt er jedoch für sie bereit.

Mit einem knappen Nicken nahm er die Münzen entgegen, die Bartholo ihm in die Hand drückte, nachdem sie trockene Sachen angezogen, ihre Waffen verstaut, sich mit der heißen Suppe und dem frischen Brot gestärkt hatten und sich zum Aufbruch rüsteten.

Eine Stunde vor Sonnenaufgang befanden sie sich auf der Landstraße. Quentel hatte mit Bartholo beschlossen, erst einen großen Bogen um Augsburg zu schlagen, statt sich sofort in Richtung Nürnberg zu wenden.

Als der neue Tag anbrach, gelangten sie in ein kleines Dorf, das sich um die Kreuzung zweier Landstraßen gebildet hatte. Eine der Straßen führte nach Südwesten, die andere nach Norden.

Sie hielten nicht an und fast hatten sie schon die letzten Häuser hinter sich gelassen, als Caspar seinen Blick zufällig nach rechts richtete und eine abgerissene Gestalt mit einer Almosenschale in der linken Hand aus der Scheune eines Gehöftes kommen sah. Der Bauer musste dem bettelnden Landstreicher dort barmherziges Quartier für die Nacht gewährt haben.

Im nächsten Moment fuhr Caspar erschrocken zusammen. Erst glaubte er, sich getäuscht zu haben, doch eine Verwechslung war nicht möglich. »Bartholo!«, stieß er aufgeregt hervor.

»Was hast du?«, fragte der Kupferstecher, der vor sich hin gedöst hatte.

»Seht doch, den Mann dort drüben vor der Scheunenwand!« Caspar wies auf die zerlumpte Gestalt, die sich an der Bretterwand entlangtastete und auf einen alten Hauklotz sank, der dort stand. »Das ist doch der Portugiese! Estevao de Serpa!«

Auch Klara war seinem Blick gefolgt. Erschrocken zog sie die Luft ein. »Und seht Euch sein Gesicht an! Er ist noch mehr entstellt – und wirklich blind!«

»Ja, und die Schurken, die er in seine Dienste genommen hat, damit sie uns erledigen, müssen ihn bis aufs Hemd ausgeplündert haben!«, fügte Caspar hinzu. »Würde er sonst in Lumpen herumlaufen? Das geschieht ihm recht, dass er jetzt seinen Weg zurück in die Heimat erbetteln muss! . . . Wenn er es denn überhaupt zurück nach Lissabon schafft!«

»Halt an!«, sagte Bartholo leise zu Quentel, der die Zügel in den Händen hielt.

»Was habt Ihr vor?«, fragte Caspar verwundert, als er sah, dass sein Meister vom Kutschbock stieg und seine Geldbörse hervorzog.

Bartholo bedeutete ihnen zu schweigen. Dann ging er zu dem erblindeten Portugiesen hinüber, machte sich mit einem Räuspern und einem undeutlich gemurmelten Gruß bemerkbar und legte in die Bettelschale seines einstigen Verfolgers, der ihm so erbittert nach dem Leben getrachtet hatte, mehrere Münzen hinein.

»Der Allmächtige segne Euch!«, rief Estevao ihm nach, nachdem er die Münzen betastet, mit den Zähnen geprüft und begriffen hatte, was ihm der Fremde ohne ein Wort in die Schale gelegt hatte.

»Fahr weiter«, murmelte Bartholo, als er wieder bei ihnen auf dem Kutschbock saß. Nicht eine Spur von Genugtuung oder gar Triumph fand sich auf seinem Gesicht. Er sah im Gegenteil sichtlich bedrückt aus.

»Warum habt Ihr das getan?«, fragte Caspar verwundert über das seltsame Gebaren seines Meisters.

»Ich habe gegen ihn gekämpft, weil er mir keine andere Wahl gelassen hat. Und wir haben uns gegenseitig nichts geschenkt«, antwortete Bartholo. »Aber irgendwann muss die Feindschaft aufhören, wenn man nicht will, dass das eigene Herz zu Stein wird. Man kann seine Gegner schlagen, aber man darf sie nicht mit Hass verfolgen und vernichten wollen! Und schon gar nicht darf man sie noch in den Staub werfen und verhöhnen, wenn sie längst geschlagen sind und unser Mitgefühl verdienen. Und der werfe den ersten Stein, der glaubt, frei von allen Lastern und Sünden zu sein!« Und nach einer kurzen Pause fügte er noch hinzu: »Es ist das weiche Wasser, das den harten Stein bricht, nicht umgekehrt.«

Caspar senkte beschämt den Blick und ihm dämmerte, dass noch ein langer Weg vor ihm lag, nicht nur was ihre Reise nach La Rábida anging.

Klara nahm schweigend seine Hand, drückte sie und hielt sie fest.

Das Dorf fiel hinter ihnen zurück und über ihnen riss die dunkle Wolkendecke immer mehr auf, als ergebe sie sich der Kraft der Sonne.

Epilog

Eine halbe Stunde vor Sonnenaufgang warfen die Seeleute auf den beiden Karavellen *Pinta* und *Nina* sowie auf dem Kauffahrteischiff *Santa Maria* die Leinen los, setzten die Segel und steuerten die kleine Expeditionsflotte aus dem Hafen von Palos. Die *Santa Maria* war jahrelang unter dem Namen *Gallega* gesegelt. Als glühender Verehrer der Muttergottes hatte Cristóbal das Schiff jedoch vor Antritt der Reise ins Unbekannte, die nun am 3. August des Jahres 1492 begann, auf den Namen *Santa Maria* umgetauft.

Der Wind war noch schwach, und nur träge und mit schlaff von den Rahen hängenden Segeln lösten sich die drei Schiffe von den Hafenmauern. Angehörige der Mannschaften und viel schaulustiges Volk hatten sich trotz der frühen Morgenstunde an den Ankerplätzen eingefunden. Sie winkten und riefen den Schiffen, die langsam auf die Mitte des Flusses zuglitten, Segensgrüße nach.

Caspar stand an der Reling der *Santa Maria* und hielt so lange, wie es ihm möglich war, die immer kleiner werdenden Gestalten von Bartholo und Klara mit seinem Blick fest. Beim Abschied hatte Klara nicht geweint. Doch jetzt, wo sie sicher sein konnte, dass er ihre Tränen nicht sah, spürte er förmlich, wie sehr sie weinte, während sie gleichzeitig mit dem Schleier winkte, den sie vor wenigen Wochen bei ihrer Hochzeit im Kloster La Rábida getragen hatte.

»Sorg dich nicht, ich kehre zurück . . . ganz sicher!«, flüsterte Caspar ein letztes Mal. Über ihm knarrte die Takelage unter dem Gewicht aufenternder Seeleute.

Klara hatte gewusst, dass sie ihn nicht zurückhalten konnte und nicht zurückhalten durfte, als Cristóbal Colón ihm angeboten hatte, mit ihm auf der *Santa Maria* das Wagnis der Reise nach Westen anzutreten. Dieses Angebot verdankte er gewiss nicht allein seiner Freundschaft mit Bartholo und der Vinland-Karte, die er im Kopf hatte und über die er mit keinem an Bord reden durfte – aber wohl doch zu einem guten Teil.

Das war im Juni gewesen, nach dem Fall von Granada, das im Frühling vor den spanischen Belagerungstruppen kapituliert hatte, und fast auf den Tag genau zwei Monate, nachdem die Majestäten Bartholos Jugendfreund in den erblichen Adelsstand erhoben, ihn zum Großadmiral der Ozeane ernannt und mit der kühnen Expedition gen Westen betraut hatten.

Ja, er hatte mit auf diese Reise gehen müssen, so wie ein Adler die Freiheit der hohen Lüfte braucht, um seiner vorbestimmten Natur gerecht zu werden. Und Klara wusste auch, dass dieses tiefe Verlangen nicht im Gegensatz zu seiner unverbrüchlichen Liebe zu ihr stand. Manchmal ergaben erst zwei scheinbar unvereinbare Hälften ein Ganzes, ähnlich dem Kreis und der Geraden, die wohl gegensätzlicher nicht sein können und dennoch laut Nikolaus von Kues in der Unendlichkeit zusammenfallen und eins werden. Klara verstand das. Nicht von ungefähr hatte sie ihm zum Abschied eine Adlerfeder geschenkt!

Caspar wusste aber zugleich auch, wie eigensüchtig es von ihm war, dass er Klara viele Monate der Angst um ihn aussetzte, und wie dankbar er sein konnte, sie für die Zeit seiner Abwesenheit bei Bartholo in guten Händen zu wissen. Der Kupferstecher hatte schon damit begonnen, in Palos eine Werkstatt einzurichten, und dort würde Caspar sie bei seiner Rückkehr antreffen. Aber er hätte es sich wohl bis an sein Lebensende nicht verziehen und seine Seele wie seine Liebe zu Klara mit Bitterkeit vergiftet, wenn er dieses einzigartige Abenteuer ausgeschlagen und sich damit gegen jene brennende Sehnsucht gestellt hätte, die in ihm schon seit vielen Jahren danach verlangte, gestillt zu werden.

Wind kam auf, blähte das Segeltuch an den Masten zu praller Fülle und plötzlich schrumpfte der Hafen von Palos und mit ihm die Menschen an seinen Hafenmauern so rasch wie ein in sich zusammenfallender Teig, und dann versank alles im strahlenden Licht des Sonnenaufgangs und um sie herum war nur noch Meer, von Horizont zu Horizont, und irgendwo dort weit im Westen, wo noch Dunkelheit herrschte, wartete die neue Welt darauf, von ihnen entdeckt zu werden . . .

Nachwort

Wie viel hat Cristóbal Colón, im deutschen Sprachraum besser unter dem Namen Christoph Kolumbus bekannt, wirklich gewusst, als er im August 1492 zu seiner legendären Entdeckungsreise über den Atlantik aufbrach? Einer Reise, die von den optimistischen unter seinen Zeitgenossen im besten Fall für tollkühn gehalten, von der Mehrzahl der Navigatoren und Gelehrten aber als schlichtweg undurchführbar und damit als Fahrt in den sicheren Tod beurteilt wurde?

Im Leben dieses außergewöhnlichen Mannes ist nur weniges historisch verbürgt. Über lange Abschnitte seines Lebens gibt es kein gesichertes Wissen, das jeder Nachprüfung standhält. Und bei dem wenigen, das Cristóbal über sein Leben *vor* seiner ersten ruhmreichen Fahrt zu Papier gebracht oder anderen gegenüber geäußert hat, ist er oft genug sehr freizügig mit der Wahrheit umgegangen, wie er auch unbeschwert seinen Namen gewechselt hat, wann immer es ihm vorteilhaft erschien. Biografen sahen sich daher schon zu seinen Lebzeiten gezwungen, sich mit Wahrscheinlichkeiten zufrieden zu geben und die Lücken mit mehr oder weniger abenteuerlichen Spekulationen zu füllen.

Ist es möglich, dass Cristóbal bei allem Wagemut und bei aller unerschütterlichen Überzeugung, einen göttlichen Auftrag zu erfüllen, vielleicht doch Kenntnis von Berichten und Karten aus weit zurückliegenden Jahrhunderten gehabt hat, die wie die Karte der *Vinlanda Insula* von erfolgreichen Expeditionen über den Atlantik kündeten?

Was genau hat es mit dieser geheimnisvollen Wikingerkarte überhaupt auf sich? Denn bei dieser Karte handelt es sich nicht um die Erfindung eines Romanautors, sondern um einen Gegenstand der Wissenschaft, über den heftig gestritten wird.

Im Jahre 1957 erstand ein Buchhändler aus dem amerikanischen Bundesstaat Connecticut in Barcelona eine Karte aus geflicktem, wurmzerfressenem Pergament, die – wie in meinem Roman beschrieben – auch die westlich von Europa gelegene Insel *Vinlanda Insula* zeigte. Acht Jahre lang beschäftigten sich Experten der berühmten Yale-Universität mit dieser Karte und unterzogen sie einer ganzen Reihe von wissenschaftlichen Tests. Sie stellten fest, dass das Wasserzeichen des Pergamentes große Ähnlichkeiten mit dem Wasserzeichen aufwies, das um die Mitte des 15. Jahrhunderts eine Papiermühle im Rheinland benutzt hatte. Zudem fanden sich ganz besondere geografische Fehler, die mit den Fehlern korrespondierten, die ein Kartograf namens Andrea Bianco in seiner *mappa mundi* um 1436 eingetragen hat. Die Forscher der Yale-Universität kamen zu dem Schluss, dass die Vinland-Karte um 1440 gezeichnet worden sein und altnorwegische Entdeckungsreisen wiedergeben musste. 1965 ging Yale mit diesen Ergebnissen an die Öffentlichkeit und bezeichnete die Vinland-Karte als »die aufregendste kartografische Entdeckung des Jahrhunderts«. Aber schon im nächsten Jahr, als sich Forscher aus vielen Ländern zu einer internationalen Konferenz trafen und über die Echtheit der Karte diskutierten, teilten sich die Experten in zwei Lager: Die einen hielten an der Echtheit fest, die anderen erklärten die Karte für eine meisterhafte Fälschung. Bis heute ist die kartografische Wissenschaft sich nicht einig, wie die Vinland-Karte zu bewerten ist. Die Diskussionen und Spekulationen, Beweise und Gegenbeweise setzen sich bis heute fort.

Unter Wissenschaftlern ganz unstrittig ist jedoch, *dass* es für die Wikinger diese *Vinlanda Insula* gegeben hat und dass sie schon gute 500 Jahre vor Kolumbus den Atlantik erfolgreich überquert haben und an der kanadischen Küste an Land gegangen sind. Archäologische Grabungen beweisen es. Man hält es sogar für möglich, dass die Nordmänner noch viel weiter nach Süden vorgedrungen sind, südlicher noch als New York. Dergleichen Hinweise finden sich etwa in den Grönlandsagen der Wikinger. Doch wo genau Vinland liegt, welche Insel oder Küste die Wikinger damit gemeint haben, ist – wie die Echtheit der Karte – bis heute umstritten.

Die lebhaften Spekulationen, die der Fund der Vinland-Karte in Kreisen der Wissenschaft ausgelöst hat, sind bei mir als Schriftsteller von historischen Romanen auf fruchtbaren Boden gefallen. Mit der Möglichkeit zu spielen, dass Christoph Kolumbus alias Cristóbal Colón vielleicht doch zumindest eine Ahnung von dieser Karte der Wikinger (oder entsprechenden Berichten darüber) gehabt hat, übte einen unwiderstehlichen Reiz auf mich aus, dem ich in diesem Roman dann auch mit großem Vergnügen nachgegeben habe.

Die reine Niederschrift eines umfangreichen Romans macht jedoch nur einen Teil der langwierigen Arbeit aus. Sie ist weder ohne das sorgfältige Studium einschlägiger Literatur (siehe dazu das Quellenverzeichnis) noch ohne die Unterstützung und den fachlichen Rat von Experten möglich. Deshalb möchte ich mich an dieser Stelle bei Frau Uta Wolf und Herrn Wolfgang Mayer bedanken, die meiner Frau und mir bei unseren Recherchen in der Bibliothek mit großzügiger Hilfe zur Seite standen, bevor ich dann mit meinen Hauptfiguren zu meiner ganz eigenen Entdeckungsfahrt aufbrechen konnte.

Rainer M. Schröder
im April 2002

Quellenverzeichnis

Zum Thema *Geschichte Augsburgs und Leben im 15. Jahrhundert*

Augusta 955–1955/MCMLV, Verlag Hermann Rinn 1955

Josef Bellot: *Zeitschrift des Historischen Vereins für Schwaben*, Komissions Verlag Bücher Seitz 1984

Peter Dempf: *Sagenhaftes Augsburg – Geschichten einer Stadt*, Edition im Wissner Verlag 2000

Gunther Gottlieb u. a. (Hrsg.): *Geschichte der Stadt Augsburg – 2000 Jahre von der Römerzeit bis zur Gegenwart*, Konrad Theiss Verlag 1985

Günther Grünsteudel, Günter Hägele, Rudolf Frankenberger u. a. (Hrsg.): *Augsburger Stadtlexikon*, Perlach Verlag 1998

Willy Schweinberger: *2000 Jahre Augsburg*, 1984

August Vetter: *Alt-Augsburg*, 1. und 2. Band, Institut Haas & Grabher 1928

Wolfgang Behringer: *Hexen und Hexenprozesse*, dtv 1988

Claude Lecounteux: *Das Reich der Nachtdämonen – Angst und Aberglauben im Mittelalter*, Artemis & Winkler Verlag 2001

Robert Jütte: *Arme, Bettler, Beutelschneider – Eine Sozialgeschichte der Armut*, Verlag Hermann Böhlau 2000

Rudi Palla: *Falkner, Köhler, Kupferstecher – Ein Kompendium der untergegangenen Berufe*, btb Verlag 1997

Jürgen Teichmann: *Wandel des Weltbildes*, B. G. Teubner Verlag 1999

Zum Thema *Kupferstich, Buchdruck, Kartografie und Navigation*

Amir D. Aczel: *The Riddle of the Compass – The Invention That Changed The World*, Harcourt 2001

Peter Ackroyd: *William Blake – Dichter, Maler, Visionär*, Knaus Verlag 2001

Jeremy Black: *Maps and History – Constructing Images of the Past*, Yale University Press 1997

Lloyd A. Brown: *The Story of Maps*, Dover Publications 1979

Arthur Burkhard: *Meister der Grafik – Hans Burgkmair der Ältere*, Band XV, Verlag Klinkhart & Biermann 1932

Die Welt der Seekarten, Internationale Ausstellung von Seekarten aus aller Welt, H. M. Hausschild Verlag 1984

Helmut Gier u. Johanna Janota: *Augsburger Buchdruck und Verlagswesen*, Harrassowitz Verlag 1997

John Goss: *KartenKunst – Die Geschichte der Kartographie*, Westermann Verlag 1994

Miles Harvey: *Gestohlene Welten – Eine Kriminalgeschichte der Kartographie*, Karl Blessing Verlag 2001

Paul Kristeller: *Kupferstich und Holzschnitt in vier Jahrhunderten*, Verlag von Bruno Cassirer 1905

Ruthardt Oehme: *Johannes Oettinger – Geograph, Kartograph und Geodät*, W. Kohlhammer Verlag 1982

Gregory C. McIntosh: *The Piri Reis Map of 1513*, The University of Georgia Press 2000

Karl-Heinz Meine (Hrsg.): *Die Ulmer Geografia des Ptolemäus von 1482*, Anton H. Konrad Verlag 1982

Richard Panek: *Das Auge Gottes – Das Teleskop und die lange Entdeckung der Unendlichkeit*, Klett Cotta Verlag 2002

Friedrich-Wilhelm Pohl: *Die Geschichte der Navigation*, Koehler Verlag 1999

Thieme-Becker: *Künstler Lexikon*, Verlag Scheffel-Siemerding *1936*

Rienk Vermij (Hrsg.): *Gerhard Mercator und seine Welt*, Mercator Verlag 1997

Franz Wawrik: *Berühmte Atlanten*, Harenberg Verlag 1982

Peter Whitfield: *The Charting of the Oceans – Ten Centuries of Maritime Maps*, Pomegranate Artbooks 1996

Peter Whitfield: *New Found Land – Maps in the History of Exploration*, Routledge 1998

John Noble Wilford: *The Mapmakers – The Story of the great pioneers in Cartography, from antiquity to the space age*, Alfred A. Knopf Verlag 2000

Lothar Zögner: *Kartenschätze – Aus den Sammlungen der Staatsbibliothek zu Berlin*, Westermann Verlag 2000

Zum Thema *Entdeckungsgeschichte und Christoph Kolumbus*

S. Fischer-Fabian u. Karl-Heinz Jürgens: *Columbus – Lebensbilder*, Gustav Lübbe Verlag 1991

Christoph Kolumbus: *Schiffstagebuch*, Reclam Verlag Leizpig 2001

C. C. Bergius (Hrsg.): *Die großen Entdecker*, Praesentverlag

Andreas Venzke: *Christoph Kolumbus*, Rowohlt Verlag 1992

Giles Milton: *Muskatnuss und Musketen – Europas Wettlauf nach Ostindien*, Zsolnay Verlag 2001

Björn Landström: *Buch der frühen Entdeckungsreisen in Farben*, Interbook Publishing 1963

Edmund Morris u. a.: *Auf den Spuren der Entdecker*, Verlag Das Beste 1980

Gail Roberts: *Atlas der Entdeckung – Die großen Abenteuer der Forschungsreisen in Wort, Bild und Karte*, Südwest Verlag 1976

Zum Thema *Christliche Theologie* sowie Diverses

Georg Pick: *Das Herz des Philosophen – Leben und Denken des Kardinals Nikolaus von Kues*, R. G. Fischer Verlag 2001

Norbert Winkler: *Nikolaus von Kues – zur Einführung*, Junius Verlag 2001

Gerhard Staguhn: *Gott oder die Grenze – Warum uns das Denken des Nikolaus von Kues heute so modern vorkommt*, DIE ZEIT Nr. 34, August 2001

Christ in der Gegenwart, Nr. 2, Nr. 5, Nr. 7 in 2002, Herder Verlag

Georg Schwaiger (Hrsg.): *Mönchtum, Orden, Klöster – Von den Anfängen bis zur Gegenwart*, Ein Lexikon, C. H. Beck Verlag 1994

Günther Weber: *Ich glaube, ich zweifle – Notizen im Nachhinein*, Benziger Verlag 1996

A. H. de Oliveira Marques: *Geschichte Portugals und des portugiesischen Weltreichs*, Kröner Verlag 2001

Walther L. Bernecker u. Horst Pietschmann: *Geschichte Portugals*, C. H. Beck Verlag 2001

Konrad Kunze (Hrsg.): *dtv-Atlas Namenkunde*, dtv 1998

Nicolette Mout (Hrsg.): *Die Kultur des Humanismus – Reden, Briefe, Traktate, Gespräche von Petrarca bis Keppler*, C. H. Beck Verlag 1998

Hans Rothe (Hrsg.): *Landesbeschreibungen Mitteleuropas vom 16. bis 17. Jahrhundert*, Böhlau Verlag 1980

John North: *Viewegs Geschichte der Astronomie und Kosmologie*, Vieweg 1997

Liebe Leserinnen, liebe Leser,

seit vielen Jahren biete ich meinem Publikum an, mir zu schreiben, weil es mich interessiert, was meine Leserinnen und Leser von meinem Buch halten. Auch heute noch freue ich mich jedes Mal riesig über das Paket mit den Zuschriften, die mir einmal im Monat nachgesandt werden. Dann machen meine Frau und ich uns einen gemütlichen Tee-Nachmittag und lesen beide jeden einzelnen Brief. Und daran wird sich auch in Zukunft nichts ändern.

In den letzten Jahren erreichen mich jedoch so viele Briefe, dass sich in meine große Freude über diese vielen interessanten Zuschriften ein bitterer Wermutstropfen mischt. Denn auch beim besten Willen komme ich nun nicht mehr dazu, diese Briefflut individuell zu beantworten; ich käme sonst nicht mehr zum Recherchieren und Schreiben meiner Romane. Und jemand dafür einzustellen, der in meinem Namen antwortet, würde nicht nur meine finanziellen Möglichkeiten weit übersteigen, sondern wäre in meinen Augen auch unredlich.

Was ich jedoch noch immer tun kann, ist, als Antwort eine Autogrammkarte zurückzuschicken, die ich persönlich signiere und die neben meinem Lebenslauf im anhängenden farbigen Faltblatt Informationen über circa ein Dutzend meiner im Buchhandel erhältlichen Romane enthält.

Wer mir also immer noch schreiben und eine von mir signierte Autogrammkarte mit Info-Faltblatt haben möchte, der soll bitte nicht vergessen, das Rückporto beizulegen (bitte nur die Briefmarke schicken und diese nicht auf einen Rückumschlag kleben!) Wichtig: Namen und Adresse in Druckbuchstaben angeben. Gelegentlich kann ich auf Zuschriften nicht antworten, weil die Adresse fehlt oder die Schrift nicht zu entziffern ist, was übrigens auch bei Erwachsenen vorkommt!

Da ich viel auf Recherchen- und Lesereisen unterwegs bin, kann es manchmal Monate dauern, bis ich die Karte mit dem Faltblatt schicken kann. Ich bitte daher um Geduld.

Meine Adresse:
Rainer M. Schröder
Postfach 1505
D-51679 Wipperfürth

Wer Material für ein Referat braucht oder aus privatem Interesse im Internet mehr über mein abenteuerliches Leben, meine Bücher (mit Umschlagbildern und Inhaltsangaben), meine Ansichten, Lesereisen, Neuerscheinungen, aktuellen Projekte, Reden und Presseberichte erfahren oder im Fotoalbum blättern möchte, der möge sich auf meiner Homepage umsehen.

Die Adresse: www.rainermschroeder.com

Herzlichst
Ihr/Euer

Rainer M. Schröder

Rainer M. Schröder

Das Vermächtnis des alten Pilgers

Die letzten Worte des alten Pilgers Vinzent werden im leidvollen Leben des 16-jährigen Marius „Niemandskind" zum langersehnten Lichtblick: „Folge dem Morgenstern..." Damit kann nur eines gemeint sein - er soll sich dem Kreuzfahrerheer anschließen, welches das Heilige Land von den Ungläubigen befreien will. Marius macht sich auf den gefahrvollen Weg nach Mainz. Doch erst nach einer langen Reihe von Abenteuern und der Begegnung mit dem jüdischen Mädchen Sarah versteht Marius, dass der alte Pilger mit seinem Vermächtnis etwas ganz anderes im Sinn hatte...

488 Seiten.
Arena-Taschenbuch.
ISBN 978-3-401-02140-9
www.arena-verlag.de

Rainer M. Schröder

Die Lagune der Galeeren

Venedig, 1570. Der junge Matteo gerät mitten in eine gefährliche Intrige im Venezianischen Arenal, der größten und geheimsten Schiffswerft Europas. Doch nicht nur er befindet sich bald in großer Gefahr. Sondern auch seine große Liebe. Spannende Abenteuer, große Gefühle: „Die Erzählkunst Schröders und nicht zuletzt der Schauplatz Venedig garantieren ein Lektürerlebnis, das sich manches Mal bis in die Nacht hineinziehen dürfte", urteilte der SPIEGEL über den Roman, der mit dem renommierten Jugendbuchpreis „Buxtehuder Bulle" ausgezeichnet wurde.

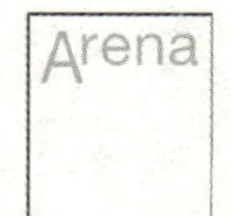

352 Seiten.
Arena-Taschenbuch.
ISBN 978-3-401-02916-0
www.arena-verlag.de

Rainer M. Schröder

Das geheime Wissen des Alchimisten

Die junge Johanna rettet in den Gassen Kölns den schwer verwundeten Kopernikus Quint vor seinen zwielichtigen Verfolgern. Quint führt sie nach und nach in das geheime Wissen der Alchimie ein. Dadurch gerät Johanna in den mörderischen Wettlauf um das magische Elixier, das gewöhnliches Metall in Gold verwandeln soll.

Arena

496 Seiten.
Arena-Taschenbuch.
ISBN 978-3-401-02160-7
www.arena-verlag.de